Die Rose von Suez

Kim Henry

SIEBEN VERLAG

ISBN-Taschenbuch: 9783864434679
ISBN-eBook-PDF: 9783864434686
ISBN-eBook-epub: 9783864434693

www.sieben-verlag.de

Für Kathrin und Ashraf

Prolog

Wenn sie die Augen schloss, war da nur noch der Wind.

Die anderen Mitglieder des Teams, ausnahmslos Männer, waren weit genug entfernt, dass ihre Stimmen nur dann zu Hazel Fairchild drangen, wenn sie einander etwas zuriefen. Doch weil Zurufe unter Ingenieuren ein verpöntes Mittel zur Kommunikation waren – man konnte sich viel besser miteinander verständigen, wenn man in einem sachlichen Ton argumentierte – und weil Clarence und seine Männer schon seit gut einer Stunde weg waren, um die Wasservorräte aufzufüllen, blieb nur Stille. Stille und das leise Winseln des Windes, der den Wüstensand aufstieben ließ, sodass immer wieder feinste Körnchen über den Theodoliten rieselten.

Hazel hob den Kopf und rieb sich das Auge, mit dem sie schon viel zu lange durch das Fernrohr des funkelnden Messinstruments starrte. Mehr im Reflex wischte sie die Sandkörner von der glatt polierten Platte, die den Aufbau trug. Den Theodoliten hatte Daddy erst vor wenigen Wochen von London nach Kairo bringen lassen, nachdem der Vizekönig von Ägypten seine Bewilligung des Baus bestätigt hatte und damit neue Gelder frei wurden. So ein Gerät kostete viel Geld. Daddy war kein armer Mann, aber nur ein Krösus hätte einfach mal so einen Theodoliten in die Wüste zwischen Suez und dem Mittelmeer gebracht.

Sie blinzelte sich Sand aus den Augen und sah sich um. Vor ihr nur Wüste. Dünen. Sand. In ihrem Rücken, eigentlich viel zu weit weg, die anderen, eine Gruppe von unpassend gekleideten, hochgebildeten Herren, die durch Ferngläser schauten und sich über Tische mit Bergen von Papier beugten. Noch weiter weg, gerade noch sichtbar am Horizont, reckten sich die hellbraunen Sandsteinfelsen in den hitzeflirrenden Himmel, die den ausgetrockneten Timsah-See eingrenzten. Nur noch wenige Wochen, dann würde Wasser aus dem Mittelmeer den See erreichen und ihn langsam zu fluten beginnen. Was für ein Augenblick! Zum letzten Mal war zu Zeiten der Pharaonen Wasser in dieses Becken geflossen.

Staunend hatte sie in dem Becken gestanden, vor wenig mehr als zwei Monaten, als Daddy endlich ihr Flehen erhört und sie mit nach Ägypten genommen hatte. Staunend sich im Kreis gedreht, die ausgetrocknete Erde betrachtet, die wenigen Wacholderbüsche, die sich ans Leben krallten, struppige Gräser, eine Beduinenfamilie, die im Schatten eines Überhangs rastete, ehe sie ihre kleine Ziegenherde nach Norden weitertrieb, entlang der Furchen und Rillen, mit denen William Fairchild und die anderen, hauptsächlich aus Frankreich stammenden Ingenieure den Weg des zukünftigen Kanals markierten. Seit drei Jahren war Daddy in Ägypten, plante mit an diesem Bau, der die ganze Welt verändern würde. Gerade noch rechtzeitig hatte er sie endlich mitgenommen, damit sie diesen See, der keiner war, sehen konnte, ehe er einer wurde.

Sie wandte sich nach vorn. Vor ihr lag nichts als gleißend heller Sand, Dünen, über denen die Hitze flimmerte und flirrte. Doch sie wusste, das war nur der nächste Abschnitt. Vor ihr, so weit weg, dass man sie nicht einmal ahnen konnte, lagen die Bitterseen. Noch mehr ausgetrocknete Salztäler, durch die der Kanal einmal führen würde. Die Aufgabe des Teams war es jetzt, den genauen Pfad zu markieren, der sich vom Timsah zu den Bitterseen graben würde.

Sie sollte nicht so weit entfernt von den anderen sein. Aber deren Diskussionen dauerten ihr zu lang, und sie wollte die Wüste sehen. Deshalb war sie hier. Für die Stille. Das Wispern des Windes. Das leise Knistern, mit dem der Wind Sandkörner über ihr Kleid trieb. Sie wusste selbst, wie unpassend sie für diesen Ort gekleidet war, aber es gab Dinge, bei denen Daddy nicht mit sich reden ließ. Sie befand sich als einzige Frau in der Gesellschaft von Männern. Die gut situierten Ingenieure hätten die Nase gerümpft, wenn sie, eine Lady, sich nicht wie eine kleidete. Die Soldaten hingegen, die unter dem Kommando von Clarence standen, kämen vielleicht auf dumme Gedanken. Also trug sie in der Wüste ein Reisekleid, beschwert von unbequemen Reifröcken, und blickte durch das Fernrohr eines Theodoliten, weil ihr die Augen davon wehtaten, dass sie versucht hatte, die unleserlichen Zahlen, die die Männer auf zerknittertes Papier schrieben, zu entziffern. Sie wollte eigene Zahlen schreiben. Wollte diesem Bau ihren Stempel aufdrücken, wie es die Männer taten.

Der Wind nahm an Stärke zu. Sie senkte wieder das Auge auf das Fernrohr, änderte Winkel und Stellung des Spiegels. Sand geriet in die hauchzarten Verschraubungen, es knirschte, als sie an dem Rädchen drehte. Sie fluchte, nicht gerade leise, aber da war niemand, der sie hören konnte.

Dann Stimmen. Dumpfes Dröhnen. Verwirrt hob sie den Kopf. Arabische Stimmen, die brüllten. Das Dröhnen waren die Hufe von Kamelen, die über die Sanddünen galoppierten, als wäre das nichts. Männer auf den Rücken der Kamele, hinter denen lange, blendend weiße Stoffbahnen flatterten. Was sie in ihren braunen Händen schwenkten, waren Gewehre, aber Hazel erkannte es zu spät. Das war unmöglich! Es gab keinen Krieg mit den Bewohnern dieser Wüste. Immer und immer wieder hatten sie es ihr versichert, Daddy und Monsieur de Lesseps. Niemals hätte William Fairchild ihr erlaubt, ihn zu begleiten, wenn es anders gewesen wäre. Warum griffen diese Beduinen die Baustelle an?

Keine Zeit! Sie hatte keine Zeit, darüber nachzudenken. Sie raffte die unhandlichen Röcke, drehte sich um, rannte. Ihr Herz heulte auf vor Schmerz um den Theodoliten, den sie zurücklassen musste. Er war zu groß und zu schwer für ihre Hände. Das Scheppern und Krachen, als eines der Kamele gegen das wertvolle Gerät getrieben wurde, ging ihr durch und durch.

Sie hatte keine Chance. Sie war viel zu weit weg. Hinter ihr kam das Schnaufen eines der Reittiere näher. Wie das wütende Schnauben eines Drachen. Jetzt schon fast bei ihr. So nah, viel zu nah. Sie biss die Zähne zusammen, rannte, sackte bis zu den Knöcheln in den weichen Sand, rutschte mit jedem Schritt vorwärts, den sie tat, zwei Schritte zurück. Sie rannte um ihr Leben. Arabische Stimmen, ein hässliches, tiefes Lachen. Jemand packte sie, griff in den Stoff im Nacken ihres Kleides, zerrte an ihr, sodass sie den Boden unter den Füßen verlor. Sie schrie. Wo war der verdammte Clarence Whitby, wenn man ihn brauchte? Sie zappelte, strampelte. Aber der Mann, der sie ergriffen hatte, war hundertmal stärker als sie und ignorierte lachend, wie sie sich wehrte. Er zog sie vor sich auf das Kamel. Ihre Reifröcke wölbten sich, hoben den schweren Stoff des Reisekleides, sodass jeder, der wollte, darunterschauen konnte. Gelächter und Pfeifen versicherten ihr, dass jeder wollte. Zurufe, Johlen. Immer weiter schlug sie um sich, wehrte sich, mit allem, was sie hatte. Das würde nicht geschehen. Das durfte nicht geschehen. Und wenn sie sich wehren würde, bis sie ihr die Kehle durchschnitten, aber Hazel Fairchild hatte in ihrem Leben gelernt, sich durchzusetzen, ganz egal, was das Leben nach ihr warf. Auch eine Horde Wilder würde das nicht ändern.

Der Mann nahm sie bäuchlings vor sich, zwischen den Hals und den Höcker seines Reittieres. Unpassenderweise erinnerte sie sich ausgerechnet jetzt daran, dass sie sich oft gefragt hatte, wie es sich anfühlen mochte, auf einem Kamel zu reiten. Aber so hatte sie das nicht herausfinden wollen. Sie strampelte, schrie, schlug um sich und erwischte mit den Fingernägeln ein Stück Haut am Arm ihres Peinigers. Er fluchte und verpasste ihr einen Hieb in den Nacken, der sie kurzzeitig außer Gefecht setzte. Die ganze Zeit über wurde das Kamel nicht einmal langsamer, merkte sie, der Ritt ging weiter, auf das Camp zu.

Sand, aufgewirbelt von unbeschlagenen Hufen, drang in ihre Augen, vernebelte ihr die Sicht, aber sie konnte im Näherkommen hören, dass beim Camp Aufruhr ausgebrochen war. Sie würden Waffen haben, oder? Sie würden sie befreien und diese Wilden in die Flucht schlagen. Geschrei. Schüsse fielen, ganz nah. Das waren nicht die Ingenieure, das waren die Waffen, die die Wilden geschwenkt hatten, so nah. Und Hauptmann Whitby und seine Soldaten, die das Camp bewachen sollten, waren fort, Wasser holen. Keiner dieser Ingenieure trug Waffen, weil sie nicht damit umgehen konnten. Sie vernahm Schreie und glaubte, ihren Namen zu hören. Die Ersatzpferde der Wachmannschaft, die bei einem Wasserreservoir zusammenstanden, wieherten entsetzt. Der Mann, vor dem Hazel auf dem Kamel lag, hielt sein Tier an und schien das Geschehen aus einiger Entfernung zu betrachten. Hazels Hoffnung, dass die Wilden sie vielleicht gegen Geld oder Wertsachen bei den Ingenieuren eintauschen würden, versickerte so schnell, wie sie aufgekommen war.

„Daddy!", schrie sie, zappelte, Tränen der Verzweiflung liefen ihr aus den Augen. „Daddy! Clarence!" Verdammter, dreimal verfluchter Clarence Whitby. Er hätte sie bewachen sollen. Andere, in diesem Augenblick deplatzierte, Gedanken schossen in ihren Kopf, hinterließen schmerzende Einschusslöcher und verschwanden wieder. War Wasser zu holen überhaupt schon nötig gewesen? Das Reservoir war halb voll gewesen, als sie am Morgen ihren eigenen Schlauch aufgefüllt hatte, ehe sie das Camp in südlicher Richtung hinter sich ließ. Wut überlagerte die Verzweiflung. Wut auf Clarence, der sich aus purer Langeweile eine andere Aufgabe gesucht hatte, statt zu tun, wofür er bezahlt wurde. Oh, er würde bezahlen. Er würde dafür bezahlen, dass er sie hier allein gelassen hatte, ungeschützt, ausgeliefert. Es würde der Moment kommen, an dem sie einen Menschen traf, der ihr zuhören würde, der aufklären würde, was diese barbarischen Reiter für einen Irrsinn im Kopf gehabt hatten, als sie das Lager überfielen. Solange sie sich an ihre Wut klammerte, an ihren Zorn, so lange war sie kein Opfer. Sie trat nach dem Reiter, kreischte, versuchte sich aufzurichten, irgendwie von diesem verdammten Kamel zu gleiten. Das hier, das passierte nicht wirklich. Nicht Hazel Fairchild.

Der Mann hinter ihr stieß ein böses Knurren aus. Im nächsten Moment traf sie etwas im Nacken, und die Welt versank in Schwärze.

Kapitel 1

Kinderlachen perlte über die Mauer, die den repräsentativen Innenhof des Palastes vom hinteren Garten trennte. Jauchzen. Ein Spritzen, als ein Körper aus großer Höhe im Wasser landete. Der Garten war der Familie von Scheich Djamal vorbehalten.

Nasir verzog das Gesicht, als hätte er Schmerzen. Schmunzelnd beugte sich Djamal ein wenig vor. Er wartete. Einem Sklaven hätte er ohne zu zögern für dieses Gesicht die Hand abgeschlagen. Bei wiederholter Respektlosigkeit den Kopf, vielleicht mit ein wenig mehr Skrupel. Nasir aber war kein Sklave. Das Einzige, was Djamal ihm antun konnte, war, ihm seine beiden besten Pferde abzufordern, und auch das nur, wenn Nasir das Gesicht wiederholte. Aber der Ratsmann, der schon seinem Vater gedient hatte, wusste das so gut wie er. Er hätte sich eher selbst kastriert, als sich noch einmal eine Blöße zu geben.

Djamal gegenüber saß Azad und ließ sich ungeniert eine gezuckerte Dattel nach der anderen auf der Zunge zergehen. Djamal gab Kifah ein Zeichen. Grazil erhob sich die Konkubine von der Decke zu seinen Füßen und nahm den leeren Silberteller auf, um ihn durch einen neuen, gut gefüllten, zu ersetzen. Auffordernd hielt Azad ihr seine leere Teeschale entgegen, ohne sie dabei auch nur anzusehen. Mit einem Blick aus dem Augenwinkel verständigte sie sich mit Djamal, ehe sie nachschenkte und sich dann wieder zu seinen Füßen niederließ. Sie rieb mit der Hand, an der zwei Finger fehlten, über ihren Oberschenkel. Kifah stammte aus dem Haus von Azad, eine entfernte Verwandte, mit der der Onkel sich vor Jahren einmal aus einer ähnlichen Lage herausgekauft hatte.

Familien sind eine Seuche, dachte Djamal und grinste seinen Onkel kalt an. Dicht unter der Oberfläche brodelte sein Zorn, aber ebenso wie Nasir wusste er es besser, als seine Gefühle offen zur Schau zu tragen. Du, Oheim, dachte er bitter, weißt nur zu gut, dass die Bande zwischen uns stärker sind als dein Ungehorsam. Das nutzt du seit dreizehn Jahren aus, und wenn es mich eines gelehrt hat, dann, dass ich vor dir auf der Hut sein muss.

„Ich kann meine Beute gern mit dir teilen, Neffe", sagte Azad mit vollem Mund. „Was willst du haben? Ich hab Waffen, Pferde … und ein paar von diesen seltsamen Geräten, mit denen sie Messungen machen. Allah allein weiß, was man damit tut, aber du kannst sie sicher versilbern. Ich lasse sie dir hier."

„Versilbern, damit meinst du, ich soll sie zu den Baustellen bringen und dort verkaufen? Damit deine Untat auf mich zurückfällt?"

Azad lachte. „Du kannst es auch lassen und versuchen, selbst Sinn in diese Dinger zu bringen. Ich kann sie nicht gebrauchen und lasse sie hier. Münzen kannst du auch haben. Was ist mit Pferden?"

„Warum sollte ich von dir zur Besänftigung Gegenstände annehmen, die dir wertlos sind?"

„Weil du klüger bist als ich, Djamal, Großer Neffe. Nicht wahr? Sicher kannst du diese Geräte ganz leicht zuordnen. Du hast ja auch deinen viel gerühmten Gelehrten, der deine Kinder …"

„Drei Pferde", unterbrach Djamal ihn. Das Kreischen der Kinder am künstlich angelegten Teich im Garten schwoll an. Ein Streit. Er gab Nasir einen Wink, und der Alte erhob sich ächzend, um seiner Aufgabe nachzugehen. „Drei Pferde für deinen Ungehorsam, Azad, und das Versprechen, dass du in deine Gebiete im Osten zurückkehrst und Suez in Ruhe lässt."

„Wir sind uns damals einig gewesen, dass wir diesen Kanal nicht wollen. Er ist der Beginn unseres Untergangs. Doch seit sie angefangen haben zu graben, hast du keinen Finger gerührt. Man könnte glauben, du bist zu Said Pascha unter die Decke gekrochen und schäkerst mit ihm."

„Vier Pferde", sagte Djamal ungerührt. Azad war Clanführer, kein Ratsmann, Djamal war ihm keine Rechenschaft schuldig hinsichtlich seiner Meinung zu dem Kanalbau, erst recht nicht, nachdem der Onkel ohnehin schon gehandelt und die Beziehungen der Tiyaha-Beduinen zu den ausländischen Bauherren geschädigt hatte. Er verdrehte die Augen, als die Stimmen am Teich immer weiter anschwollen, Diskussionen zwischen seinen beiden ältesten Söhnen und ihrem alten Lehrmeister. Er hob den Kopf. Am Fenster des Gemachs von Nuur rührten sich die Vorhänge. Ihr Gesicht konnte er nicht erkennen, aber er wusste, dass sie da war. Nuur hasste Azad. Sie hasste jeden, der ihrem Sohn in all den Jahren die Würde des Scheichs über alle Tiyaha streitig gemacht hatte. Die meisten von ihnen, Brüder und Vettern seines Vaters, hatten ihn inzwischen zähneknirschend akzeptiert. Keiner stellte sich mehr auf eine Weise gegen Djamals Entscheidungen wie Azad es tat, der jüngste überlebende Bruder von Tariq, der immer wieder mit seinen schnellen Reitern seine Gebiete im Osten der Sinai-Wüste verließ und in Djamals eigenen Besitzungen an der Westküste der Halbinsel Unruhe stiftete. Azad machte auch vor den Ländereien nicht halt, die anderen Beduinenstämmen gehörten, wenn er damit Djamals Reputation bei diesen Stämmen ankratzen konnte. Dieses Mal waren es Gebiete gewesen, die Scheich Ismail und den Hamadin gehörten. Der Frieden mit den Hamadin war brüchig genug. Djamal konnte keinen Unruhestifter in der Gegend gebrauchen.

Er stand auf. Kifah folgte seinem Beispiel, dann die Ratsleute. Erst zum Schluss, nach kräftigem Zögern, gab Azad seinen Begleitern ein Zeichen, und auch sie erhoben sich. Der Geruch von Salzwasser und fremdländischen Blumen hing über der Residenz, wehte herüber aus dem Garten, in dem die Kinder spielten. Eine tiefrote Stoffbahn hatte sich aus ihrer Verankerung gelöst und flatterte über den Hof. Azad rümpfte die Nase, wohl, weil er die Haushaltung seines Neffen unwürdig und schäbig fand. Beduinen waren Nomaden, sie besaßen Zelte, keine Paläste. Djamal erinnerte sich nur zu gut daran, wie Azad nach Tariqs Tod lautstark gefordert hatte, Zenima abzureißen und die alten Traditionen wieder herzustellen, ehe ein ganzes Volk verweichlichte.

Ohne auf Azads Naserümpfen einzugehen, geleitete Djamal, wie es sich geziemte, seinen Gast und dessen Gefolge über den Hof und zum weit offen stehenden Portal, von dem aus der Blick hinausging über den Khalish, den die Fremden den Golf von Suez nannten. Die Sonne glitzerte auf dem ruhig daliegenden Wasser. Fischer warfen in Ufernähe Netze aus ihren Booten.

Azad hatte für all das keinen Blick. Er strebte zu dem Rest seiner Männer, Sklaven und Krieger, die eine Gruppe Pferde und Kamele bewachten. „Such dir welche aus, Großer Neffe", rief er, während er sich auf den Rücken seines reich mit glitzerndem Zaumzeug ausgerüsteten Reitkamels schwang. „Aber beeile dich, ich habe nicht viel Zeit."

„Wie kommt es? Bis eben machtest du nicht den Eindruck, als hättest du es besonders eilig, von meinen Datteln wegzukommen."

„Da du deine ohnehin miserable Gastfreundschaft nicht auf eine Einladung zur Übernachtung auszudehnen gedenkst, muss ich zusehen, heute noch bis zum Kloster zu kommen."

Sicher, als ob die Christenmönche den wilden Azad einlassen würden. Wahrscheinlich würde er sich mit Gewalt Zutritt verschaffen, und wieder würde Djamal ihn zu sich beordern müssen. Es war ermüdend, aber unumgänglich. Er durfte sich im Umgang mit Azad keine Schwäche erlauben, sonst würde er alles verlieren, das wussten sie beide.

Er trat zwischen die Beutepferde, leicht zu erkennen an

ihren europäischen Zaumzeugen, teilweise sogar noch gesattelt. Er fand Blutspritzer an einem der Sättel. Als er sich Azad zuwandte, um ihn auf die Blutspritzer anzusprechen, blieb sein Blick an einer Sklavin hängen, die auf einem der Kamele vor einem Krieger mit vernarbtem Gesicht saß. Für einen Augenblick war es, als stünden seine Füße auf einer Wanderdüne, so sehr schwankte der Boden.

Sie war schön wie ein Engel.

Augen von der Farbe des Khalish. Ihre Haut war so hell, dass sie, ungeschützt unter sengender Wüstensonne, bereits zu tiefem Rot verbrannte, doch den Mann, dessen Arm sie auf dem Kamel festhielt, störte das nicht. Lediglich ein Tuch hatten sie ihr um den Kopf geschlungen und verknotet, darunter quollen sandfarbene Locken über schmale Schultern. Ihre Kleidung bestand aus Stoffen, wie er sie zuletzt als Kind im Gemach seiner Mutter berührt hatte. Leinen und Baumwollgewebe aus Europa, aber sie trug sie nicht so wie die Französinnen und Engländerinnen, die er in den Straßen von Alexandria und Kairo gesehen hatte. Es wirkte, als fehlte etwas. Als hätten Azads Männer ihr die Kleidung gestohlen und lediglich die Unterkleidung gelassen.

Wut brodelte in ihm auf. Was hatten sie sonst mit dieser Frau gemacht? Was auch immer es war, er würde nicht zulassen, dass sie ihr noch mehr Leid zufügten.

Ihre Augen weiteten sich, als sie bemerkte, dass er nicht von ihr wegsehen konnte. Sie drückte sich an den Mann hinter ihr, der daraufhin zufrieden grinste. Eine dreckige Hand schob sich auf ihre Brust. Das Mädchen begann zu zappeln. Die Wut in Djamals Innerem wurde zu glühendem Zorn.

„Du hast bei deinem Überfall eine Frau gestohlen?", wandte er sich an Azad, um einen neutralen Tonfall bemüht.

„Sieht so aus." Wenn Azad lächelte, konnte man sehen,

dass in seinem Mund mehrere Zähne fehlten.

„Es hieß, der Überfall galt einem Lager von … Ingenieuren." Das Wort kam Djamal nicht besonders leicht über die Zunge, wenn es zwischen arabische Worte verpackt war.

„Wie auch immer du diese Männer nennen willst, die unsere Wüste durchschneiden." Azad spuckte vom Pferd herunter aus. „Sie hatte dort nichts verloren. Ihre Schuld, würde ich sagen. Sie wird mir Freude machen. Jetzt such dir die Gäule aus, damit wir Land gewinnen können. Dein Salzwasser hier sorgt für eine Kruste auf meinen Lippen, und das macht durstig."

Im Leben nicht würde er die Frau in Azads Obhut belassen. Djamal trat von den Pferden zurück. „Behalte die Pferde. Ich nehme die Sklavin."

„Das könnte dir so passen. Großer Neffe, du hast drei Ehefrauen und mindestens sechs Konkubinen, zumindest ist das der letzte Stand der Dinge, von dem ich weiß. Was willst du mit ihr?"

Sie vor dir beschützen. „Vermutlich dasselbe, was du mit ihr willst. Mit dem Unterschied, dass sich deine vierzehn Frauen in Zelten wälzen und du sie schon seit Jahren kaum noch ernähren oder standesgemäß für sie sorgen kannst. Deine Krieger brauchen die Pferde, aber du brauchst keine weitere Frau. Es ist ein fairer Handel."

„Fair für wen?"

„Für alle." Inklusive des Mädchens, fügte er in Gedanken hinzu.

Azad legte die Arme über den Sattel und lehnte sich vor. Angestrengt dachte er nach, schob ein Stück Kautabak zwischen seinen verbliebenen Zähnen herum. Schließlich gab er dem Vernarbten einen Wink. Der Mann runzelte unwillig die Stirn, fügte sich aber und trat seinem Kamel in die Seiten. Fester umklammerte er die Mitte der Frau, und als er sich anschickte, sie vor Djamal in den Sand gleiten zu lassen, zappelte und schrie die junge Europäerin, als hätte sie soeben die Nachricht erhalten, dass man sie zum Abendessen rösten wolle. Nicht, dass das Zappeln und Zetern half. Die letzten paar Zoll bis zum Boden ließ der Vernarbte sie einfach fallen, und noch ehe die Sandwolke sich legte, gab er dem Kamel die Sporen und folgte seinen Kumpanen hinaus in die Wüste.

In Abu Zenima kehrte Stille ein. Die Ratsherren blickten auf das Bündel europäischen Leinens hinunter, zuckten die Schultern, ebenso wie Kifah, und wandten sich auf Djamals Zeichen hin ab, um wieder in den Schatten der Residenz zu gehen. Djamal blieb mit der Frau allein. Er sah zu, wie sie sich aufrappelte, bemüht, sich unter dem Leinen und der Baumwolle keine Blöße zu geben. Es amüsierte ihn ein bisschen. Zur selben Zeit imponierte es ihm, wie tapfer sie sich in der Situation behauptete. Beide Regungen unterdrückend, hielt er seine Gesichtszüge im Zaum. „Parlez-vous français?“, fragte er ruhig.

Sie erstarrte und sah zu ihm auf. „Ich stamme aus London“, sagte sie auf Englisch. „Und ich würde es begrüßen, wenn Sie mir angemessene Kleidung und Sonnenschutz anbieten würden.“ Als er nicht antwortete, fügte sie hinzu: „Sonst sehe ich bald so dunkel verbrannt aus wie du.“

Offensichtlich glaubte sie, nicht verstanden zu werden. Er erwog, sie in dem Glauben zu belassen. Es könnte einige erfrischende Details über ihr Denken verraten, wenn sie meinte, so reden zu können, wie ihr der Schnabel gewachsen war.

*

Unter dem Blick des Fremden brach Hazel der Schweiß aus.

Der Mann in dem fast bodenlangen, hemdartigen Gewand, um dessen Kopf dasselbe weiße Tuch geschlungen und mit einem Stirnreifen befestigt war wie bei den Reitern, die sie hierher gebracht hatten, starrte sie mit unbewegter Miene an. Wahrscheinlich war er genauso dumm, wie er aussah. Unter der sengenden Sonne, die in diesen Breitengraden von morgens bis abends schien, konnte man es diesen Wilden kaum vorwerfen, dass sie ein wenig minderbemittelt waren. Höchstwahrscheinlich hatte die Hitze jeden Rest Vernunft schlicht aus ihren Köpfen gebrannt.

Nun gut, Miss Fairchild, mahnte sie sich selbst, überlege, was am besten zu tun ist. Das alles konnte nur ein schreckliches Missverständnis sein. Sie wusste, dass der Pascha schon vor Jahren die Sklaverei verboten hatte. Dass sie sich nun hier befand, nach diesem entsetzlichen und erschreckenden Überfall auf das Camp, konnte also nichts anderes sein als ein bedauerlicher Fehler. Sie atmete tief durch.

„Hören Sie", sagte sie und bemühte sich, langsam und deutlich zu sprechen. Immerhin schien der Fremde eine wichtige Position in diesem Palast zu bekleiden, was zumindest hoffen ließ, dass mit ihm zu reden war. Auch wenn sein Aufzug nicht dem entsprach, was sie von einem Mann in gehobener Stellung erwartete. Das lange Gewand stand am Halsausschnitt weit offen, sodass sie, ehe sie den Blick abwandte, sehnige Schultern und elegant gewölbte Brustmuskeln unter bronzefarbener Haut sehen konnte. Viel größer als sie selbst war er nicht. „Mein Name ist Hazel Fairchild, und ich bin die Tochter des Abgeordneten des britischen Unterhauses William Hugh Fairchild, Chef-Ingenieur der Compagnie universelle du canal maritime de Suez, und die Verlobte von Captain Clarence Whitby. Mein Vater ist ein Vertrauter und enger Freund von Monsieur de Lesseps, der wiederum ein enger Freund des Paschas ist." Täuschte sie sich, oder ging ein Aufblitzen durch seine Augen, als sie das Wort Pascha sagte? Dieser Mann hatte erstaunliche Augen. Sie waren von einem strahlenden Blau und wirkten in dem dunklen Gesicht noch heller, als sie es ohnehin waren. Sie konnte ihm gerade ins Gesicht sehen, und diese Augen … Sie musste sich zusammenreißen. „Mit Sicherheit wird bereits nach mir gesucht. Sie ersparen mir und sich eine Menge Ärger, wenn Sie mich unverzüglich einer britischen oder französischen Autorität unterstellen. Ich bin sicher, alle Missverständnisse können dann zügig ausgeräumt werden."

Ihre Stimme war rau geworden von den vielen Worten. Zwar hatten ihr die Barbarenkrieger, die sie gefesselt und erniedrigt hierher gebracht hatten, ab und zu etwas zu trinken gegeben, aber das hatte nicht lange vorgehalten, und mittlerweile plagte sie der Durst wieder ebenso schlimm wie die Sonne.

Der Fremde starrte sie weiterhin unbewegt an. Sie kniff die Augen zusammen, um ihn besser mustern zu können. Er versteckte seinen schwer einzuschätzenden Körper unter einem unförmigen weißen Gewand. Seine Füße in den flachen Ziegenledersandalen waren staubig, wirkten aber dennoch nicht ungepflegt. Sie konnte seine nackten Knöchel erkennen. Ein Anblick, der ihr die Schamröte in die Wangen trieb und sie dazu veranlasste, ihren Blick schnell zu heben. Was es nicht unbedingt besser machte, denn nun starrte sie wieder auf den breiten und tiefen Halsausschnitt. Es würde wohl noch eine Weile dauern, bis sie sich daran gewöhnt hatte, dass in dieser endlosen Wüste Wilde lebten, die nichts von Anstand und Manier wussten. Das Problem war, dass sie, wenn sie weder seine Füße noch seinen Hals anzusehen versuchte, in die Verlegenheit geriet, in seine Augen sehen zu müssen, und die waren es, die sie am meisten verwirrten. Wie Aquamarine leuchteten sie in seinem schmalen Gesicht. Die Intensität seines Blickes wurde weiter verstärkt durch einen präzise gestutzten Bart in einer sonderbaren Form. Wie mit dem Lineal gezogen, verliefen die schwarzen Bartlinien entlang seiner Kieferknochen, über die schmale Oberlippe und in einem dünnen Streifen unter seiner vollen Unterlippe in Richtung des markanten Kinns. Plötzlich schauderte sie trotz der Hitze. Seine Lippen waren scharf gezeichnet. Neben dem linken Mundwinkel erkannte sie ein kleines Grübchen, wie bei einem Menschen, der gern und viel lachte.

Das war nicht der Blick eines begriffsstutzigen Barbaren. Es war der Blick eines Königs, und mit einem Mal ergab die Art, wie die anderen Reiter zu ihm aufgesehen hatten, einen Sinn.

„Sie verstehen mich nicht, nicht wahr?" Sie schluckte an Tränen. Es war so ärgerlich, nicht verstanden zu werden, und es machte ihre Einsamkeit und Hilflosigkeit an diesem absonderlichen Ort nur noch greifbarer. „Sie verstehen mich nicht, aber das ist auch vollkommen gleichgültig für das, was sie mit mir vorhaben." Plötzlich war alles klar. Bis hierher, bis zu diesem Moment, solange sie sich hatte einreden können, dass diese Männer hirnlose Wilde waren, hatte sie sich an ihre Wut klammern können. An den Gedanken, dass sie nur auf den richtigen Augenblick warten musste, um alles aufzuklären. Das war jetzt vorbei. Dieser Mann war keiner, der Fehler machte. Er hatte sie dem anderen Krieger abgefordert. Dieser Mann war sich durchaus bewusst, was es bedeutete, eine Europäerin gefangen zu nehmen. Dennoch nahm er die Gefahr für sich und die Seinen billigend in Kauf. Dass sie eine Gefangene war, daran zweifelte sie nicht. Die Hanfseile um ihre Handgelenke sprachen eine allzu deutliche Sprache. Und es war nicht nur das Hanfseil. Einer ehrenwerten Geisel hätte man nicht die Kleidung abgenommen. Ihr waren nur die zweiteilige Chemise und ihre Drawers, knielange Unterhosen aus vielen Lagen kostbarer belgischer Spitze, geblieben. So wurde keine Dame behandelt, so verfuhren Männer mit Huren, und auch wenn sie nicht in den Einzelheiten wusste, was es war, das Männer von einer Hure erwarteten, so war ihr doch klar, dass es für eine anständige Frau Schmerzen bedeutete und Schmach.

Um ihm ihre plötzliche Verzweiflung nicht zu zeigen, senkte sie erneut den Blick. Angst wallte in mächtigen Wogen durch ihren Körper. Wenn das Schlimmste geschah, wenn … o gütiger Herr im Himmel, das durfte nicht geschehen. Was würde ihr Vater von ihr denken? Und Clarence? Und die Gesellschaft daheim in London? Die Sorgen verblassten so schnell, wie sie aufkamen, und es gab nur noch einen Gedanken, der in ihrem Kopf saß. „Bitte", wisperte sie. „Bitte tun Sie mir nicht weh."

Ihr Flehen schwebte noch zwischen ihnen, als er langsam die Hand hob, um mit seinem Zeigefinger die Linie ihrer Wangenknochen nachzufahren. Es fühlte sich an, als ob ihre Haut unter der Berührung aufplatzen müsste. Zu lange war sie ungeschützt der Sonne ausgesetzt gewesen. Unwillkürlich zuckte sie vor seiner Hand zurück. Aus dem Augenwinkel sah sie, wie sich etwas in seiner Miene änderte. Wo zuvor Härte dominiert hatte, schlich sich für die Dauer eines Herzschlags noch etwas anderes ein, doch es verschwand so schnell, dass sie keine Zeit hatte, es zu deuten.

„Arme, kleine Lady Hazel Fairchild."

Fast noch mehr als unter seiner Berührung zuckte sie unter seiner Stimme zusammen. Die Worte waren sanft, der Tonfall der eines Mannes, der es gewohnt war, dass man zu ihm aufsah. Seine Stimme war dunkel, singend und hart zur selben Zeit. Er sprach Englisch. Fehlerloses, perfektes Englisch, nur ein kaum hörbarer Akzent schmolz die Vokale zu flüssigem Samt. Ihre Lippen begannen zu zittern, als sie begriff, dass sie sich erneut getäuscht hatte. Er hatte sie verstanden. Jedes einzelne Wort musste er verstanden haben. Sogar ihr Betteln. Scham explodierte in ihrem Inneren und ließ ihre Augen endgültig überlaufen. Mit seinem Finger fing er die Tränen auf, zerrieb sie zwischen den Fingerspitzen.

„Du bist verbrannt und dreckig, und meine Männer

und Allah haben es seit dem Überfall nicht gut mit dir gemeint. Ich bevorzuge meine Sklavinnen sauber und intakt. Komm." Endlich nahm er die Hand von ihrem Gesicht, schloss sie stattdessen erneut um ihren Oberarm. „Ich bringe dich in den Harem des Serails. Dort wirst du gewaschen und mit Nahrung versorgt, bevor wir uns näher kennenlernen."

„Bitte", sagte sie und hasste das Zittern in ihrer Stimme. Sie stemmte sich gegen seine Hand, räusperte sich. Zu ihrem Erstaunen verringerte er die Härte seines Griffs und wandte sich ihr wieder zu. In ihrem Kopf drehten sich die Gedanken, wirbelten Verwirrung, Hitze, Angst. Doch das zu zeigen, wäre ein Fehler. Noch nie hatte es einer Frau geholfen, schwach zu sein. Erst als sie sicher war, dass ihre Stimme ihr wieder gehorchte, setzte sie erneut zum Sprechen an. „Bitte, sagen Sie mir wenigstens, wer Sie sind. Wo bin ich? Was für ein Ort ist das hier? Ich habe Ihnen meinen Namen gesagt. Es wäre nur recht, wenn Sie …"

„Mein Name ist Scheich Djamal ibn-Tariq ibn-Mohammad al-Zenima al-Sinai, und das hier ist mein Serail. Mein Palast, wenn du so willst, oder vielleicht besser meine Residenz, da du unter Palast sicher etwas anderes verstehst. Du befindest dich in der Stadt Abu Zenima", unterbrach er sie.

Schon zuvor waren sie einander nahe gewesen, zu nahe, als es von Anstand und Schicklichkeit geboten war, aber jetzt kam er noch näher. Lauernd, gleichzeitig gebieterisch, überwand er die verbliebene Distanz zwischen ihnen, bis er direkt vor ihr stand. So nah, dass sie seinen Duft wahrnehmen konnte. Nach Sand und Sonne und Moschus. Auf der Haut in dem weit offenen Kragen glänzten Schweißperlen, auch an ihm ging die Hitze des Tages nicht spurlos vorbei. Ihr schwindelte. Sie musste die Augen schließen, um nicht zu torkeln und ihm womöglich in die Arme zu stolpern. Das hätte die gänzlich falschen Signale ausgesendet. So traf sie sein Atem an ihrem Ohr unvorbereitet. Ein warmer Lufthauch, der über ihren Hals rieselte, die Haut ihres Dekolletés streifte und sich auf ihre Brüste legte. Ein Schauder rann durch ihren Körper, verstärkt noch durch seine Stimme, als er weitersprach.

„Das ist mein Name, Hazel Fairchild. Es ist der Name deines neuen Herrn."

*

Als er mit ihr durch das Portal in den schattigen Innenhof der Residenz trat, ging ein Ruck durch sie. Kaum merklich, aber er hielt mit der Hand ihren Oberarm fest umklammert, sodass er auch die leiseste Regung spürte. Nur für den Fall, dass sie es sich in den Kopf setzen sollte, umzudrehen und zu fliehen, griff er fester zu.

Die Flügeltüren aus reich beschnitztem Ebenholz standen in Friedenszeiten den ganzen Tag weit offen, und Wachen patrouillierten nur sporadisch. Er war der Scheich, er musste den Anführern der Clans der Tiyaha jederzeit zugänglich sein.

„Du solltest das nicht tun, Hazel Fairchild", murmelte er halb amüsiert. „Du solltest nicht einmal den Gedanken an Flucht wagen. Auf dem Weg hierher hast du das Land gesehen, durch das du mit meinem Onkel gekommen bist. Wie lange, glaubst du, kannst du da draußen überleben in deinem …" Er blieb kurz stehen, drehte sie zu sich und ließ den Blick über ihren Aufzug gleiten. Ein schmutzig weißes Baumwollhemdchen mit dünnen Trägern, die Arme unbedeckt. Der Rock aus demselben Material mochte ebenfalls einmal weiß gewesen sein und hatte jetzt streifenförmig die Farbe des Wüstensandes angenommen. Sie protestierte mit einem Blick und einem Zucken, als er nach dem Stoff des Rockes griff und ihn ein wenig hochzog, sodass er ihre knöchelhohen Stiefelchen aus schwarzem Leder begutachten konnte. Er lachte, als sie damit nach ihm trat. Die sahen sehr warm aus und waren jetzt bestimmt voll Sand. „In deinem entzückenden Kleidchen", vollendete er den Satz.

Wütend starrte sie ihn an. Unter diesem Blick lag immer noch Angst, aber die Wut über seine Art, sie anzufassen und zu taxieren, überwog. Sie war erfrischend, irgendwie.

„Ihre … Verbündeten haben mir mein Kleid gestohlen", sagte sie, nur eine Nuance von einem schlangengleichen Zischen entfernt.

Er hob die Schultern. „Bringt gutes Geld, wenn sie es an einen Händler verkaufen, der auf dem Weg nach Alexandria ist. Ich denke, eine Dame wie du trägt sicher bezaubernde Kleider." Er ließ sie nicht im Zweifel darüber, dass es ihm gleichgültig war. In seinem Palast waren die Kleider, an die sie gewöhnt war, äußerst unpraktisch, und er würde sie einkleiden lassen, wie es sich hier gehörte. Er war sicher, dass ihr Körper in einem Kaftan aus Seidenbrokat himmlischer aussehen würde als in den ausufernden Gebilden aus Reifen und Spitze, wie die Engländerinnen und Französinnen sie trugen.

Ein Fingerschnippen brachte Kifah und Atiya an seine Seite. Aus dem Nichts tauchten sie auf und knieten sich in den Staub des Innenhofes zu seinen Füßen. Hazel Fairchild beobachtete mit Horror in den Augen die unterwürfige Geste. „Bringt meinen Gast in das Badehaus", sagte er, an die Konkubinen gewandt. „Ich wünsche, dass sie gereinigt und eingekleidet wird, sodass sie sich wieder wohlfühlt in ihrer Haut. Ich werde im hinteren Garten sein und erwarte, dass sie zu mir gebracht wird, sobald alles zu meiner Zufriedenheit ausgeführt wurde." Seine Stimme war härter als üblich, wenn er zu seinen Konkubinen sprach. Er hatte Kifahs Widerwillen erkannt, etwas, dem sofort ein Riegel vorgeschoben werden musste. Der Ausdruck auf dem Gesicht von Hazel Fairchild, die kein Wort verstand, war unbezahlbar. Sein Blick blieb ein wenig zu lange an ihrer vollen Unterlippe hängen, die die Farbe der Rosen hatte, die an der Wand zwischen den Fenstern der Gemächer von Lady Nuur hinaufrankten. Ob diese Unterlippe so süß schmeckte, wie sie aussah? Sie erinnerte ihn an Zuckerwerk, wie man es auf den Basaren Istanbuls zu kaufen bekam.

„Gebieter", murmelte Atiya, ehe sie sich erhob. „Die komplette Behandlung?"

Kifah hielt den Blick weiter gesenkt. Seine Favoritin mochte keine Rivalinnen um seine Gunst. Es war gut, sie hin und wieder daran zu erinnern, dass sie nur eine unter vielen war, auch wenn er sie dieser Tage öfter in sein Bett nahm als die anderen. Deshalb fand er es richtig, sie dazu zu verpflichten, die Neue zu baden.

Er betrachtete Hazel, trat näher und ließ die Fingerspitzen über ihren Kieferknochen gleiten. „Nein", sagte er gedankenverloren. „Nicht heute. Nur das Nötigste für mein Vergnügen. Keine Essenzen, kein Körperschmuck. Bringt sie mir unvorbereitet."

Kifah wagte es, kurz den Blick zu heben, ein leises triumphales Glitzern in den dunkelbraunen Augen. Er fragte sich, ob Hazel Fairchild noch Jungfrau war. Tiyaha-Mädchen wurden oft bereits mit vierzehn oder fünfzehn Jahren verheiratet oder als Konkubine verschenkt. Hazel war sicher einige Jahre älter. Aber er wusste nichts darüber, in welchem Alter englische Damen einem Mann gegeben wurden. War Hazel Fairchild verheiratet? Nein, sie hatte gesagt, dass sie die Verlobte eines Mannes sei. Den Namen hatte er vergessen. Der Name war unwichtig, denn jetzt war sie hier. In seinem Haus. Er spürte Abneigung gegen den Gedanken, sie wieder gehen zu lassen. Zu einem anderen. Er war sicher, dass der kratzbürstige kleine Engel Leben in seinen Serail bringen würde. Natürlich wäre es vernünftig, sie umgehend zurück nach Kairo zu ihrer Familie zu bringen, wenn er nicht den Zorn des Paschas riskieren wollte. Aber er musste auch den Geboten der Gastfreundschaft Genüge tun. Hazel Fairchild hatte einen anstrengenden Ritt in der Gesellschaft ungehobelter Männer hinter sich, der vermutlich zwei oder gar drei Tage gewährt hatte, ihre Haut war sonnenverbrannt und brauchte Pflege. Sie musste etwas essen und trinken und sich ausruhen, ehe er sie auf die selbst unter besten Voraussetzungen zwei Tage dauernde Reise nach Kairo schicken durfte. In den paar Tagen, die er sie hierbehalten konnte, würde er ihre Anwesenheit genießen. Mit den Fingerspitzen strich er über ihre zarten Schlüsselbeine, blieb an den Trägern ihres Hemdes hängen. Er fuhr sich mit der Zunge über die Lippen, und ihre bezaubernden blauen Augen weiteten sich noch mehr. Unwillkürlich trat sie einen Schritt zurück.

„Was haben Sie mit mir vor?", fragte sie, ihre Stimme überschlug sich fast.

Er lächelte sie an. Er wusste, dass es das Lächeln eines Wüstenfuchses war, und genoss, wie sie noch mehr aus dem Gleichgewicht geriet. „Ich sage dir die Wahrheit, Hazel Fairchild, ich weiß es noch nicht. Für den Moment habe ich meine Konkubinen angewiesen, sich um dich und deine Bedürfnisse zu kümmern. Ich wünsche, dass du dich wieder sauber und wohl in deiner Haut fühlst. Es wird dir ein wenig Sicherheit zurückgeben. Sei nicht zu schüchtern, um Speisen und Getränke zu bitten, wenn du hungrig oder durstig bist. Du bist mein Gast, Hazel, ich möchte, dass du freiwillig in diesen Mauern bleibst. Denn da draußen kommst du keine zwei Meilen weit, ehe deine delikate Haut unter der Sonne verglüht."

„Sie halten mich für schwach?"

Die Frage überraschte ihn. Auch die Antwort darauf, die einzige, die ihm einfiel. „Nein. Ich halte dich nicht für schwach." Er gab den Konkubinen ein Zeichen mit dem Kopf, ein knappes Nicken. Atiya ergriff den linken Arm der Engländerin, Kifah, ein wenig zu fest, den rechten. Es sah ganz leicht aus, aber er wusste es besser. Hazel

Fairchild ließ sich nur unter Protest von den beiden Frauen abführen. Schmunzelnd machte er sich auf den Weg zum Garten, wo noch immer, ungerührt von allen Vorkommnissen im öffentlichen Teil des Palastes, die Kinder kreischten und lachten.

Der hintere Garten war eine Oase aus Farben und Düften. Die besten Baumeister seines Volkes hatte sein Vater einst hierher gebracht, zusammen mit Gärtnern aus dem Delta des Nils, um den Garten anzulegen. Aus großer Tiefe holten gleich mehrere Brunnen das kostbare Wasser herauf, das den Wasserlauf speiste, der den Garten unterirdisch umrundete und überirdisch durchkreuzte.

Die beiden Jüngsten, Djamila und der erst wenige Wochen alte Khirash, lagen im saftiggrünen Gras der Spielwiese und erkundeten die Beweglichkeit ihrer Arme und Beine, aufmerksam bewacht und beschattet von ihren Müttern. Djamila war die Tochter von Djamals erster Ehefrau, seit fast elf Jahren war er nun bereits mit Haifa verheiratet. Die Mutter des kleinen Wonneproppens Khirash hingegen war seine neueste Konkubine, ein tscherkessisches Sklavenmädchen, das der Sultan aus Istanbul zu ihm geschickt hatte als Dankesgeschenk für eine Gruppe von hundert Kriegern, die er für dessen Armee zur Verfügung gestellt hatte. Vier Jungen zwischen fünf und zehn Jahren, die beiden älteren waren Haifas Söhne, die jüngeren die von Kifah, spielten unter Aufsicht des jungen Gelehrten Harib, der dem alten Nasir bei der Erziehung der Kinder zur Hand ging. Es handelte sich um ein seltsames Ballspiel, das der Gelehrte aus London mitgebracht hatte. Sie waren die Quelle des Geschreis. Kleine Mädchen saßen im Gras und kämmten sich gegenseitig das Haar.

Djamals drei Ehefrauen betreuten die Kinder. Zwei seiner Konkubinen hielten sich still im schattigen Hintergrund und warteten auf Befehle. Riesige Sonnenschirme und Sonnensegel spendeten Schatten für die, die danach suchten. Wer wollte, konnte im Teich schwimmen gehen, es gab eine Rutsche und ein Sprungbrett. An der tiefsten Stelle des Teiches war es Djamal möglich, aufrecht zu stehen, ohne dass man auch nur seinen Scheitel sehen konnte. Niemand war verschleiert. Es war sein Wunsch, dass seine Frauen und Kinder hier, in diesem Garten, offen für seinen Blick waren. Außer Nasir und dem Gelehrten Harib hatte kein Mann Zutritt zu diesem Ort. Der Garten war von allen vier Seiten von einer dreimal mannshohen Mauer umgeben. Fenster gab es nur von seinen ebenerdig gelegenen Privatgemächern, von wo eine Terrasse herausführte, und von Nuurs Gemächern direkt darüber, zu denen der Dachgarten gehörte, in dem sie Rosen züchtete.

Er ließ sich im Schatten eines Sonnenschirmes nieder, streckte die Beine aus und nahm seine Keffiyeh ab. Ein leiser, im Schatten kühlender Windhauch fuhr ihm unter die schulterlangen Locken. Eine der beiden demütig wartenden Konkubinen brachte ihm auf sein Winken hin eine Schale mit kandierten Früchten und einen Becher Ziegenmilch. Gedankenverloren beobachtete er das Treiben der Kinder.

Er hatte seinen Vater verloren, als er dreizehn Jahre alt gewesen war. Tariq hatte den Palast und den Garten einst anlegen lassen, seine Liebesgabe für Nuur. Die einzige Frau, die Tariq in sein Bett gelassen hatte, seine Ehefrau. Tariq hatte spät geheiratet, lange gewartet auf diese eine, diese besondere Frau, und er hatte ihr alles geschenkt, vor allem sich selbst. Djamal war der dritte Sohn aus ihrer Verbindung, nachdem Nuur zwei Söhne und eine Tochter tot zur Welt gebracht hatte. Bei der Geburt von Djamal war sie beinahe gestorben, und Tariq hatte ihr nie mehr ein Kind gemacht, sehr zum Missfallen seiner Berater, seiner Brüder und der Clanführer, die ihn bestürmten. Es war die Pflicht des Scheichs, für viel Nachwuchs zu sorgen, damit seine Nachfolge gesichert war. Tariq hatte gesagt, er brauche keine Armee von Söhnen, die sich gegenseitig das Erbe des Vaters streitig machten und sich darüber die Köpfe einschlugen. Das Einzige, was er brauche, sei ein Sohn, der mit Härte regierte und mit Weitsicht sein Volk beschützte und leitete. Als Tariq starb, war da nur Djamal, ein Halbwüchsiger, dessen Ausbildung noch lange nicht abgeschlossen war. Auf Drängen seiner Mutter war er in Zenima geblieben, obgleich dies der Ort war, der ihr gehörte, nicht ihm. Als Fünfzehnjähriger vermählte er sich mit der Tochter des Clanführers der Qadirat. Haifa, fünf Jahre älter als er, eine Witwe, die ihn die körperliche Liebe lehrte, ihm zwei Söhne und nun die kleine Djamila schenkte. Doch dem Rat war das nicht genug. Über die Jahre hatten sie ihm zwei weitere Ehefrauen zugeführt, eine Nubierin vom südlichen Nil und eine überirdisch schöne Tscherkessin aus Istanbul, erzogen am Hof des Sultans. Darüber hinaus hatten sie sechs Konkubinen in sein Bett gelegt, um Kinder zu zeugen. Zahlreiche Kinder, damit das Volk der Tiyaha nicht wieder vor dem Dilemma stehen würde, dass auf den Tod des Scheichs ein einziger, magerer, zerrupfter Erbe folgte. Niemals wieder sollte es geschehen, dass sich die kriegerischen Zweige des Stammes in Zwistigkeiten und Angriffen ergingen, um die Würde des Oberhauptes an sich zu reißen. Allen voran Männer wie Azad. Einander bekämpfende Söhne hatte Tariq nicht hinterlassen. Aber mehr als genug einander bekämpfende Brüder.

Die Ziegenmilch schmeckte frisch und süß. Unter gesenkten Lidern beobachtete Djamal seine Kinder. Sieben Söhne und sechs Töchter. Nicht schlecht für einen Mann, der gerade erst sein sechsundzwanzigstes Jahr vollendet hatte. Was die Fortpflanzung anging, hatte er seinen Ratsmännern viel Freude bereitet. Er legte den Kopf gegen die Wand in seinem Rücken und winkte nach einer der Konkubinen, dass sie ihm Luft ins Gesicht wedeln sollte. Er dachte an die salzfarbene Haut der englischen

Lady, die in diesem Moment in seinem Hammam mit Cremes, Salben und duftendem Badeöl verwöhnt wurde. Unwillkürlich irrte sein Blick zu dem Dachgarten über seinen Gemächern, zu den Rosen und den Fenstern der Räume von Lady Nuur, die dahinter in der Sonne blinkten.

Es wunderte ihn kaum, als plötzlich eine ältere Sklavin neben ihm auftauchte und auf die Knie fiel. Es war eine der Frauen, die Tariq für Nuur gekauft hatte und die seiner Mutter hündisch ergeben waren.

„Vergebt mir, Herr", murmelte sie in ihre zusammengelegten Hände.

„Was gibt es?", fragte er, obwohl die Frage überflüssig war. Es gab nur einen Grund, weshalb eine von Nuurs Dienerinnen es wagen würde, ihn anzusprechen. Er machte sich bereit, aufzustehen, wartete aber noch die Antwort der Sklavin ab.

„Die Lady Nuur wünscht Euch zu sprechen, Herr."

Die Stimme war wenig mehr als ein Flüstern. So ergeben die Dienerinnen ihrer Herrin gegenüber waren, so verängstigt waren sie ihm gegenüber. Zu fragil war ihre Position bei Hof, seit Tariq nicht mehr lebte. Es stand in Djamals Macht, die Sklavinnen der Lady Nuur zu verbannen oder gar töten zu lassen, wenn er sie als unnütze Esser empfand, denn im Grunde war es jetzt Aufgabe seiner Konkubinen, sich um die Belange der hohen Dame zu kümmern. Er hatte nicht die Absicht, die Dienerinnen seiner Mutter zu entfernen. Aber sie konnten nicht darauf vertrauen, dass das auch so blieb.

Er erhob sich langsam, gemessen und setzte die Keffiyeh wieder auf, ehe er aus dem Schatten in die Sonne trat. „Teile der Lady mit, ich werde in Kürze bei ihr sein." Er kümmerte sich nicht darum, wie die Frau mit schlurfenden Schritten Reißaus nahm, und trat stattdessen zu Haifa und Djamila. Er legte seiner Gemahlin die Hand auf den Rücken und strich mit einem Finger über die

Wange des pausbäckigen Kindes. Djamila verzog das Gesicht zu einem strahlenden Lächeln. Haifas Miene hingegen blieb unbewegt. An Liebe glaubte sie so wenig wie er. Körper, die Bedürfnisse hatten, fanden auch ohne Liebe zueinander. Das, was sein Vater und seine Mutter geteilt hatten, war selten gewesen und hatte Kriege heraufbeschworen. Außerdem sorgte es auch mehr als ein Jahrzehnt nach dem Tod von Tariq noch für Unfrieden. Es war gut, an so etwas nicht zu glauben. Haifa war an seiner Seite, weil es politisch sinnvoll gewesen war, und er würde ihr, wenn Djamila noch ein paar Monate älter war, auch wieder ein Kind machen. Einst hatte sie ihn gelehrt, wie Körper einander Befriedigung schenkten. Jetzt war er ihr in dieser Hinsicht weit voraus, und seine Pflichten hatte er immer ernst genommen.

Er richtete sich auf und machte sich auf den Weg zu den Gemächern seiner Mutter.

Kapitel 2

Hazel verschlug es den Atem beim Anblick des Raumes, in den die beiden Frauen sie führten.

Sie hatten ihr zu trinken und zu essen gegeben. Lauwarmen Tee aus einem edelsteinbesetzten Silbergefäß und dazu gezuckerte Datteln. Mit der Nahrung war ein wenig ihres Mutes zurückgekehrt. Womöglich war Scheich Djamal doch ein Ehrenmann und sie noch nicht verloren. Die Hoffnung zerplatzte wie eine Träne auf Stein, als sie begriff, wohin man sie brachte. Sie hatte von den Bädern der Orientalen gehört, von ihrem Prunk und ihrer Schönheit. Dennoch war sie auf den Anblick, der sich ihr jetzt bot, unvorbereitet. Das Bad war ein mehrgeschossiges Gemach, teilweise in den Boden gegraben, was für angenehme Kühle unter den Fußsohlen sorgte. Sie betraten es durch ein weitläufiges Portal, der Türsturz gehalten von riesigen, farbenfroh bemalten Säulen. Die Luft war schwer vom Duft nach süßen Ölen, Gewürzen und Blumen. Der Boden war verziert mit kostbaren Mosaiken, und ein Säulengang spannte sich entlang aller vier Wände. Zwischen jeweils zwei dieser Säulen hing ein karmesinroter Vorhang, der den Durchgang zu einer dahinterliegenden Kammer versperrte. Die Wände waren bemalt in Mustern aus Gold, Rot und Schwarz, Fenster gab es keine, warmes goldenes Licht spendeten Öllampen in Wandhalterungen. In der Decke, gestrichen in einem tiefen Nachtblau, funkelten Rubine und Rauten aus Gold wie Tausende Sterne. Ohne auf ihr Staunen Rücksicht zu nehmen, wurde sie in eine der Kammern gebracht. Sie hatte sich noch nicht von der Opulenz erholt, da griff eine der beiden Frauen nach dem Ausschnitt ihrer Chemise und riss sie ihr mit einem Ruck vom Leib.

Hazel entfuhr ein spitzer Schrei, doch auch der half nicht, denn während sie noch damit beschäftigt war, ihre Brüste vor den Blicken der anderen zu schützen, hatte die zweite Frau ihr auch die Drawers vom Leib gezogen und raubte ihr die Bewegungsfreiheit, als die Hosenbeine sich um ihre Knöchel verhedderten. Die Frauen lachten über ihren Versuch, sowohl ihre Scham als auch ihre Brüste zu schützen, und machten kurzen Prozess mit ihr. Halb gezogen, halb geschoben, zerrten sie sie durch einen weiteren Durchgang, diesmal nicht verschlossen durch einen Vorhang, sondern durch eine richtige Tür.

Was sie hinter der Tür erwartete, ließ sie schwindeln. Hatte sie seit dem Augenblick, als sie das Innere des Palastes betreten hatte, angenehme Kühle umgeben, war es hier drinnen so heiß, dass sie kaum atmen konnte. Die Luft war derart feucht und schwer, dass die Konturen der Einrichtung vor ihren Augen zu verschwimmen schienen. Nur vage konnte sie das hüfthohe Marmorpodest in der Mitte des Raums erkennen, auf das die beiden Frauen sie hoben. Sie nötigten Hazel, sich auf den Rücken zu legen. Die ältere der beiden Frauen, deren Hand durch zwei fehlende Finger auf grausige Weise verstümmelt war, zog ihr mit schnellen Bewegungen die Stiefel von den Füßen und befreite ihre Knöchel von den Drawers. Der Stein unter Hazels Rücken war warm und angenehm glatt, und obgleich sie dies nie zugegeben hätte, sickerte die feuchte Wärme wohlig in ihren Körper und begann schon nach Sekunden, ihre verspannten Muskeln zu lockern. Ergeben schloss sie die Augen. Eines hatte sie begriffen. Was auch immer diese Frauen mit ihr vorhatten, sie konnte sich dem nicht entziehen.

Bald kroch die Wärme auch in ihren Kopf, machte sie schläfrig. Nur entfernt hörte sie das Plätschern von Wasser, nahm sie den Duft von Patschuli, Rosen und Sesam wahr, der sich intensivierte. Nicht einmal als ein Schwall warmen Wassers ihren Körper traf, vermochte sie, die Augen zu öffnen. Sie benetzten ihre Haare mit öligem Wasser, ihren Hals, ihre Brüste, den Bauch, die Beine. Wolkengleich rann es unter ihren Körper, wärmte auch dort ihre Haut, gab ihr das Gefühl zu schweben. Nur ein wenig ausruhen, sagte sie sich. Nur eine kurze Weile. Um Kraft zu sammeln für den nächsten Widerstand, Ausdauer für das Martyrium, das ihr zweifelsfrei bevorstand, ehe sie zurückkehren konnte zu ihrem Vater. Erst als ein lautes Knallen die Luft zerschnitt und sie nahezu im selben Moment flattrige Berührungen trafen, überall auf ihrem Körper zugleich, öffnete sie benommen die Augen.

Die verstümmelte Frau hielt eine riesige Blase in der gesunden Hand. Diese führte sie über Hazels Körper, das war die Quelle für die sanften Berührungen, und wo die Blase sie küsste, blieb Schaum zurück. Abermillionen kleiner Bläschen, die sich auf ihre nackte Haut legten, wie ein aus Wolken geknüpfter Teppich. Als kein weiterer Schaum mehr von der Blase tropfte und die Sklavin sie ausschlug, erkannte Hazel, dass es nichts anderes als ein Tuch war, gefüllt mit Luft und Seife, das sich, wenn man es an den Nähten zusammennahm, wie ein Ballon aufblähte. Noch drei Mal wiederholte die Frau die Prozedur, bevor sie das Tuch weglegte und sich stattdessen einen eigentümlichen Handschuh überstreifte, mit dem sie begann, Hazels Haut zu massieren.

Hazel schrie auf. Der Handschuh war rau, faserig, riss an ihrer malträtierten, sonnenverbrannten Haut, doch sofort waren die Hände der zweiten Frau da, hielten sie an den Schultern, pressten sie auf den warmen Marmor. Zwischen Schaum und Schmerz meinte sie ein schadenfrohes Grinsen auf dem Gesicht der Älteren zu erkennen, aber um sich zu fragen, was das zu bedeuten hatte, blieb ihr keine Zeit, denn schon wurde sie umgedreht und die peinigende Massage setzte sich auf ihrer Rückseite fort. Wimmernd barg sie den Kopf unter ihren Armen. Das Reiben und Zerren ging weiter, auf ihren verbrannten Schultern, ihrem Rückgrat, ihrem Hinterteil, ja sogar zwischen ihren Schenkeln, und als sie dachte, die Scham wäre so groß, dass sie sie nicht einen Moment länger aushalten konnte, geschah etwas Seltsames.

Ihr Geist kapitulierte, ergab sich dem Schmerz, ergab sich dem Brennen, öffnete sich für die Berührungen und die Düfte, das Streicheln des cremigen Schaums auf den geschundenen Stellen. Das Ziepen in ihren Locken, als man ihr die Haare wusch und sorgfältig, wenn auch nicht unbedingt vorsichtig, auskämmte, nahm sie kaum noch wahr. Schwärze mit tanzenden Lichtpunkten darin sickerte in ihren Kopf, bis sie nichts mehr war als Gefühl. Sie schwebte in einer Wolke aus exotischen Düften und unbekannten Gewürzen. Wie ein Bad in warmem Öl.

Wie lange es dauerte, bis eine der Frauen sie grob an der Schulter packte und wachrüttelte, konnte sie nicht sagen. Man bedeutete ihr, sich aufzusetzen. Ihre Haare hatten sie bereits in ein Tuch eingeschlagen, nun trockneten sie sie mit weiteren Tüchern ab. Zuerst ihre Vorderseite, dann ihren Rücken. In der Annahme, nun fertig zu sein, wollte sie aufstehen, stattdessen wurde sie zurück auf den Marmorsockel gedrückt. Die jüngere der beiden Sklavinnen verließ das Badezimmer und kehrte wenig später mit einer Schale in der Hand zurück, die sie neben Hazels Schulter auf die Marmorplatte stellte. Über ihren Körper hinweg verständigten sich die beiden Frauen, dann riss ihr die Ältere den Arm in die Höhe. Hazel zappelte, schrie, aber das Einzige, was sie sich damit einhandelte, war eine gellende Maulschelle. Sie war noch damit beschäftigt, den Schlag zu verdauen, da verteilte die Jüngere mit den Fingern ein wenig von der zähklebrigen Masse aus der Schüssel in Hazels Achselbeuge. Ein kurzes Brennen, ein kurzes Drücken, dann ein Reißen. Beißender Schmerz. Mitsamt der klebrigen Masse hatten sie ihr die Haare unter den Achseln ausgerissen, und so sehr sie sich wehrte, sie beachteten sie gar nicht und setzten die Tortur einfach auf der anderen Seite fort. Tränen liefen ihr über die Wangen, ihre Haut brannte, juckte, spannte, aber es wurde noch schlimmer. Kaum waren sie mit ihren Armen fertig, griff die Verstümmelte nach ihren Fußknöcheln und riss mit einem kräftigen Ruck ihre Schenkel auseinander. Scham und Wut explodierten hinter Hazels Stirn. Sie trat, fluchte, wand sich unter dem unnachgiebigen Griff, bis sie es tatsächlich schaffte, einen Knöchel zu befreien. Dann den anderen. Schneller, als sie es sich zugetraut hätte, glitt sie von der Marmorplatte herunter und war auf den Beinen, hechtete in Richtung der Tür. Eine Hand packte sie am Arm, riss sie zurück, sie schlitterte auf dem feuchten Untergrund. Ein weiterer Schlag ins Gesicht warf sie zu Boden. Während die Jüngere sie an den Schultern niederhielt, kniete sich die Ältere auf ihren Unterkörper. Ein wütender arabischer Wortschwall ergoss sich über sie, während die dreifingrige Hand sich in ihre Wangen bohrte und sie zwang, in das hübsche Gesicht der Frau zu sehen. Während sie schimpfte, keifte und zeterte, kniff sie ihr in die Spitzen ihrer Brüste, verteilte weitere Maulschellen, Knüffe und leichte Schläge. Bevor Hazel wirklich begriff, was hier geschah, riss sich die Frau zwischen zwei Ohrfeigen den Saum ihres eigenen Gewandes nach oben, raffte es so weit über ihren Schoß, bis Hazel ihre Scham erkennen konnte. Geschockt kniff sie die Augen zusammen, doch sofort wurde an ihrem Kopf gerüttelt, bis sie aufgab und die Lider wieder hob. Was sie sah, trieb ihr erneut Tränen in die Augen. Der Schoß der anderen Frau war komplett enthaart. Deutlich konnte sie die fleischigen Lippen erkennen, die sich, einer Muschel gleich, um ihr Geschlecht schlossen, die kleineren Falten, die dazwischen hervordrangen, und einen winzigen Knoten am oberen Rand. Wild gestikulierend deutete die Frau auf ihre eigene Scham, dann auf die von Hazel, die züchtig bedeckt war mit einem Vlies goldener Locken, und schließlich auf die dritte Anwesende mit der Schüssel in der Hand. Zwischen all dem verstand Hazel nur einen Namen. Scheich Djamal. Immer wieder Scheich Djamal. Und sie begriff.

Das waren keine gewöhnlichen Sklavinnen, mit denen der Barbar sie weggeschickt hatte, um sie zu waschen. Es waren Mätressen des Scheichs, ihre Körper für den Mann, dem sie gehörten, nichts als Gebrauchsgegenstände, die instand gehalten werden mussten, wie es ihm beliebte. Der junge, energische Scheich brauchte offenbar viele Frauen, um bei Laune gehalten zu werden und er wollte sie haarlos wie junge Mädchen.

Ihre Gegenwehr erstarb. Sie begriff, dass es nichts mehr gab, was sie vor ihrem Schicksal bewahren konnte. Heiße Tränen liefen ihr über die Wangen, als ihre Schenkel wieder auseinandergezogen wurden, und sie wusste nicht, was mehr schmerzte. Die Prozedur, mit der sie ihres letzten Schutzes beraubt wurde, oder das Wissen, was bald schon auf sie zukommen würde.

*

Über die Treppe im Inneren des Serails erreichte Djamal den weitläufigen, von kantigen Säulen aus bemaltem und lackiertem Sandstein getragenen oberen Korridor. Er trat durch den Perlenvorhang auf die Terrasse, wo ihn der schwere Duft der pinkfarbenen Kletterrosen empfing, die Lady Nuur an der Wand des Obergeschosses hinaufwachsen ließ. Bis zu drei Meter tief war der humusreiche Gartenboden, den Sklaven nach der Erbauung des Hauses aufgebracht hatten, importiert auf Schiffen aus China und Indien. Pfade, aus glänzend polierten Marmorplatten gelegt, kreuzten die Beete. Heckenrosen begrenzten die Anlage und vereitelten allzu neugierige Blicke in die Fenster der Scheichmutter. Pergolen, so hoch wie zwei Männer, boten Rankhilfen für Nuurs meistgeliebte Variationen, Kletterrosen aus ihrer Heimat. Djamal atmete tief durch und durchquerte das blühende Paradies.

Der Seidenvorhang am Eingang zu Nuurs Reich war zurückgeschlagen. Eine Einladung. Seine Stellung bedeutete, dass er nirgends, nicht einmal hier, eine solche Einladung brauchte. Aber Respekt forderte von ihm, seine Mutter nur aufzusuchen, wenn sie ihn einlud.

Witwen eines Scheichs wurden von der Gesellschaft ausgeschlossen. Nicht verstoßen, aber sie pflegten sich zurückzuziehen, aus der Politik und aus dem öffentlichen Leben. Abu Zenima war der Ort, an dem Nuur ihren Lebensabend ohne ihren Gemahl hätte verbringen sollen. Dafür war der Serail angelegt worden. Doch für Nuur kam es nicht infrage, ihre Tage fernab von ihrem Sohn zu beschließen, und in stillschweigendem Einverständnis war die Anlage, die Tariq für Nuur gebaut hatte, auch zu Djamals Machtzentrum geworden. Im Einklang mit dem, was die Traditionen seines Volkes forderten, hielt Nuur sich aus dem Palastleben fern, blieb hier im oberen Stockwerk für sich, in ihren weit ausladenden Räumlichkeiten, zwischen Kostbarkeiten aus aller Herren Länder und den Annehmlichkeiten, die es in Kairo und Alexandria zu kaufen gab. Doch im Einklang mit dem, was sie sich in ihrer Seele wünschte, verzichtete sie nicht auf den regelmäßigen Kontakt zu ihrem Sohn. Sie wusste genau, was in seinem Leben passierte, was ihn umtrieb, wer ihn besuchte, wer wieder ging. Er brauchte ihr Einverständnis nicht, wen er heiratete, im Gegenteil, dazu waren die Ratsleute da, die diese Entscheidungen trafen, ebenso, was die Konkubinen betraf. Seine Mutter ging das nichts an. Dennoch kannte er ihre Meinung über jede Einzelne von ihnen.

Bei den wenigen Anlässen, wenn Nuur Besuch von außerhalb empfing, trat sie ihrem Gast tief verschleiert entgegen, über und über behängt mit kostbaren Seidenstoffen, Perlen und Edelsteinen. Für das Gespräch mit ihrem Sohn bedurfte es jedoch keiner Maskerade. Sie trug eine bodenlange Tunika aus tiefroter Seide und auf dem Kopf, statt des üblichen Kopftuches, einen Perlenschmuck nach uralter türkischer Tradition. Ein Hochzeitsgeschenk seines Vaters, wusste Djamal. Er trat dicht vor sie hin und neigte den Kopf.

„Lady Nuur, die das Licht nach Arabien bringt", sagte er und wartete, bis sie ihre kleine, delikate Hand in seinen Nacken legte und ihre Fingerspitzen unter der Keffiyeh über seine Haut strichen. Dann erst hob er den Kopf und sah ihr in die Augen. Augen von der Farbe kenianischen Aquamarins, so hell, fast durchsichtig. Genau wie die seinen.

„Setzen wir uns", sagte sie, aber im Gegensatz zu ihm sprach sie Englisch.

Er lächelte. Ein erster Hinweis darauf, weshalb er hier war. Lady Nuur mochte nicht am Leben im Serail teilnehmen, aber nichts, was hier geschah, entging ihr. Sie wedelte mit der Hand, und ihre Dienerinnen zogen sich in die Schatten zurück. Staubkörnchen tanzten in den Streifen von Sonnenlicht, die durch die raumhohen Fenster hereinbrachen. Das Lachen der Kinder klang so deutlich herauf, dass er die Stimmen erkannte, Yasif und Fayyad und die quirlige Dunyana. Auch Nasir, der mit wachsender Erschöpfung Disziplin einforderte. Nuur hörte es ebenfalls, ein sanftes Lächeln zeichnete ihren Mund weich.

Seine Mutter war gerade erst Mitte vierzig. Als sie an Tariq verheiratet worden war, hatte sie vierzehn Jahre gezählt. Nicht als Sklavin war sie in die Wüste gebracht worden, sondern als Friedensangebot des Paschas und seines Verbündeten, eines englischen Diplomaten. Der Pascha, zu jener Zeit im Kriegszustand mit sämtlichen Volksstämmen außerhalb Kairos und in seiner Machtstellung abhängig von deren Wohlwollen, weil sie ihm ansonsten wieder und wieder das Dach über dem Kopf anzündeten, hatte jahrelang keinen britischen Abgesandten in Kairo dauerhaft geduldet. Durch die Ankunft von Lord George Whiteley sollte diese Lücke gefüllt werden. Whiteley brachte nicht nur englische Waffentechnik mit nach Kairo, sondern auch drei Töchter, die mit Männern verheiratet wurden, von deren Friedfertigkeit die Herrschaft des Paschas über neu gewonnene Landstriche abhing. Mary heiratete einen nubischen Fürstensohn. Seit dessen Tod hatte sie sich, vom Gold der Nubier reich geworden, in Alexandria niedergelassen, wo sie einen der opulentesten Haushalte der Stadt am Mittelmeer führte. Constance verschlug es nach Kreta, und das letzte Lebenszeichen von ihr kam nur wenige Jahre später, als der Sultan die Insel wieder an sich riss, weg vom Einfluss des Paschas. Elizabeth war die jüngste der drei Schwestern. Ein zartes, fast durchsichtiges Geschöpf. Djamal erinnerte sich an die Geschichten, die sein Vater ihm erzählt hatte über den Tag, an dem er Nuur, das Licht, fand. Muhammad Ali Pascha hatte den Sohn des Scheichs der Tiyaha nach Kairo geladen, um ihm das kleine Häuflein Frau zunächst vorzustellen, anstatt ihn einfach so mit einer Braut zu brüskieren, die ihm nicht genug war. Krieg mit den Beduinen heraufzubeschwören, lag nicht in der Intention des Paschas, der zu jener Zeit an vielen Fronten kämpfte und die Tiyaha brauchte, um die Sinai zu halten. Eine europäische Braut war ein stolzes Geschenk, auch dann noch, wenn sie als Konkubine gehandelt wurde. Doch Elizabeth, Lady Whiteley, war nicht das, was ein Beduinenprinz brauchte. Das Nomadenleben in der Wüste war hart, und das feengleiche Wesen hätte keine drei Wochen überlebt.

Tariq ibn-Muhammad war zu jener Zeit schon mehr als dreißig Jahre alt gewesen und hatte weder eine Ehefrau noch eine Konkubine. Er hatte zahlreiche Brüder, pflegte er zu sagen, die das Blut fortführen und den Vater beerben konnten, wenn er selbst keine Frau fand. Er war ein idealistischer Träumer gewesen, der zwei Jahre in Paris verbracht hatte und ein weiteres in London. Ein überaus intelligenter idealistischer Träumer. Ein Blick auf das verunsicherte, verängstigte Mädchen Elizabeth hatte genügt.

Er hatte sie mit sich genommen in die Wüste, hatte ihr seine Welt zu Füßen gelegt. Er hatte Abu Zenima gebaut, damit Elizabeth, die er Nuur nannte, nicht durch die Wüste ziehen musste. Er war sesshaft geworden, obgleich seine Clans, die Menschen, die er beherrschte, ihre Lebensweise beibehielten. Er hatte für Nuur, die Frau, die das Licht brachte, alles gegeben. Mehrere Totgeburten, weil Elizabeth zu jung und zu zierlich war, um Kinder zu gebären, hatten den Rat wieder und wieder ins Spiel gebracht, hatten die Rufe nach einer Konkubine immer lauter werden lassen, aber diese waren an dem hoffnungslos verliebten Scheich abgeprallt wie an einer Mauer aus Glas. Mit achtzehn hatte Nuur ihren einzigen überlebenden Jungen geboren. Mit knapp über dreißig war sie Witwe geworden.

Für Nuur kam eine Rückkehr in das Land, in dem sie geboren war, nie infrage. Abu Zenima war ihr Zuhause. Die Erinnerung an den Mann, für den sie nicht der klägliche Rest gewesen war, sondern Mond und Sterne und eine Oase in der Wüste. Sie trug die Kleidung ihres neuen Volkes, sie frisierte sich wie sie, sprach wie sie. Wenn sie es nicht wollte, hörte niemand, dass sie eine Fremde war. Sie war eine Beduinenfürstin geworden, ein Kind der Sinai. Djamal lag seiner Mutter zu Füßen, aber sie hatte es niemals ausgenutzt.

Er nahm seine Keffiyeh ab, legte die Stoffbahn neben sich auf den Boden und umschloss ihre zarten Hände mit seinen großen, die Handflächen rau vom Halten der Zügel. In ihren Augen wohnte ein Lächeln, wann immer sie zusammen waren.

„Was hast du mit ihr vor?", fragte sie.

Wenn sie in ihrer Muttersprache miteinander redeten, konnten die Dienerinnen sie nicht verstehen. Es kam nicht darauf an, Geheimnisse zu haben. Eine Sklavin, die Familiengeheimnisse verriet, verlor zuerst die Zunge, dann eine Hand, zum Schluss den Kopf. Nie hätte eine der Frauen gesprochen. Es ging ihnen um den Augenblick der Zweisamkeit, darum, dass sie miteinander und dem, was sie sich zu sagen hatten, allein waren.

Er blickte auf ihre weißen Hände in seinen. „Ich weiß es nicht", sagte er. „Ich habe darüber noch nicht nachgedacht."

„Du hast dich sehr schnell entschieden, sie Azad abzunehmen." Sie zog eine Hand aus seinen und strich ihm mit den Fingerspitzen über die Stirn. „Sei vorsichtig, Djamal", sagte sie. „Es gibt jene in deinem Gefolge, die sich erinnern werden. An das Feuer in den Augen deines Vaters, an seine Entschlossenheit und …"

Er schüttelte leicht den Kopf und lächelte sie an. „Alles, was ich getan habe, ist, Hazel Fairchild aus den Klauen eines Mannes herauszuholen, der sie benutzt und im Wüstensand entsorgt hätte. Was, findest du, wäre ehrbarer gewesen? Ihn mit ihr ziehen zu lassen? Er hat keine Verwendung für sie."

„Hazel Fairchild." Ihre Stimme schien den Namen zu kosten. Mit den Fingern tastete sie über seine Schläfe, seine Wange hinab, liebkoste sein Kinn, als wäre sie blind und sehe ihn mithilfe ihrer Fingerspitzen an. „Und du? Hast du eine Verwendung für sie?"

„Es gibt viele Möglichkeiten. Ich kann sie bei Said Pascha eintauschen, oder direkt bei den Bauleuten am Kanal. Ich kann meine Ergebenheit Said Pascha gegenüber beweisen, oder mir Frieden erkaufen bei den Engländern oder den Franzosen. Ich könnte sie hierbehalten, bis sie sich erholt hat, und sie dann nach Kairo bringen zu ihren Leuten. Oder ich kann sie ganz behalten. Ich glaube, sie ist eine kluge, junge Frau. Nasir wird alt."

Sie riss schockiert die Augen auf. „Du willst … sie soll deine Kinder erziehen?"

„Vielleicht." Er lachte. „So viele Möglichkeiten. Ich werde sie eine Weile hierbehalten und beobachten. Ich mag es, dass sie Feuer hat. Sie ist mutig."

„Und schön?" Es war eine Frage und zugleich auch nicht.

Lachend nahm er eine kandierte Dattel aus der bereitstehenden Schale und steckte sie sich in den Mund. So schön wie der aufgehende Morgen am Khalish an einem klaren Tag, dachte er, doch er sagte es nicht. „Das bleibt abzuwarten. Für den Moment war sie ziemlich dreckig, und ihre Garderobe ließ auch zu wünschen übrig. Ich habe Kifah und Atiya damit beauftragt, das zu ändern. Ich bin neugierig, was sie unter der Schicht an Sand und Staub hervorzaubern."

Seine Mutter schwieg, als wüsste sie ganz genau, dass er nur die halbe Wahrheit gesprochen hatte.

Die nächste Frucht betrachtete er sehr eingehend, ehe er sie verspeiste. „Ich weiß nicht. Sie ist … anders. Sie fordert mich heraus, und statt ihr zu zürnen, will ich, dass sie mir widerspricht. Es ist erfrischend. Sie ist keine, die dient, sie ist eine, die verlangt. Selbst Töchter von Clanführern oder Scheichs sind unterwürfiger als sie. In ihren Augen ist Feuer." Er blickte auf. „Licht."

Seinen Versuch, sich zu erheben, vereitelte sie, indem sie sein Handgelenk umfasste. „Djamal. Sei vorsichtig. Dir zuliebe. Und ihr zuliebe. Wenn du sie behältst, dann gibt es Leute in deinem Rat, denen sie ein Dorn im Auge sein wird. Sie wird sehr gefährlich leben, wenn sie Teil deines Harems ist. Und vielleicht wird sie nicht sehr lange leben."

Ein gellender Schrei drang durch den Säulengang bis in das luxuriöse Gemach der Lady Nuur. Djamal verzog amüsiert das Gesicht. „Im Augenblick klingt es so, als wäre es Kifah oder Atiya, die nicht lange leben wird." Er stand auf. Mehr Geschrei, Gezeter, er meinte sogar, sehr undamenhafte englische Flüche zu hören, aber ganz sicher war er nicht. Sich vorzustellen, wie sie Kifah und Atiya das Leben schwer machte, amüsierte ihn und ließ ihn sich wünschen, dabei zu sein, es mit eigenen Augen zu sehen.

Lady Nuur zog besorgt die Brauen zusammen. Er neigte sich zu ihr und legte seine Stirn auf ihre. „Selbst wenn ich sie behielte, Mama", sagte er zärtlich, das Kosewort wie eine verbotene Süßigkeit auf seinen Lippen. Er sagte es selten. Vielleicht zu selten. „Ich habe dreizehn gesunde Kinder. Es gibt keinen Grund für den Rat, eine Wiederholung der Ereignisse zu fürchten, selbst wenn Hazel hierbleibt. Und ich kann mich nur wiederholen. Ich habe mich noch nicht entschieden."

Sie seufzte und vergrub für einen Augenblick beide Hände in seinen Haaren, um sich eine Sekunde zu stehlen, die sie einander noch nah sein durften.

Als er sich losmachte und nach der Keffiyeh griff, um sie wieder um seinen Kopf zu schlingen, zwinkerte er sie an. „Du wirst es als Erste erfahren, Mama."

*

Es war der Anblick der Kinder, die durch den weitläufigen Garten tollten, der das Band um Hazels Brust ein wenig lockerte. Nur wenige Schritte hinter der Folterkammer, als die sich das Bad entpuppt hatte, erstreckte sich ein kleiner Garten Eden. Üppige Bepflanzung, künstlich angelegte Bachläufe und sogar ein kleiner Teich ließen vergessen, dass sie sich inmitten einer Wüste befanden. Die beiden Sklavinnen, die das Bad vollzogen hatten, begleiteten sie einige Schritte in den Garten und ließen sie dann allein. Verloren stand sie inmitten all der Pracht. Sie sehnte sich danach, unter einem der farbenprächtigen Sonnensegel Platz zu nehmen, um ein wenig zu sich zu kommen, wagte es aber nicht, sich auf den zahlreichen Kissen niederzulassen. Zu fremd war ihr die Umgebung, zu rätselhaft die Sitten, zu blank ihr neuer Körper. Da sie nicht Gefahr laufen wollte, an Ort und Stelle festzuwachsen, straffte sie die Schultern und schlenderte zum Rand des Badeteichs. Zwei Jungen, vielleicht im Alter von zehn und zwölf Jahren, hatten sich dort niedergelassen. Ihre schwarzen Locken waren unbedeckt, fielen ihnen lose in die Stirnen, die gesenkt waren über ein Mühlebrett in ihrer Mitte.

Hazel kannte das Spiel, hatte es selbst oft gespielt und wusste, dass es unter zwei gleichwertigen Gegnern immer mit einem Remis endete. Auf dem Spielbrett vor ihr jedoch hatte sich der Spieler der weißen Steine einen klaren Vorteil verschafft und eine Zwickmühle aufgebaut. Der Junge, der die schwarzen Steine spielte, war so damit beschäftigt, zu versuchen, sich aus dieser misslichen Lage zu befreien, dass er übersah, dass sich ihm an anderer Stelle eine Möglichkeit bot, mit seinem Gegner gleichzuziehen und seinerseits eine Zwickmühle zu bauen. Er hatte den Zeigefinger bereits auf einem der Spielsteine liegen, um ihn in vermeintliche Sicherheit zu ziehen.

Hazel entwich ein warnender Laut. Irritiert ruckten die Köpfe der beiden Buben in die Höhe. Ihr Herz machte einen Satz, aber sie zwang sich zu einem Lächeln. Jetzt erst erkannte sie, dass der Spieler mit den schwarzen Steinen der Jüngere der beiden sein musste. Kein Wunder, dass er im Nachteil war, ihm fehlte die Erfahrung. Ohne zu überlegen, deutete sie mit dem Finger die Konsequenz an, die sein Zug haben würde, und wies ihm stattdessen die Alternative, den Zug, mit dem er mit seinem Gegenspieler gleichziehen könnte, sodass sie fortan wieder gleichauf lägen. War die Miene des Jüngeren zunächst noch skeptisch, erhellte ein fröhliches Lächeln kurz darauf seine Züge, als er die Absicht hinter dem Spielzug erkannte. Unglaublich weiße Zähne blitzten hinter seinen vollen Lippen auf, seine Augen strahlten.

Leise lachend wollte sich Hazel wieder abwenden, da ließ sie ein zischender Laut innehalten. Ihr Blick traf den des älteren Jungen. Seine Stimme war noch nicht gebrochen, er war vermutlich jünger, als er aussah, aber das, was er ihr ins Gesicht schleuderte, war fraglos eine Beschimpfung. Aus seinen Augen schrie ihr blanker Hass entgegen. Schockiert wich sie einen Schritt zurück und noch einen, als der Übervorteilte aufsprang und mit einer fahrigen Bewegung das Spielbrett vom Tisch fegte. Mit dem Rücken stieß sie gegen eine Wand. Eine weiche, nachgiebige Wand, und vor Schreck schrie sie leise auf.

„Yasif!"

Die Stimme hinter ihr ließ den Jungen innehalten. Mit unverminderter Wut in den Augen setzte er zu einer Erklärung an, deutete mit dem Finger auf sie, ereiferte sich in etwas, das nur eine Schimpftirade sein konnte.

Scheich Djamal in ihrem Rücken erwiderte etwas. Nur ein einziges Wort, das den Heranwachsenden zusammenzucken ließ. Aus dem Augenwinkel nahm sie wahr, wie der Scheich die Hand hob und in eine Ecke des Gartens deutete, wo ein älterer Beduine mit weiteren Kindern im Schatten saß. Noch während Hazel damit beschäftigt war, ihr Herz zu überreden, sich zu beruhigen, trollten sich die beiden Jungen, und Djamal umfasste ihren Oberarm.

„Ich entschuldige mich für Prinz Yasif", sagte er. Ruhig und besonnen, als könnte nicht einmal ein Wüstensturm ihn zum Schwanken bringen. „Mein Sohn hat das Blut eines Kriegers, aber noch nicht die Beherrschung eines Mannes. Noch hat er den Respekt zu lernen, mit dem ein Mann einer Dame gegenübertritt."

„Das …", sie stockte mitten im Satz. „Das ist Ihr Sohn?" Mit neuem Interesse musterte sie ihn. Obwohl das Tuch, das er immerzu um den Kopf trug, den größten Teil seines Gesichtes in Schatten tauchte, hätte sie schwören mögen, dass er nicht deutlich älter war als sie selbst mit ihren zwanzig Jahren. Der Junge war mindestens elf, vielleicht schon zwölf.

Der Scheich lachte gutmütig. „Er ist zehn Jahre alt", sagte er, als hätte er ihre Gedanken erraten. „Mein Ältester. Ich darf darauf hinweisen, dass Männer und Frauen meines Volkes in jungem Alter zusammenfinden, um Kinder zu zeugen und dafür zu sorgen, dass die Tiyaha weiter existieren, lange, nachdem wir schon zu Sand geworden sind. Prinz Yasif ist mein Kind, ebenso wie die anderen Prinzen und Prinzessinnen in diesem Garten."

Verwirrt folgte sie seinem Blick. Das war eine halbe Schulklasse von Kindern. Unmöglich, dass sie alle von ihm waren.

„Der Garten des Harems ist ausschließlich der königlichen Familie vorbehalten. Den Kindern des Scheichs, seinen Frauen und", seine Augen bereisten ihren Körper auf eine Weise, dass ihr heiß wurde, „bevor Sie fragen können, was Sie hier machen, seinen Gespielinnen."

In ihrem Bauch zog sich die Hitze zusammen, explodierte in einem Blitz aus Wut. Mit einem Ruck entzog sie ihm ihren Arm. „Ich bin nicht Ihre Gespielin", schleuderte sie ihm entgegen. „Ich bin eine Gefangene. Eine Geisel. In Übereinstimmung mit den Anweisungen meiner Regierung und den Zugeständnissen des Paschas ist es in diesem Land verboten, Sklaven zu halten. Ein Mann von Ihrer Intelligenz sollte sich dessen bewusst sein. Sie machen sich strafbar, wenn Sie mich gegen meinen Willen festhalten, und Sie verspielen das Fünkchen Ehre, das ein Mann wie Sie vielleicht besitzt, wenn Sie mir Leid zufügen und mich zu einer von ...", sie verlor den Schwung in simpler Ermangelung der richtigen Bezeichnung für diese Frauen, die für ihn offenbar nichts anderes waren als Zuchtstuten. „Denen", sagte sie schließlich lahm. „Zu einer von denen machen."

„Ich mache Sie zu gar nichts, Hazel Fairchild." Während sie sich in Rage geredet hatte, erhob er nicht einmal die Stimme. „Sie sind, was Sie sind. Ein Geschenk meines Onkels an mich, seinen Herrscher, als Wiedergutmachung für seinen Ungehorsam. Es gibt besondere Regelungen für die herrschenden Mitglieder der Völker im großen Reich des Paschas. Haushaltungen wie die meine funktionieren ohne Sklaven nicht. Ich darf nicht mit Sklaven handeln, aber die Menschen, deren Familien seit Generationen als Sklaven unter den Tiyaha leben, und die Menschen, die infolge von Ungehorsam der Clanführer zu ihrem Scheich versklavt werden, darf ich als mein Eigentum behalten. Nennen Sie es, wie Sie wollen, doch eine Tatsache bleibt. Egal, wie sehr Sie sich wehren, wie sehr Sie zetern und schimpfen, am Ende des Tages sind Sie in diesem Augenblick mein Eigentum. Wenn Sie meinen Rat hören wollen, Hazel Fairchild, dann arrangieren Sie sich damit. Ich wünsche, dass Sie sich in meinem Haus erholen, dass Sie wieder zu Kräften kommen, ehe ich entscheide, wie mit Ihnen weiter zu verfahren ist."

Gerade wollte sie zum Protest ansetzen, da verschloss er ihren Mund mit seinem Finger. Federleicht legte er die Kuppe seines Zeigefingers auf ihre Lippen. In seinen Augen spiegelte sich etwas, das sie verdächtig an Mitleid erinnerte, aber die Weichheit erreichte nicht den Rest seiner Miene. Der Zug um seinen Mund blieb hart und unnachgiebig, das Grübchen in seinem Kinn eine harte Furche.

„Nein, Hazel. Sag nichts, bevor du nicht nachgedacht hast. Du würdest es bereuen. Früher oder später. Ich möchte dir noch etwas sagen, das du nicht unterschätzen solltest. Der Scheich beschützt das, was ihm gehört. Wer mein Eigentum beschädigt, verliert etwas von mindestens gleichem Wert. Denke darüber nach."

Als er mit der Fingerkuppe die Linie ihrer Unterlippe nachfuhr, konnte sie nicht anders als schaudern. Ihr ganzer Körper kribbelte mit einem Mal, vor allem dort, wo die Frauen in dem Bad so grob zugange gewesen waren. Ein fremdes, seltsames Gefühl, als wäre ihre neuerdings haarlose Haut nicht groß genug für ihren Körper. Als sie gehorchte und den Mund unverrichteter Dinge schloss, zupfte ein halbes Lächeln an seinen Mundwinkeln.

„So ist es gut, Malak." Er tupfte einen keuschen Kuss auf ihre Stirn, strich mit seinem Daumen flüchtig über ihren Wangenknochen. „Es wird Zeit, dass wir uns unterhalten."

Nebensächlich und sicher, als hätte er wirklich jedes Recht dazu, ließ er ihren Oberarm los und legte ihr die Hand stattdessen in den Rücken, nur Zentimeter oberhalb der Rundung ihres Gesäßes, um sie zurück in den Palast zu führen, in dem es angenehm kühl sein würde im Vergleich zu der Hitze im Garten.

Kapitel 3

Er hätte erwartet, dass sie neben ihm lief wie eine Puppe, aber so war es nicht. Seine Hand in ihrem Rücken spürte jedes Zucken, jede kleine Veränderung ihrer Körperhaltung, und derer gab es viele. Vor den Blicken der Frauen scheute sie zurück. Doch als sie sich dem Haus näherten, eine schmale Brücke über den Bewässerungskanal überquerten und der Duft von Lady Nuurs Rosen zu ihnen herunterwehte, blieb sie für einen Herzschlag lang ganz stehen und suchte nach dem Ursprung des Geruchs. Ihre Augen weiteten sich. Er lächelte und schob sie weiter.

„Du magst Rosen, Malak?" Es war irrational, dass er sich fast wie ein Kind darüber freute, etwas entdeckt zu haben, das sie mochte. Sie schien sich weder aus dem luxuriösen Seidenkaftan besonders viel zu machen, noch schien sein Garten sie zu beeindrucken. Der Anblick der Kinder und das Wissen, dass sie alle von ihm waren, hatte sie erschreckt und schockiert. Sie würde noch verstehen lernen, wie viel ihm die Kinder bedeuteten.

„Wie kommen Sie dazu, Rosen zu haben, mitten in der Wüste?", fragte sie zurück.

„Vielleicht, weil wir hier nicht ganz so unzivilisiert sind, wie du denkst." Er schmunzelte und hielt sie an der Schwelle zum Palast auf. „Dein Kopftuch, Malak", sagte er. Sie runzelte die Stirn und sah ihn verständnislos an. Er hob die Hände. „Darf ich?"

„Was?"

Mit den Fingerspitzen ergriff er den Stoff, den eine der beiden Frauen um ihre Schulter drapiert hatte. Aus derselben rostfarbenen Seide gefertigt wie ihr weit fallender Kaftan, hatte sie offenbar gar nicht realisiert, dass es ein separates Stück war. Er schlug das Tuch über ihren Hinterkopf nach vorn in die Stirn. Ihr Duft streifte ihn. Sie roch nach kostbaren Ölen und Essenzen. Kifah und Atiya hatten nicht damit gespart. Es waren nicht die Düfte, die seine Gespielinnen verwendeten, um seine Erregung anzustacheln. Es hätte ihn auch gewundert, wenn besonders Kifah diese Essenzen angewendet hätte, zumal er nicht ausdrücklich danach verlangt hatte. Er hatte die eifersüchtigen Blicke Kifahs bemerkt, sie amüsierten ihn. Er widerstand dem Drang, seine Finger auf die perlweiße Haut von Hazel Fairchild zu legen und darüberzustreichen, obwohl sein ganzer Körper danach schrie, es zu tun. Aphrodisierende Essenzen hin oder her, bei ihr schienen diese teuren Substanzen verschwendet zu sein, er reagierte auf sie mit dem ganzen Körper. Es überraschte ihn, und ein wenig verwirrte es ihn auch.

„Du musst nicht dein ganzes Gesicht verhüllen", erklärte er. „Wir sind Beduinen, unsere Ansprüche an die Kleidung unserer Frauen sind eher praktischer Natur. Du wirst bald lernen, dass das Verhüllen vor allem dem Schutz deiner Haut gilt, nicht nur dem Schutz vor Blicken." Er musste über ihre Augen lachen, die sich verdunkelten. Sie war wie ein weit offenes Buch. Ehe ich das gelernt habe, hast du mich längst vergessen, Scheich, sagten die seeblauen Augen ihm direkt ins Gesicht. Er schürzte die Lippen. Das wollen wir mal sehen, dachte er. In seinem Bett waren schon andere Frauen gelandet, die dort nicht hatten sein wollen, und im Augenblick gehörte die kleine Engländerin ihm. „Wie auch immer, Malak, in meinem Haus ist das etwas anderes. Du hast meine Gemahlinnen und meine Konkubinen im Garten gesehen. Dort wünsche ich Freizügigkeit und Erreichbarkeit. Es ist ein abgeschiedener und sehr privater Ort. Im Haus jedoch kann es zu jeder Zeit passieren, dass du einem Mann über den Weg läufst. Und ich wünsche nicht, dass mein Eigentum von Männern betrachtet werden kann, es sei denn, ich erteile die Erlaubnis."

„Eigentum", echote sie.

Sein Mundwinkel zuckte. Genau, wie er vermutet hatte, das Konzept missfiel ihr, sie konnte sich an den Gedanken nicht gewöhnen, und das wiederum forderte ihn heraus. „Eigentum. Mehr habe ich dazu nicht zu sagen. Im Haus wirst du zu jeder Zeit dein Haar verhüllen, und wenn ich es befehle, auch dein Gesicht, bis auf deine Augen."

„Wie freundlich", brachte sie zwischen zusammengebissenen Zähnen heraus. „Dass ich wenigstens Augen haben darf, meine ich."

„Ich riskiere ungern, dass du über deinen Kaftan stolperst und dir die hübsche Nase blutig schlägst, Malak", sagte er neckend, wurde dann aber ernst. „Ich möchte dich warnen. Heute bin ich in guter Stimmung, warum, weiß ich nicht, aber es wird andere Tage geben, an denen ich unter enormem Druck stehe. Die politische Lage ist nicht angenehm, besonders innerhalb des Stammes. Meine Beziehungen zu Said Pascha waren bisher sehr gut, aber der eigenmächtige Angriff eines meiner Clanführer auf das Camp deiner Landsleute wird diese Beziehungen nachhaltig zum Negativen verändert haben. Du solltest darauf achten, nicht jeden Gedanken sofort auszusprechen. Nicht immer werde ich deine Respektlosigkeiten mit einem Lächeln abtun. Haben wir uns verstanden?"

Ohne auf eine Antwort zu warten, führte er sie durch den Säulengang zu seinem Audienzzimmer im dem Khalish zugewandten Flügel des Palastes. Er genoss es, wie sie nach Luft schnappte. Der Raum erinnerte in vielen Details an Audienzsäle der Nobilität in Kairo oder gar London. Sein Vater hatte keine Kosten gescheut. Wo die Salons im Gartenflügel und besonders der Hammam zwar edel ausgestattet waren, aber doch die Traditionen der Osmanen und Ägypter widerspiegelten, da zeigte das Audienzzimmer eine gelungene Symbiose aus europäischer Pracht und Zweckmäßigkeit. Mit grünem Seidenstoff bezogene Wände, schwere Möbel aus dunklem Holz und zu einem Funkeln polierte Messing dominierten den Raum. Er zog den Besucherstuhl vom Schreibtisch zurück und wies sie an, sich zu setzen, ehe er die Tür schloss, weil er keine unliebsame Überraschung wollte. Er nahm in seinem Lehnsessel auf der anderen Seite des wuchtigen Tisches Platz, mit der Sonne, die sich dem Wasser zuzuneigen begann, im Rücken.

„Was wird das jetzt?", fragte sie. „Ich werde nichts unterschreiben, falls es das ist, was Sie wollen."

Er hob die Brauen. „Du kannst also schreiben?"

Sie schnaubte. „Jedes Mädchen in meinem Land lernt heutzutage schreiben. Mich wundert vielmehr, dass Sie es können."

„Wie ich bereits erwähnte, sind wir zivilisierter, als du zu glauben scheinst. Ich denke, es ist an der Zeit, dass du ein paar Vorurteile ablegst, sonst wird dein Aufenthalt hier kein erfreulicher."

„Was genau haben Sie eigentlich mit mir vor?", wollte sie wissen.

Auf der einen Seite mochte er es, dass sie ihre Meinung sagte und sich nicht von Angst in eine Ecke drängen ließ. Andererseits befürchtete er jetzt schon, dass ihr Hang zur Aufsässigkeit schnell ermüdend werden würde. „Wie ich schon sagte, ich weiß es noch nicht", erwiderte er mit denselben Worten wie bei Lady Nuur. „Ich werde es entscheiden, wenn ich weiß, was genau geschehen ist und wie die Stimmung in den Palästen und Ministerien des Khediven aussieht. Mein Onkel, der dich hierher brachte, ist ein wilder Geselle und schwer zu bändigen."

„Der Campräuber war Ihr Onkel?" Fassungslos starrte sie ihn an.

Er seufzte. „Vielleicht sollte ich damit beginnen, dir ein wenig über meine Rolle hier in der Wüste zu verraten, Malak. Wenn ich zu schnell rede und du nicht mehr mitkommst, lass es mich wissen."

„Warum sollte es wichtig sein, und warum nennen Sie mich Malak? Was bedeutet das?"

Er lehnte sich zurück und betrachtete sie. Bedächtig

legte er die Fingerspitzen der rechten und linken Hand zusammen und berührte mit den Kuppen der Zeigefinger seine Lippen. „Nein, vielleicht ist es nicht wichtig. Dann sag du mir, was geschehen ist." Er betonte das nächste Wort besonders. „Malak." Absichtlich erklärte er es nicht. Sie musste begreifen, dass er es nicht dulden konnte, wenn sie weiterhin so mit ihm redete. Dass sie kein Recht hatte, ihm irgendwelche Fragen zu stellen. Solange er mit ihr allein war, war es akzeptabel, zumindest dann, wenn er in guter Stimmung war. In Gesellschaft anderer jedoch würde ihr Verhalten Irritation auslösen und ein schlechtes Licht auf ihn werfen. Sie war eine Sklavin. Eine Europäerin. Daran gab es nichts zu rütteln, und je schneller sie das akzeptierte, desto besser für sie.

„Geschehen ist?", fragte sie. „Wo? Im Bad?"

Mit zwei Wörtern fegte sie seine Entschlossenheit, mit ernster Miene den gebotenen Gehorsam einzufordern, beiseite. Einfach so. Er lachte leise, nahm die Hände herunter und schüttelte in einem Anflug von Erschöpfung den Kopf. Das mit ihr würde hart werden. Das Schlimmste daran war, wie sehr ihn ihre Art erfrischte und faszinierte. Ein Sentiment, das seine Ratsmänner mit Sicherheit nicht teilten. Sie würden fordern, sich des Mädchens zu entledigen. Mindestens das. Und mit jedem Moment, den er in ihrer Gesellschaft verbrachte, fand er den Gedanken, sie hergeben zu müssen, schwerer verdaulich.

„Nein, Malak. Am Kanal. Der Überfall. Sieh, mein Onkel dreht gern sein eigenes Ding. Er unterwirft sich ungern den Regeln, die ich aufstelle. Vieles davon ist Ungehorsam um des Ungehorsams willen. Er will mir beweisen, dass er es nicht nötig hat, sich meinen Befehlen zu unterwerfen. Manches aber geht zu weit und kann mir wirklich Schaden zufügen. Deshalb möchte ich von dir wissen, was bei dem Überfall passiert ist."

Die Spannung verließ ihren Körper, ihre Schultern

sackten herab. Sie schaute auf ihre Finger, die sie im Schoß umeinander wand. Sie hatte außerordentlich schöne Hände, schmal, mit kurz geschnittenen Nägeln und sehr heller Haut. Vielleicht trug sie sonst immer Handschuhe, um sich die Haut nicht zu verbrennen. Der einzige Makel war ein wenig verschmiertes Schwarz an der Innenseite ihres rechten Mittelfingers. Er kannte solche Spuren. Es war Tinte. Lady Hazel Fairchild, seine Malak, war eine Frau, die viel schrieb. Was schrieb sie? Neugier flammte in ihm auf. Im nächsten Atemzug ein Bild, wie sich diese schönen, blassen Hände auf seine Haut legten. Die Berührung einer klugen, gebildeten Frau. Seine Gemahlinnen und Konkubinen waren nicht dumm, aber keine von ihnen hatte schreiben gelernt. In ihrem Leben, in ihrer Erziehung hatten andere Dinge Priorität besessen. Hazel Fairchild konnte ihm auf ganz andere Weise Paroli bieten als die Frauen, von denen er sonst umgeben war, und er freute sich darauf. Er rief sich zur Ordnung. Nicht jetzt.

„Fangen wir anders an. Erzähl mir, warum du in dem Lager gewesen bist. Azad behauptete, der Überfall habe einem Lager der Ingenieure gegolten. Ich habe keinen Grund, ihm das nicht zu glauben, aber dann warst da plötzlich du. Was hat eine Frau in diesem Lager zu suchen? Ist dein … Verlobter einer von den Ingenieuren?" Es auszusprechen, dass sie einem Mann versprochen war, schmeckte bitter auf seiner Zunge.

„Clarence?" Sie lachte auf. „Nein, Clarence ist kein Ingenieur. Er ist Soldat. Mein Vater gehört zu den drei britischen Ingenieuren, die dem Ruf der Franzosen gefolgt sind."

„Du bist also wegen deines Vaters dort gewesen?" Was für ein unglücklicher Zufall. Ein ungewohntes Aufflackern von Mitgefühl waberte unter der Oberfläche seiner Empfindungen. Sie besuchte ihren Vater, und ausgerechnet an dem Tag griffen Azads Reiter an.

„Auch. Aber nicht nur."

Er horchte auf. „Was meinst du damit?"

„Ich bin Mathematikerin", erklärte sie. „Ich habe das Camp nicht besucht, sondern dort gearbeitet." Stolz flackerte durch das Blau ihrer Augen, als sie seinen überraschten Blick registrierte. „Zuerst hat Daddy mich wegen des Landes mitgenommen, weil ich Ägypten sehen wollte. Es ist natürlich sehr aufregend. Ägypten, meine ich. Aber dann hat er mich dorthin gebracht, wo die ersten Abschnitte des Kanals entstanden sind, er hat mir erklärt, wie sie es geschafft haben, den Timsah-See zu fluten ..."

Er bekam den Blick nicht von ihren Augen gelöst. Die Begeisterung, die er in ihren Worten hörte, brachte sie von innen heraus zum Leuchten. Der Anblick presste sein Herz zusammen. Er hatte noch nie etwas so Schönes gesehen wie diese Frau, die vor Begeisterung über ihre Arbeit strahlte.

„Er hat mir die Maschinen gezeigt und die Baggerschiffe, die in Holland konstruiert werden. Haben Sie so ein Schiff schon einmal gesehen? Sie sind einfach großartig. Sie werden mit Dampf betrieben, so wie die neuen großen Ozeanschiffe, aber sie sind viel kleiner und stärker. Haben Sie die Lokomotiven gesehen, die Passagiere von Alexandria nach Suez bringen? Das ist dasselbe Prinzip. Es ist alles Mathematik. Und all die neuartigen Messgeräte, die sie benutzen, und ..."

Er lächelte sie an. „Malak", sagte er sanft. Er hasste es, sie unterbrechen zu müssen. „Der Überfall. Erzähl mir von dem Überfall."

Sie seufzte und schob die Unterlippe vor. „Ich hatte mich von den anderen entfernt. Zu weit, das weiß ich jetzt, aber ich war so furchtbar neugierig, ich wollte selbst mit dem Theodoliten arbeiten, und dann die Landschaft, ich war so ..." Als sie den Kopf hob und seinen Blick bemerkte, seufzte sie erneut. „Ich hab keine Ahnung, wo

Clarence mit seinen Männern war. Vermutlich Wasser holen, die Transporte kommen nicht bis zum Camp, wir sind so was wie ein Stoßtrupp, ein Stück von den anderen weg. Jedenfalls waren Clarence und seine Männer nicht da, als plötzlich wie aus dem Nichts diese Reiter auftauchten."

„Es ist Wüste", sagte er. „Wie kann da etwas aus dem Nichts auftauchen? Man muss die Reiter aus meilenweiter Entfernung gesehen haben."

Sie warf die Arme hoch. „Ich weiß es nicht, Sir Scheich." Sie sprach seinen Titel mit beißender Verachtung aus.

Er hätte ihr dafür die Zunge aus dem Mund reißen können. Aber dann würde er erst recht nichts erfahren, außerdem mochte er ihre Zunge genau dort, wo sie war. Und vielleicht, irgendwann, an anderer Stelle, schoss es ihm durch den Kopf.

„Ich war vertieft. Wenn ich durch ein Fernglas den Horizont beobachte und Zahlen vor mir sehe, Linien und Kreise und Diagramme, dann sehe ich nichts anderes mehr. Ich weiß es nicht. Gehen Sie doch zum Lager und fragen Sie dort." Sie senkte den Kopf so tief, dass der nächste Satz als kaum noch verständliches Murmeln an sein Ohr drang. „Und wenn Sie hingehen, denken Sie bloß dran, mich mitzunehmen, weil hier bleibe ich auf keinen Fall."

Er betrachtete sie eine Weile wortlos, ehe er seine Haltung leicht änderte. Der Sessel knarrte unter ihm. „Gab es Tote?", fragte er.

Sie hob die Schultern. „Ich weiß nicht. Ich glaube nicht."

„Warum waren Pferde in dem Lager? Azad hatte Beutepferde dabei. Eines davon hatte Blutspuren am Sattel. Du sagtest, die Wachmannschaft war nicht da."

„Die von der Wachmannschaft haben immer zwei Pferde pro Mann. Das waren die Ersatzpferde."

„Wurde außer dir noch jemand mitgenommen? Ich habe keine anderen Entführten gesehen, aber das muss bei Azad nichts bedeuten."

Ihre Unterlippe begann zu zittern. „Ich habe niemanden gesehen. Ich weiß es nicht."

„Warum haben sie dich mitgenommen und sonst niemanden?" Er glaubte ihr, denn Azad konnte nicht nach dem Überfall ohne Zwischenlager bis Zenima gekommen sein. In einem Lager aber würde Hazel andere Gefangene bemerkt haben.

Ihre Augen verengten sich, als sie ihn ansah, voller Verachtung jetzt. „Was glauben Sie denn, Scheich … wie war Ihr Name?"

„Djamal", sagte er langsam. „Mein Name ist Djamal, Mädchen. Ich habe dich aus Azads Händen befreit und dafür gesorgt, dass du sauber und genährt bist. Du könntest ein wenig Dankbarkeit zeigen."

Sie ballte die kleinen, schönen Hände zu Fäusten. „Dankbar wäre ich Ihnen, wenn Sie mich nach Hause gehen ließen."

Er antwortete nicht, weil er nicht wusste, was er darauf sagen sollte. Er konnte ihr schwerlich ins Gesicht sagen, dass er aus purem Egoismus nicht die Absicht hatte, sie allzu schnell wieder zurückzubringen zu ihrem Vater und dem Verlobten, dem er lieber nicht begegnen wollte. Es gab zu viel, was er von ihr noch kennenlernen wollte. In der Stille des Raumes hörte er nur ihren Atem und seinen. Das Kinderlachen drang nicht bis hierher. Schließlich erhob er sich. „Das Gespräch ist beendet. Ich schlage vor, du erholst dich ein wenig. Kifah wird dir deinen Raum zeigen."

„Kifah?"

„Du kennst sie bereits. Sie und Atiya haben dich gebadet."

Sie verzog das Gesicht, als hätte sie Zahnschmerzen. Die Erinnerung an die Zuckerpaste, vermutete er. Er fuhr sich mit der Zunge über die Lippen. Wie ihre Haut sich jetzt wohl anfühlte? Hazels Stimme unterbrach den lustvollen Gedanken. „Was ist sie? Ihre Frau?"

„Kifah ist meine Konkubine." Was du auch sein wirst, sobald du dich eingewöhnt hast. Er sprach es nicht aus.

„Ach ja." Sie bemühte sich nicht, den Sarkasmus aus ihrer Stimme zu verbannen. „Richtig. Ihre Konkubine." Sie spuckte es beinahe aus. Er entschloss sich, es zu ignorieren.

„Wenn die Sonne untergegangen ist, werden die Frauen und Kinder im Garten zu Abend essen. Ich werde dich holen lassen." Er ließ den Blick über ihren zarten Körper in dem unförmigen Kaftan gleiten. „Malak", sagte er.

Ihre Hände schlossen sich noch einmal zu Fäusten und öffneten sich wieder. Er brachte sie zur Tür, öffnete und rief nach Kifah. Seine Favoritin näherte sich, das Gesicht verzogen, als hätte sie in eine Zitrone gebissen. Hazel Fairchild warf ihm einen zutiefst verletzten Blick zu, bevor sie der Konkubine den Säulengang hinunter folgte.

*

Zum Abendessen hatte man sie gerufen, aber sie hatte die Gelegenheit verstreichen lassen. Durch das geöffnete Fenster waren Kinderlachen und Gespräche gedrungen, bevor sie zu später Stunde leiser wurden, um dann zu verhallen. Das, was angeblich ihre Kammer sein sollte, war nicht mehr als eine Nische. Abgetrennt mit nichts als einem Vorhang von dem großen Salon, der neben dem Garten das Herzstück des Harems bildete.

Im gleichen Maße, wie die Gespräche im Garten leiser wurden, schwollen sie in der Halle auf der anderen Seite des Vorhangs an. Sie hörte Lieder, die dem Klang nach zu urteilen nur Schlaflieder sein konnten, leise Gespräche, Kinderstimmen. Anscheinend lebten zumindest die Jüngsten zusammen mit ihren Müttern hier, während die

Kinder ab einem bestimmten Alter in einem eigenen Schlafsaal wohnten. Nichts in ihr strebte danach, die Gesellschaft der anderen Frauen zu suchen. Sie ängstigten sie. Die unverhohlenen Blicke, die sie ihr zuwarfen, nur wenige von Neugier geprägt, die meisten von offener Missgunst.

Doch nicht nur das war ihr auf den Magen geschlagen. Mit der Ruhe kam die Erschöpfung. Seit drei Tagen war sie so gut wie nie zur Ruhe gekommen. Ihr Körper war verspannt, ihre Gedanken vollkommen überdreht. Die Bilder des Überfalls sorgfältig verstaut in einer Ecke ihres Bewusstseins, wo sie sie nicht betrachten musste. Andere Dinge waren wichtiger gewesen. Stärke zu zeigen, Mut zu beweisen. Je stiller es um sie wurde, desto lauter wurden die Bilder in ihrer Erinnerung. Man hatte ihr kein Schlafgewand zur Verfügung gestellt, also legte sie sich in der losen Tunika auf das Bett, das ihre Nische dominierte. Es war riesig, daheim in England hätte es Schlafplatz für eine ganze Familie geboten, und an seinen vier Pfeilern aus Ebenholz waren feine Netze aus schillerndem Stoff angebracht. Die Öllampen, die in Wandhalterungen hingen, hatte sie nicht entzündet. Sie wollte nicht, dass die anderen Frauen sie durch den Vorhang sehen konnten. Die Laken knisterten unter ihrem Körper, als sie sich dazwischenwühlte.

Wenn sie sich den schweren Seidenbrokat bis über die Ohren zöge, bis über die Augen, vielleicht würden die Stimmen in ihrem Kopf dann endlich verstummen. Die gellenden Schreie der fremden Krieger, das Wiehern der Pferde. Säbelrasseln, Schüsse und die Hilferufe der wenigen Ingenieure und Arbeiter, die mit ihr zu der Zeit in dem nahezu verlassenen Camp statt mit den anderen an der Baustelle gewesen waren. Ihre Beine zuckten unter der Erinnerung, wie sie dorthin gelaufen war, wo sie ihren Vater wusste, als sie begriff, was gerade passierte. Sie war gerannt, als wäre der Teufel hinter ihr her, und es hatte nicht lange gedauert, bis sie begreifen musste, dass genau dies der Fall war. Der lose Sand gab ihren Füßen keinen Halt, sie war mehr zurückgerutscht als vorwärts gelaufen.

Eine ganze Höllenarmee war es, die mit stinkendem Atem und dreckigen Händen nach ihr griff. Sie schlugen und schubsten sie, fesselten und erniedrigten sie, indem sie sie auf eine Art berührten, wie es keine Dame von Stand akzeptieren durfte. Aber was hatte sie für eine Wahl? Sie hatten sie nicht geschändet, doch es machte kaum einen Unterschied. Nicht nach dem, was diese Frauen mit ihr angestellt hatten, auf Geheiß ihres angeblichen Retters. Als dem Mann, zu dem man sie auf das Kamel gehoben hatte, ihre Reifröcke im Weg waren, hatten sie ihr das Kleid, ein Geschenk ihrer Tante in London, kurzerhand ausgezogen und ihren Körper nur in der unzüchtigen Unterwäsche den lüsternen Blicken der Barbaren preisgegeben.

Ganz klein machte sie sich unter den Laken, ballte die Hand zur Faust, biss sich auf die Knöchel, bis der Schmerz auf der Haut das Reißen in ihrem Inneren übertönte. Sie durfte nicht weinen. Durfte nicht … Das Zittern begann in ihrer Kehle, stieg in ihren Kopf, machte ihr das Atmen schwer und das Denken. Nicht nachdenken. Nicht … sie durfte nicht weinen. Wenn sie einmal anfing zu weinen, würde sie nicht mehr aufhören können. Ganz fest presste sie die Augen zusammen, um die verräterischen Tränen aufzuhalten. Es half nicht. Auf den Innenseiten ihrer Lider tauchte das Bild ihres Vaters auf. Wenn ihm nur nichts geschehen war. Ihr Vater, immer ein wenig weltfremd, stets beschäftigt. Er hatte sich einen Sohn gewünscht, bekommen hatte er nur sie, und wenige Jahre später war ihre Mutter gestorben. Vermutlich aus Zeitgründen hatte er nie mehr geheiratet. Er hatte das Beste daraus gemacht, hatte ihr Gouvernanten besorgt, bis sie alt genug war, um zu verstehen, was ihm wichtig war. Zahlen und Diagramme, Berechnungen und Messungen. Sie hatte gelernt wie eine Besessene, um der Sohn zu werden, den er sich gewünscht hatte. Und ausgerechnet, als es ihr endlich gelungen schien und sie respektiert wurde unter den anderen Ingenieuren des Camps, hielt man sie gefangen für das, was sie niemals hatte sein wollen. Weil sie eine Frau war.

Die Tränen fanden einen Weg unter ihren Lidern, rollten über ihre Wimpern, benetzten die Wangen, ihre Faust, in die sie noch immer die Zähne grub.

Der Klang nackter Füße auf Marmor drang gedämpft durch den Vorhang in ihre Kammer. Leises Wispern, helle Frauenstimmen und das tiefere Flüstern eines Mannes. Der Knoten in ihrem Bauch verhärtete sich, wurde zu einer eisigen Faust, die ihre Eingeweide zusammenquetschte. Eine Männerstimme zu nachtschlafender Zeit in der Halle der Frauen konnte nur eines bedeuten. Der Scheich war gekommen, um sich der Gunst einer seiner Gespielinnen zu versichern. Lass es nicht mich sein, dröhnte es in ihrem Kopf. Sie alle, aber bitte nicht ich.

Das leise Rascheln des schweren Brokatvorhangs zu ihrer Nische zerschlug ihre Hoffnung mit einem Tosen, das so ein Fetzen Stoff unmöglich verursachen konnte.

Alles in ihr wurde steif. Wenn sie sich nicht rührte, keinen Laut von sich gab, vielleicht würde er glauben, dass sie schlief, und von ihr ablassen. Noch immer bebten ihre Schultern unter ihren Schluchzern. Sie spannte die Muskeln ihrer Arme an, ihrer Beine, drückte sich in die Matratze wie ein Kind, das hoffte, wenn es sich unsichtbar machte, würde es auch von den Monstern unter ihrem Bett nicht gesehen.

Auch der leichtere, orangefarbene Gazevorhang zu ihrem Bett wurde zurückgeschoben, dann senkte sich die Matratze, auf der sie lag. Fester presste sie die Lider zusammen, biss sich auf die Zunge, bis sie Blut schmeckte, doch das leise Wimmern, das ihr aus der Kehle stieg, konnte sie nicht verschlucken.

Ein Arm legte sich um ihre bebenden Schultern, mit der Hand strich er ihr die verweinten Strähnen aus dem Gesicht.

„Sind Sie gekommen, um Ihr Eigentum zu fordern?" Die Worte kamen nicht halb so bitter über ihre Lippen, wie sie es sich erhofft hatte. Stattdessen klangen sie mehr wie ein Schluchzen.

„So viel Mut, Malak. Doch auch du musst nicht immer stark sein." Näher rückte er auf der Matratze, bis sich seine Brust an ihren Rücken schmiegte und sie die Wärme seines Körpers durch die dünnen Laken fühlen konnte. Nicht einmal zu atmen wagte sie, so groß war ihre Furcht vor dem, was nun kommen mochte.

Doch was er tat, war nicht grauenvoll und übergriffig wie das, von dem man sagte, was geschah, wenn ein Mann zu einer Frau kam. Er zog nicht das lächerliche Hemd über ihre Hüften nach oben, um sich Zugang zu verschaffen zu dem Körper, der ihr nicht mehr gehörte. Er machte nichts, außer sie zu halten und ihr Haar zu streicheln. Langsam und beruhigend, wie bei einem Kind, das von einem Albtraum erwacht war. Leise flüsternd sprach er auf sie ein, Worte, die sie nicht verstand, nur den Klang vernahm sie, den Trost, der darin lag, und den Zuspruch.

Nur zögernd wich die Spannung aus ihr, ergab sie sich seiner Zärtlichkeit. Erst jetzt fiel ihr auf, dass er bekleidet war. Der Arm, der um ihre Mitte lag, steckte in einem weißen, weiten Ärmel. Gedankenverloren begann sie, mit dem Stoff zu spielen.

„Sie sind … bekleidet", murmelte sie, der Gedanke ausgesprochen, bevor sie ihn herunterschlucken konnte.

Ein leises Lachen war seine Antwort. „So eifrig, deinem Herrn zu dienen?" Sein Lachen verglühte an ihrem Hals, als er begann, die empfindliche Haut zu küssen. Behutsam tasteten seine festen Lippen sich unter ihrem Ohr an ihrem Kieferknochen entlang. Ein Kribbeln rann von der

Stelle, an der er sie berührte, ihr Rückgrat hinab, bis zwischen ihre Schenkel. Erschrocken versteifte sie sich, hielt die Luft an, betete, dass es schnell vorbei wäre. Als hätte sie sich verbrannt, ließ sie den Ärmel los.

„So … hab ich das nicht gemeint", stotterte sie, eisige Finger aus Angst griffen nach ihr. Wenn er sie sich jetzt nähme, wäre es ihre eigene Schuld, ihre eigene Dummheit. „Bitte", flehte sie. „Bitte, so hab ich das nicht gemeint."

„Nein, Malak. Ich weiß." Er ließ von ihrem Hals ab, zog sie nur noch näher zu sich. „Ich wollte nur wissen, ob deine Haut so schmeckt, wie sie aussieht. Ich hab noch nie so weiße Haut berührt." Sein Atem spielte in ihrem Haar, die Stimmen auf der anderen Seite des Vorhangs verklangen. „Schlaf jetzt, tapfere Hazel Fairchild." Seine Stimme ein fließendes Locken.

Sie wollte nicht auf ihn hören, wollte ihm nicht trauen, doch dem stetigen Flüstern seiner Worte hatte sie nichts entgegenzusetzen. Er fiel wieder ins Arabische, leise, rollende Worte, wie ein Schiff auf ruhiger See, einlullend, beruhigend. Mit dem sanften Streicheln seiner Finger in ihrem Haar und dem stetigen Flüstern seiner Stimme schlief sie ein.

Kapitel 4

Er war kein Mann, der drängte. Wann immer ihm der Rat eine neue Frau zuführte, beobachtete er sie, prüfte seine Wirkung auf sie, versicherte sich ihrer Reaktionen, ehe er einen Schritt tat. Seine Onkel, Anführer der verschiedenen Clans des Stammes, lachten ihn oft genug dafür aus. Die Mädchen wurden ausgesucht und hatten sich zu fügen, und er war ein Narr, wenn er wartete. Die Frauen in seinem Harem hatten die Pflicht, dem Stamm Nachwuchs zu schenken, und es war seine Aufgabe, diesen Nachwuchs zu zeugen. Weder für die Frauen noch für ihn gab es einen Grund, sich zu zieren.

Djamal hatte noch nie ein Mädchen zurückgewiesen. Auch dann nicht, wenn es in seinen Augen keinen zwingenden politischen Grund gab, das Opfer von ihr zu fordern, an seinem Hof leben zu müssen. Ganz gleich, wie ungern die Frauen zu ihm kommen mochten – Kifah, die Kratzbürstige, war besonders wenig angetan gewesen von ihrem Schicksal – hätte er sie zurückgeschickt, hätte sie das in Schande gestürzt. Er war einer, der wartete, bis sie zu ihm kamen. Kifah hatte fast ein halbes Jahr unberührt im Harem gelebt, ehe sie bereit war, sich von ihm anfassen zu lassen. Es gab genug andere, die ihn in der Zeit, bis eine neue Konkubine bereit war, bei Laune halten konnten. Mit den Ehefrauen war es anders. Eine Ehe musste vollzogen werden, damit sie gültig war. Unter Zeugen. Es fiel ihm nicht schwer, das zu tun, aber insbesondere Seteney, die blutjunge Tscherkessin, die ihm vor gerade mal anderthalb Jahren zugeführt worden war, war ein Bündel aus Angst und Verklemmtheit gewesen, zu dem das Durchdringen eine Herausforderung darstellte. Seteney war nie zu einer leidenschaftlichen Liebhaberin wie Kifah geworden, aber das erwartete er auch nicht. Sie hatte eine Tochter geboren, er respektierte sie, sie gingen einander weitgehend aus dem Weg. Beim nächsten großen Streit zwischen dem Fürstenhaus der Tscherkessen und dem Sultan in Istanbul würde sich Djamal, als treuer Untertan des Sultans, wieder zu Seteney legen und ihr mit etwas Glück einen Sohn machen, der einen brüchigen Frieden garantierte, aber bis dahin ließ er sie in Ruhe. Sie war noch nicht einmal siebzehn Jahre alt.

Er beobachtete, prüfte, versicherte sich. Er legte sich zu denjenigen unter seinen Frauen, die ihn mit Freude empfingen, denn er hasste den Gedanken, sich ihnen mit Gewalt zu nähern. Und seit Neuestem legte er sich offenbar zu goldhaarigen Schönheiten mit der delikatesten Haut, nur damit sie nicht allein waren. Ohne sie zu nehmen. Nacht für Nacht war es dasselbe.

Er saß an seinem Schreibtisch und schüttelte den Kopf über sich selbst. Was war in ihn gefahren? Kifah hatte ihn angesehen wie eine waidwund geschossene Gazelle, als er das erste Mal an ihr vorbeigegangen war und den Vorhang zu Malaks Bett zur Seite geschlagen hatte. Der zarte, junge und noch so unerfahrene Körper seiner kleinen Mathematikerin hatte sich gut angefühlt, so gut, dass er bei ihr geblieben war. Tagsüber war der Weg zu ihrer Zartheit verschlossen und bewacht wie die Schatzkammer des Sultans. Doch in der Nacht, wenn die Stimmen des Serails verklangen und sie allein war mit ihren Gedanken und Erinnerungen, wurde sie weich und verletzlich. So zerbrechlich, dass er nicht anders konnte, als sie beschützen zu wollen, vor all den Dingen, die ihr diesen Kummer bereiteten, wohl wissend, dass er selbst der Grund für ihren größten Kummer war. In den ersten Nächten waren die flüsternden Stimmen auf der anderen Seite des Vorhangs nicht versiegt, weil auch das etwas war, das er nicht tat. Er wählte aus dem reichlichen Angebot, nahm die Auserwählte gelegentlich mit in das kleinere unter seinen eigenen Gemächern, damit er sie hinterher nach Gutdünken wieder wegschicken konnte, wenn er allein sein wollte. Aber selbst wenn er sich in ihr Bett legte, um die einzigartige Atmosphäre zu genießen, die im Harem herrschte, blieb er niemals, wenn sie beide gesättigt waren, sondern zog sich zurück, um in seinem eigenen Bett zu schlafen.

Bei Malak blieb er die ganze Nacht, lauschte auf ihren Atem und auf das Klopfen ihres Pulses. Am Morgen nach jeder dieser Nächte gelobte er sich, dass es nun genug war. Jedes Mal kam er in der darauffolgenden Nacht wieder, um bei ihr zu sein. Er schwor sich, wenn eine der Frauen über das zu schwatzen begann, was zu einer erschütternden Regelmäßigkeit geworden war, dann würde er ihr öffentlich die Zunge herausreißen lassen. Ganz gleich, wer es war. Er brauchte kein Geschwätz darüber, dass der böse Blick der fremden Engländerin ihn daran hinderte, seinen Mann zu stehen. Er wollte Malaks Einsamkeit lindern, nicht mehr.

Er sollte sie zurückbringen. Dorthin, wohin sie gehörte. Zu ihrem Vater. Sie war seit sechs Tagen bei ihm, schon viel zu lange. Wenn er jetzt mit ihr in Kairo auftauchte, würden sie ihn in Ketten legen, weil er sich so lange Zeit gelassen hatte. Er erhob sich und trat ans Fenster. Die Mittagssonne brannte vom Himmel und brachte das Wasser des Khalish zum Dampfen. Die Fischer hatten ihre Boote ans Ufer gezogen, denn um diese Tageszeit waren die Fische viel zu tief im Wasser und ließen sich nicht fangen. Der Gedanke, Malak herzugeben, gefiel ihm nicht. Da war nicht nur der Vater. Da war auch dieser Verlobte. Clarence nannte sie ihn. Sie nannte ihn nie bei seinem Vaternamen. Liebte sie ihn? Djamals Blut begann zu brennen. Er wollte nicht, dass seine Malak einen anderen liebte. War das, was ihm da unter der Haut zuckte, das, was sie Eifersucht nannten? Es war ein ungewohntes, unangenehmes Gefühl. Er lauschte in sich hinein. Wann immer er daran dachte, wie die Hände eines anderen auf ihr lagen, wurde das Gefühl geradezu unerträglich, eine glühende Hitze, die aber nicht in seine untere Körperhälfte schoss, wie er es von Besitzanspruch erwartet hätte, sondern in seinem Hinterkopf wühlte und ihn die Hände zu Fäusten ballen ließ.

Er war ein Mann, dem die schönsten Frauen dieses Landes und vieler anderer Länder ins Bett gelegt wurden. Das Gefühl, um etwas kämpfen zu wollen, kannte er im Zusammenhang mit Frauen nicht. Bis jetzt. Er dachte an die Augen von Hazel Fairchild, wenn er hinausblickte auf den Khalish, er dachte an ihre Haut, wenn Kifah ihm sein Frühstück aus vergorener Ziegenmilch brachte, und wenn sein Blick über die Sanddünen streifte, die hinter Zenima begannen und sich bis zum Fuß der kahlen kamelbraunen Berge erstreckten, dann dachte er an ihr Haar, das nach Nuurs Rosengarten duftete.

Malak. Sein Engel mit den goldenen Haaren. Er wollte sie nicht gehen lassen. Aber sie war unglücklich hier, und er war nicht sicher, ob er sie wie die anderen umstimmen konnte. Sie war etwas ganz Besonderes. Zum ersten Mal überhaupt hatte er das Gefühl, seinen Vater verstehen zu können. Der Unterschied zwischen Tariq und ihm war, dass er die Traditionen seines Volkes, die Tariq so offen missachtet hatte, akzeptierte und ihnen Folge leistete. Die Möglichkeit, bis zu vier Ehefrauen zu haben und darüber hinaus so viele Konkubinen, wie die Lage erforderte, betrachtete er als Geschenk und wusste es auszunutzen. Männer hatten Bedürfnisse, Frauen bedienten diese Bedürfnisse, denn es galt, Nachkommen zu zeugen. Es war eine einfache mathematische Gleichung. Freudlos grinste er. In Mathematik kannte Hazel Fairchild sich aus, sie würde es verstehen. Vielleicht war das der Grund, weshalb sie so reserviert ihm gegenüber war. Weil sie die mathematische Kalkulation erkannte, die hinter seinem Harem steckte. Keine dieser Frauen bedeutete ihm so viel, dass er sie nicht hergegeben hätte, wenn ein fremder Herrscher drohte, sein Land zu überrennen und sich nur durch das Geschenk einer märchenhaft schönen Frau aufhalten ließ. Tariq hätte sein Land verkauft und seinen Kopf auf den Block gelegt, ehe er zugelassen hätte, dass jemand Nuur anfasste.

Diese Gedankenwelt hatte Djamal nie verstanden. Er verehrte und liebte seine Mutter, aber sie war seine Mutter, die ihm das Leben geschenkt hatte und wie eine Löwin für ihn, ihr einziges Kind, kämpfen würde. Sie war keine Frau, die ihm zugeführt worden war. Mit dem Harem war es etwas anderes.

Er schloss die Augen. Das Sonnenlicht, das auf dem Wasser tanzte, flimmerte über seine Lider. Wenn ein Mann kam, um Malak als Geschenk zur Besänftigung einzufordern, würde er sie hergeben können? Im gleichen Augenblick wusste er, dass dieser Moment kommen würde. Dass der Ingenieur Fairchild seine Tochter zurückfordern würde, wenn er erfuhr, wo sie war. Dass er zu Said Pascha gehen und seine Forderung bekräftigen würde, und dass der Pascha seine Armee auf die Sinai und nach Zenima führen würde, um Hazel Fairchild aus dem Harem des Scheichs zu holen, auch wenn das bedeutete, dass er das ganze Volk der Tiyaha dafür in den Boden stampfen müsste. Blut würde fließen. Menschen würden sterben bei einem solchen Konflikt. Seine Kinder würden sterben. Sein Kopf würde auf einem Block landen. Würde er Malak hergeben, ehe es dazu kam, seinen sandhaarigen Engel mit den Augen in der Farbe des Khalish? Nein. Nicht einmal, um den Untergang von seinem Volk abzuwenden.

Er hatte noch nie in seinem Leben eine Frau auf eine Weise begehrt wie sie.

*

Djamal fand Hazel im hinteren Garten. Jetzt um die Mittagszeit hielten sich die Frauen und Kinder im Palast auf, wo die Wände aus Lehm und Sandstein Schutz vor der glühenden Hitze boten. Nicht Malak. Sie saß im Schatten eines Sonnenschirms in der Nähe der hinteren Mauer, ihre nackten Füße baumelten im Wasser des Bewässerungsrinnsals. Auf ihren Knien lag ein aufgeschlagenes Buch. Djamal trat näher. Es war ein arabisches Buch. Er lächelte.

„Du möchtest unsere Sprache lernen?"

Blinzelnd öffnete sie die Augen. Sie lächelte nicht. Sie lächelte nie. Es riss an ihm. Ihre Wangen begannen, eingefallen zu wirken. Sie aß schlecht und trank zu wenig, die Ziegenmilch spuckte sie meist wieder aus.

„Ich möchte zurück zu meinem Vater", sagte sie. Genauso gut hätte sie ihm eine Ohrfeige geben können. Der Schmerz wäre derselbe gewesen.

„Ich kann dich nicht zurückbringen, Malak."

„Aber natürlich können Sie, Scheich Djamal." Wann immer sie ihn mit seinem Titel ansprach, troff ihre Stimme vor Sarkasmus. „Aber Sie denken sich, wozu ein solch diplomatisches Juwel ohne Zwang an denjenigen zurückgeben, dem es rechtmäßig gehört? Es mag eine Zeit kommen, in der Sie mich als Tauschobjekt viel besser gebrauchen können. Ist es nicht so?"

Sie war eine kluge, intelligente Frau, die verstand, wie Politik funktionierte. Er hasste es, sie unglücklich zu sehen. Verführen wollte er sie nicht, ehe er nicht wusste, ob sie ihn wenigstens respektierte. Sie gehörte ihm nicht. Es war ein neuartiges Gefühl, das er nicht einordnen konnte. Azad hatte sie gestohlen, er hatte sie Azad abgenommen. Eigentlich ganz einfach, doch nichts an dieser Situation war klar und einfach. Mit jedem Tag, den sie hier verbrachte, wurde die Lage brenzliger.

Er legte die Hände auf dem Rücken zusammen, um sich davon abzuhalten, sie zu berühren. „Ich werde Abu Zenima verlassen", sagte er. „Ich hoffe, dass ich nach spätestens einer Woche zurück sein werde und dass dann die Konditionen deines Aufenthaltes hier bei mir klarer sind."

Sie hob den Kopf. „Sie reisen nach Suez?"

„Nein." Er schüttelte den Kopf. „Nicht heute. Ich möchte nicht, dass du dich während meiner Abwesenheit langweilst, Malak."

Sie schnaubte. „Ich langweile mich auch, wenn Sie hier sind. Bisher hat Sie das nie gestört. Ich habe nichts anderes zu tun, als an die Menschen zu denken, die mich lieben und vermissen. Der Geruch der Rosen erinnert mich an unseren Garten daheim in London. Nichts an diesem Ort kann mein Heimweh mildern."

„Ich hege die eitle Hoffnung, dass eines Tages Abu Zenima deine Heimat sein kann."

„Wie kommen Sie auf einen solchen Gedanken? Das ist absurd."

Er klatschte in die Hände. Starr vor sich hin blickend, trugen zwei Sklaven einen Tisch in den Garten. Sie stellten das Möbelstück, auf dem blitzende und blinkende Gerätschaften lagen, in die Nähe des Badeteiches der Kinder, verneigten sich bis fast zum Boden vor Djamal und dann noch einmal, nicht ganz so tief, vor dem jungen Gelehrten Harib, der ihnen gefolgt war. Die Sklaven verschwanden nach drinnen, wahrscheinlich froh, der sengenden Hitze zu entkommen. Harib verneigte sich vor Djamal.

„Ihr habt mich rufen lassen, Herr", sagte er. Seine Aussprache des Englischen war sanft, beinahe melodisch, mit dem starken Akzent seiner Landsleute aus den westlichen Provinzen Ägyptens. Harib war seit gut fünf Jahren bei ihm, er hatte in seiner Heimat Schwierigkeiten bekommen, als er von seiner Ausbildung zurückgekehrt war und es nicht schaffte, sich wieder in das Leben seines Volkes zu integrieren. Ehe er dort wirklich in Lebensgefahr geriet, hatte Djamal ihm einen Platz in Zenima angeboten.

Malak sah dem Mann ins Gesicht, ehe sie zurück zu Djamal blickte. Er lächelte sie an, aber sie erwiderte die

Gefühlsregung nicht.

„Ich habe mich entschieden", sagte er. Seine Finger zuckten, ihr Gesicht zu berühren, aber er ließ es sein. „Nasir ist ein alternder Mann. Die Verspieltheit und das Temperament meiner Söhne fordern ihm zu viel ab. Ich bin seines Wehklagens müde. Ich werde ihn nach Kairo schicken und ihm genug Gold mitgeben für einen angenehmen Lebensabend dort. Harib ist ein vorzüglicher Gelehrter, aber kein guter Erzieher für die Kinder. Er ist zu nachsichtig mit ihnen. Du, Malak, bist eine Frau. Ich lege die Verantwortung über die Erziehung meiner Kinder in deine Hände."

„Was?" Die Fassungslosigkeit in ihrem Blick war entzückend. „Ich habe in meinem ganzen Leben noch nie ein Kind erzogen, und Ihre sind …"

Er hob eine Braue. „Ja?" Er war neugierig, was sie über seine Kinder zu sagen hatte, aber sie biss sich auf die Unterlippe und sah auf ihre Zehen.

„Es tut mir leid, Scheich", murmelte sie beschämt.

„Du hast noch gar nichts gesagt. Was sind meine Kinder?"

„Sie sind … arabische Kinder. Ich kann mit ihnen nicht einmal reden, wie soll ich sie dann zu angenehmen Menschen erziehen? Davon abgesehen, dass ich noch nie so eine Verantwortung hatte. Ich bin Mathematikerin, keine Gouvernante."

Er lachte. „In erster Linie bist du eine Frau mit einem sehr starken Willen", sagte er. „Gib mir deine Hand." Ohne zu zögern, legte sie ihre Hand in seine. Ein erstes Zeichen von Vertrauen, eine Geste, die sein Herz höher schlagen ließ. Er zog sie auf die Füße und geleitete sie zu dem Tisch. „Erkennst du das?"

Ein Leuchten trat in ihre Augen, als sie die Geräte aus poliertem Metall und Glas betrachtete und die Finger darübergleiten ließ.

„Diebesgut", sagte sie, aber ihre Augen sprachen die

Wahrheit über ihre Gedanken. Mit diesen Dingen, die für ihn aussahen, als kämen sie von einem anderen Stern, konnte sie etwas anfangen. Damit arbeitete sie tagtäglich. Er ließ sie einen Moment um den Tisch herumgehen, sie nahm Dinge in die Hand, lächelte versonnen, legte sie vorsichtig zurück. Sie ergriff einen Kolben, den selbst er als Teil eines Fernglases erkannte. „Wissen Sie eigentlich, wie teuer ein Theodolit ist, Scheich Djamal? Ihr Onkel hat dieses unbezahlbare Gerät, von dem auf der ganzen Welt nur so wenige existieren, achtlos zerschlagen und die Bruchstücke, die niemandem mehr von Nutzen sind, einfach mitgenommen. Ihr Onkel ist eine Elster, die keine Achtung vor der Arbeit und dem Eigentum anderer Menschen hat."

„Eine Elster?", fragten Djamal und Harib wie aus einem Munde.

„Eine Elster ist ein Vogel, der alles mitnimmt, was blinkt und blitzt, und sein Nest damit schmückt, auch wenn es ihm keinen Nutzen bringt", erklärte sie. Djamal sah den Gelehrten an, und in Haribs Augen erkannte er den gleichen Humor, den er selbst empfand.

„Ja", sagte er ruhig, trat auf sie zu und schloss seine Hand um ihr Handgelenk. „Du bist perfekt. Erzähl meinen Söhnen von Elstern und von schneereichen Wintern und von Überschwemmungen, die ganze Städte wegreißen. Erzähl ihnen von London und Paris und lehre sie deine Sprache. Und tu mir einen ganz besonderen Gefallen und befreie Harib von seinen Zweifeln. Denn er brütet seit Tagen über all diesen Stücken an Elsterbeute und es gelingt ihm einfach nicht, die Geräte einem Zweck zuzuordnen. Harib ist ein gelehrter Mann, und er wird unausstehlich, wenn er ein Geheimnis nicht zu enträtseln vermag." Er konnte sich nicht länger dagegen wehren, seine Hand an ihr Gesicht zu legen und tief in ihre seeblauen Augen zu sehen. „Ich möchte nicht, dass du Heimweh hast, Malak. Ich möchte, dass du dich wohlfühlst, solange du bei mir bist. In einer Woche bin ich zurück, und ich erwarte, dass meine Söhne mich in deiner Sprache willkommen heißen."

Er lachte, als ihre Augen sich entsetzt weiteten, ließ sie los und wandte sich zum Gehen.

Als sich die Sonne dem Khalish entgegenneigte, brach er mit dreißig seiner besten Kriegsreiter auf, nach Norden am Ufer der Meerenge entlang. Am Wadi vor Rasr, wo seit Menschengedenken eine kleine Moschee verlassen unter glühender Sonne stand, bogen sie nach Osten ab und in die Wüste hinein. Bis an die Zähne waren seine Männer bewaffnet, mit den traditionellen Kurzschwertern und mit Gewehren, die er bei den Franzosen in Alexandria zu erhandeln pflegte. Es waren nicht die neuesten Modelle, aber er hatte mehrere Männer in seinem Dienst, deren einzige Aufgabe es war, die Gewehre zu pflegen und dafür zu sorgen, dass sie jederzeit perfekt funktionierten. Die Temperatur in der Wüste fiel abrupt, sobald die Sonne sank, die Pferde waren gut genährt und getränkt. Sie kamen schnell voran.

Als am östlichen Himmel im dunklen Blau der erste Stern aufblinkte, dachte er an Malak. Nicht an das, was vor ihnen lag. Sondern daran, wofür er es auf sich nahm. Einen Clan seines Stammes zu zerschlagen, war nie eine leichte Entscheidung. Er hatte es erst einmal getan. Für Nuur. Morgen würde er es wieder tun.

Für Malak.

Kapitel 5

Fast einen ganzen Tag lang gelang es Hazel, dem Locken der Gerätschaften auf dem Tisch im Garten des Harems zu widerstehen. Am frühen Nachmittag nach der Abreise des Scheichs aber war es so weit. Die Tatsache, nichts zu tun zu haben, drückte ihr schwer aufs Gemüt. Sie sehnte sich nach Hause, nach vernünftigen Gesprächen mit ihrem Vater und seinen gelehrten Kollegen, nach einer Aufgabe. Die Kinder des Scheichs zu unterrichten, wie er ihr aufgetragen hatte, dazu fehlte ihr der Mut. Sie wusste nicht einmal, wie sie hätte beginnen sollen. Wie kam dieser Mann dazu, ihr solch eine Sache aufzutragen? Es war einfach absurd.

Zögerlich trat sie an den Tisch heran. Aufgereiht, teilweise zerstört, lagen dort technische Hilfsmittel und Messgeräte. Leise lächelnd nahm sie einen Rechenschieber in die Hand. Es war kein kostbares Gerät und auch nicht mehr neu. Drei einfache Metalltafeln, in die die Zahlen und Linien eingraviert waren, zusammengehalten mit einer Spange aus Glas. Dennoch ließ sie beinahe ehrfürchtig ihre Finger über die winzigen Einkerbungen und Erhöhungen gleiten, über die vom häufigen Gebrauch abgeschliffenen Kanten.

Aus dem Augenwinkel sah sie, wie Harib, der junge Gelehrte, dem sie die Funktion der Gerätschaften erklären sollte, sich aus dem Schatten löste, in dem er mit zwei von Djamals Söhnen saß, und zu ihr kam. Ohne ihn anzusehen, sprach sie drauflos.

„Das ist ein Rechenschieber", sagte sie, so leise, als spräche sie zu sich selbst. Sie hatte kein Interesse daran, sich mit diesem Araber vertraut zu machen. „Damit lehren wir Schülern zu Hause Multiplikation, Division und Prozentrechnung."

„Auch unsere Schüler lernen mit einem Rechenschieber Multiplikation, Division und Prozentrechnung", antwortete er. In seinen Worten schwang ein Lächeln mit.

Hazel legte den Rechenschieber zurück zu den anderen Dingen und wandte sich zu Harib um, bis sie ihn direkt ansehen konnte. Er hatte ein offenes, freundliches Gesicht. Runder als das von Scheich Djamal, was durch das Kopftuch, das auch er trug, noch betont wurde. Seine Augen waren … gütig, das war das Wort, das ihr am ehesten passend erschien.

„Was soll das werden?", fragte sie. „Hat Scheich Djamal Sie beauftragt, mir zu beweisen, wie gebildet Sie alle sind? Oder wollen Sie mir den Scheich verkaufen, der seine Kinder unterrichten lässt, damit sie später einmal auch in der westlichen Gesellschaft bestehen können?"

Das Lächeln, mit dem Harib sie bedachte, erreichte seine Augen und verjüngte das ohnehin junge Gesicht um mehrere Jahre. Grübchen schnitten zu beiden Seiten in seine Wangen, dennoch schüttelte er den Kopf.

„Ihnen Scheich Djamal verkaufen zu wollen, wäre töricht und sinnlos obendrein. So sinnlos, wie Sie an ihn verkaufen zu wollen. Schließlich gehören Sie ihm bereits."

„Vielen Dank für die Erinnerung. Und da meinen Sie, dass die Tatsache, dass Ihnen die Funktionsweise eines Rechenschiebers bekannt ist, mich davon überzeugen wird, dass Sie und allen voran Ihr Scheich keine gottlosen Wilden sind?" Wütend raffte sie ihre Tunika und schickte sich an, zu gehen.

„Hat Scheich Djamal Ihnen gesagt, warum er aufbrechen musste?" Die Frage traf sie so unvorbereitet, dass sie sich tatsächlich noch einmal umdrehte.

„Natürlich nicht", schnappte sie. „Warum sollte er? Hat er etwa einem seiner Stühle Rechenschaft abgelegt, oder einem Pferd, oder einem seiner anderen Besitztümer? Warum sollte es bei mir anders sein?"

„Weil Sie der Grund sind, Miss Fairchild. Weil die Entscheidung, die er getroffen hat, in dem Augenblick, als er

Sie aus den Händen seines Onkels Azad befreite, ihn in eine Lage gebracht hat, die Sie zwar schützt, ihn selbst aber zum Verlierer machen wird." Harib sprach ruhig, sein Ton ohne die geringste Spur von Vorwurf darin, und trotzdem gingen ihr die Worte durch und durch. Plötzlich stieg die Sonne ihr zu Kopf, schwirrten vor ihren Augen blinkende Punkte auf einem wabernden Vorhang aus Schwarz.

„Ich … verstehe nicht." Sie griff sich an die Stirn, versuchte so, die Schwaden zu vertreiben. Sofort war Harib bei ihr. Er berührte sie nicht, stellte sich nur so neben sie, dass ein Schatten auf ihr Gesicht traf und damit zumindest ein Hauch Kühle.

„Gehen wir ein Stück", schlug er vor. „Unter den Säulen ist es schattig. Dort redet es sich besser."

Schweigend legten sie die Distanz bis in den beschatteten Säulengang zurück. Die meisten der Frauen hatten sich ins Innere des Palastes, in die Gemächer des Harems, zurückgezogen. Nur die ganz Hartgesottenen saßen unter Sonnenschirmen im Garten und beaufsichtigten die spielenden Kinder, denen die Hitze offenbar nichts ausmachte. Sie erledigten Stickarbeiten oder ruhten sich bei leisen Gesprächen aus. Den Säulengang hatten Harib und sie ganz für sich. Die halbe Distanz entlang des Palastes dauerte es, bis sie sich endlich genug gefasst hatte, um das Gespräch wieder aufzunehmen.

„Was meinten Sie, als Sie sagten, dass Scheich Djamal mich geschützt hat, als er mich seinem Onkel abnahm?"

„Was wissen Sie über die Politik auf der Sinai?", fragte Harib zurück.

„Nicht viel", musste sie zugeben. „Soweit ich weiß, ist das Gebiet politisch dem Pascha von Ägypten unterstellt, der wiederum ein Untertan des Sultans in Istanbul ist."

„Das ist richtig." Harib nickte anerkennend. „Und doch ist es so einfach nicht. Der Pascha ist in großen Teilen autonom. Diese Autonomie gewährt er im Gegenzug gegen Steuerzahlungen auch den Völkern der Sinai, den Beduinenstämmen, die hier seit Jahrtausenden leben. Während der Pascha an eine Politik des Gewährenlassens glaubt, wäre es im Sinne des Sultans, die Völker der Sinai in sein Reich einzugliedern. Seine Pläne, die Beduinen zur Sesshaftigkeit zu zwingen, ihnen ihre Autonomie zu nehmen und sie stattdessen zu Ackerbau und Viehzucht zu bewegen, sind allgemeines Wissen und unter diesen Menschen hier sehr unpopulär. Im Grunde seines Herzens wäre es auch Said Pascha lieber, wenn diese Menschen sesshaft würden, weil es sie leichter zu kontrollieren macht, aber er möchte dieses Ziel nicht mit kriegerischen Mitteln, sondern mit Überzeugung erreichen. Wenn nun Scheich Djamal sein Volk vor der Versklavung retten möchte, muss er sich gut mit dem Pascha stellen. Aus diesem Grund hat Scheich Djamal seinen Untertanen verboten, die Bauarbeiten am Kanal zu stören, von dem der Pascha sich westliche Devisen und regen Handel verspricht."

„Und dieser Mann, der den Angriff geführt hat, ist der Untertan des Scheichs?", wollte sie wissen. Ihre ursprüngliche Frage hatte sie nahezu komplett vergessen, so vereinnahmend waren die Schilderungen von Harib. Der junge Gelehrte hatte eine Art an sich, die Menschen aufhorchen ließ.

Statt sofort zu antworten, blieb er stehen, griff nach einem vertrockneten Palmwedel und benutzte ihn, um damit in den Staub auf dem Boden zwischen den Säulen die Umrisse der betreffenden Länder zu zeichnen. Unten das Rote Meer, oben das Mittelmeer, auf der linken Seite Ägypten, rechts das Sultanat und dazwischen die Halbinsel Sinai. Am wenigsten Land trennte die beiden Meere am westlichen Rand der Halbinsel, dort, wo sie an das Reich des Paschas grenzte.

„Wenn nun hier der Kanal entsteht", Harib verdeutlichte seine Worte mit einer Linie im Sand, „trennt Wasser die Sinai-Halbinsel, das Land der Beduinenvölker, vom Reich des Paschas, bringt sie faktisch näher an den Sultan und zieht die Grenze neu, die im Augenblick hier verläuft." Er malte eine weitere Linie an der Ostseite der Wüste. „Die Völker der Sinai würden sich dem Sultan unterwerfen. Das will der Pascha nicht, und das will auch Scheich Djamal nicht."

„Ich verstehe. Und ist es weniger brüskierend, eine Europäerin zu verschleppen und zu versklaven?" Die Bitterkeit in ihren Worten ließ sich nicht hinunterschlucken.

„Nein. Das ist ein Unding, für das es keine Gnade gibt. Das ist der Grund, warum Azad Sie geschändet hätte, bis ihm die Lust vergangen wäre, um sie hernach im Wüstensand zu verscharren, wo Sie niemand findet. Hätte Scheich Djamal weggesehen an dem Tag, als er Azad für den Überfall auf das Lager rügte, wäre ihm viel Ärger erspart geblieben. Denn Azads Clan ist ein starker, wichtiger Clan an der äußersten Ostgrenze, einer von denen, die als Erste in den Machtbereich des Sultans überlaufen würden. Der Scheich will Frieden unter seinem Volk, er will, dass sie ihm gehorchen wollen, nicht gehorchen müssen. Auf Sie aber hätte dann ein langsamer, unehrenhafter Tod gewartet."

Es dauerte eine Weile, bis Hazel die volle Tragweite des Gehörten begriffen hatte. Sollte jemals jemand erfahren, dass sie hier war, bedeutete dies das Ende aller politischen Verbindungen zwischen den Tiyaha und dem Pascha. Es war keine Grausamkeit, dass Djamal sie nicht zurückbrachte, sondern eine Notwendigkeit, um sein Volk zu schützen. Brächte er sie zurück, müsste er Azads Clan bloßstellen als die Entführer, was unweigerlich zu deren Zerschlagung durch die Armee des Paschas und damit zu einer Schwächung des ganzen Volkes führen würde. Sie dachte an die Nächte im Harem, daran, wie er sie gehalten und getröstet hatte, ohne ihr zu nahe zu kommen. Er musste sie gefangen halten und verstecken, weil niemand wissen durfte, dass sie bei den Tiyaha war. Aber er hatte alles getan, um ihr Schicksal erträglicher zu machen.

„Was ist mit Azad? Er weiß, wo ich bin. Wenn er unzufrieden mit Scheich Djamal ist und einen Keil zwischen ihn und diesen östlichen Clan treiben will? Kann er dann nicht einfach zum Pascha gehen und behaupten, der Scheich hielte mich gegen meinen Willen hier fest und habe nicht die Absicht, mich herauszugeben?"

Traurig nickte Harib. „Dann wäre Scheich Djamal Geschichte. Dieser Serail wäre Geschichte, das Kinderlachen, das abends durch Zenima hallt, und der Duft der Rosen von Nuur, und alle Zweifler, die schon immer prophezeit haben, dass Scheich Djamal der Führungsaufgabe, die sein Vater ihm hinterließ, nicht gewachsen ist, behielten recht. Das ist der Grund, warum er aufbrechen musste."

„Um Azad zu finden und ihm ins Gewissen zu reden, auf seiner Seite zu bleiben?"

„Um den Clan von Azad aufzulösen, ehe dieser erneut gegen die Regeln verstößt. Um Azad selbst gefangen zu nehmen, die Männer zu versklaven und die Frauen zu verkaufen. Er nimmt diese Schwächung seines Volkes auf sich, ehe Azad dies mit kriegerischen Mitteln tut und weit größeren Schaden anrichtet. Das alles für den Schutz einer Europäerin, die ihn noch nicht einmal für würdig hält, um ihm den Gefallen zu gewähren, seine Kinder zu unterrichten."

Nur langsam nahmen sie ihren Spaziergang wieder auf. Scham legte sich schwer auf Hazels Schultern, machte jeden Schritt zu einem Kraftakt. Schon immer war sie schnell in ihren Urteilen gewesen und nahezu immer präzise. Eine Eigenschaft, die sie an sich schätzte, denn sie bewies ihren Intellekt und ihre Auffassungsgabe. Diesmal jedoch schien sie sie irregeleitet zu haben.

„Was bedeutet Malak?" Sie wollte denselben Fehler

nicht noch einmal machen. In Zukunft, nahm sie sich vor, würde sie sich mehr Zeit für ihre Urteile lassen, und sei es nur, wenn sie wissen wollte, ob ein fremder Name sie beleidigte oder nicht.

Harib blieb stehen und sah sie von der Seite aus an. Das Lächeln hatte auf seine Miene zurückgefunden. „Malak bedeutet Engel, Miss Fairchild." Unbewusst griff sie sich an die Haare, spielte mit einer Strähne, die sich aus der Frisur gelöst hatte. Harib nickte. „Ja, Miss. Auch im Glauben der Beduinen sind die Engel so schön, dass es den Augen wehtut, sie anzusehen. Und sie sind vom Himmel gesandt, um die Botschaft zu verkünden, dass die Welt sich ändert. Ob zum Guten oder zum Bösen, das werden wir immer erst hinterher erfahren."

Sie wagte es, eine Hand auf seinen Arm zu legen, als er sich anschickte, weiterzugehen. Er sah auf ihre Finger, aber er entzog seinen Arm nicht. „Harib, ja?"

„Ja, Miss. Das ist mein Name."

„Und wie weiter?"

„Nur Harib."

„Sie reden von dem Volk des Scheichs, als wäre es nicht das Ihre. Sie sagen ,die Beduinen', als ob sie keiner von ihnen wären." Sie legte die Frage in ihren Blick, und er lächelte nachsichtig.

„Das haben Sie sehr aufmerksam beobachtet, Miss Fairchild. Ich bin ein Berber. Mein eigenes Volk lebt im Westen von Ägypten und in Tunesien. Ich bin dort nicht länger willkommen, auf meinen Kopf ist ein Preisgeld ausgesetzt. Scheich Djamal hat mir die Gnade erwiesen, mir hier ein Heim und eine Aufgabe zu geben. Ich stehe für den Rest meines Lebens in seiner Schuld, denn ohne ihn wäre dieses Leben längst zu Ende."

Noch etwas, dachte sie, das dieser junge Mann und ich gemeinsam haben. Noch etwas, das ich nicht habe kommen sehen. Die Frage, was dieser sanfte, gutmütige Mann getan haben konnte, das ein Todesurteil rechtfertigte, brannte hinter ihrer Stirn, aber sie unterdrückte sie. Sie senkte den Kopf und ging voran. Es gab vieles, über das sie nachdenken musste.

*

Zwischen seinen Zähnen knirschte Sand, sobald er sie aufeinanderbiss. Da half auch nicht, dass er sich die schwarz-weiß karierte Keffiyeh tief ins Gesicht gezogen und um Nase und Mund herumgewickelt hatte, sodass für seine Begleiter nur noch seine Augen zu sehen waren. Die letzte Wasserstelle am Fuß der goldbraunen Berge lag erst eine halbe Stunde zurück, die Pferde waren frisch, und Djamal wollte nach Hause. Mittagshitze brannte ihm auf den Rücken, die Strahlen der Sonne versengten ihm die Hände am Zügel.

Sein Trupp aus mehr als vierzig Reitern, mit denen er aufgebrochen war, war auf dreiunddreißig geschrumpft, er selbst mitgezählt. Trotzdem waren sie fast so viele wie vor zwei Tagen, als sie Abu Zenima verlassen hatten. Denn zehn seiner Männer hatten jeweils die Aufsicht über einen Gefangenen. Mit auf dem Rücken zusammengebundenen Händen saßen Azads Krieger in den Sätteln, die Füße unter den Bäuchen ihrer Pferde gefesselt und die Augen verbunden. Beduinenkrieger lebten im Sattel, sei es auf dem Pferd oder dem Kamel, und nur weil diese Männer nichts sahen und die Tiere nicht lenken konnten, bedeutete das nicht, dass sie langsamer reiten mussten. Die Zügel der Pferde von Azads Männern wurden von Djamals Reitern geführt.

Aus dem Dunst und Staub, der über der Wüste hing, schälten sich die Umrisse von Abu Zenima und dahinter das glitzernde Wasser des Khalish. Djamal zügelte seinen Hengst, sodass sich das Tier überrascht auf die Hinterbeine stellte und einmal um die eigene Achse drehte. Ein Tänzchen. Jetzt witterten auch die anderen Tiere das nahende Wasser, den Khalish und die Brunnen von Abu Zenima. Kein Halten mehr. Die Reiter ließen die Zügel fahren, die Pferde fanden den Weg von ganz allein. Djamal brachte seinen Hengst unter Kontrolle und trieb ihn an die Seite des mageren Falben, auf dessen Rücken Azad saß, ebenfalls gefesselt und mit verbundenen Augen.

„Du hast mir also wirklich nichts zu sagen?", fragte er.

Azad schnaubte und spuckte zur Seite aus. „Du bist ein Kind, Djamal. Ein Kind, das mit den Menschen spielt, anstatt sie anzuführen."

„Die Zeiten ändern sich, Azad, und ich habe vor, mit der Zeit zu gehen. Der Kanal wird gebaut. Wir werden unseren Nutzen daraus ziehen, so wie alle anderen auch."

„Lass uns gemeinsam nach Istanbul reisen, Neffe, und dem Sultan die Treue schwören. Wir brauchen Said Pascha nicht, der mit den Franzosen gemeinsame Sache macht und ägyptisches Gold zum Fenster hinauswirft."

Djamal trat seinem Pferd in die Weichen und galoppierte zur Spitze seines Trupps. Verschwommen in der Hitze stiegen die Mauern seines Palastes aus den Sanddünen auf. Gelbe und blaue Wimpel hingen kraftlos in der Schwüle herab. Als er nah genug heran war, damit Geräusche sie erreichen konnten, hielt er sein Pferd an und befahl seinen Begleitern durch einen Zuruf, ebenfalls stehen zu bleiben. Halb verschluckt vom ungeduldigen Schnauben der Tiere konnte er es hören. Kinderlachen. Die Musik des Nachhausekommens. Selten war er nur so kurz weg gewesen. Selten hatte er sich so sehr nach diesem Ort gesehnt.

Azads raues Lachen drang bis zu ihm an die Spitze des Trupps. „Genieße es, Djamal, mein Junge", rief er. „Lange wird es nicht so bleiben. Du kannst nicht alle Clans zerschlagen. Selbst wenn du es versuchst, wird es der Pascha oder der Sultan sein, der dich zermalmt. Dieser Kanal ist verflucht, er wird unsere Völker auseinanderreißen, es wird Kriege geben, immer mehr Kriege, und du wirst das Blut deiner Kinder von den Mauern deines Palastes waschen."

Wut krallte sich in Djamals Bauch, Wut und noch etwas anderes, etwas, das zu empfinden ihn beschämte und zerrüttete. Angst. Was, wenn Azad recht behielt? Er glaubte nicht, dass die Loyalität seiner Stammesbrüder in Gefahr war. Immer mal wieder gab es einen Anführer, dem der junge Scheich ein Dorn im Auge war, der sich auflehnte und andere mitzureißen versuchte. Djamal ibn-Tariq musste sich mit diesen Querelen auseinandersetzen, seit er seinem Vater im Amt gefolgt war. Er hatte gelernt, diesen Aufwieglern zu begegnen, wie sie es verdienten. Azads Clan war zerschlagen, die Frauen und Kinder auf die anderen Gruppierungen der Tiyaha verteilt, die Männer versklavt, und diejenigen, die das Camp am Suez angegriffen hatten, brachte er persönlich zur Gerichtsverhandlung nach Abu Zenima. Aber was, wenn Azad recht behielt, wenn wegen des Kanals neue Kriege ausbrachen, wenn Kairo und Istanbul aneinandergerieten und die Sinai, die glühend heiße Wüste in der Mitte zwischen beiden Herrschern, zum Schmelztiegel dieses Krieges wurde? An wen konnte er sich dann noch wenden? Er hatte, wenn es ihm gelang, von allen Clans die waffenfähigen Männer zusammenzubringen, eine Armee von vielleicht viertausend Mann. Seine Krieger mit der inadäquaten Bewaffnung würden zwischen den großen Heeren einfach aufgerieben werden, und wenn es darum ging, die Machtverhältnisse im Land und auf der Halbinsel neu zu ordnen, dann würde die Familie des einst so stolzen Djamal ibn-Tariq im Weg sein und entsorgt werden.

Er stieß einen Schrei aus, hieb dem Pferd die Hacken in die Seiten und trieb das Tier in gestrecktem Galopp auf seine Stadt zu. Als er die ersten Mauern erreichte, war der Rappe nass von Schweiß, und Schaum troff ihm vom Maul. Djamal warf die Zügel einem wartenden, jubelnden Pferdejungen zu, sah sich nur einmal kurz nach seinen

Begleitern um, die in weitem Abstand folgten, und trat durch das offene Portal in sein Haus.

Stille und Schatten empfingen ihn, umhüllten ihn. Kifah, längst über sein Herannahen in Kenntnis gesetzt, reichte ihm einen Becher vergorener Ziegenmilch und erklärte, dass sein Bad gerichtet sei. Er schob sie aus dem Weg, wollte in den Garten. Wo er entlangging, fielen Sklaven auf die Knie, dass der Aufprall von Haut und Knochen den Ohren wehtat. Er riss den Vorhang zur Seite und trat in den Garten hinaus, in den Duft nach frischem Gras und Nuurs Rosen. Wenige Herzschläge später hingen ihm die Kinder am staubigen Gewand, redeten auf ihn ein, eines lauter als das andere, und sein Herz wurde endlich leichter. Noch war alles so, wie es sein sollte. Er grub die Hände durch zerzauste Lockenköpfe, lauschte auf die Stimmen, die wie Engelsgesang klangen. Über sie hinweg blickten seine Augen suchend umher, doch bei der großen Tafel, die in der Nähe des Badeteiches aufgebaut war, bemalt mit Buchstaben und Zeichnungen, stand nur Harib. Der Gelehrte legte das Stück Kreide aus der Hand und klopfte sich Staub von den Händen, ehe er sich verneigte.

„Im Harem, Herr", sagten seine Lippen, ohne dass ein Ton hervorkam, ohne dass Djamal hätte fragen müssen. Djamal nickte leicht und bog dann nachdrücklich die Finger seiner Kinder auf, damit sie sein Gewand losließen. Er versprach ihnen, nach seinem wohlverdienten Bad wiederzukommen und sich zeigen zu lassen, was sie gelernt hatten. Warum war die kleine Malak im Harem? Sie hasste diesen Ort. Sie sollte hier sein, in der Sonne, bei den Kindern. Die Mädchen hörten gar nicht auf, von ihr zu erzählen, von all den Dingen, die sie wusste, und mit unbeholfenem Zungenschlag führten sie ihm die englischen Worte vor, die Hazel Fairchild, ihre neue Lehrerin, sie gelehrt hatte, seit er weg war.

Endlich kam er los und lief, so schnell es für einen

würdevollen und von einem langen Ritt erschöpften Scheich glaubhaft erschien, durch den Säulengang, am Hammam vorbei zum Harem. Er wunderte sich, dass der Hammam leer war, auch draußen bei den Kindern waren nur zwei der weniger auffälligen Konkubinen gewesen. Als er die große, reich verzierte Halle betrat, in der die Frauen seines Haushalts lebten, wurde es klarer.

Augenscheinlich emsig beschäftigt saßen seine drei Ehefrauen und drei seiner Konkubinen im Raum. Sie malten, stellten Schmuck her, bestickten festliche Gewänder. Doch bei näherem Hinsehen erkannte er, dass kaum eine von ihnen wirklich bei dem war, was sie tat. Was war hier passiert? Irritiert trat er zu seiner ersten Ehefrau, der Lady Haifa, die der Tür am nächsten saß. „Wo ist Miss Fairchild?", fragte er grob.

„In ihrem Gemach." Lady Haifas Stimme verriet keine Emotion, und obgleich sie von ihrer Handarbeit aufsah, als sie ihm Antwort gab, hatte er das Gefühl, dass sie durch ihn hindurchblickte. Er trat zurück, warf ihr und Seteney einen grimmigen Blick zu und riss den Vorhang zu Malaks winzigem Schlafgemach zur Seite.

Sie lag auf dem Bett, die Beine an die Brust gezogen, das Gesicht auf den Knien. Sie hob den Kopf, blinzelte ihn an, erkannte ihn und kehrte in ihre verschreckt wirkende Haltung zurück. Er trat ein und zog den Vorhang wieder zu, die Perlenschnüre klapperten. Der winzige Verschlag versank im Halbdunkel. Er erkannte eine Vase mit Blumen aus dem Garten, die beim Kopfende des breiten Bettes stand, Bücher, verteilt auf den Tischen und Kissen. Das Bett war mit frischen Seidenlaken bezogen. Es duftete nach Rosenwasser und Jasmin. Nichts in diesem kleinen Raum wirkte unglücklich. Im Gegenteil, in den wenigen Tagen, die er nicht hier gewesen war, schien Hazel alles hier drin umgekrempelt zu haben, sodass es fast heimelig wirkte.

Er setzte sich auf den Bettrand. Wahrscheinlich war das

in ihrer Gedankenwelt unschicklich, weil er ein Mann war und sie eine Frau, aber in dieser, in seiner Welt, war es völlig normal, weil er der Scheich war und sie sein Eigentum. „Warum bist du hier drin, Malak?", fragte er. „Die Kinder fragen nach dir. Sie wollen wissen, wann du zurückkommst nach draußen."

„Warum fragst du das nicht deine Lady Haifa?", gab sie zurück, ohne ihn anzusehen. Dann hörte er ein leises Seufzen. Sie richtete sich so weit auf, dass er sehen konnte, wie sie sich auf die Unterlippe biss. „Tut mir leid", murmelte sie. „Ich hatte mir so fest vorgenommen, künftig das Beste aus der Situation zu machen, in der wir beide gefangen sind, und nicht mehr so schnippisch zu sein, wenn du zurückkehrst."

„Was ist passiert?" Er streckte die Hand aus, verharrte auf halbem Weg, legte sie dann auf ihre Hüfte, die unter der Berührung wegzuckte. „Warum hat Haifa dich hier hereinbeordert?" Seine erste Gemahlin war keine schlechte Frau. Sie neigte auch nicht zu Eifersucht, selbst wenn sie einen Grund dazu gehabt hätte, was zumindest bei Hazel im Augenblick nicht der Fall war. Noch nicht, fügte er in Gedanken hinzu. Haifa war hier, um ihm Kinder zu gebären und seinen Palast, wenn er das wünschte, zu repräsentieren, als die erste Dame seines Hauses. Sie erfüllte ihre Pflichten und war Freundschaften zu den anderen Frauen nicht abgeneigt. Es sah ihr nicht ähnlich, Hazel wegzusperren, nur weil diese ebenfalls ihre Pflicht erfüllte. Immerhin war die Engländerin auf seinen Befehl hin die Lehrerin für seine Kinder geworden.

Hazel setzte sich ganz auf. Ihr Gesicht war zerdrückt, rote Flecken auf den Wangen und um die Augen wurden sichtbar. Sie hatte geweint. „Endlich gibst du mir etwas zu tun", schniefte sie und nahm bereitwillig das Tuch, das er ihr reichte, um sich die Nase zu putzen. „Endlich gibt es etwas, das ich machen kann, das mich ablenkt. Himmel, in Harib, deinem teuren Gelehrten, finde ich sogar einen Freund." Er bemerkte, dass sie die respektvolle Anrede, auf der sie bis zu seiner Abreise so vehement bestanden hatte, nicht mehr verwendete, und sein Herz wurde ganz warm. „Und dann kommt sie, stört von einem Augenblick auf den anderen meinen Unterricht, bringt gleich die anderen Weiber als Verstärkung mit, und alle zusammen hängen sie mir eine Gardine über den Kopf und treiben mich ins Haus, sodass ich beinahe über die Türschwellen stolpere und mir das Genick breche." Sie gab ihm das Tuch zurück. „Um dem Ganzen die Krone aufzusetzen, lässt sie nicht einmal Harib mitkommen, sodass ich fragen könnte, was eigentlich los ist. Sie sperrt mich einfach hier ein. Ich hasse es, eingesperrt zu sein!"

Er steckte das Tuch in seinen Gürtel und sah sie an. Sie wehrte sich nicht, als er seine Fingerspitzen an ihr Gesicht legte. Seine zauberhafte Malak. Sie war ganz anders. Die Idee, sie seinen Kindern an die Seite zu stellen, hatte einen völlig anderen Menschen aus ihr gemacht. Fasziniert war er schon vorher von ihr gewesen. Jetzt fand er sie atemberaubend, ihre Art, ohne Filter auszusprechen, was ihr in den Sinn kam, die Leidenschaft, die durch ihre Worte funkelte.

„Fragen wir sie", sagte er und zog den Vorhang auf. Nur ein kurzer Ruf und Haifa kniete zu seinen Füßen, wohl erwartend, dass er sie rügen würde, weil sie Hazel an der Ausübung ihrer Aufgabe gehindert hatte. Wenn sie es wusste, wieso hatte sie es getan?

„Mein Gebieter", murmelte Haifa und berührte mit der Stirn den teppichbelegten Boden. „Ich bitte um Eure Vergebung und die der Lady Fairchild. Mir blieb keine Wahl, als die Lady vor den Augen eines Fremden zu verbergen, der während Eurer Abwesenheit im Palast angekommen ist."

Djamal zog überrascht die Brauen hoch. „Wer?", fragte er, knapp und schneidend.

„Ich habe dafür gesorgt, dass Lady Fairchild in Sicherheit und verborgen war, noch ehe der Fremde die Mauern der Stadt erreichte. Er weiß nichts von der Anwesenheit der europäischen Sklavin hier."

Ein flehender Ausdruck, den er selten an ihr gesehen hatte, trat in ihre Augen. Sie suchte nach Anerkennung für das, was sie getan hatte. Seine Eingenommenheit für die englische Lady war nicht unbemerkt geblieben. Haifa hatte Angst, mit ihrer Eigenmächtigkeit seinen Zorn herausgefordert zu haben. Gleichzeitig erinnerte sie ihn daran, dass auch sie wusste, was es bedeutete, wenn die Kunde über Hazels Aufenthaltsort in die falschen Ohren gelangte.

„Ich danke dir für deine Umsicht, Haifa", sagte er ruhig. „Wer ist der Fremde?"

„Ein Bote von den Hamadin bei Suez, mein Gebieter", sagte sie, das Gesicht starr. „Scheich Ismail lässt Kunde überbringen von den Bauarbeiten am Kanal."

Kapitel 6

Bis zum Mittag des darauffolgenden Tages hielt sich die eigentümliche Stimmung im Harem. Obgleich Hazel nun wusste, dass die rüde Behandlung, die sie erfahren hatte, mit der Ankunft des ominösen Boten von einem befreundeten Beduinenvolk zusammenhing, war das gezwungene Eingesperrtsein für sie nicht leichter zu ertragen. Sie hatte so viele Fragen an Djamal. Während seiner Abwesenheit hatte sie ausreichend Zeit gehabt, zu überlegen, was das, was Harib ihr eröffnet hatte, bedeutete. Nicht nur hatte sie seither Gefallen am Umgang mit den Prinzen und Prinzessinnen gefunden, wenn auch die beiden ältesten Jungen, Yasif und Kerim, ihr mit offener Feindseligkeit begegneten. Sie waren Kinder, und Kinder waren launisch. In der Tat hatte sie sich auf Djamals Rückkehr gefreut. Es drängte sie, seine Sicht der Dinge zu erfahren und mit ihm gemeinsam zu überlegen, was sie am besten tun konnten, um ihrer beider Situation zu entschärfen.

Die plötzliche Unruhe vor ihrer Kammer brachte nicht die erhoffte Lockerung ihrer Gefangenschaft. Stattdessen wurde der Vorhang zu ihrer Nische ruckartig zurückgeschoben, noch bevor sie überhaupt Zeit hatte, sich die Frage zu stellen, was das plötzliche Füßegetrappel und Kleiderrascheln zu bedeuten hatte, das nur unterbrochen wurde von hektischem arabischen Frauengeschnatter.

Es war Seteney, die jüngste Gemahlin des Scheichs, die zu ihr in die Nische kam und sie so grob am Arm riss, wie man es dem blutjungen Mädchen kaum zutraute. Sie zerrte sie hinter sich in den Saal. Dort warteten bereits Haifa, Atiya und drei weitere Damen auf sie. Ehe sie Luft holen konnte, wurde ihr ein weites schwarzes Gewand übergestülpt, wie es auch die anderen trugen. Zu dem Gewand gehörten ein Kopftuch und eine Art Maske aus geschmiedeter Bronze, die die gesamte obere Hälfte ihres

Gesichts bedeckte. Für die Augen waren Sehschlitze ausgelassen, vor ihrem Mund und über die Kinnpartie drapierten die anderen einen Schleier aus gazeartigem schwarzem Stoff, der bei der kleinsten Bewegung flatterte. Fertig ausstaffiert glichen sie einem Schwarm schwarzer Insekten. Sobald sie einen Schritt taten, zirpten die goldenen Schellen und Glöckchen, die an ihre Gewänder genäht waren.

Ein Sklave und eine Eskorte von Wachmännern mit edelsteinbesetzten Prunksäbeln begleiteten sie hinaus aus dem Harem in Richtung des öffentlichen Teils der Residenz. Die anderen Frauen hatten Hazel in ihre Mitte genommen. Lady Haifa griff eisenhart um ihren Oberarm, kaum dass sie den Palast betreten hatten. Im selben Atemzug deutete Djamals erste Ehefrau auf den Boden, der Befehl unmissverständlich: Schau zu Boden und mach dich unsichtbar.

Durch reich geschmückte Gänge, die sie bisher nur zweimal gesehen hatte – einmal bei ihrer Ankunft, das andere Mal am selben Tag, als Djamal sie mit in sein Arbeitszimmer genommen hatte – durchquerten sie den Serail, um auf der anderen Seite durch das große Portal auf den Sandplatz geführt zu werden, der das repräsentative Zentrum der Anlage bildete.

Heute wimmelte der Platz von Menschen. Zwischen den Palmen, die scheinbar wahllos aus dem nackten Boden herauszuwachsen schienen, waren Baldachine aufgebaut worden, und es sah aus, als hätte sich der gesamte Hofstaat versammelt. In der Mitte des Platzes war ein Podest aufgebaut, beschattet von dem prächtigsten Baldachin aus nachtblauem Samt, durchwirkt mit goldfarbenem Garn, geziert von dicken purpurnen Paspeln. Auf einem gigantischen Kissen unter dem Sonnenschutz saß, beflankt von zwei weiteren offenbar mächtigen Begleitern, Scheich Djamal, auch er so auffällig und elegant gekleidet, wie sie ihn noch nie gesehen hatte.

Hinter dem Herrscherpodest kamen sie zum Stehen. Lady Haifa löste sich aus der Gruppe der Frauen, bestieg graziös das Podest, um sich vor Djamal auf die Knie zu werfen und ihm die Füße zu küssen. Leise Worte wurden gewechselt, bevor er sie mit einem knappen Nicken wieder entließ.

Erst jetzt nahm Hazel die Männer wahr, die, gefesselt und nackt bis auf einen dreckigen Lendenschurz, auf der anderen Seite des Podests auf dem Boden knieten. Ihr Atem stockte. Es mussten Gefangene sein. Sie sahen zerzaust aus, an einigen erkannte sie Striemen von Fesseln um die Handgelenke. Die Campräuber, schoss es ihr in den Kopf. Sie hatte keinen Zweifel. Das mussten die Männer sein, die das Camp angegriffen und sie bei dieser Gelegenheit entführt hatten. Angestrengt versuchte sie Gesichter zu erkennen, Mienen, irgendwas, das die Erinnerung zurückbrachte an jenen Tag und die darauffolgenden, als sie in Gesellschaft der Männer die Wüste hatte durchqueren müssen, aber es gelang ihr nicht. Sie waren zu weit weg, und auch der Sichtschutz vor ihren Augen behinderte sie.

Noch bevor sie sich einen Reim darauf machen konnte, was dies für eine Veranstaltung war, wurde es mucksmäuschenstill auf dem Platz. Ihr fiel auf, dass die Kinder fehlten, nur deshalb konnte es so ruhig sein. Kinder würden schnattern. Hier und jetzt redete niemand. Selbst der Wind schien den Atem anzuhalten. Nicht die kleinste Brise brachte Bewegung in die stehende Hitze. Worte wurden gesprochen, von einem Mann, den sie als Berater Djamals einschätzte, vielleicht so etwas wie ein Seneschall.

Dann erhob sich der Scheich. Langsam, mit den geschmeidigen Bewegungen des Herrschers, der er war, kam er auf die Füße, trat auf die Gefangenen zu. Er sprach zu ihnen, in der Stimme nicht das leiseste Zögern, kein Fünkchen Wärme, nur gleißender Stahl.

Trotz der Hitze fröstelte sie. Ein Raunen ging durch die Menge, einige der Gefangenen senkten die Köpfe. Ein Augenblick der Stille, dann ein Schrei von Djamal, den er mit einer auffordernden Geste untermalte. Wieder Schweigen.

Obwohl sie dem Dialog nicht folgen konnte, ahnte Hazel, dass etwas Grauenvolles bevorstand. Sie ahnte es an der Art, wie nicht nur sie nicht mehr zu atmen wagte. Der Bote der Hamadin, der in der Nähe von Djamals Baldachin Platz genommen hatte, richtete sich auf seinem Kissen auf und ein Lauern trat in seine Miene, vielleicht gar etwas wie Vorfreude. Tu es nicht, betete sie. Was auch immer Djamal im Begriff war zu tun, alles in ihr schrie, dass es fürchterlich sein würde. Dass es die Macht hätte, alles zu zerstören, was sie in den letzten Wochen an Vertrauen in das Volk der Tiyaha und ihres Oberhaupts aufgebaut hatte. Noch einmal sagte Djamal etwas, schneidend durchpflügten seine Worte die atemlose Stille auf dem Platz. Der Lendenschurz eines der Gefangenen färbte sich dunkel.

Dann ging alles ganz schnell. Mit derselben Eleganz, mit der er zuvor aufgestanden war, packte Djamal den Mann, der sich gerade besudelt hatte, stieß ihn vor sich in den Sand. Einer der Wachen trat dazu, riss dem Gefangenen die Rechte aus der Fesselung und presste den Arm auf den staubigen Lehmboden. Schneller, als das Auge folgen konnte, hatte Djamal sein mit Edelsteinen verziertes Schwert gezogen und dem Mann die Hand abgeschlagen.

Wo zuvor erwartungsvolles Schweigen geherrscht hatte, zerfetzte jetzt ein gellender Schrei die Stille. Galle stieg Hazel in die Kehle, fraß sich sauer durch ihren Hals. Mit einem Mal war ihr Hals so geschwollen, dass sie nicht dagegen anschlucken konnte. Sie presste die Lider zusammen. Dennoch konnte sie hören, wie Soldaten aus Djamals Gefolge den Verstümmelten über den festgetrampelten Lehmboden davonschleiften. Seine Schmerzensschreie drangen weiter aus dem Inneren des Serails bis auf den Platz, verhallten in den Beifallsrufen der Männer und dem tschilpenden Zungenschlagen der Frauen. Ein Sklave bückte sich nach der abgeschlagenen Hand und ließ sie in einem Tiegel verschwinden. Nur das Blut tränkte noch den Boden.

Nebensächlich, als wäre er auf einem Kirmesplatz und das Blut nichts als Farbe, reinigte Djamal die Waffe im Sand, bevor er sich ein weiteres Mal auffordernd an die um einen Mann geschrumpfte Reihe der Delinquenten richtete. Wieder wurde es still, wieder wartete Djamal für die Dauer weniger Wimpernschläge, bevor er nach dem Nächsten in der Reihe griff. Auch der schrie erst, als seine Hand vor ihm im Staub lag und Blut in einer Fontäne aus dem Stumpf schoss.

Das grausige Spektakel wiederholte sich zwei weitere Male. Bereits nach dem ersten Mal wollte sich Hazel abwenden und gehen. Sie gehörte nicht hierher, gehörte nicht zu diesen Menschen, das hier hatte mit ihr nichts zu tun. Doch sie wurde unnachgiebig gehalten von Atiya und Seteney. Auch von vorn und hinten drängten sich Frauen an sie, ließen ihr keine Möglichkeit zur Flucht. Nachdem der vierte Mann seine Hand verloren hatte, brachte ein wimmernder Ruf eines der vier verbliebenen Gefangenen das Prozedere ins Stocken. Taumelnd kam er auf die Beine, machte drei schwankende Schritte, nur um sich vor Djamal auf den Boden zu werfen. Er presste die Stirn in den Sand, jammerte unverständliche Worte. Djamal sah auf ihn hinab wie auf eine Küchenschabe. Sein Kopftuch aus karierter Seide blitzte frisch gewaschen in der Sonne, während er dem anderen das verdreckte Tuch vom Kopf riss. Für einen Moment, der so kurz erschien, dass er kaum wirklich sein konnte, meinte sie etwas wie Wärme in Djamals Miene zu erkennen. In einer Geste, wie er es bei seinen Söhnen und Töchtern manchmal tat, legte er die Hand auf das Haar des Gefangenen, strich ihm die zerzausten, dreckigen Strähnen erst aus der Stirn, dann aus dem Nacken. Seine Lippen bewegten sich. Er sprach zu dem anderen, dann war der Moment der Milde vorbei. Hazel kam sich vor, als hätte sie sich alles nur eingebildet, als sie ungläubig mit ansehen musste, wie Djamal einen Schritt zurücktrat, mit dem Schwert ausholte und beinahe weich zuschlug. Präzise traf die Klinge den entblößten Nacken.

Noch bevor der Kopf den Sand berührte, gab Hazels Magen auf. Sie würgte und spuckte, und dieses Mal ließen die anderen Frauen sie gehen. Danyizet war es, die an ihrer Seite blieb. Aus den Augen des tscherkessischen Mädchens liefen Tränen.

*

Durch das Zerschlagen und die Auflösung von Azads Gruppierung war ein Unruheherd innerhalb der Tiyaha verloschen. Mit dem Tod des Mannes, der den französischen Ingenieur erschlagen hatte, war der Gerechtigkeit Genüge getan. Der Bote der Hamadin, der die Kunde vom Tod des Mannes nach Zenima gebracht hatte, würde Scheich Ismail bei Suez die Nachricht von Djamals Rechtsspruch und der Ausführung bringen. Bei Sonnenuntergang würde er aufbrechen, um die kühlen Nachtstunden für seinen Ritt nach Norden zu nutzen. Drei von Azads Männern waren ohne körperlichen Schaden aus der Richtversammlung hervorgegangen, weil der Täter sich rechtzeitig gemeldet hatte. Nicht aber Azad. Der Anführer hatte seine Hand verloren, wie das Recht der Wüste es verlangte.

Schon am frühen Morgen, lange bevor das Gericht gehalten wurde, hatten die Sklaven in Küche und Backstube begonnen, das Festmahl vorzubereiten, mit dem der Stamm die Umsicht und Gerechtigkeit seines Scheichs feiern würde. So wollte es die Tradition, so hielten es die Beduinenstämme seit Menschengedenken. Alte Männer und junge Mädchen trugen Schüsseln mit Speisen in den reich geschmückten Innenhof, der Älteste unter Djamals Ratsherren schlachtete zwei Lämmer und eine Ziege aus den Beständen des Serails. Djamal saß, umgeben von seinen Ehefrauen, inmitten des Treibens und ließ alles an sich vorüberziehen. Weiter im Hintergrund hatten sich die Konkubinen versammelt. An einem Tag wie diesem durfte nicht einmal Kifah, die sonst unfähig war, die Hände still zu halten, an den Feuerstellen helfen. Die Kinder waren längst gefüttert und in ihre Räume im hinteren Teil des Palastes gebracht, wo Sklavinnen darauf achtgaben, dass sie blieben, wohin man sie geschickt hatte.

In riesigen Kesseln über niedriger Flamme zogen Teeblätter, ohne zu kochen. Das Kind einer Sklavenfrau überwachte die hauchdünn auf heißen Steinen backenden Fladen aus Kichererbsenmehl und Wasser, die nicht zu weich bleiben, aber auch nicht zu knusprig werden durften, sonst schmeckten sie bitter. Schüsseln mit Reis und Weizengrütze wurden aufgetragen, und die Ratsmänner, mit lachenden, zufriedenen Gesichtern, bedienten sich. Die Kamelmilch war so frisch, dass sie noch warm war.

Wie aus weiter Ferne drangen das Klappern der Schüsseln und das Knistern der Feuer an Djamals Ohr. Er sah durch all die Menschen hindurch, die ihn umgaben, hörte nicht das Gelächter, wollte sich die Ohren zuhalten, als zwei der jüngeren Ratsmänner, die aus den Gebieten stammten, an die Azads Ländereien angegrenzt hatten, die Vollstreckung der Urteile noch einmal besprachen. Sie taten es nicht zu laut, und doch hörte er ihre Zufriedenheit mit diesem Tag. Beide Männer besaßen heute mehr Land als noch gestern.

Wenn Djamals Blick auf die Mauer fiel, ihm gegenüber auf der anderen Seite der Jidda, in der das zerteilte Lamm in einem scharf gewürzten Sud aus Wasser und Joghurt garte, bis das Fleisch von den Knochen fiel, sah er Blutspritzer. Natürlich waren da keine, die Sklaven hatten den Richtplatz mit Tüchern verhängt, ehe die Urteile vollstreckt wurden, und hatten die besudelten Stoffe hinterher ins Feuer geworfen. Er sah sie dennoch. Er sah die Augen von Azad, der ihn hochmütig anstarrte, bis zu dem Moment, als das kurze, mit Diamantsplittern besetzte Richtschwert ihm die Hand vom Arm abtrennte, er vornüberfiel und sich übergab. Er sah die Augen des jungen Mannes, dessen Namen er nicht kannte und auch nie würde erfahren wollen, der im Auftrag seines Clanführers den Franzosen getötet hatte und dafür den Kopf verlor, und der nicht um Gnade winselte, weil das nur sein Clanführer für ihn tun konnte.

Der Duft des Lammtopfes stieg ihm in die Nase und versperrte ihm die Kehle. Haifa reichte ihm einen Becher mit warmer Kamelmilch, aber er konnte davon jetzt nicht trinken. Sein Blick irrte zu den Konkubinen, eine jede von ihnen so tief verschleiert wie die drei Ehefrauen an seiner Seite. In Gegenwart all dieser Männer war es den Frauen nicht gestattet, ihr Gesicht zu zeigen. Lachen drang an sein Ohr. Sein Magen drehte sich um. Er brauchte nicht einmal die Lider zu schließen, um die Augen des Mannes zu sehen, dem er den Kopf abgeschlagen hatte. Er suchte Hazel. Seine Malak. Er sah sie nicht. Sie saß nicht bei den Konkubinen, wo sie hingehörte. Er presste die Augen zusammen, schlug Haifas Hand mit dem Milchbecher zur Seite und stand auf. Der Duft von gebratenem Ziegenfleisch waberte über den Innenhof. Die Männer nagten lachend das Fleisch von den zarten Knochen. Sie benutzten nur die rechte Hand dazu, die linke Hand war unrein, als Werkzeug beim Essen nicht geeignet. Eine rechte Hand hatten Azad und seine Gefolgsleute nicht mehr. Doch sie hatten wenigstens noch ihr Leben. Anders als der eine, der …

Djamal schluckte trocken, um das Würgen zu unterdrücken, das ihm in die Kehle zu steigen begann. Er hatte schon zu anderen Zeiten Gericht gesprochen. Die Tradition seines Volkes besagte, dass derjenige, der ein Urteil fällte, es auch vollstreckte. Dass derjenige, der einen Mann zum Tod verurteilte, auch derjenige sein musste, der das Schwert führte. Das war der Scheich. Er hatte diese Aufgabe akzeptiert, hatte sie angenommen, als sein Vater starb. Er sprach Urteile, er führte das Schwert. Wenn er nicht die Macht über sein Volk, das über die ganze riesige Sinai-Wüste verteilt lebte, verlieren wollte, musste er diese Dinge tun. Gern getan hatte er sie nie. Doch noch nie zuvor hatte er hinterher so darunter gelitten. Und das Schlimmste, was er jetzt tun konnte, war, die Männer, die zu ihm als ihrem Scheich aufsahen, spüren zu lassen, wie sehr er darunter litt.

Malak. Sie musste ihn hassen. Die Dinge, die sie heute und hier hatte mit ansehen müssen, passten nicht in ihre Vorstellung von einer zivilisierten Welt. Sie würde es nicht verstehen. Harib hatte es ihm erklärt, Harib, der lange Zeit in London und Paris studiert hatte und die Menschen dort kannte. Er würde Malak zurückschicken müssen, denn er hatte das bisschen Vertrauen, das sie zu ihm gefasst hatte, mit sechs sauber geführten Schwertstreichen zerschlagen.

Das Festmahl zog sich hin. Bei Sonnenuntergang wurde der Bote aus Suez mit lautem Johlen, Freudengeschrei und vollen Taschen verabschiedet. Er würde seinem Scheich die Nachricht bringen, dass der Gerechtigkeit in den Mauern von Abu Zenima Genüge getan wurde und dass die Männer, die für das Wanken der Beziehungen zwischen den fremden Bauarbeitern und Scheich Ismails Beduinen verantwortlich zeichneten, zur Rechenschaft gezogen waren. Sobald der Bote im abendlichen Licht zwischen den Sanddünen nicht mehr zu sehen war, löste sich die Gesellschaft auf. Einige der Ratsleute würden über Nacht im Palast bleiben, andere machten sich sofort auf die Reise, gut genährt, die Pferde und Kamele schwer beladen mit Gaben und Waren, die sie im Palast und auf dem kleinen Markt von Abu Zenima eingetauscht hatten.

Djamal zog sich zurück, noch bevor die letzten Übernachtungsgäste ihr Bett aufsuchten. Er ging nicht in den Harem, um sich eine Gefährtin für die Nacht auszusuchen. Die eine, die er wollte, würde ihm nicht folgen, selbst wenn sie dort war. Die eine, deren Hände er in dieser Nacht auf seiner Haut fühlen wollte, deren Stimme ihm Frieden schenken würde, die er um Vergebung bitten wollte. Keine der anderen wollte er.

Sie hatten ihm ein Bad gerichtet, und als er ins warme Wasser glitt, das nach Sandelholz und Kräutern aus fremden Ländern duftete, sah er sich plötzlich umgeben von seinen Frauen. Er hatte sie nicht darum gebeten. Sie reichten ihm Milch und Tee, sie tanzten für ihn, sie lächelten und entkleideten sich gegenseitig für ihn.

„Geht", sagte er. Er richtete das Wort an Haifa, die über all dem Theater wachte wie eine Dirigentin in einer der Konzerthallen in Alexandria. Erstaunt sah sie ihn an, doch sie gab seinen Befehl nicht weiter.

„Geht", sagte er lauter und schloss die Augen. Kifahs rechte Hand, an der zwei Finger fehlten, strich aufreizend über seine Brust, hinauf zum Schlüsselbein, hinunter zu seinem Bauch, dann stieg sie zu ihm ins Bad. Sie lächelte ihn verführerisch an. Sie war die Favoritin, die eine, die er häufiger zu sich bestellte als die anderen, weil sie leidenschaftlich war und zu grober Zärtlichkeit fähig, und weil sie nie etwas zurückhielt. Doch heute schaffte er es nicht, in ihre goldenen Falkenaugen zu blicken.

„Wenn du morgen noch am Leben sein willst, kleine Kifah, dann wirst du jetzt sofort dieses Bad verlassen und die anderen mitnehmen. Ich will keine von euch heute mehr sehen. Wenn sich das wieder ändert, werde ich einen Sklaven schicken, der euch davon in Kenntnis setzt."

Ihr biegsamer Körper versteifte sich, ein Zittern rann durch sie, wortlos stand sie auf. In goldenen Rinnsalen lief das Wasser an ihrer bronzefarbenen Haut herab. Unvergleichlich leichtfüßig stieg sie aus dem Bad, und Haifa legte ihr einen reich bestickten Umhang um die Schultern.

„Bring sie alle weg", wiederholte er, an Haifa gewandt.

„Wer wird dir helfen, aus dem Bad zu steigen, mein Gebieter?", fragte sie, bemüht, sich keine Emotion anmerken zu lassen. Sie sah ihm nicht in die Augen dabei, hielt den Kopf tief gesenkt.

„Ich bin dazu sehr gut allein in der Lage", erwiderte er grob. Malak, dachte er dabei. Ich will Malak. Aber sie würde nicht kommen.

Er lehnte den Hinterkopf an die steinerne Einfassung des Bades, atmete den Duft der Kräuter, der es doch nicht schaffte, die Erinnerung an das aufspritzende Blut wegzuschwemmen. Noch nie in seinem Leben hatte er sich einsamer gefühlt als in diesem Moment.

*

An Schlaf war nicht zu denken. Die Bilder ließen Hazel nicht los. O gütiger Herr im Himmel, sie hatte begonnen, ihm zu vertrauen. In der Tat hatte sie angefangen, den Menschen in ihm zu sehen, nicht den Wilden. Wie falsch sie gelegen hatte. Wie unverzeihlich falsch. Längst schon lag der Harem in tiefer Stille. Zunächst war der große Schlafsaal leer gewesen bis auf die Kinder, die sich gegenseitig in den Schlaf sangen. Dann waren die Frauen zurückgekehrt, doch die Stimmung war gedrückt gewesen, kaum jemand hatte gesprochen. Viel schneller als sonst waren die letzten Gespräche versiegt. Auch durch die geöffneten Fenster drangen keine Laute mehr, nur noch eine schwache Brise und der Duft nach Rosen. Ihr Herz zog sich zusammen. Rosen. Würden auch zu Hause Rosen blühen zu dieser Zeit, oder waren sie längst verblüht?

Eine unaufhaltsame Welle Heimweh umspülte sie, so heftig, wie sie es seit ihrer allerersten Nacht im Serail des Scheichs nicht mehr erlebt hatte. Wenn sie doch nur zu den Rosen gelänge. Ein Stückchen Heimat, das ihr den Kopf klären und sie daran erinnern würde, dass es immer einen Weg gab. Solange sie kämpfte, würde es einen Weg geben.

Leise, darauf bedacht, niemanden zu wecken, kroch sie aus ihrem Bett. Vorsichtig lugte sie durch einen Spalt des Vorhangs, der ihre Schlafkammer verhüllte. Nichts und niemand war zu sehen. Der Saal lag in Dunkelheit, nur durch die Fenster unter der Decke drang gedämpftes Mondlicht. Wie konnten diese Frauen nur schlafen, als wäre nichts geschehen? Als hätte nicht ein Massaker stattgefunden an diesem unheiligen Ort? Mochten sie es noch so oft ein Gericht nennen, es war ein Massaker. Es hatte kein Verfahren gegeben, keine Anhörung. Das Urteil war nach Gutdünken eines einzigen Mannes gefallen, eines Mannes, der womöglich noch stolz auf seinen Rang war, sodass ihm niemand etwas anhaben würde für seinen Mord.

So leise wie möglich tappte sie weiter. Sie musste zu den Rosen kommen. Es wurde zu einer fixen Idee. Wenn sie nur ihre Finger auf ein zartes Rosenblatt legen, ein Stückchen Heimat ertasten könnte, hätte sie wieder Kraft, diesen erneuten Rückschlag zu verarbeiten. Die Enttäuschung, dass der Mann, den sie begonnen hatte zu schätzen, in Wahrheit gewissenlos war und brutal. Mittlerweile ahnte sie, wo die Rosen wuchsen, deren Duft so oft mit dem lauen Wind herübergetragen wurde. Sie mussten zu dem geheimen Garten der hohen Lady gehören, die im ersten Stock des Serails auf der gegenüberliegenden Seite des Harems lebte. Schon oft hatte sich Hazel gefragt, wer sie war. Eine Schwester des Scheichs? Oder seine bevorzugte Ehefrau? Ein Hieb traf sie hinter der Brust bei dem zweiten Gedanken, warum auch immer sie die Vorstellung nicht mochte, dass eine einzige Frau seine Gunst auf so besondere Weise genoss. Noch mehr und auf andere Weise als die Lady Haifa, die den Harem als erste Frau repräsentierte.

Auch im Garten rührte sich keine Menschenseele. Unbemerkt kam sie auf die andere Seite, schlüpfte durch einen dünnen Perlenvorhang in den offiziellen Teil des Palastes. Erst jetzt erinnerte sie sich daran, dass sie nur in ihrem dünnen Schlafgewand unterwegs war. Ein Skandal, würde ein Mann sie so sehen. Es wäre ein Skandal daheim, und es würde wohl ein noch viel größerer Skandal hier sein, wenn der Scheich davon erfuhr. In diesem Fall würde ihr kleiner Ausflug schneller enden, als ihr lieb sein konnte. Umso erleichterter war sie, als sie direkt neben dem Eingang eine Treppe erkannte, die in den ersten Stock führte. Wie im Harem schloss sich auch hier ein Säulengang mit verhangenen Nischen um die Galerie im Obergeschoss. Wenn sie recht behielt und der Duft von dem verschlossenen, dem Garten zugewandten Balkon kam, musste sie sich nun nach links wenden und auf einen Durchgang hoffen. Sie wagte kaum zu atmen und tauchte in den hinteren Säulengang. Flackernde Talglichter in Lampen aus tiefrotem Glas spendeten hier schwaches Licht. Der Rosenduft intensivierte sich. Sie war auf der richtigen Spur. Ein wenig weiter noch, dann wäre sie am Ziel. Sich immer nah an der Wand haltend, tastete sie sich weiter. Vor sich, vielleicht noch drei Doppelsäulen entfernt, fiel Licht in den Flur. Nicht hell, nicht so, als käme es von einer Fackel oder offenen Lampe, sondern silbern fließend. Wie Mondlicht. Sie musste den Durchgang zum Dachgarten gefunden haben.

Mit klopfendem Herzen beschleunigte sie ihre Schritte. Fast. Fast hatte sie es geschafft. Plötzlich hörte sie das Rascheln von Stoff. Ein Sprung brachte sie an die Wand in ihrem Rücken. So flach es ging, presste sie sich an den kühlen Sandstein. Sie schlug die Hand vor Mund und Nase, wagte nicht einmal zu atmen. Aus dem Augenwinkel erkannte sie eine Frau in der Tracht der Dienerinnen. Sie hielt eine Lampe in der Hand und kam direkt auf sie zu.

Oh nein, bitte nicht. Bitte lass mich nicht aufgeflogen sein, so kurz vor meinem Ziel. Das Klappen einer Tür ließ sie aufhorchen und die Dienerin innehalten, nur Schritte entfernt von der Nische, in die sich Hazel presste. Eine Dame trat aus der Tür, vom Scheitel bis zur Sohle in prunkvolle Gewänder gehüllt, über und über mit goldenen Schellen verziert, bunten Perlen und glänzenden Paspeln. Die Dienerin hielt inne und verneigte sich vor der anderen. Ein geflüsterter Dialog entbrannte. Die Dienerin deutete auf den Durchgang, dann auf die Wand. Die andere folgte ihren Gesten, zuckte mit den Schultern. Dennoch meinte Hazel zu erkennen, wie sie genau in ihre Richtung blickte. So, als sähe sie ihr direkt in die Augen. Noch mehr Worte wurden flüsternd gewechselt, bevor die Herrin einen Schritt zur Seite trat und die Dienerin anwies, in das Zimmer zu gehen, aus dem sie gerade gekommen war. Für die Dauer eines Herzschlags waren Hazel und die andere allein in dem Flur, und sie hätte schwören können, dass die Frau ihr zunickte, in Richtung des Durchgangs zu dem Dachgarten. Die Regung war so schnell vorbei, dass Hazel nicht begreifen konnte, was sie gesehen hatte. Dann fiel die Tür hinter der Herrin ins Schloss.

Mit klopfendem Herzen und weichen Knien zählte sie still bis zwanzig, bevor sie all ihren Mut zusammennahm und sich aus ihrer Nische heraustraute. Hatte sie sich das alles nur eingebildet, oder hatte die hohe Dame ihr tatsächlich stillschweigend die Erlaubnis gegeben, den Garten auf dem Dach aufzusuchen? Immer noch darauf bedacht, keinen Laut von sich zu geben, ging sie weiter, fand den Durchgang und trat hinaus in ein Paradies. Der Rosenduft war hier um ein Vielfaches stärker. Zarte roséfarbene Blüten öffneten ihre nachtblühenden Köpfe zum Sternenhimmel. Das Licht eines silbernen Mondes durchflutete ein Meer aus Pflanzen, kein kaltes, blasses Licht, sondern eines, das diesem Ort Farben verlieh, wie es die Sonne kaum vermochte. An weiten Pergolen rankten üppige Rosenstöcke, von etwas weiter vorn hörte sie das Plätschern einer Fontäne. Gebannt folgte sie dem Geräusch, ließ sich einhüllen von dem bekannten Geruch, der sich wie Balsam um ihre Seele legte.

Durch einen weiteren Durchgang gelangte sie in den hinteren Teil des Dachgartens. Terrassenförmig angelegt stand in seiner Mitte ein achteckiger, mit blauen, goldenen und roten Mosaiksteinchen verzierter Springbrunnen. Doch es war nicht die leise und beruhigend vor sich hin gurgelnde Fontäne, die sie stocken ließ, sondern die Gestalt davor.

Mit dem Rücken zu ihr, den Kopf gesenkt, die Hände vor das Gesicht geschlagen, kniete ein Mann. Er hatte sein Haar nicht bedeckt, lose fielen ihm die pechschwarzen Locken bis auf die Schultern, dennoch erkannte sie ihn sofort. Es war Scheich Djamal, der dort kniete, still und einsam, und das Beben seiner mächtigen Schultern unter dem zarten Seidenstoff seines Kaftans ließ keinen Zweifel daran, dass er weinte. Ein stählernes Band legte sich um Hazels Kehle.

Der Mörder weinte. In den abgeschiedensten Winkel des Palastes hatte er sich zurückgezogen, um Schwäche zu zeigen, wo niemand sie sah. Im Leben nicht hätte sie damit gerechnet, den unnachgiebigen Scheich einmal auf diese Art zu sehen. Trauerte er? Trauerte er um die Männer, die er selbst verstümmelt, denen er das Leben als freie Menschen genommen hatte?

Sie sollte gehen, sollte ihn allein lassen, mit was auch immer ihn plagte, aber konnte es nicht. Verdiente nicht jeder Mensch, der litt, Trost? Er würde sie hassen, wenn er wüsste, dass sie ihn so gesehen hatte. Sie sollte gehen. Sie sollte sich eine Rosenblüte abzupfen als Erinnerung an diesen Ort und dann gehen. Stattdessen trugen sie ihre Füße näher zu ihm, noch näher. So nah, dass sie ihn hätte berühren können, doch selbst aus der Nähe hörte sie nicht sein Schluchzen. Er weinte lautlos, doch seine ganze Körperhaltung verriet seinen Schmerz.

Langsam, als hätte er ihre Nähe gespürt, hob er den Kopf aus seinen Händen und sah sie an. „Malak", flüsterte er. Seine Stimme klang rau, seine Augen lagen tief in den Höhlen, waren geschwollen und rot gerändert.

Ihre Hand zitterte, so gern hätte sie ihm die störrischen Strähnen aus dem Gesicht gestrichen, aber sie wagte es nicht. Sie dürfte nicht hier sein.

Immer noch kniend streckte er die Hände nach ihr aus, als wollte er nach ihr greifen. Instinktiv wich sie einen Schritt zurück. Mit einem leisen Schmerzenslaut ließ er die Hände auf die Oberschenkel sinken, senkten sich seine langen schwarzen Wimpern beschämt über seine Augen, während er auf seine Handflächen starrte. „Du hast recht, Malak, dass du mir nicht erlaubst, dich zu berühren. An diesen Händen klebt das Blut meines eigenen Volkes."

Warum?, wollte sie ihn anschreien. Warum hast du es getan, wenn es dich so zerreißt? Warum tust du dir das an und den anderen? Wem musst du etwas beweisen? Keinen Ton brachte sie heraus, stand nur da, wie erstarrt von der Erkenntnis, dass sie sich nicht getäuscht hatte. Dass er kein Wilder war ohne Gewissen und Ehre. Dass dieser Mann, der da vor ihr kniete und litt, vielleicht mehr Ehre besaß als das gesamte englische Parlament zusammengenommen. Mit der Exekution hatte er nicht nur die Räuber bestraft, die Männer, die das Camp überfallen, eine Frau entführt und vielleicht Menschen getötet hatten, sondern am allermeisten sich selbst.

Ein leiser Windhauch wehte durch den Garten, blies ihm eine dunkle Strähne vor die Augen. Sie verfing sich in seinen Wimpern. Mit zittrigen Fingern hob sie ihre

Hand, um ihm das Haar aus dem Gesicht zu streichen. Die Strähne war fest und seidenweich zugleich, und für einen winzigen Moment streiften ihre Finger die Haut seiner Wange. Ein elektrisches Kribbeln schoss ihren Arm hinauf, und auch durch seinen Körper sah sie ein Schaudern rinnen. Er hob die Augen zu ihr, diese wundervollen Augen, die jetzt nicht hell waren, sondern dunkel von der Nacht und seiner Trauer. Fragend sah er ihr ins Gesicht, fast bittend. Noch konnte sie nichts sagen, aber sie ließ erneut ihre Finger sprechen, streckte die Hand aus, wischte mit dem Daumen eine ungeweinte Träne von dem roten Rand unter seinem rechten Auge.

Es war alles, was er brauchte. Ein Ruck ging durch ihn, und in einer fließenden, starken Bewegung griff er nach ihr, zog ihren Körper an sich, vergrub sein Gesicht an ihrem Bauch. Fast schmerzhaft bohrten sich seine Finger in das Fleisch ihrer Hüfte, so fest hielt er sie mit der Linken, während die Rechte auf ihrem Rücken nach dem Ende ihres Zopfes tastete, das Haar fand, sich daran klammerte, als wäre es die letzte Rettungsleine, die ihn noch im Diesseits und jenseits der Hölle hielt. Durch den dünnen Stoff ihres Kaftans fühlte sie seinen Atem auf ihrem Bauch und das Zittern seiner Muskeln. Kurz wusste sie nicht, was sie tun sollte. Wohin mit ihren Händen, unnütz hingen sie an ihren Seiten herab.

„Verzeih", flüsterte er wieder und wieder und sie wusste nicht, wofür er sich entschuldigte. Für die Schwäche, die er zeigte, für die Leben, die er zerstört hatte, oder seine unzüchtige Annäherung? Was auch immer es war, in diesem Moment hätte sie ihm alles verziehen. Plötzlich war es ganz leicht. Sie grub ihre Hände in seine Haare, streichelte seinen Kopf, seinen Nacken, seinen Hals und ließ ihre Hände das aussprechen, für das ihre Zunge niemals den Mut fände.

*

Ihre Hände fühlten sich so gut an. Weich, die Hände einer Frau auf seiner Haut. Nicht irgendeiner Frau. Die Hände von Malak. Es war, als würde Vergebung aus ihren Fingerspitzen in seine Muskeln sickern. Er wollte sich in die Berührung lehnen, aber er wusste, dass sie sich wieder zurückziehen würde, wenn er zu schnell voranpreschte. Er blieb sitzen, genoss das zaghafte Streicheln, atmete tief den Duft von Nuurs Rosengarten und von Jasmin. Jasmin lag nicht nur in der Luft, sondern haftete auch an Malaks Haut.

„Ich wusste nicht, dass du einen zweiten privaten Garten hast", sagte sie endlich.

„Das ist nicht mein Garten." Er hob den Kopf, um ihr in die Augen zu sehen. „Das ist der Garten von Nuur."

Ihr Lachen klang stranguliert, als hätte sie selbst nicht damit gerechnet, schon wieder lachen zu können. Er hatte es auch nicht.

„Ich habe die ganze Zeit gedacht, dass Nuur die Rosensorte ist. Weißt du, die Rasse dieser bestimmten Rosen." Ihr Blick glitt von seinem Gesicht und schweifte über den vom Mondlicht beleuchteten Garten, in dem hundertfünfzig verschiedene Arten wuchsen. „Zu Hause teilen wir die Rosen in Sorten ein."

„Nuur tut das auch." Sein Mundwinkel zuckte. „Sie kann dir den Namen jeder einzelnen dieser Rosen sagen. Sie kennt sie alle. Manchmal schickt sie mich nach Alexandria, weil kein Bote gut genug ist, die Rosenstöcke, die sie aus Europa geschickt bekommt, dort vom Postamt abzuholen." Er schnaubte. Oh ja, er war ein großer, wilder, mörderischer Scheich, der Rosenstöcke vom Postamt abholte. „Die Lady Nuur ist meine Mutter, Malak."

Sie nahm die Hände aus seinen Haaren und starrte ihn an. „Ich wusste nicht ..."

„In unserer Gesellschaft werden Frauen, deren Männer tot sind, entweder neu verheiratet, wenn sie jung genug sind, noch Kinder zu bekommen, oder sie werden versklavt. Aber wenn die Witwe die Lieblingsfrau eines verstorbenen Scheichs ist, dann wird sie vom öffentlichen Leben ausgeschlossen und lebt von dem, was ihr Mann ihr hinterließ, in unbeschreiblichem Luxus. Nuur war die einzige Frau im Leben meines Vaters. Abu Zenima hat er für sie aus dem Wüstensand gestampft."

Nach kurzem Zögern setzte Hazel sich neben ihn auf die kunstvoll aus Sandstein gehauene Beeteinfassung. „Harib hat mir gesagt, warum du das tun musstest", sagte sie leise. „Warum du in die Wüste geritten bist."

„Harib sollte vorsichtig damit sein, Grenzen zu übertreten. Ein Tutor ist schnell ersetzt."

„Er ist der Einzige in diesem Palast, der mir Dinge erklären kann. Er spricht meine Sprache, und er weiß sehr viel."

„Manchmal glaube ich, dass er zu viel weiß. Malak, der Einzige, der das Recht hat, dir zu erklären, warum ich das tun musste, bin ich. Und Harib kann froh sein, dass ich für heute genug Blut an meinen Fingern habe und deshalb keine Lust verspüre, ihm die Zunge zu spalten." Er legte den Kopf in den Nacken und sah hinauf zum Sternenhimmel. Er empfand nicht, was er sagte. Es war Gewohnheit, die aus ihm sprach, und wenn er mit Malak zusammen war, merkte er schneller als irgendwo sonst, wie leid er diese ganzen Gewohnheiten war. Harib war ein guter Freund, und er würde diesem Mann kein Haar krümmen. „Es tut mir leid, Malak. Ich wollte nicht, dass du dabei bist. Ich kann mir vorstellen, wie brutal das alles für dich ist. Du kennst das nicht, du hast ein behütetes, sanftes Leben geführt, in dem das größte Abenteuer darin bestand, mit deinem Vater nach Ägypten zu reisen und Linien in den Wüstensand zu ziehen. Ich wollte es dir ersparen, aber meine Berater sagten, jedes Mitglied des Haushaltes muss anwesend sein. Nur die Kinder sind noch zu klein."

„Deine Ehefrau Seteney ist ein halbes Kind, und die

Konkubine Danyizet ist sogar noch jünger als sie", argumentierte sie.

„Seteney ist seit drei Jahren mit mir verheiratet, sie ist siebzehn Jahre alt und die Mutter der Prinzessin Fatimah. Sie ist eine Frau mit sehr starkem Willen und einem eigenen Kopf. So wie Danyizet, sie sind beide Tscherkessinnen, das ist ein kriegerisches Volk, in dem auch die Frauen von Kindesbeinen an gewöhnt sind, Waffen zu tragen. Jede Frau, die mein Leben hier im Palast teilt, muss anwesend sein, wenn Gericht gesprochen und ein Urteil vollstreckt wird. Ganz gleich, wie blutig. Denn nur so erkennt sie, wie Untreue bestraft wird."

„Bist du der Meinung, dass das Todesurteil für den Mann gerecht war?"

„Es ist irrelevant, ob ich dieser Meinung bin. Unsere Gesetze sind niedergeschrieben, so wie eure in England auch. Die Strafen sind festgelegt. Wenn ich das Urteil, das für ein Vergehen festgeschrieben ist, nicht vollstrecke, bin ich ein schwacher Herrscher. In meinem Volk gibt es genug Männer, die darauf warten, dass ich Schwäche zeige. Das darf nicht passieren, Hazel Fairchild, ich muss stark sein und nach den Gesetzen herrschen, die in unserem Volk gelten. Ich habe meinem Vater auf seinem Sterbebett versprochen, dass ich sein Nachfolger sein werde und dass ich dafür sorge, dass unsere Familie weiterlebt." Er sah sie von der Seite an. Sie rollte ein Rosenblatt zwischen den Fingern und schaute zu Boden. „Es war ein französischer Ingenieur", sagte er dann ruhig. „Den der Mann erschlagen hatte. Es war nicht dein Vater, Malak."

Ihr Kopf ruckte hoch und zu ihm herum, die Augen geweitet. So, als hätte sie mit dieser Möglichkeit gar nicht gerechnet. Ihre Lippen bebten. Er wollte sie küssen, unterließ es aber.

„So lebt mein Volk seit Menschengedenken. Männer, die im Krieg erschlagen werden, sind Opfer. Aber wir sind nicht im Krieg. Azad hat seine Reiter in diesen Angriff geführt, den er gegen meinen ausdrücklichen Befehl anzettelte. Das ist schlimm genug, dafür hat er seine Hand verloren. Dieser junge Reiter hat auf Azad gehört und nicht auf mich, als er einen Unschuldigen erschlug. Dafür musste er sterben, das hat er gewusst. Der Einzige, der um Gnade für ihn hätte bitten können, war Azad, aber der hat es nicht getan."

„Warum hast du dann nicht Azad getötet, sondern den Jungen, der doch nur auf Befehl …"

„Azad war ungehorsam, aber der Junge hat den Befehl eines anderen höher gestellt als den meinen. Azad ist mein Onkel, Hazel. Ich kann ihn nicht töten. Ich habe weitere Onkel in anderen Clans. Zu viele. Mein Vater hatte viele Brüder und Schwager, und sie alle lauern darauf, dass ich mich angreifbar mache." Er rieb sich über die Schenkel und stand auf. „Geh schlafen, Malak." Er griff nach ihrer Hand und zog sie auf die Füße. Der Duft nach Jasmin, der in ihren Haaren hing, streifte ihn. „Ich werde morgen nach dir schicken."

Sie wich seinem Blick nicht aus. Trotz der Dunkelheit waren ihre Augen hell und klar. „Brauchst du …"

Er legte einen Finger auf ihre Lippen. „Nicht du auch, Malak. Ich brauche nichts. Ich bin ein großer Junge." Seine Fingerspitzen glitten über ihre Wange und verfingen sich in ihrem Haar. „Weißt du, Hazel Fairchild, ich habe nie gewusst, dass ich etwas begehren kann, das nicht nach mir geworfen wurde. Ich hatte noch nie eine Frau in meinen Armen, die nicht aus Gründen der Politik an mich verschachert wurde. Die schönsten Frauen Arabiens sind zu jeder Zeit bereit, mit mir das Bett zu teilen, und wer wäre ich, wenn ich das nicht zu würdigen wüsste?" Er lächelte, als er ihr schockiertes Gesicht sah. „Manchmal warte ich auf sie, wenn sie zu jung sind oder zu störrisch, aber letztendlich gehören sie mir. Aber ich habe nicht gewusst, wie viel zermürbender das Warten auf die Bereitschaft einer Frau ist, die ich will, weil ich sie will, nicht weil ich sie wollen muss." Die Verwirrung in ihren Augen war entzückend. Er krümmte die Finger um ihren Hinterkopf, hielt sie fest. „Ich werde dich jetzt küssen, Hazel Fairchild, und dann wirst du schlafen gehen, denn auf mich wartet morgen eine aufreibende Beratung mit den Stammesältesten, und dein Tag, inmitten meiner Kinder, wird nicht weniger zermürbend sein." Er atmete gegen ihre Lippen, erwartete, dass sie sich gegen seinen Griff stemmte. Sie tat es nicht. Er fragte sich, ob sie zu überrumpelt war. Dann legte er seine Lippen auf ihre. Eine kurze Explosion süßer Schärfe, ihr nachgiebiger Mund, ein leises Schaudern, dann war es vorbei, und er lächelte in ihre Augen.

„Schlaf gut, meine Malak", murmelte er und legte seine Stirn auf ihre. „Träum von uns."

Kapitel 7

Mit der Erinnerung an Djamals Lippen auf ihren schien die Sonne am nächsten Tag noch ein wenig strahlender als sonst. Der Rosenduft aus Lady Nuurs Garten war intensiver, das Rot der Malvenblüten fröhlicher, das Geplapper und Lachen der kleineren Kinder ansteckender.

Sie hatten sich eine ruhige Ecke im Garten gesucht. Hazel stand vor der Tafel, ein Stück Kreide in der Hand, die fünf Ältesten der Prinzen und Prinzessinnen in Reih und Glied vor ihr auf Bänken, die eigens für den Unterricht herbeigeschafft worden waren. Die anderen Kinder von Djamal waren noch zu klein für den Unterricht. Einige von ihnen trennten im Alter nur Wochen. Hazel fand es immer noch befremdlich, wie er lebte, wie er praktisch jede Nacht mit einer anderen Frau zu schlafen in der Lage war und dass es für ihn vollkommen normal war. Nur in diesen Stunden, wenn sie als Lehrerin vor ihrer kleinen Klasse stand, schaffte sie es, diese Gedanken zu verdrängen. Dann sah sie die kleinen, wissbegierigen Gesichter, und sonst nichts. Harib an ihrer Seite übersetzte für sie, was die Kinder selbst nicht verstanden.

„Stellt euch vor", sagte sie und zeichnete einen Kreis auf die Tafel. „Ihr habt einen Kuchen."

Dunyana, die einzige Prinzessin in ihrer Gruppe zwischen vier Jungs, ein dralles Mädchen mit einem runden, dunkelhäutigen Gesicht und hellbraunen Strähnen im schwarzen Haar, leckte sich unwillkürlich über die Lippen. Hazel verbiss sich das Lachen nicht und zwinkerte dem Mädchen zu.

„Mit vier geraden Strichen sollt ihr ihn in möglichst viele Stücke zerteilen. Die Stücke müssen nicht gleich groß sein. In wie viele Stücke kann man den Kuchen auf diese Weise zerteilen?"

Yasif, der älteste Sohn Djamals, war wie immer sofort zu einer Antwort bereit. „Acht Stücke", rief er in die

Menge. „Das weiß doch jedes Kind", fügte er abwinkend hinzu, als er bemerkte, dass seine eilige Antwort seinen Ruf als derjenige unter Djamals Söhnen, der Hazel am wenigsten ausstehen konnte, untergrub.

Harib machte ein Gesicht, als hätte er in eine Zitrone gebissen, als er das Ergebnis des Prinzen übersetzte. Genau wie Hazel war auch er der Meinung, dass Yasif wohl daran täte, zumindest das ein oder andere Mal eine Antwort zu überdenken, bevor er sein Urteil fällte.

Kerim, sein knapp ein Jahr jüngerer Bruder, malte eifrig Striche mit Kreide auf seine Schiefertafel. Immer wieder sah sie ihn zählen. Kerim war ein ruhiger Junge, der nicht darauf drängte, im Mittelpunkt zu stehen, aber sein Verstand funktionierte blitzschnell und sehr genau. Anfangs hatte er ihr fast so feindlich gegenübergestanden wie Yasif, aber spätestens seit sie ihn unterrichtete, seinen gierigen Kopf mit Wissen fütterte, hatte sich seine Einstellung vollkommen geändert. Ermutigend nickte sie ihm zu.

„Kerim, hast du eine andere Lösung?"

Zögerlich hob der Junge den Kopf. Seine Antwort war so leise, dass sie ihn selbst dann nicht verstanden hätte, würde sie seine Sprache besser beherrschen. Doch bereitwillig wechselte das Kind ins Englische und hob die Stimme.

„Elf, Miss Fairchild. Ich denke, man kann mit vier Strichen elf Stücke erhalten."

Über die Bank hinweg warf der ältere Bruder Kerim einen verachtenden Blick zu, der keinerlei Übersetzung bedurfte. Hazel gab ihr Bestes, ihn abzumildern, indem sie Kerim anlächelte.

„Sehr gut, Prinz Kerim. Willst du deiner Schwester und deinen Brüdern, ganz besonders Prinz Yasif, zeigen, wie du zu diesem Ergebnis kommst?"

Nur zögerlich kam Kerim auf die Beine und trat zur Tafel, um die Kreide von Hazel entgegenzunehmen. Doch kaum hatte er angefangen zu sprechen, gewann er an Selbstvertrauen. Zunächst teilte er den Kreis, den sie auf die Tafel gezeichnet hat, sternförmig, so wie es üblich wäre.

„Dies ist die gewöhnliche Lösung. Zuerst halbieren wir den Kuchen, dann vierteln wir ihn, anschließend achteln wir ihn. Am Ende erhält man acht gleich große Stücke. Miss Fairchild aber sagte, die Stücke müssen nicht gleich groß sein." Er griff nach dem Lappen in einem bereitgestellten Eimer, reinigte die Tafel und setzte an, erneut einen Kreis zu zeichnen. „Elf Stücke erhält man, indem jeder Schnitt alle bisherigen Schnitte kreuzt, sich aber nie mehr als zwei Schnitte in einem Punkt treffen." Seine Ausführungen mit einer Skizze untermalend, erklärte er, wie er zu seiner Lösung gekommen war. Mit dem letzten Strich strahlte sein Gesicht und es war, als wäre er ein Schwamm, der Wissen geradezu aufsaugte.

„Ihr seht", richtete sie sich nun wieder an die ganze Klasse. „Oft ist die gewohnte Lösung nicht die richtige. Das ist, was ihr lernen sollt. Erst wenn man alle Möglichkeiten bedacht hat, kann man urteilen, welcher Weg einen am ehesten ans Ziel führt."

Kerim, über ihr Lob sichtlich gewachsen, war noch nicht zurück an seinem Platz, da sprang Yasif auf, deutete mit dem Zeigefinger auf Hazel und erging sich in einer wütenden Tirade. Sie ballte die Hände zu Fäusten, um sich nicht anmerken zu lassen, wie sehr sie seine immer wiederkehrende Ablehnung traf. Die anderen Kinder hatten sie mittlerweile akzeptiert, sogar die kleineren, die noch nicht am Unterricht teilnahmen. Viele sprachen bereits einige Worte Englisch und hatten die fremdartige Lehrerin ins Herz geschlossen. Nicht so Yasif. Nicht einmal auf Haribs Rüge reagierte er, stürmte nur wütend davon. Mit einem Kloß im Hals beendete Hazel den Unterricht für heute und schickte auch die anderen Kinder zum Spielen.

Erst als sie wieder mit Harib allein war, wagte sie, ihn auf das Geschehene anzusprechen. „Was hat er diesmal gesagt?"

Unglücklich hob Harib die Schultern. „Das Übliche. Dass Sie eine europäische Hexe sind mit dem bösen Blick, die gekommen ist, um alle Frauen und Kinder hier ins Unglück zu stürzen."

„Besonders unglücklich sieht hier heute keiner aus", gab sie zu bedenken, den Blick durch den weitläufigen Garten gerichtet. Schon zuvor war ihr das geschäftige Treiben aufgefallen und die fröhlichen Mienen der anderen Frauen. Gestern noch war Gericht gehalten worden und Entsetzliches auf der anderen Seite der hohen Mauer geschehen, heute jedoch perlte Frauenlachen in der Luft, und der Garten atmete freudige Erwartung. Sie hatte es auf ihre eigene gute Stimmung nach der nächtlichen Annäherung an Djamal geschoben, dass ihr an diesem Tag alles ein wenig heiterer vorkam als sonst, aber mittlerweile war sie sich sicher, dass etwas in der Luft lag.

„Die Frauen freuen sich auf die Ankunft des Scheichs heute Nachmittag hier im Garten. Sie haben etwas zu feiern. An solchen Tagen sind sie froh, dass er viel zu arbeiten hat, dann haben sie mehr Zeit, alles für das Fest vorzubereiten."

Ein kleiner Stich traf sie hinter der Brust bei seinen Worten. Sie erinnerte sich an Djamals Ankündigung gestern, dass er nach ihr schicken würde, sobald er fertig war mit seinen Ratssitzungen. Den ganzen Tag über schon hatte ihr diese Ankündigung flattrig im Bauch gelegen, und jetzt sollte sie zerschellen an einem Fest, das die Frauen für ihn organisierten.

„Mich hat niemand zu einer Feier eingeladen", sagte sie und mied Haribs Blick. Djamal hatte recht, der junge Gelehrte sah zu viel.

„Sie sind eine Fremde", antwortete er. Zu sacht, um sein Mitleid in der Stimme zu verschleiern.

„Ja, eine Fremde mit dem bösen Blick." Es war offensichtlich, von wem Yasif seine Beschimpfungen hatte. Yasif war Haifas Sohn, der Erbe, der Sohn der ersten Dame des Hauses. Erregung kribbelte in ihren Fingerspitzen, als sie die zufriedene Miene sah, mit der Haifa ihren Sohn betrachtete, während er ihr offenbar vom Unterricht und dessen Ende berichtete.

Ich bin es, die er will, hätte sie Haifa und den ganzen Weibern am liebsten ins Gesicht geschrien. Ich war es, die ihn gehalten hat, als er Trost brauchte, als er einmal nur der Mann Djamal war, kein Herrscher.

*

Djamal betrat das Audienzzimmer durch den Seiteneingang von seinem privaten Bad her. Er fühlte sich erfrischt und ausgeruht, etwas, das ihn überraschte, nachdem er die Nacht allein verbracht hatte. Er hatte von Hazel geträumt, von ihrer Haut, weiß wie Ziegenmilch, von der scharfen Süße ihrer Lippen, aber er hatte hervorragend geschlafen. Das Bad hatte ihm gutgetan, der Duft von Rosmarin und Sandelholz umgab ihn wie ein Mantel aus Ruhe.

Ein Schritt in das Audienzzimmer und mit der Ruhe war es schlagartig vorbei. Er sah sich seinen Beratern gegenüber. Männer, allesamt älter als er. Zwei waren Brüder seines Vaters, einer war ein Schwager, die anderen beiden die Ältesten aus Clans an der Ostgrenze seines Landes, wo der Einfluss des osmanischen Sultans am stärksten war und wo die Hand des Paschas kaum noch hinreichte. Dort, wo auch Azad seine Gebiete gehabt hatte, bis er sie verspielte. Sie standen in einem Halbkreis vor seinem Schreibtisch, und die Haltung der Männer verriet, dass sie schon eine Weile auf ihn warteten.

Er bemühte sich, sein aufflackerndes Unwohlsein zu ignorieren, umrundete den Halbkreis und stellte sich hinter seinen Schreibtisch, wo er sich der Kontrolle sicher war.

„Ich gehe davon aus, dass Ihr ein reichliches Frühstück hattet, meine Berater?", fragte er. Er nickte den beiden Männern von der Ostgrenze gesondert zu, ihnen versichernd, dass er ihren Entschluss, nicht gleich abzureisen nach den Geschehnissen des vergangenen Tages, zu würdigen wusste.

„Eure Gastfreundschaft ist legendär, Großer Neffe", erwiderte Jamil diplomatisch. Azads Zwillingsbruder war einer von Djamals treuesten Gefolgsleuten, ein Mann, der nie Probleme gemacht hatte. Aber er hatte mit angesehen, wie seinem Zwilling die Hand abgeschlagen wurde. Djamal beschloss, vorsichtig zu sein. Das Gespräch mit Floskeln zu beginnen, verhieß nie etwas Gutes. Man umschlich einander, ohne auf den Punkt zu kommen, weil das, um was es wirklich ging, beiden Seiten unangenehm war.

Es war Abdul, ein Schwager seines Vaters, der sich schließlich aus dem Halbkreis löste und einen Schritt näher an den Schreibtisch trat, als es respektvoll war. Djamal verengte seine Augen, doch Abdul ließ sich nicht beirren. „Großer Neffe, habt Ihr die Nacht mit der Europäerin verbracht?", fragte er, direkt und unverblümt.

Djamal versteifte sich, fühlte, wie die Muskeln in seinem Nacken sich verhärteten. Die Anschuldigung ärgerte ihn. „Ich habe den Forderungen uralten Rechts der Tiyaha entsprochen", sagte er. „Ich habe das Urteil gesprochen und es vollzogen. Ich wünsche nicht, von Euch, meinem Rat, meinen engsten Vertrauten, dahin gehend bevormundet zu werden, welcher meiner Konkubinen ich meine Gunst erweise. Ihr habt dafür gesorgt, dass Lady Fairchild den Status einer Konkubine trägt, als Ihr darauf bestandet, dass sie beim Gericht anwesend sein soll. Wenn ich mit ihr wie mit einer Konkubine verfahre, dann …"

Jamil trat neben Abdul, Zorn in den Augen. „Es ist eine unverzeihliche Bevorteilung einer Fremden, einer Ungläubigen. Die Beziehung Eurer Eltern, Scheich Djamal, hat das Volk der Tiyaha an den Rand des Abgrundes getrieben. Sollen wir tatenlos mit ansehen, wie Ihr diesen Fehler wiederholt?"

„Dass mein Vater seiner Zeit weit voraus war, wissen wir. Ich habe mich, seit ich ihm folgte, bemüht, die Dinge so wieder herzustellen, wie sie seit Jahrhunderten für das Volk der Tiyaha der beste Weg zu sein scheinen. Ich erkenne die Notwendigkeit an, so zu handeln, und es gibt keine Veranlassung, zu befürchten, dass ich in Fragen meiner Loyalität und Ergebenheit meinen Untertanen gegenüber etwas ändern werde."

„Ihr habt der Engländerin die Aufgabe gegeben, Euren Erben zu unterrichten! Den Kronprinzen, den Mann, der unser Volk in die Zukunft führen soll!" Abdul spuckte die Worte beinahe vor Djamals Füße. Djamal trat einen Schritt zurück und wartete, denn Abdul war noch nicht fertig. „Niemand kann einschätzen, wie falsch ihr Einfluss auf den Prinzen und seine Brüder und Schwestern sein wird. Ihr habt die Gunst der Lady Kifah zurückgewiesen gestern Abend."

Mit unverhohlenem Missfallen zog Djamal die Brauen hoch. „Es ist erstaunlich, mit welcher Geschwindigkeit das, was zwischen meinem Harem und mir geschieht, durch die dicken Mauern des Palastes reist. Erstaunlich und beängstigend. Wen werde ich finden, Abdul, wenn ich zu untersuchen beginne, wer dieses Vorkommnis des vergangenen Abends aus der Privatsphäre des Harems herausgetragen hat? Die Lady Haifa?"

„Ihr streitet es nicht ab?"

„Nein, denn der gestrige Tag hat in meiner Seele tiefe Abdrücke hinterlassen, und ich hatte nicht das Bedürfnis, eine Frau an meiner Seite zu haben."

„Ihr wurdet mit der Lady Fairchild gesehen."

„Im Rosengarten meiner Mutter. Ich kopuliere aber nicht in der Öffentlichkeit, Abdul." Er legte die Hände auf dem Rücken zusammen, wandte sich von den Ratsleuten ab und trat ans Fenster, um hinaus auf den Khalish zu schauen. „Ich schlage vor, Abdul, teurer Oheim, dass du in Zukunft nachdenkst, bevor du Dinge in den Raum stellst, die dir nicht gut bekommen könnten."

Ein Räuspern ertönte von Rashid, einem der Männer von der Ostgrenze. Ein in die Jahre gekommener, weißhaariger Mann, der nicht mehr auf Pferden ritt, sondern nur noch dem gemächlicheren Gang von Kamelen vertraute, obgleich er in jungen Jahren ein zügelloser Krieger gewesen war, der bei Reiterspielen immer gewann und der in den Kriegen der Tiyaha viele Feinde getötet hatte.

„Großer Scheich", sagte er, die Stimme rau. „Es ist kein gutes Zeichen, dass Eure Eingenommenheit für die Ungläubige sich so schnell herumspricht. Das Licht, in das Ihr dadurch gerückt werdet, wirft einen langen und hässlichen Schatten. Ihr müsst Euch wieder mehr den Damen des Harems widmen. Und zur Besänftigung aller darf ich den Vorschlag erbringen, dass Ihr eine vierte Ehefrau nehmt. Im Clan des Azad gab es das Mädchen Ameera, sie lebt jetzt mit Abduls Clan. Sie ist achtzehn Jahre …"

„Sie ist Azads Tochter", unterbrach Djamal den alten Mann scharf. Er wollte keine vierte Ehefrau. Er wollte Hazel, und diese Männer, die hier vor ihm standen, die seit Jahren mit ihm durch dick und dünn gingen, würden dafür sorgen, dass er sie nicht bekam. „Ameera war einem Hauptmann in Sultan Abdulmecids Armee versprochen. Die Verlobung ist seit ziemlich genau zwölf Stunden aufgelöst, Rashid. Wenn der Bräutigam davon überhaupt schon erfahren hat. Sie mag ein bezauberndes Mädchen sein, aber findet nicht einmal Ihr, dass dies für sie ein bisschen zu schnell geht?"

„Frauen sind dazu da, Männern gegeben zu werden und Kinder zu gebären", röhrte Abdul, jetzt kaum noch sein

Temperament zügelnd. „Ihr, Großer Neffe, habt die Pflicht, Euch mit Frauen Eures Glaubens zu umgeben und Eure Untertanen davon zu überzeugen, dass Ihr alles tut, was in Eurer Macht steht, um den Tiyaha Frieden und Wohlstand zu bringen. Wir werden keine ungläubige Braut akzeptieren."

Sehr langsam drehte Djamal sich zu den Männern zurück und heftete seinen Blick auf Abdul. „Ich finde, es ist an der Zeit, diese Beratung zu beenden. Ihr habt Eure Meinung kundgetan. Ich werde über den Vorschlag, Ameena in mein Bett zu führen, in gebührender Strenge nachdenken, Onkel Abdul. Dir möchte ich nahelegen, dich bei der Palastwache zu melden. Ich werde in Kürze prüfen, ob das geschehen ist. Wenn mein Blut sich beruhigt hat, werde ich auch über deine Art nachdenken, mit mir zu reden, und entsprechende Maßnahmen ergreifen."

Der alte Rashid und die beiden Männer, die während des gesamten Gesprächs nichts gesagt hatten, zogen merklich die Köpfe zwischen die Schultern. Jamil sah fast betroffen zu dem deutlich höher gewachsenen, stolzen Abdul auf, aber schließlich war er der Erste, der sich zum Gehen wandte. Ihnen allen hing mit Sicherheit noch das Bild vor Augen, wie Azad seinen Arm, aus dessen Stumpf das Blut sprudelte, schreiend umklammerte. In diesem Augenblick war er froh darüber, was er gestern hatte tun müssen. Sie mochten seine Ratsmänner sein, aber er war ihr Scheich. Nach und nach tröpfelten sie aus dem Audienzzimmer hinaus in den Säulengang, schweigend. Zuletzt ging Abdul, der Djamal noch einen undeutbaren Blick zuwarf.

Er nahm sich vor, auf der Hut zu sein. Diese Männer wussten, wie viel Macht er besaß. Er aber wusste, dass er sie nicht reizen durfte, denn wenn sie sich gegen ihn zusammenschlossen, würde seine Macht zerfließen wie ein Palast aus Sand, wenn die Sonne ihn ausgetrocknet hatte und der große Regen ihn hinwegschwemmte.

*

Die Vorbereitungen der Frauen für die Feierlichkeiten zu Ehren ihres Scheichs nahmen ihren Lauf. Hazel ertappte sich dabei, wie sie nach ihm Ausschau hielt, mindestens so sehr wie eine jede andere der Frauen. Vielleicht hatte sie etwas zu beweisen. Ihnen, aber genauso gut sich selbst. Immer wieder erinnerte sie sich daran, wie Djamal ihr gesagt hatte, dass er keine dieser Frauen aus freien Stücken gewollt hatte. Was würde sein Herz ihm sagen, wenn er sich entscheiden musste, zwischen dem Fest, das für ihn gefeiert wurde, und dem Versprechen, das er ihr gegeben hatte? Jedes Mal, wenn die Tür sich öffnete, ruckte ihr das Herz in der Brust, doch immer war es nur ein Sklave, der kam, um weitere mit Köstlichkeiten gefüllte Platten zu bringen, Tee zu reichen oder die Kissen auf dem Boden der Schattenecken aufzuschlagen. Es wurde viel getuschelt. Die Frauen untereinander und mit den Kindern.

Sie selbst saß mit Harib etwas abseits der anderen, die Köpfe über ein Schachbrett gesenkt. Mit einer Finte, die sie blind hätte erkennen müssen, nahm Harib ihre Dame und brachte ihren König in ernsthafte Gefahr.

„Schach, Lady Fairchild", sagte er mit einem unergründlichen Lächeln, während er ihre Spielfigur vom Tisch nahm. „Sie sind heute nicht bei der Sache."

Unwillkürlich eilte ihr Blick erneut zu dem Säulengang, der den Haremsgarten mit dem Vorderpalast verband. „Nein", gab sie zu und lächelte. „Erzählen Sie mir, was hier heute gefeiert werden soll?"

„Ich bin nur der Gelehrte an diesem Hof, Miss Fairchild. Über die Geschäfte der Damen weiß ich nicht mehr als jeder andere Mann in diesem Haushalt."

Sie schnaubte. „Falsche Bescheidenheit steht Ihnen nicht, Harib. Selbst Scheich Djamal sagt, dass Sie zu viel über alle Belange im Serail wissen, als dass es gut für einen einzelnen Mann sein kann, und dass Sie auf der Hut sein sollten."

„Nun gut", gab er zu. Sein Lächeln bei dieser Aussage war beruhigend. Er kannte Djamal besser als sie und würde wissen, wie hoch der Wahrheitsgehalt dieser Worte einzuschätzen war. „Ich mag eine Ahnung haben. Es geht das Gerücht, dass die Familie des Scheichs in einigen Monaten Zuwachs bekommen wird. So es Allah dem Allmächtigen gefällt, wird im Winter ein weiterer kleiner Prinz diese Hallen mit seiner Anwesenheit erfreuen. Oder eine Prinzessin, damit die Zahlen ausgewogen sind."

Ihre Augen wurden groß, als sie begriff, was Harib ihr klarzumachen versuchte. Eine der Frauen des Harems war schwanger. Mit anderem Blick musterte sie die Versammelten. „Keine der Frauen hat einen runden Bauch."

„Dazu ist es noch zu früh. Bisher war die Dame nicht sicher, aber nun, einige Wochen nach der Empfängnis …"

„Einige Wochen?" Es gelang ihr nicht, ihre Überraschung zu verbergen. „Sie meinen, die Schwangerschaft besteht erst seit wenigen Wochen?" Hatte die Frau das Kind womöglich erst empfangen, als sie schon in Zenima lebte? Der Gedanke, dass Djamal möglicherweise nur wenige Schritte von ihr entfernt im Schlafsaal der Haremsdamen mit einer anderen ein Kind gezeugt hatte, machte sie zugleich wütend und traurig, obwohl sie nicht einmal ein Anrecht auf Eifersucht besaß. Es ist seine Pflicht, rief sie sich ins Gedächtnis. Er hat es dir selbst gesagt. Beinahe gelang es ihr, sich zu überzeugen, und doch fuhr ihr ein schmerzhafter Stich hinter die Brust, als Djamal endlich den Garten betrat.

Die ausgelassene Stimmung, ausgelöst durch ihr nächtliches Stelldichein im Rosengarten und den zarten Kuss seiner Lippen, die bis zu Haribs Offenbarung gerade noch ihr Herz leicht gemacht hatte, schien an ihm gänzlich vorübergegangen zu sein. Er wirkte grimmig, noch grimmiger als sonst. Die Augenbrauen tief in die Stirn gezogen, die Lippen zu einem geraden Strich gepresst. Hatte sie wirklich einmal daran gezweifelt, dass sich unter dem unförmigen Gewand ein perfekt ausgebildeter männlicher Körper verbarg? Jetzt glaubte sie fast, seine Brustmuskeln spielen zu sehen, während er ging. Seine Schritte waren ausgreifend und resolut, als er den Garten durchschritt, die üppig gedeckte Speisetafel unter dem Säulengang gänzlich missachtend. Sein Blick irrte zu dem improvisierten Klassenzimmer, verdunkelte sich noch weiter, als er es verlassen fand, und dann abermals, bis er sie mit Harib über ihrem Schachbrett sah. Ihr Herz wurde leichter, als sie bemerkte, dass seine Schritte deutlich beschwingter wurden, nun auf dem Weg zu ihr.

Er kam nicht weit. Noch bevor er bei ihr und Harib war, trat ihm wie aus dem Nichts Atiya in den Weg. Sie war eine der jüngsten Frauen im Harem, eigentlich mehr ein Kind, fünfzehn, vielleicht sechzehn Jahre alt. Eher sechzehn, denn sie hatte bereits ein Kind von ihm, die fast zwei Jahre alte Gharam. Die Stirn auf den Boden gepresst, murmelte sie ein paar Worte, dann griff sie nach Djamals Hand. Er half ihr auf, zögerlich nahm sie seine Rechte und legte sie sich flach auf den Bauch.

Selbst aus der Entfernung konnte Hazel sehen, wie sich seine Augen weiteten, als er begriff, was ihm gerade gesagt wurde. Für einen kurzen, kostbaren Moment eilte sein Blick herüber zu ihr. Sie meinte, denselben Ausdruck von Zerrissenheit darin zu erkennen wie am vergangenen Abend, kurz bevor sie ihre Finger auf sein Gesicht gelegt hatte, bevor sie das erste Mal erfahren hatte, was für ein berauschendes Gefühl es sein konnte, einen Mann zu berühren. Der Augenblick verglomm schneller, als er gekommen war.

In der nächsten Sekunde hatte Djamal Atiyas Hände an seine Lippen geführt, küsste ihre hennaverzierten Knöchel, fasste sie um die Taille und hob sie hoch, um sie in einem wilden Kreis herumzuwirbeln.

Im Garten brach Jubel aus. Die Frauen trällerten mit ihren Zungen, Sklaven eilten auf ein Klatschen Djamals mit Kurzhalslauten, Trommeln und einem Kanun herbei, einem zitherähnlichen Saiteninstrument. Eine fröhliche Weise wurde aufgespielt, die Frauen umtanzten das glückliche Paar, Schellen erklangen. Djamal griff in die Taschen seines Kaftans, förderte eine Handvoll Münzen daraus hervor und warf sie in Richtung der Kindertraube, die sich um ihn versammelt hatte, um mit ihm gemeinsam die Ankunft eines neuen Prinzen zu feiern. Für jeden hielt er eine nette Geste bereit, verteilte mehr Münzen, sogar an die Sklaven. Nichts war mehr von seiner Grimmigkeit übrig. Selbst diejenigen unter den Frauen, die sich ein wenig abseits hielten von dem größten Getümmel und in deren Mienen sie neben Freude auch noch andere, missgünstigere Emotionen zu erahnen meinte, darunter Kifah, das gruselige Weib mit den fehlenden Fingern, oder Seteney, die junge Tscherkessin und Djamals jüngste Ehefrau, bedachte er mit flüchtigen Küssen und anderen liebevollen Gesten, bis ihre Gesichter sich aufhellten und sie Teil des Freudenfestes wurden.

Hazel beachtete niemand. Harib war es schließlich, der sich wieder von den Feiernden abseilte und zu ihr zurückkam.

„Es ist für jeden Mann eine Freude, zu wissen, dass seine Lenden Frucht tragen und seine Linie weitergeführt wird."

Leise sprach er und sacht, trotzdem hätten seine Worte ebenso gut ein Hieb in den Bauch sein können. Zumindest fühlten sie sich so an. Ja, eine Freude, dachte sie. Was sie dort sah, war kein Schauspiel und auch keine Politik. Es war echt. Nichts von dem, was er ihr gestern ins Ohr geflüstert hatte, entsprach der Wahrheit. Es war widerlich. Er wirkte wie der preisgekrönte Deckhengst eines englischen Pferdezüchters, umgeben von einer ganzen

Schar an Zuchtstuten, und er genoss die Rolle, die er in seinem Leben spielte. Wer war denn schon sie? Wenn die anderen seine Zuchtstuten waren, dann war sie wie das Eselchen, das nicht in den Stall gehörte, höchstens vielleicht als Maskottchen.

„Ich ziehe mich zurück", sagte sie zu ihrem treu gewordenen Freund. „Richten Sie Ihrem Scheich von mir die herzlichsten Glückwünsche aus."

*

Noch nie hatte sich Djamal so zerrissen gefühlt bei der Verkündung einer neuen Schwangerschaft. Traditionell war die Kunde, dass dem Scheich in wenigen Monaten ein neues Kind in den Arm gelegt würde, etwas, das umgehend mit seinen Ratgebern geteilt werden musste. Familie und Volk der Kindsmutter waren in Kenntnis zu setzen, ein Name musste bestimmt werden, all dies lange vor der Niederkunft. Doch er hatte sich daran gewöhnt, dass sie es zuerst ihm sagten. Die Ankunft seiner drei ältesten Söhne war noch auf die traditionelle Weise vorbereitet worden, aber danach hatte er beschlossen, sich einen Moment der Freude zu gönnen, bevor die gesamte Politik seines Volkes von der Kunde überschwemmt und das Kind, das noch im Leib seiner Mutter wuchs, bereits vollkommen verplant wurde. Dunyana war das erste seiner Kinder, auf das er sich wenigstens einen Tag lang allein hatte freuen dürfen. Lady Nicaule, eine Nubierin mit kaffeedunkler Haut und glühenden schwarzen Augen, war nach ihrer Hochzeit monatelang seine Favoritin gewesen, etwas, das er selten tat, aber er hatte ihr zu Füßen gelegen und sie mit Geschenken überhäuft. Er hatte sogar geglaubt, sie zu lieben, und als sie ihm ins Ohr geflüstert hatte, dass sie sein Kind in ihrem herrlichen flachen Leib trug, war ihm das Herz vor Freude fast übergequollen. Noch während der Schwangerschaft hatte er begriffen, dass Nicaule seine Gefühle nicht erwiderte. Sie hatte einen anderen geliebt, einen Prinzen ihrer Heimat, und ihrer Mutter vor Wut einen Zahn ausgeschlagen, als sie erfuhr, dass sie in die Sinai-Wüste gehen sollte. Ihm hatte sie die Liebende vorgespielt, solange es sich vermeiden ließ, dass ihre wahren Gefühle den Weg von Nubien bis auf die Halbinsel machten. Er hatte sie nie mehr angerührt, nachdem er es erfahren hatte, so betrogen hatte er sich gefühlt, gerade zwanzig Jahre alt. Doch Dunyana, das kaffeebraune Mädchen mit den Glutaugen, hatte immer einen besonderen Platz in seinem Leben behalten, auch wenn ihre Mutter schon seit Jahren unangetastet im Harem lebte.

Er hatte es zu seiner eigenen Tradition gemacht, dass zuerst er selbst und die anderen Frauen erfahren sollten, wenn ein Kind unterwegs war, und erst danach die Ratsmänner. Das kleine, ausgelassene Fest im hinteren Garten hatten sie zuletzt vor knapp einem Jahr gefeiert, als die Lady Haifa wieder schwanger geworden war. Er hatte das immer genossen, wenn sie für ihn tanzten, wenn der fruchtbare Leib der baldigen Gebärerin sich vor seinen Augen drehte und wiegte.

Er liebte keine der Frauen, die in seinem Haushalt lebten. Doch er liebte jedes einzelne der Kinder, die sie ihm schenkten. Wollte auf keines von ihnen verzichten, auf ihre neugierigen Augen, auf die erblühende Schönheit der Mädchen oder den überschäumenden Mut der Jungen. Selbst wenn sie sich im hinteren Garten miteinander prügelten und Nasir und Harib sie voneinander trennen mussten, selbst dann erfreute er sich an ihnen.

Warum war es heute anders? Warum ging ihm das Herz nicht über? Er tanzte mit Atiya, legte seine Hände auf ihren Bauch, der noch flach und zart war und bald schon vor Gier nach Leben schier bersten würde. Er herzte die Kinder, die sich um ihn scharten, verteilte Milch und Portionen von vor Honig triefendem Backwerk und forderte sie alle auf, ausgelassen zu sein und zu feiern, bis sie vor Erschöpfung zusammenbrachen. Doch sein Kopf war nicht dabei. Sein Herz war nicht dabei.

Weil Harib allein bei den Schulbänken saß. Weil er Malak hatte weglaufen sehen. Ihr Schmerz hing fast greifbar in der Luft um ihn herum. Schmerz und Unverständnis. Der Kuss, den sie geteilt hatten unter den Rosen der Lady Nuur, war nicht nur für ihn eine kleine Explosion gewesen. Dieser kurze Moment, in dem ihre Hände einander berührt hatten, konnte Malak nicht kaltgelassen haben. Ihre Flucht war der Beweis.

Er dachte an die groben Worte des Rates, daran, wie sie verlangten, dass er das Mädchen aus Azads Clan zur Frau nahm, und er wusste, dass er es nicht würde tun können. Malak würde ihn mit ihren großen seeblauen Augen ansehen und es nicht verstehen. Selbst wenn er sie nahm, wenn er sich zu ihr legte und ihr bewies, dass da mehr war als nur Begehren zwischen ihnen, selbst und gerade dann würde sie es nicht verstehen, wenn er eine andere zur Frau nahm. Wenn er all die anderen behielt.

Als Kind hatte er seine Mutter gefragt, warum er keine Brüder und Schwestern hatte. Seine Vettern hatten riesige Zelte voller Geschwister, Brüder, die umeinander wuselten und ihre Kampfkraft erprobten, und Schwestern, die sich gegenseitig verschleierten und einen aufreizenden Gang übten.

„Wo ich herkomme", hatte Lady Nuur ihm beschieden, „nimmt ein Mann eine Frau, eine einzige. Manchmal nimmt er sie, so wie hier im Land deines Vaters, weil sie ihm aus politischen oder wirtschaftlichen Gründen ausgesucht wurde. Wenn sie Glück hat, ehrt und achtet er sie, und seine Konkubinen, die man dort Mätressen nennt, hält er im Geheimen. Doch manchmal, nur manchmal, heiratet er sie, weil er sie liebt, und genau das hat dein Vater getan. Er hat dafür in Kauf genommen, dass er womöglich nur wenige Kinder haben würde. Er hat sich für die Liebe entschieden."

„Woran erkenne ich, wenn ich ein Mädchen liebe, Lady Nuur?", hatte er sie gefragt.

„Dein Herz sagt es dir."

Sein Herz hatte ihn betrogen, als er Nicaule heiratete. Er hatte sich geschworen, nie mehr auf das zu hören, was sein Herz sagte. Es zum Schweigen zu bringen, war nicht einfach, das hatten ihn seine Kinder gelehrt.

Jetzt schrie es ihn an. Es brüllte. Es schlug ihm so heftig gegen die Rippen, dass er glaubte, es wolle ausbrechen. Es prügelte auf ihn ein. Geh ihr nach, schrie es ihn an. Du liebst deine Malak, Djamal ibn-Tariq. Sie ist es, auf die du all die Zeit gewartet hast. Kannst du nicht hören, dass sie nach dir ruft?

Er drückte die Prinzessin Zaynab, die er im Arm hielt, während er auf den Durchgang zu den Räumen des Harems starrte, ihrer Mutter Yasemin in die Arme und machte sich auf den Weg zu der Frau, die er mehr wollte, als er je etwas in seinem Leben gewollt hatte.

Es war, als hätte sie ein unsichtbares Band gewoben, dem er nur zu folgen brauchte. Er musste nicht einmal darüber nachdenken, wo er sie finden würde. Er wusste es einfach. Er stieg die Treppe hinauf zu Nuurs Rosengarten, hörte unter sich im Säulengang die Stimmen von Fayyad und Dhakir, die wollten, dass er auf das Fest zurückkehrte, und die von Harib zurückgerufen wurden. Er würde dem jungen Gelehrten einen Goldschatz geben für seine Treue und dafür, dass er nicht urteilte oder verurteilte, sondern akzeptierte.

Der Vorhang zwischen dem Rosengarten und Nuurs Gemächern flatterte kurz, dann schlug die Tür dahinter zu. Er lächelte. Dein Herz wird es dir sagen, Prinz Djamal, er hörte es wie an dem Tag, als sie es zu ihm gesagt hatte. Malak stand im vorderen Teil des Terrassengartens, blickte hinunter auf die Feiernden. Sie befand sich zu nah an der Kante. Er wusste im gleichen Augenblick, dass es kein Zufall war, und blieb ruckartig stehen. Erschreck sie nicht. Lass sie nichts tun, das du mehr bereuen wirst als sie. Dass er sie nicht zurückbrachte zu ihrem Vater, mochte sie verstehen, aufgrund der Erklärungen von ihm und Harib. Dass er sie an einem Abend küsste und am nächsten Tag ihre neu gewonnene Zuneigung mit Füßen trat, würde sie nie akzeptieren, und es musste ihr jede Hoffnung auf ein gutes Ende ihres Wüstenabenteuers nehmen.

„Das ist die blaue Nuur", sagte er, und seine Stimme klang nicht halb so ruhig, wie er gern wollte. Sie wandte den Kopf zu ihm. Er trat einen Schritt näher und wies auf die noch junge Kletterrose, die sich neben ihr an einer geschnitzten Säule hochrankte. „Die blaue Nuur."

„Es gibt keine blauen Rosen."

„Dann trügen dich deine Augen, Malak, denn in diesem Augenblick siehst du eine. Sie ist das größte Geheimnis dieses Gartens. Das Geheimnis, das meine Mutter mit ins Grab nehmen wird, denn diese Rose wird Sinai nie verlassen."

„So wie ich?" Die Bitterkeit in ihrer Stimme schmeckte wie eine Kruste aus Meersalz.

„Diese Rose wird eingehen, wenn sie die Sinai verlässt, weil niemand außer Lady Nuur mit ihr umzugehen weiß. Weil niemand sie wertschätzt, wie sie es verdient. Weil niemand sie so liebt. Sie nennt die Rose Tariq, nach meinem Vater, aber wir hier im Palast bezeichnen sie als die blaue Nuur. Ich will nicht, dass du Sinai verlässt, Malak. Ich kann mir nicht vorstellen, was aus mir würde, wenn ich weiß, dass es dich gibt, und ich dich nicht haben kann."

„Dein Leben ist da unten." Sie wies in den Garten, auf die spielenden Kinder, auf die lachenden Frauen.

Sein Blick folgte der Richtung, die ihre Hand wies, und er entdeckte die Ladys Haifa und Kifah, die misstrauisch heraufschauten und ihn zweifellos neben der bleichen

Ungläubigen stehen sahen. Den Ratsherren würde es ebenfalls nicht entgehen, vom Innenhof her hatten sie Einsicht in diesen Teil des Rosengartens. Plötzlich war es ihm egal. Ich bin der Scheich, dachte er störrisch. Ich nehme mir, was ich haben will, und wer gegen mich rebelliert, verliert die Hand oder den Kopf, je nachdem, wie nah er mit mir verwandt ist. Er trat den letzten Schritt hinter Hazel und legte beide Arme um sie, die Hände auf ihren Leib unter dem tiefroten Kaftan, er vergrub sein Gesicht in ihrem Haar, dessen Jasminduft sich mit den Rosen mischte, und hielt sie fest.

„Mein Leben liegt in meinen Armen", murmelte er und genoss das Schaudern, das durch ihren Leib lief. „Und weißt du was? Ich glaube, dass du bereit für mich bist. Niemals wärst du weggelaufen von diesem Fest, wenn du nicht eifersüchtig wärest, und Eifersucht bedeutet, dass du mich willst."

„Du überschätzt dich", zischte sie, das Schaudern verebbte, sie wehrte sich, sodass er fester zupackte.

„Ich habe mich noch nie überschätzt, Malak. Höchstens die Frauen, zu denen ich mich gelegt habe. Aber nicht mich oder dich. Dich kann ich gar nicht überschätzen, du bist das Höchste, dem ich jemals begegnet bin. Ich will dich, Malak. Du bist die erste Frau in meinem Leben, die ich will. Ich habe es dir gestern gesagt, und es hat sich nichts daran geändert."

„Harib sagt, wenn du dich deinem Rat widersetzt, ist deine ganze Familie in Gefahr."

„Ich bin der Scheich. Sie sind nur der Rat. Schnell ersetzt durch vertrauenswürdigere Männer."

„Niemand hier will mich. Ich bin die Fremde, die Ungläubige. Deine Frauen, deine Konkubinen, sie sehen mich an wie ein Insekt, das man zerstoßen muss, um die Überreste ins Feuer zu werfen."

„Ich will dich, und niemand sonst ist wichtig."

Sie drehte sich in seinen Armen um, ohne dass er losließ. Sie sah ihm in die Augen. „Ich werde nicht akzeptieren, wenn du …"

Er hob eine Hand und legte die Fingerspitzen auf ihre Lippen. „Ich werde dir zu Füßen liegen, Hazel Fairchild. Ich bin der Scheich, gewohnt, dass sie sich vor mir zu Boden werfen und um meine Gnade winseln. Mit dir in meinen Armen verstehe ich, dass du viel mehr Macht hast als ich. Du kannst mein Herz in den Staub treten, oder es in den Himmel heben. Ich will, dass du mich so willst wie ich dich. Du hast die Macht." Er drückte seine Lippen auf ihre. Fühlte die Explosion, das Zerschmelzen der Süße ihrer Lippen unter seinen, die gezügelte Schärfe, die darunter lag. Er schmiegte seine Hände um ihr Gesicht, löste sich von ihrem Mund und sah sie an. „Lass mich dir etwas zeigen, Malak."

Röte schoss ihr in die Wangen, die ihn zum Lachen brachte. „Das auch, Lady Fairchild. Ihre dunkle Fantasie überrascht mich. Nicht hier. Komm mit." Er schloss seine Hand um ihr zierliches Handgelenk und zog sie weg von der Kante, tiefer in den Garten, vorbei an den Fenstern der Gemächer von Lady Nuur und um eine Ecke herum. Hazel schnappte nach Luft und blieb stehen, als sie den Pavillon sah, durch dessen dichten Bewuchs aus Rosen und Jasmin strahlendes Hellblau funkelte, ein in Mosaiksteinchen eingefasster kleiner Teich. Auf einer Seite wurde der Teich aus dem Kanal gespeist, der übers Dach lief und die Rosen bewässerte, und auf der anderen Seite lief das Wasser wieder ab. Djamal bog mit den bloßen Händen die Rosen auseinander, wo er den Durchgang in den Pavillon wusste, und zerkratzte sich die Handflächen dabei. Die Augen aufgerissen vor Staunen trat Malak hindurch. Hinter ihnen fielen die Zweige zurück, boten perfekten Schutz vor neugierigen Blicken, selbst wenn jemand sich hierher verirren sollte. Fenster und Türen führten an dieser Seite nicht zum Garten heraus.

Er trat dicht an Hazel heran, schob mit den Fingerspitzen ihren Schleier und die sandblonden Locken zurück, ließ die Hände auf ihrem Hals liegen und erfühlte ihren rasenden Puls. „Dies ist der älteste Teil von Abu Zenima", flüsterte er und legte seine Lippen auf ihre Kehle. „Man sagt, als mein Vater seine Braut hierher brachte, gehörte zu ihrem Gepäck dieser Pavillon, zerlegt in Einzelteile, die auf fünf Kamelen transportiert werden mussten. Mein Vater baute den kleinen Palast, das Herzstück des heutigen Serails, und in dessen Dach fügte er ein Bad für seine Braut ein, diesen Teich, und er errichtete den Pavillon darüber mit seinen eigenen Händen. Man sagt, er habe geflucht wie ein Kameltreiber, weil er nicht wusste, wie er ihn aufbauen sollte, und das Gerüst viermal zusammenstürzte, ehe er den Dreh raushatte. Fünf ist meine Glückszahl, Malak." Er schmeckte den feinen Salzfilm auf ihrer Haut, zog ihr den Schleier vom Kopf und wühlte die Hände in ihre Haare. „Hier hat Nuur ihre ersten Rosen gepflanzt. Sie sagen, hier haben meine Eltern mich gezeugt." Der Puls unterhalb ihrer Kehle raste. „Bist du für mich bereit, meine Malak?"

Kapitel 8

Polternd wurde die Luke aufgerissen. Azad blinzelte in den Lichtstrahl, der herunterfiel in seinen Kerker. Staubflöckchen tanzten über den sandigen Boden. Er ächzte, als er sich auf die Knie aufrichtete. Der dreckige Lumpen, um den Stumpf seiner rechten Hand gewickelt, war wieder durchnässt, die Haut darunter brannte. Djamals Arzt hatte ihm den Stumpf ausgebrannt. Einmal am Tag kam der niedrigste Sklave des Haushalts von Abu Zenima herunter, um den Boden aufzuwischen, doch der Gestank von Erbrochenem hing penetrant in den Wänden, im festgestampften Lehmboden, in seinen verdreckten Kleidern.

Azad wusste, dass das hier unten für ihn nicht die Ewigkeit bedeutete. Es war nur eine Episode in seiner Beziehung mit Scheich Djamal. Der Große Neffe würde ihn so lange hier festhalten, bis Azad ibn-Mohammed ein gebrochener Mann war. Eine Hand zu verlieren, brach einen Mann wie Azad nicht, das hatte der Neffe in den dreizehn Jahren seiner Herrschaft gelernt. Djamal war ein kluges Köpfchen. Klüger als Azads eigene Söhne allemal, die sich wie Kamele durch die Wüste hatten treiben lassen, um bei fremden Clans ein Leben als Sklaven zu beginnen. Die Angst vor der Wut des Scheichs hatte ihnen die Rosenmündchen verschlossen, auf sie war kein Verlass, und Azad verbrachte die Hälfte seiner Zeit damit, sich zu fragen, was genau er bei seinen Söhnen falsch gemacht hatte. Aber so klug Djamal sein mochte, clever war er nicht.

Die Strickleiter wurde heruntergelassen. Der Winkel, in dem das Licht durch die Luke fiel, sagte ihm, dass dies nicht die Zeit für den Besuch des Sklaven war, der kam, um ihm eine Schüssel mit Grütze und eine weitere mit vergorener Milch hinzustellen, ehe er wieder verschwand. Dem Sklaven war die Zunge entfernt worden, er musste etwas ganz Abscheuliches getan haben, um diese Arbeit verrichten zu müssen. Nein, es waren nicht die unsicheren Schritte des Sklaven, die auf der Strickleiter nach unten tasteten. Diese Füße hier waren noch unsicherer. Azad drückte sich gegen die Wand in seinem Rücken. Er hatte den Jungen aus seinem Clan sterben sehen. Er glaubte nicht, dass Djamal ihn mit eigener Hand töten würde, denn der Mord an einem nahen Verwandten widersprach allem, wofür sein Volk stand. Aber hier unten, wo niemand es sah? Es gab genug Männer, die den Scheich verärgert hatten und sich vor ihm prostituieren würden, um sein Vertrauen wiederzugewinnen. Dieser schleimige Gelehrte zum Beispiel, dem Djamal die Bildung seiner Kinder anvertraute, ein Mann aus dem Westen, dessen Anwesenheit hier bei Hof nie wirklich geklärt worden war. Azad hatte gehört, dass Harib oft und gern unverblümt seine Meinung sagte. Nichts wäre diesem Mann zu schwarz, um es zu tun, damit er bei seinem Herrn Gnade fand. Ein Meuchelmord in der finsteren Zelle, um den unliebsamen Gegner aus der Welt zu schaffen? Djamal war klug, aber nicht clever.

Es war Jamil, der schließlich seine nackten Füße auf den Lehmboden stellte und in die Dunkelheit blinzelte, ehe sein Blick auf Azad fiel.

„Ich habe nicht viel Zeit", sagte er, die Stimme wenig mehr als ein Flüstern.

„Bruder." Azad grinste freudlos das Spiegelbild an, das sein Zwillingsbruder für ihn war. Ein Spiegelbild mit zwei gesunden Händen. „Was verschafft mir die Ehre? Wenn einer von Djamals Beratern mich hier aufsucht, so hätte ich Abdul erwartet. Du erschienst mir nie als einer von der rebellischen Sorte."

„Ich bin nicht hier, um dich die Leiter hochzuhieven", zischte Jamil, und Azad hätte schwören mögen, dass er unter seiner dunklen Haut errötete. Er hätte das im schwachen Licht gar nicht sehen dürfen. Jamil und er mochten einander nicht besonders, aber er kannte seine Brüder, und Jamil war ein Speichellecker.

„Es hätte mich sehr gewundert, wenn es so gewesen wäre", gab er trocken zurück. „Ich vermute, ich wäre vor Überraschung in Ohnmacht gefallen. Du hättest mich hochtragen müssen. Auf deinen dürren, gelehrten Schultern. Was willst du hier?"

„Du kannst deine spitze Zunge für dich behalten. Abdul sitzt in der Nachbarzelle."

Azad zog die Brauen hoch. „Unser geliebter Neffe wird bald keinen Platz mehr in seinen Kerkern haben, wenn er so weitermacht."

Jamil ließ sich direkt unter der Luke auf die Hacken sinken und stierte vor sich hin, wippte ein wenig wie ein Geisteskranker. „Djamal tut nichts, um den Kanalbau zu stören. Er hat alle Reiter zurückbeordert, die Männer wieder zu ihren Clans geschickt. Nur seine Leibgarde ist noch in Zenima, er erwartet keinen Krieg. Wir waren uns einig gewesen. Wir wollen nicht dem Sultan untergeben sein, der schon viel zu lange darüber nachsinnt, die Beduinenstämme sesshaft zu machen und die Wüste für sich zu beanspruchen. Djamal dreht sein eigenes Ding, um sich beim Pascha lieb Kind zu machen."

„Erzähl mir Dinge, die ich nicht weiß", brummte Azad unwillig. Sein Magen begann zu rebellieren, als stechender Schmerz in seinen Arm fuhr und ihm in Erinnerung rief, dass die Hand, die dort einmal gewesen war, im Khalish von Fischen gefressen wurde. Er würde sich wieder übergeben müssen, und er wollte nicht, dass Jamil diesen Akt der Schwäche sah.

„Die Bleiche hat ihn verhext. Wir müssen etwas tun. Wir haben ihm Ameena vorgeschlagen."

Schlagartig war die Übelkeit in seinem Magen vergessen, und Azad setzte sich ein wenig gerader hin. In seiner Tochter Ameena bündelte sich mehr Klugheit und Kraft als in allen drei seiner Söhne gemeinsam. Dass Djamal sie

mit einem Jammerlappen aus der Armee des Sultans ver-
lobt hatte, war eine solche Beleidigung gewesen, dass der
Neffe gewusst haben musste, was er damit in ihrem Vater
auslöste. Ameena war rasend gewesen vor Zorn, ein bisschen wie in den Geschichten der schwarzen Nubierin in
Djamals Bett. Der Neffe löste diese Reaktionen in Frauen
aus. Entweder sie hassten oder vergötterten ihn. Ameena?
Sie würde nicht davor zurückschrecken, im Brautbett ein
Messer zu verbergen, um ihm zuerst wichtige Körperteile
abzuschneiden und schließlich die Pulsadern zu durch-
trennen. Was für ein hervorragender Plan, ihm Ameena
zuzuführen.

„Freu dich nicht zu früh", knurrte Jamil. „Er widersetzt
sich. All die Jahre hat er gehorcht, vor allem, was die
Frauen in seinem Bett betraf. Selbst nach der Katastrophe
mit Nicaule. Aber wir haben bereits nach Ameena geschickt. Ich erwarte die beiden Reiter, die sie herbringen
sollen, morgen früh im Palast. Er ist keiner, der ein Mädchen wegschickt, von dem alle Welt bereits weiß, dass er
sie heiraten soll. Das hat er mit Kifah bewiesen. Er mag
ein politisches Köpfchen besitzen, und bei Allah, er ist
ein großartiger Kriegsherr geworden, nicht zuletzt dank
deiner Führung, Azad."

„Du brauchst mir keinen Honig ums Maul zu schmie-
ren. Komm zur Sache."

„Er wird sie alle aus seinen Gemächern verbannen, weil
er nur noch die Frau will, die du von den Bauleuten entführt hast. Ameena wird er zwar hierbehalten, aber nicht
nehmen, wir müssen uns etwas anderes einfallen lassen."

„Nur damit du und ich von derselben Position aus zu
überlegen beginnen, Bruder Jamil", sagte Azad voll trie-
fender Ironie. „Was genau ist unser Ziel?"

„Wir können ihn nicht töten, Azad." In der Stimme des
Bruders schwang echter Horror. „Er ist der einzige Sohn
unseres ältesten Bruders und damit der rechtmäßige
Scheich der Tiyaha. Wenn wir ihn töten, werden der Sul-

tan in Istanbul und der Pascha in Kairo unser Volk dem Erdboden gleichmachen. Es wird keine Tiyaha mehr geben, wenn die beiden mit uns fertig sind."

Azad hielt seinen Stumpf in den schwächer werdenden Lichtkegel. „Was also wollen wir? Ihn verstümmeln? Ihn entmannen? Seine Kinder töten? Wir müssen etwas tun, das ihn bei seinem Freund, dem Pascha, in ein schlechtes Licht rückt. Der Pascha liebt den kleinen Narren. Verschwinde, Jamil, ich kann nicht nachdenken, wenn ich dein trauriges Gesicht sehen muss. Denk du schon einmal darüber nach, wer Djamals Nachfolger wird. Ich will keinen seiner Söhne haben, der mir Befehle erteilt." Er spuckte zur Seite aus.

Jamil erhob sich ächzend, doch als er den ersten Fuß auf die Strickleiter setzte, drehte er sich noch einmal um. „Nur, falls es einen Unterschied macht, Bruder. Der Harem hat vorhin ein Fest gefeiert."

„Eine der Frauen erwartet ein Kind? Welche?"

„Er hat es noch nicht offiziell bekannt gegeben. Wir wissen es noch nicht. Sollen wir sie entfernen, wenn wir es wissen?"

Azad schnaubte. „Da sieht man es mal wieder, Jamil, du hast die Geradlinigkeit eines Kamels, du kannst nicht um die Ecke denken. Die Frau, wer auch immer es ist, wird nicht entfernt. Lass ihn sich ergehen in der Kraft seiner Lenden, solange er kann. Es wird ihn ablenken. Komm in zwei Tagen wieder, dann hatte ich Zeit nachzudenken."

Die Strickleiter knarrte ominös, als Jamil seinen nicht mehr sehr beweglichen Körper hinaufwuchtete. Azad sah ihm hinterher, blickte auf seinen Stumpf, und ein böses Lächeln wuchs in ihm.

Es gibt vieles, Großer Neffe, das du in deinem Leben getan hast, was du schon bald bereuen wirst. Das hier ist nur eines davon. Ein unwichtiger Teil, wer trauert schon einer Hand hinterher, wenn er stattdessen ein Reich gewinnen kann? Untergehen wird diese Sache, zur Insignifikanz verblassen, wenn ich mit dir fertig bin. Mich brichst du nicht, selbst wenn du mich zwanzig Schritt tief in die Erde versenkst. Er dachte an Ameena und lächelte. Weil er wusste, was seine großartige Tochter tun würde.

*

Seine Frage wie ein lockendes Lied in ihrem Ohr, nickte Hazel. Er hatte recht. Mit Geduld und verführenden Worten, mit zarten Gesten, einem besonnenen Kopf und seiner unnachahmlichen Selbstsicherheit hatte er sie Stück für Stück zu der Seinen gemacht, genau so, wie er es von Anfang an behauptet hatte. Dennoch schwoll mit jedem Tropfen Begreifen ihre Unsicherheit und die Angst vor dem, was nun kommen würde. Was er nun von ihr erwartete. Ihr Herz raste. Sie wusste so gut wie er, dass sie bereit war, aber gleichzeitig fürchtete sie sich. Er würde ihr etwas nehmen, das niemand ihr wiedergeben konnte.

Djamal legte eine Hand in ihren Nacken, zog ihren Kopf an seine Brust. Durch die Stoffe ihrer Gewänder konnte sie die Wärme seines harten, fremden Körpers fühlen.

„Du zitterst ja, Malak. Ist die Vorstellung so grauenvoll, dass ich zu dir kommen werde wie ein Mann?"

„Nein." Nur ein Hauch. Die Vorstellung war nicht grauenvoll. Nicht nur zumindest. Sie war aufregend und verrucht, aber noch so fremd. „Aber ich …"

Er küsste ihr den Rest des Satzes aus dem Mund. Zart erst, nur ein sanftes Streichen seiner Lippen über ihre, dann intensivierte er den Kuss, leckte über ihre Lippen, bis sie erschrocken aufkeuchte. Die Gelegenheit nutzend, tauchte er mit der Zunge in ihren Mund, lockte, reizte, nahm in Besitz. Ein wenig ihrer Anspannung fiel von ihr ab, verglomm in dem Rausch, den dieser Kuss auslöste, bis sie merkte, wie sie sich an ihn drückte, noch mehr von seiner Nähe suchte. An ihrem Bauch fühlte sie etwas Hartes. Noch härter als die Muskeln seiner Oberarme unter ihren Händen. Erschrocken wich sie zurück.

„Das machst du mit mir, schöne Malak", raunte er in ihr Haar und zog sie wieder näher an sich, nicht grob, aber so bestimmt, dass sie nicht ausweichen konnte, rieb sich an ihr, bis sie sich an das Gefühl gewöhnt hatte. Seine Hände ließen von ihren Seiten ab, gingen auf Wanderschaft. Langsam, Stück für Stück, als wäre sie ein scheues Füllen und er der Reiter, der es sich vertraut machte, strich er über ihren Rücken, ihre Schultern, ihre Seiten, bis zu ihren Brüsten. Sie fühlten sich fremd an, schwerer als sonst, und selbst gedämpft durch den Stoff war seine Berührung so intensiv, dass sie aufkeuchte.

„Lass uns baden gehen", flüsterte er auf die Haut an ihrem Hals.

„Ge… gemeinsam?" Sie musste ihn wohl entsetzt angesehen haben, denn sein Lachen war befreit und löste auch ein wenig der Anspannung, die noch immer durch ihren Körper pulsierte. Er ließ sie los und trat einen halben Schritt zurück, während er anfing, mit geübten Fingern die Bänder am Ausschnitt ihres Gewands zu öffnen.

„Natürlich gemeinsam. In England, hast du dort eine Zofe, die dir in all die vielen Kleider hilft?"

Irritiert nickte sie. Worauf wollte er hinaus?

„Dann lass mich heute deine Zofe sein. Lass mich dir helfen, dich für dein Bad zu entkleiden." Das letzte Band an ihrem Kaftan löste sich, und mit einem leisen Rauschen glitt der Stoff zu Boden. Nackt und ungeschützt stand sie vor ihm. Den Impuls, ihre Hände zu heben, um ihre Scham und ihre Brüste vor seinem Blick zu verbergen, konnte sie nicht unterdrücken. Doch er hielt ihre Finger auf, legte sie stattdessen auf seinen Gürtel, gab ihnen etwas zu tun, sodass es leichter war, ihr Zittern unter Kontrolle zu halten. „Und sei du mein Leibdiener."

Er half ihr mit den Schnüren. Leise rasselte sein Waffengürtel, der lediglich ein langes Messer in einer reich verzierten Scheide enthielt, als er auf den Boden fiel. Noch leiser rauschte der Seidenstoff, als er gemeinsam mit ihr nach dem Saum seines Kaftans griff und ihn sich über den Kopf hob. Bevor sie zögern konnte, hatte er selbst das Unterzeug gelockert, die Stoffbahnen, die er um seine Lenden gewickelt trug, und dann war auch er nackt. Ihr Atem stockte. Es gehörte sich nicht, ihn anzustarren, aber der Anblick war viel zu verlockend.

Streifen aus Licht fielen durch die rosenberankten Gitter, die die Seitenwände des Pavillons bildeten, und meißelten die Linien seines Körpers für ihren Blick heraus. Sie wollte die Augen senken, wie es sich gehörte, aber konnte es nicht. Zu faszinierend war, was sie sah. Er erinnerte sie an die Statuen griechischer Gottheiten, die sie im British Museum gesehen hatte. Nur, dass seine Haut nicht marmorn war und weiß, sondern von einem warmen Bronzeton, und dazu einlud, mit den Fingern darüberzustreichen, um zu sehen, ob etwas von dem Sternenstaub, der darauf zu glänzen schien, auf ihre eigene Haut übergehen würde. In klaren, festen Linien bildeten sich die Muskeln über seinem Brustkorb heraus, liefen hinauf zu seinen kräftigen Schultern und von dort die Arme hinunter. Nichts auf der Welt hatte sie auf diesen Anblick vorbereitet, wenn sie ihn in seinen bodenlangen Gewändern sah. Sein Bauch war flach und ebenfalls von langen, breiten Muskelsträngen durchzogen, über die sich die bronzeglänzende Haut spannte. In ihren Fingern kribbelte es, so sehr wollte sie ihn anfassen, doch dann fiel ihr Blick auf sein Geschlecht. Das wiederum hatte nichts zu tun mit dem, was sie bei den Statuen gesehen hatte. Es war groß, angeschwollen und stand wie ein Zepter von seinem Körper ab.

In ihrem Schoß zuckte es erschrocken, instinktiv wich sie vor dem Anblick zurück. Er gab ihr Zeit, rührte sich nicht, bis sie langsam, so langsam, als wäre es eigentlich gar nicht wahr, wieder einen halben Schritt auf ihn zu tat.

Ihr Blick verkrallte sich in seinem, damit sie der Versuchung widerstehen konnte, ihn dort unten anzusehen, wo es unschicklich war. Sie sah das Feuer in seinen Augen, sah die Lust, die Anstrengung, die es ihn kostete, so still zu stehen und auf sie zu warten, und sie wurde mutiger. Sie hob eine Hand, um ihn zu berühren, hielt aber mitten in der Bewegung inne, da sie nicht wusste, ob das nicht zu forsch war.

Er umfasste ihr Handgelenk und legte sich ihre Hand flach auf die Brust. Unter ihren Fingern konnte sie sein Herz gegen die Rippenbögen schlagen fühlen. Schnell und heftig, wie ihres. Seine Fassung war längst nicht so stählern, wie er sie glauben machen wollte.

„Fass mich an, Hazel Fairchild, lerne mich kennen, so wie ich dich kennenlernen will. Nichts zwischen uns ist unschicklich." Wie um seine Worte zu unterstreichen, führte er seine Hand mit ihrer an seiner Brust hinab, die nicht einmal der spärlichste Flaum beschattete, über seinen Bauch, der hart war und weich zugleich, so weit nach unten, bis die Kante ihrer Hand die Spitze seines Gliedes erreichte. Hitze schoss ihr in Wangen und Scham, als sie die seidige Glätte erfühlte, die sich um einen harten Kern spannte. Unter ihren vorsichtigen Erforschungen zuckte es ihrer Hand entgegen, als hätte es einen eigenen Willen.

Ein Kichern stieg in ihren Hals, und ihre Finger wurden mutiger, drückten, kneteten, fanden die beiden schweren Gewichte unter seinem Geschlecht, setzten dort ihre Erkundungsreise fort. Aus dem Augenwinkel sah sie den Puls unter seinem Ohr pochen, im Gleichklang mit dem Pulsieren unter der Haut an ihren Fingern.

Eine Weile noch ließ er sie forschen, dann ging ein Schaudern durch seinen Körper, ein Ruck, und aus seiner Brust stieg ein Knurren. Tief und grollend, wie die Warnung einer gefährlichen Raubkatze. Schneller, als sie begreifen konnte, hatte er sie an sich gezogen, griff sie um die Taille, legte sie rücklings auf den harten Marmor, der den Teich einfasste, mit nichts weiter als ihrer beider Kleidung als Polster.

Ihr Herz machte einen Satz. Sie begriff. Der Moment war gekommen, und obwohl er ihr die schlimmste Angst genommen hatte, wallte erneut Unsicherheit in ihr auf.

Mit den Hüften öffnete er ihre Schenkel, legte sich auf sie. Er küsste ihr die Gedanken aus dem Kopf, fand mit der Hand ihren Schoß, und für einen Augenblick war sie erstaunt, dass sein Finger auf ihrer Haut glitt, nicht rieb, doch der Moment zerrann in atemlosen Schock, als er weiter vordrang und einen Finger in sie schob.

Es rieb, brannte, er dehnte sie und das Brennen wurde zu einem köstlichen Feuer, das nach und nach ihren ganzen Unterleib in Flammen setzte, bis sie ihm ihre Hüften entgegenhob, um mehr davon zu bekommen, immer mehr. Der Geist eines Lächelns zupfte an seinen Mundwinkeln, während er seine Hand zurückzog und sich ganz auf sie gleiten ließ.

Sie spürte ihn an ihrem Eingang, hielt die Luft an. Er legte die Stirn auf ihre, schmiegte die Hand an ihre Wange, und in seinen Augen meinte sie neben dem sinnlichen Hunger nach ihrem Körper und ihren Berührungen noch etwas anderes zu erkennen, etwas Warmes, Weiches, fast wie eine Entschuldigung.

„Nimm einen tiefen Atemzug, Malak, dann atme aus. So wird es leichter."

Sie nickte, schöpfte Luft und ließ sie in einem zittrigen Strom über ihre Lippen entweichen. Gegen die Anspannung in ihrem Körper kam sie nicht an. Ihre Lungen waren leer und brannten, als er mit den Hüften ausholte und sich mit einem kräftigen Stoß in ihr versenkte.

Sie hatte keine Luft, um zu schreien, aber ihr ganzer Körper brüllte auf in Schmerz. Das Brennen schoss von ihrem Schoß in ihre Brust, weiter in ihren Kopf, explodierte in einer gleißenden Wolke und trieb ihr Tränen in die Augen. Mit allem, was sie hatte, stemmte sie sich gegen den Eindringling, doch er hielt sie fest, drückte sie mit seinem Gewicht auf den Boden.

Das Streicheln seiner Finger in ihrem Haar war in seiner Sanftheit ein krasser Gegensatz zu der gewalttätigen Macht seines Körpers, der ihren in Besitz nahm, als wäre es sein Recht. Es war ja sein Recht. Sie hatte sich ihm geschenkt. Er nahm sich nichts, das sie ihm nicht bereitwillig gegeben hatte. Sie keuchte.

„Schhht", machte er leise und pflückte mit federleichten Küssen die Tränen von ihren Wangen. „Halt noch ein wenig aus. Gleich wird es besser."

*

Sie zitterte in seinen Armen, er fühlte, wie ihre Muskeln sich um ihn krampften. Nicht das sinnliche Reiben und Drücken im Inneren einer Frau, die ihn gern in sich aufnahm, sondern ein Wehren ihres Körpers, dem er Schmerzen zufügte. Der Erste zu sein, den ein unberührtes Mädchen in sich aufnahm, war für ihn nie ein schönes Gefühl gewesen, doch er hatte gelernt, damit umzugehen. Er drückte seinen Körper an sie, auf sie, in sie. Für sie musste es besonders hart sein. Nach dem wenigen, das er wusste – er war beileibe kein Harib – wurden englische Mädchen nicht auf die Rolle vorbereitet, die sie später als Frau zu spielen hatten. Schlimmer noch, sie wurden davon ferngehalten, von der Unschicklichkeit, der Unsauberkeit, die dem Akt innewohnte. Kein Wunder also, wie sehr sie sich gegen sein Eindringen wehrte.

Er brachte seinen Mund an ihr Ohr. „Malak", flüsterte er.

Ihre Antwort war ein Schaudern.

„Wenn du mich jetzt nicht festhältst, Malak, dann wird das für uns beide sehr unangenehm. Ich hab das nicht gern getan, weißt du? Dir wehzutun. Wenn du mir vergibst, lass es mich spüren." Er hob den Kopf und sah, wie sie ihn anblinzelte, verwirrt, verängstigt. Er brachte seinen Mund auf ihre aufgeworfenen Lippen, musste sie schmecken. „Leg deine Hände auf mich", flüsterte er in ihren Mund hinein. Ihre Finger lagen scheu und weich auf seinen Schultern. Er richtete sich auf, sah auf sie hinab, spürte ihre Fingerspitzen, die über seine Haut rannen wie warmer Sand. „Nimm nicht die Hände von mir."

Er lächelte sie an, während er begann, sich zu bewegen, ganz langsam, dann ließ er seinen Blick wandern, über ihren Bauch, von der Sonne ungeküsst, über ihre milchweißen Brüste. Ihre Hände zuckten, sie schickte sich an, die Finger von seiner Haut zu nehmen, um sich damit zu bedecken, sich seiner Betrachtung zu entziehen. Er schüttelte lachend den Kopf. „Nimm nicht die Hände von mir", wiederholte er, als er in ihren Augen las, wie sehr sie dagegen ankämpfte, ihre Blöße zu verbergen. „Ich will dich ansehen, lass die Hände, wo sie sind." Ihre Brustwarzen zogen sich zu kleinen harten Knospen zusammen bei seinen Worten, und ihre Augen weiteten sich. Er ließ sich auf einen Ellenbogen sinken, legte die andere Hand auf ihre Brust, spielte mit der harten Spitze, dann umschloss er sie mit den Lippen und genoss ihr Schnappen nach Luft. „So süß", murmelte er und leckte die Haut ihrer Schlüsselbeine, während er fester in sie kam, härter. „Du bist so süß, Malak, weißt du das? Tu ich dir weh?"

Die Frage überraschte sie offenbar, sie hob die Hände von seiner Haut und runzelte die Stirn.

„Tu ich dir weh?", wiederholte er, sah die Erkenntnis in ihren Augen, dann das Erstaunen, die Freude. Sie schüttelte den Kopf.

„Nicht mehr", flüsterte sie, schob eine Hand auf seine Brust und fuhr die Linien seiner Muskeln nach. „Mach weiter, Djamal."

Ein Stöhnen entwich ihm. „Sag das noch mal." Tief, ganz tief drang er in sie, vergrub eine Hand in ihren Haaren und zog ihren Kopf in den Nacken, um ihre Kehle zu entblößen. Er leckte über die mondlichtweiße Haut. „Sag noch einmal meinen Namen." Seine Liebhaberinnen taten das nicht. Sie sagten den Namen, wenn sie etwas von ihm wollten, doch nie ohne seinen Titel voranzusetzen, und beim Liebesspiel nannten sie ihn ihren Gebieter, ihren Herrn. Keine von ihnen wäre auf die Idee gekommen, seinen Namen zu sagen, einfach so. Hazels Atem beschleunigte sich, als er die Zähne in ihren Hals grub, während er in sie stieß.

„Djamal", ächzte sie, dann waren da ihre Fingernägel, die sie in seine Haut schlug, in seine Schulter und seine Brust. Sie fuhr über seinen Bauch, ehe sie eine Hand um seine Hüfte gleiten ließ und die Finger in seinen Hintern presste. Er schloss die Augen, das Gefühl ihrer Hände auf ihm, so hemmungslos, so voller Leidenschaft, war unvergleichlich.

„Schling die Beine um mich, Hazel Fairchild", verlangte er atemlos. „Zeig mir, wie sehr du mich willst." Sie ließ es sich nicht zweimal sagen, klammerte sich an ihn, grub jetzt auch die Finger ihrer anderen Hand in die angespannten Muskeln seiner Hinterbacken. Er spürte den Druck und wusste, dass er am nächsten Tag blaue Flecken haben würde, es war ihm egal. Er rammte sich in sie, merkte, wie sie ihm das Becken entgegenhob, wie sie mehr wollte, wie sie alles wollte, was er ihr zu geben hatte. In seinen Ohren brauste das Blut, er spürte seinen Herzschlag, spürte jeden Puls an seinem Körper mit ungekannter Härte.

„Hazel. Sieh mich an."

Sie blinzelte, die Augen verhangen. Er küsste ihre Wange, ihre Lippen, fühlte, dass er sich nicht mehr lange zurückhalten konnte, und er musste ihr diese Frage stellen. „Willst du bei mir bleiben?"

Statt einer Antwort löste sie die Finger von seinem Körper, schloss eine Hand um sein Kinn, die andere grub sie in seinem Nacken in den Haaransatz, und dann küsste sie ihn, wie er noch nie geküsst worden war. Feuer und Honig und endlose Weite. Er keuchte seinen Höhepunkt in ihren Mund hinein, spürte, wie er sich in ihr verströmte, wie ihre Muskeln sich an ihn klammerten, ihn festhielten, um ihn herum zuckten und bebten. Seine Stirn sank auf ihre. Er atmete schwer, in seinen Knochen schien Blei zu liegen. Hazels weiche Finger streichelten Schweißtropfen von seinen Schläfen.

„War es so, wie du es dir vorgestellt hast?" Ihre Frage erwischte ihn eiskalt.

„Das sollte ich dich fragen, kleiner Derwisch", murmelte er erschöpft.

„Ich habe zuerst gefragt", beharrte sie, und er dachte halb belustigt, dass er in Zukunft nur noch englische Ladys entjungfern wollte. Aber nein, das war nicht richtig. Er wollte nie mehr irgendeine andere Frau. Er wollte nur noch diese eine, in deren Armen er lag, diese eine, die sich ihm ganz schenkte, die nichts zurückhielt, die ihn ihren Schmerz spüren ließ und auch ihre Freude.

Er schloss die Hände um ihr süßes, so lieb gewonnenes Gesicht und küsste ihre Lider, sehr zart. „Nein. Es war nicht so, wie ich es mir vorgestellt habe."

Eine Regenwolke glitt über ihre klare Stirn, ihre Finger lösten sich aus seinen Haaren. Enttäuschung legte sich über ihre Züge, ein bisschen Furcht, aber mehr noch Entschlossenheit, es das nächste Mal für ihn besser machen zu wollen, damit sie seine Erwartungen erfüllte. Sie war, ob sie es wollte oder nicht, die perfekte Konkubine. Er lachte leise und strich mit den Daumen über ihre schmal gezupften Augenbrauen. „Es war viel besser, Malak. Unendlich viel besser. Und für dich?" Als er sich aus ihrem Körper zurückzog, entfuhr ihr ein leises Wimmern, doch sie wich seinem Blick nicht aus.

„Ich frage mich, warum sie uns davor solche Angst einjagen", sagte sie mit dem süßesten Schmollmund, den er je gesehen hatte. „Man sollte es feiern und bejubeln und an die große Glocke hängen, wie weltverändernd es ist."

Djamal spürte, wie ihm das Herz schwoll. Nein, die Brust. Stolz und eine gehörige Portion Eitelkeit. „Sagtest du gerade weltverändernd?"

Ihre Augen verengten sich. „Nicht, wenn du dich gleich aufspielst wie der Dschinn aus Aladins Wunderlampe, mein schöner Scheich", erwiderte sie, aber ihr Lächeln war so befreit und gelöst, dass er sich ihren Mund vornahm und sie küsste, bis sie sich wand, weil sie keine Luft mehr bekam.

Er ließ sich neben sie fallen, halb auf die Kante aus Marmor, halb auf den weichen Sandboden, das Wasser des kleinen Teichs umspielte herrlich erfrischend ihre und seine Füße. Seine Hand glitt über ihren Körper, den sie seinen Blicken nicht länger entzog. Seine dunkle, bronzefarbene Hand auf ihrer Haut, die weißer war als die Wüste unter gleißender Sonne. Er küsste ihre Brustspitzen und lauschte auf ihr Seufzen.

„Was passiert jetzt, Djamal?", fragte sie und schob eine Hand in seine Locken, als er sich an ihrem Körper abwärtsküsste und ihr Duft nach Erregung, Salz und Schweiß sich mit den Gerüchen von Nuurs Rosen und dem üppig blühenden Jasmin vermischte.

„Jetzt werde ich eine Weile verschnaufen und dich dann noch einmal nehmen", sagte er und strich mit der Zunge durch ihren Bauchnabel. Ihre Bauchdecke bebte von unterdrücktem Lachen.

„Du weißt, was ich meine. Was passiert mit uns?"

Er richtete sich auf und sah ihr in die Augen. „Ich werde dich heiraten. Was sonst?"

„Ist es das, was du tun musst, wenn du einem Mädchen die Ehre nimmst, das dir nicht zugeführt wurde? Sie heiraten?"

„Fühlst du dich entehrt?"

Sie schlug nach ihm. „Du weißt, was ich meine."

Er fing ihre Hand auf und küsste ihre Fingerspitzen.

„Ich muss gar nichts, Malak, im Augenblick bist du für diesen Haushalt nur eine Sklavin, und wenn ich dich nehme, hat das nichts zu bedeuten, denn ich nehme mir nur, was mir gehört." Ihre Augen verdunkelten sich, und er küsste sie schnell. „Aber das ist nur nach außen. Hier drin …" Er packte ihre Hand und drückte sie auf seine Rippen, wo dicht unter der Haut sein Herz noch immer heftig schlug. „Hier drin bist du meine Frau, Malak. Die einzige, die zählt, die einzige, die ich jemals wirklich gewollt habe. Mein Volk wird lernen müssen, das zu akzeptieren. Ich bin der Scheich. Was ich entscheide, ist Gesetz."

Sie lächelte nicht. Ihre Augen hatten die Farbe des Khalish, wenn sich über ihm ein Sturm zusammenbraute, der die Wadis überschwemmte und Tausende Wildtiere in den Fluten ersäufte. „Wenn du willst, dass ich deine Frau werde, dann hast du etwas vergessen, Scheich Djamal", sagte sie sehr ruhig.

„Was habe ich vergessen?"

„Meinen Vater um meine Hand zu bitten."

*

„Du weißt, dass das nicht geht." Er ließ von ihrem Bauch ab und kam auf die Beine. Mit der Hand strich er sich die Haare aus dem Gesicht. Schweiß verklebte die Locken zu dunklen Strähnen, und im plötzlich schal wirkenden Licht glänzten sie wie glasiertes Ebenholz.

„Ich weiß." Sie rollte sich auf die Seite und stützte sich auf einen Ellenbogen. „Aber du wirst nicht müde, zu erklären, wie die Dinge liegen, weil du sie so haben willst. Ist es da nicht gerecht, dass ich auch sage, wie ich sie mir wünschen würde, weil es der Weg ist, wie ich sie gelernt habe?" Die Seide ihrer Kleidung, die ihnen als Bett gedient hatte, schmeichelte ihrer Haut, und für einen Moment war sie ihm unglaublich dankbar, dass er sie hier zu seiner Frau gemacht hatte, nicht in dem Bett, in dem er all die Kinder gezeugt hatte, die den Garten des Harems bevölkerten. Sie wollte nicht mit ihm streiten. Er war ein guter Mann, war sanft zu ihr gewesen und rücksichtsvoll, trotz seiner Härte, und beinahe taten ihr ihre Worte schon leid, als sie sah, wie dieser mächtige Mann unter ihnen zusammenzuckte. Sich entschuldigen wollte sie aber auch nicht. Was sie gesagt hatte, entsprach der Wahrheit. Sie wollte bei ihm bleiben. Dass das, was sie teilten, wunderbar war und etwas ganz Besonderes, hatte auch sie begriffen. Trotzdem erfüllte der Gedanke, nie wieder Teil der Welt sein zu dürfen, der sie entstammte, sie mit Traurigkeit. Wo zuvor die Nähe zwischen ihnen so kostbar gewesen war, so süß, da schien mit einem Mal eine unsichtbare Mauer zwischen ihnen zu stehen. Sie setzte sich auf. Sie wollte nicht, dass etwas sie trennte, wollte zu ihm gehen, sich und ihn an die Gemeinsamkeiten erinnern, die sie hatten, nicht an die Unterschiede, die sie trennten, und stockte mitten in der Bewegung, als sie etwas aus sich herauslaufen fühlte. Irritiert sah sie an sich hinab.

An ihren Schenkeln klebte Blut, sickerte, gemeinsam mit dem Beweis seiner Leidenschaft, den er in ihr hinterlassen hatte, weiter in einem stetigen Rinnsal aus ihr heraus, lief über ihre Knie und versiegte auf den kostbaren Kleidungsstücken, seinem weißen Kaftan, ihrer Tunika in der Farbe der Kletterrosen. Djamal hätte sich wenigstens mit dem dunkelblauen Umhang retten können, den er über dem Kaftan getragen hatte. Aber sie? Erschrocken sprang sie auf. „Oh nein!"

Sofort war er bei ihr, Erschrecken auch in seiner Miene. „Malak? Ist dir nicht gut?"

Über sein geschocktes Gesicht musste sie ein wenig lachen. Sie schüttelte den Kopf und deutete mit zerknirschter Miene auf ihr Lager. „Mit mir ist alles in Ordnung. Aber die schönen Kleider." Sie ließ ihren Blick an ihm entlanggleiten, und erst da sah sie, dass auch er beschmutzt war. „Und du. Und ich." Sie nickte in Richtung seiner Lenden. „Wir sehen aus, als wären wir in einer Schlacht gewesen."

Da lachte auch er. Schneller, als sie begreifen konnte, hatte er sie um die Taille gepackt und hochgehoben. Ganz von allein schlossen sich ihre Beine um seine Hüften, um nicht abzurutschen. „Dann war es die beste Schlacht meines Lebens." Er kniff sie leicht in die Hinterbacken. „Deshalb erschreckst du mich so? Ich sagte doch, wir brauchen ein Bad."

„Du hast es gewusst?" Sie trommelte mit den Fäusten auf seinen Rücken, damit er sie absetzte, aber er ließ sich nicht davon beirren, stapfte, mit ihr an seinen Körper geklebt, als wöge sie nicht mehr als eine Fliege, in Richtung des Bades. Erste Spritzer kühlten ihre Hinterbacken, als er weiter hineinstieg, fast bis in die Mitte des kleinen Bassins. Sie ahnte Böses. „Du hast das alles geplant, du verruchter Kerl! Lass mich sofort runter."

„Mit dem größten Vergnügen." Sprachs und ließ sie los. Mit einem lauten Platschen fiel sie ins Wasser.

Sie tauchte unter, strampelte, japste, der kleine Teich war tiefer, als sie erwartet hatte. Für die Dauer eines Herzschlags bekam sie Panik, weil sie nicht schwimmen konnte, aber da war sie schon wieder an der Oberfläche, gehalten von seinem starken Arm, und sie erkannte, dass das Wasser zwar tiefer als erwartet war, aber nicht tief genug, um darin zu ertrinken. Er riss sie an sich und küsste sie, das Wasser war warm und erfrischend zugleich. Sie tollten und lachten, bespritzten sich gegenseitig. Hände glitten ab an feuchter Haut, suchten, fanden, er fühlte sich so gut an, wie sie es sich vorgestellt hatte, und noch viel besser. Seine Muskeln spielten unter ihren Händen. Als er sie das nächste Mal an sich zog, fühlte sie, dass seine Lust von Neuem erwacht war, und obwohl sie sich immer noch wund anfühlte, brauchte es nicht mehr als das, nicht mehr als das Wissen, dass sie es war, die diese Reaktion aus ihm hervorlockte, und hinter ihrem Bauchnabel begann es zu glühen.

„Schon wieder?", wisperte sie gegen seine Brust, während ihre Hände seine Hinterbacken fanden. Niemals hätte sie gedacht, dass sich die Kehrseite eines Mannes so faszinierend anfühlen könnte. Die Backen waren prall und fest, mit Grübchen darin an der Seite, und sie liebte die Reaktionen, die sie ihm entlocken konnte, wenn sie mit den Fingernägeln über seine Haut fuhr, wenn sie ihn an sich zog und ihm zeigte, dass auch sie in seiner Nähe schwelgte.

„Oh ja, immer und immer wieder", bestätigte er, und zusammen glitten sie zurück ins Wasser, fanden einander, wieder und wieder, bis sie erschöpft waren und wund, gesättigt und müde.

Kaum noch Licht fiel durch das Blattwerk und die unzähligen Blüten, die im Inneren der Pergola den kostbaren Schatten spendeten, als sie endlich wieder zur Ruhe kamen. Ihr Kopf lag auf seiner Brust, ihr Körper an ihn gepresst, ein Bein über seinem Oberschenkel. Kein Streit trennte sie mehr in diesem Moment und auch nicht der Unterschied ihrer Welten. Verträumt spielten ihre Finger mit den Spitzen seiner Haare.

„Djamal?"

„Hm?" Er klang schläfrig, die Antwort nur ein Brummen tief aus seiner Brust.

„Was machen wir denn nun mit den Kleidern?"

„Lass uns einfach hierbleiben."

„Hier?"

„Ja. Wo uns niemand findet, wo wir ganz weit weg sind von meinen Ratsleuten, deinen Ingenieuren und überhaupt der ganzen Welt."

„Aber wir können doch nicht …"

„Wir können alles", beschied er ihr und schloss die Augen. Offenbar war die Diskussion beendet. Der Scheich hatte gesprochen.

Kichernd setzte sie sich auf und kniff ihn in den Bauch. „Wir würden verhungern!"

„Wir können von Luft und Liebe leben."

Gerade wollte sie zu einer weiteren Erwiderung ansetzen, da hörte sie ein Rascheln und leise Schritte auf der anderen Seite des Pavillons. Erschrocken hielt sie die Luft an. Auch er musste es gehört haben, denn er schob sie ein wenig zur Seite und richtete sich hinter ihr auf.

„Wer …"

Mit dem Zeigefinger auf ihren Lippen unterbrach er sie. „Pssst."

Angestrengt lauschten sie. Die Schritte stockten, immer wieder wurden sie von einem leisen Plätschern abgelöst, dann von einem knipsenden Geräusch. Der Abendwind trug ein gesummtes Lied zu ihnen ins Innere des Pavillons. Hazels Augen weiteten sich, plötzlich hatte sie einen Kloß im Hals. And the Water is wide. Sie kannte die Melodie, eine alte Volksweise aus ihrer Heimat, die von der Liebe erzählte und davon, wie schnell sie vergehen konnte. Schutz suchend klammerte sie sich an Djamals Rücken, fühlte sich plötzlich sehr nackt. Sanft aber bestimmt löste er ihren Griff um seine Mitte und stand auf.

„Warte hier", flüsterte er gegen ihren Mund, während er mit der Hand nach dem erstbesten Kleidungsstück griff, seinem eigenen, kostbar bestickten Kaftan, und es ihr hinhielt. „Wenn du willst, kannst du dich hiermit bedecken. Ich besorge uns neue Kleider."

Kapitel 9

Er schlang das Lendentuch um seine Hüften und stieg durch die dichten Rosenzweige an der Seite, an der der Pavillon ursprünglich einmal offen gewesen war. Nuur hatte die Rosen dort seit Jahren nicht mehr zurückgeschnitten, um eine winzige Oase der Ungestörtheit zu schaffen. Es war ihr wunderbar gelungen, fand er, aber die Rosen hatten es jetzt allzu leicht mit seiner vom Liebesspiel erhitzten Haut. Tiefe Kratzer schlugen sie ihm in Schultern und Arme, er spürte das Blut heraussickern.

Er fand seine Mutter bei der blauen Tariq-Rose. Sie streichelte die noch ungeöffneten Knospen und redete mit leiser Stimme auf sie ein. Djamal glaubte nicht, dass Pflanzen Menschenstimmen fühlen konnten, aber wenn es eine Blume gab, die als Beweis herhalten konnte, dann diese blaue Rose. Er näherte sich der Lady auf leisen Sohlen und blieb in gebührender Entfernung stehen.

„Du bist kein besonders guter Anschleicher, mein Sohn", sagte sie endlich, ohne sich zu ihm umzuwenden. Er konnte das Lächeln in den Worten hören.

„Wie gut, sonst hätte ich dich erschreckt, Lady Nuur."

„Um eine Antwort bist du jedenfalls nie verlegen." Sie richtete sich auf und wandte sich zu ihm um. Gemächlich ließ sie ihren Blick über seinen Körper gleiten, von Kopf bis Fuß. „Streich Honig darauf, dann entzünden sich die Kratzer nicht", war das Erste, was sie sagte, dann verhakte ihr Blick sich in seinem. „So, wie du aussiehst, Djamal, ist es kein Wunder, dass sie dir nicht widerstehen konnte."

Er hob die Brauen. „Woher weißt du …"

Sie lachte, ein glockenheller Ton. Man hörte sie nur noch sehr selten so befreit lachen. Es war das Lachen seiner Kindheit. „Ich weiß es natürlich nicht, Djamal, aber ich ahne es, denn was sonst würdest du in diesem Aufzug hier oben treiben? Sonnenbaden ja wohl kaum.

Und da du nie eine von deinen bisherigen Frauen hier heraufgebracht hast, wird es eine andere sein. Doch ich weiß von keiner, die dein Rat dir hat zuführen wollen."

Dann hatte sich der Plan, ihm Ameena ins Bett zu legen, noch nicht herumgesprochen. Nuur pflegte eine der Ersten zu sein, die solche Nachrichten auffing, wie auch immer sie das in ihrer Abgeschiedenheit fertigbrachte. Er hatte einen der Köche in Verdacht, aber beweisen konnte er es nicht, und es war auch nicht wichtig genug, um es genauer untersuchen zu lassen.

Mit einem verschmitzten Lächeln sah sie ihn an. „Was kann ich also für dich tun, mein Scheich? Im Augenblick machst du keine besonders herrschaftliche Figur. Das nur als Warnung."

„Wir brauchen saubere Kleider. Vor allem Hazel. Sie war noch …"

Nuur hob die Hand, um ihn zu unterbrechen. „Ich hoffe, dass sie das war, sonst hätte sich die Gesellschaft meiner Kindheit in den vergangenen Jahrzehnten sehr negativ entwickelt. Ist sie ein wohlerzogenes englisches Mädchen, Djamal? Ist sie eines Scheichs würdig?"

„Von wohlerzogenen englischen Mädchen weiß ich nichts, die Frage ist eher, ob dieser Scheich ihrer würdig ist, und wenn wir hier noch lange stehen und über sie reden, als wäre sie ein Gegenstand, wird die Nacht ganz hereinbrechen und sie in deinem Bad erfrieren, Mutter."

Wortlos betrachtete sie ihn. Prüfend. Seine Haut begann zu kribbeln und zu ziehen unter diesem Blick, der bis auf den Grund seiner Seele zu reichen schien. „Du weißt, was das bedeutet, nicht wahr?"

„Was?"

„Sie ist in deinem Harem nicht sicher. Deine Frauen und Berater werden zu viel Angst vor ihr haben. Sie kann aber auch nicht zurück, denn dort, woher sie kam, ist sie jetzt nicht mehr willkommen."

„Ich kann sie schützen. Ich werde jeden töten, der

Hand an sie legt."

„Genau das ist es, wovor deine Leute sich fürchten, und deshalb wird es längst zu spät für sie sein, wenn du erfährst, dass jemand Hand an sie gelegt hat. Sie werden keinen Fehler machen, wenn es um diese Frau geht, Djamal. Ich will sie kennenlernen."

„Ich glaube nicht, dass ..."

„Schämst du dich für mich?" Sie hob vielsagend eine Braue.

„Natürlich nicht", protestierte er und hob beide Hände. „Aber ..."

„Dann schämst du dich für sie?"

Er konnte es nicht ausstehen, wenn man ihn nicht ausreden ließ, und spürte, wie sein Blut zu kochen begann. Mit einem sanften, mütterlichen Lächeln jedoch hatte Nuur seine Gefühle sofort unter Kontrolle. „Djamal. Mein lieber, mein einziger Sohn. Du weißt, dass ich alles für dich tun würde. Dass ich für dich durchs Feuer gehen würde oder barfuß über ein Meer aus Dornen. Du bist das Einzige, was mir von deinem Vater geblieben ist. Und die Frau, in die du dich verliebt hast, braucht jeden Freund, der sich ihr bietet. Selbst wenn es eine alte, senile Frau ist, die tagsüber schläft und nachts mit Rosen redet." Mit einem leisen Lachen trat sie einen Schritt zurück. „Du willst Kleider für sie? Dann stell sie mir vor, damit ich einen Kaftan in ihrer Größe aussuchen kann und sie nicht plötzlich aussieht, als hätte jemand sie in einen Mehlsack gesteckt."

„Lady Nuur, du kannst mir nicht erzählen, dass du Hazels Größe nicht längst kennst", murmelte er, aber gehorsam drehte er sich um. Als er, mit Nuur dicht hinter ihm, zum Pavillon zurückkehrte, hatte Hazel sich irgendwie seinen dunkelblauen Umhang um den Körper gewickelt. Sie musste am Lichtschein von Nuurs sich nähernder Laterne erkennen, dass jemand kam, und drückte sich an die Rückseite des Rosenbogens, wo sie dann allerdings mit den Füßen im Wasser stand. Bis hier konnte er das Frösteln spüren, das sie ergriffen hatte. Die Nächte in der Sinai-Wüste waren kalt.

„Malak", sagte er. „Komm her." Keine Bitte. Ein Befehl. „Ich möchte, dass du jemanden kennenlernst."

„Ich brauche etwas zum Anziehen", sagte sie und blieb, wo sie war.

Er verdrehte die Augen. Er ahnte, dass er es mit ihr noch sehr oft erleben würde, dass sie sich Befehlen widersetzte. So hatten sie begonnen. Sie würde so weitermachen. „Lady Hazel Fairchild, wenn du jetzt …"

Nuur legte ihm die Hand auf die Schulter, trat an ihm vorbei und hob ihre Laterne. „Miss Fairchild? Ich weiß, dass die Dornen kratzen, wenn man aus dieser kleinen Insel des Friedens heraustritt in eine Welt aus Rosenzweigen. Aber Sie können nicht die ganze Nacht dort drinbleiben. Ich habe ein Kleid für Sie. Vielleicht sogar zwei. Sie mögen nicht mehr sehr modern sein, denn als ich sie das letzte Mal trug, war Königin Victoria noch nicht die Thronfolgerin. Aber ich möchte wetten, dass Sie sich danach sehnen, einmal wieder einen Reifrock zu tragen, nicht wahr? Sagen Sie, Miss Fairchild, stimmt es, dass in England das Wort Bein nicht in der Öffentlichkeit verwendet werden soll?"

Djamal konnte hören, wie Hazel nach Luft schnappte. Es dauerte eine Weile, bis sie sich so weit gefasst hatte, dass sie die Frage hervorstieß: „Wer sind Sie?"

Nuur lachte und senkte ihre Laterne. „Wenn Sie neugierig sind, dann kommen Sie heraus. Keine Sorge, ich halte die Rosenzweige von Ihrer delikaten Haut fern. Der Scheich wird ebenfalls dafür sorgen, dass Sie nicht zerkratzt werden. Das Jucken heilender Haut ist eine Plage, richtig?"

Völlig verstört trat Hazel durch die Rosen nach draußen. Djamal hatte das Gefühl, einer Vision zum Opfer zu fallen. Ihre Zerbrechlichkeit, das zarte Gesicht, das goldene Haar. Ihre noch immer glühende Haut, dort, wo sein Umhang aufklaffte und das Dunkelblau in starkem Kontrast zu ihrem Körper stand, strafte die Verwirrung in ihren Augen Lügen. Als Nuur die Zweige zurückgleiten ließ und die Laterne hob, um sie sehr eingehend von Kopf bis Fuß zu mustern, wich Hazel einen Schritt zurück, aber Djamal trat hinter sie und verhinderte ihre Flucht. Er legte einen Arm um ihren Leib und zog sie an sich, legte sein Gesicht in die Beuge von Hals und Schulter und atmete ihren Duft. Er hob den Kopf, sah über ihre Schulter hinweg Nuur an und erkannte das Lächeln im Gesicht seiner Mutter.

„Aus der Nähe sehen Sie noch bezaubernder aus, als wenn ich Sie von meinen Fenstern aus im Garten beobachte." Sie nickte, das Gesicht freundlich. „Ja, Lady Fairchild, ich beobachte Sie. Mit meinen Enkelkindern. Die Kinder sind mir so wichtig wie meinem Sohn, denn eines Tages werden sie es sein, was von mir bleibt. Ich lasse nicht zu, dass jemand sie angreift, aber ich lasse auch nicht zu, dass sie verwöhnt werden. Sie, Lady, arbeiten ganz hervorragend mit den kleinen Prinzessinnen und Effendis." Sie zwinkerte.

Hazels Körper versteifte sich. „Sie sind die Mutter des Scheichs?"

Nuur nickte mit hochgezogenen Brauen, ein Ausdruck von falschem Schock offen auf ihrem Gesicht. „Das ist erschütternd, nicht wahr? Sie frieren, Teuerste. Gehen wir hinein. Dunkelblau ist übrigens nicht Ihre Farbe, hat Djamal Ihnen das schon gesagt?" Vertrauensvoll legte Nuur ihren Arm um Hazels Schulter und zog sie mit einer Bestimmtheit, die nicht einmal vor dem Scheich haltmachte, aus dessen Umarmung. Djamal wollte zornig sein, fand aber nur Belustigung. Er folgte den beiden Frauen durch den Garten, der jetzt in der Dunkelheit seinen Zauber erst richtig entfaltete. „Er hat nicht von mir gesprochen, nicht wahr?"

„Nein, Lady …"

„Mein Name ist Elizabeth Whiteley, Kind. Oder war es. Ich lebe seit mehr als dreißig Jahren in diesem Land, und die Menschen hier nennen mich Nuur. Es ist mir recht, wissen Sie, es ist ein bezaubernder Name. Wer kann schon von sich behaupten, nach dem Licht benannt zu werden, das alles Leben bringt? Das macht doch viel mehr her als Elizabeth, finden Sie nicht?" Ohne ihr Plaudern zu unterbrechen, zog Nuur die vollkommen überwältigte Hazel durch den Vorhang aus Perlenschnüren, der in ihre Gemächer führte. „Sehen Sie sich nur um. Ist das nicht viel angenehmer als die steife, zeremonielle Art zu wohnen, die wir aus England gewohnt sind? Sehen Sie all die Farben, all die Pracht. Die Seide und die Düfte. Warum sollte jemand von hier jemals wieder fortwollen?" Sie zwinkerte Djamal über Hazel hinweg an, als er ihr ins Gemach folgte. „Männer sind hier eigentlich nicht erlaubt, wissen Sie, Lady Fairchild?" Sie schnalzte mit der Zunge in seine Richtung. „Aber da er erstens mein Sohn, zweitens Ihr Geliebter und drittens auch noch der Scheich ist, werde ich heute nicht so sein und ihn nicht hinauswerfen. Lassen Sie sich ansehen, meine Liebe. Sie, im Gegensatz zu mir, haben einen wundervollen Namen. Hazel. Ihr Name weckt fast ein wenig Heimweh. Aber mein Sohn nennt Sie Malak. Sie wissen, was Malak bedeutet?"

Sprachlos nickte Hazel. Djamal ließ sich auf einen der Diwane fallen und griff in die Schale mit den kandierten Früchten. Eine herrliche Schwere breitete sich in seinem Körper aus, als er die beiden Frauen miteinander beobachtete. Auf Nuurs Aufforderung hin drehte sich Hazel einmal um sich selbst. Nuur nickte anerkennend – nicht zu der jungen Frau, sondern zu ihm. Er grinste sie an.

„Ich möchte, dass Sie mir etwas versprechen, Hazel", sagte Nuur, während sie ein paar Rosenblätter aus Hazels Haaren sammelte. „Wann immer mein Sohn nicht in seinem Palast ist und Sie das Gefühl haben, dass etwas nicht stimmt, dann kommen Sie zu mir und reden mit mir. Wenn Sie sich unwohl fühlen und unsicher. Sie sprechen die Sprache der Menschen hier nicht, und auch wenn ich Sie als eine kluge und lernbegierige Frau einschätze, so dauert es doch Jahre, ehe man in dieser schweren Sprache kommunizieren kann."

Hazels Blick irrte zu Djamal. Er zwang seine Miene, ausdruckslos zu bleiben.

„Warum …"

„Versprechen Sie es mir einfach. Sie bedeuten ihm sehr viel, wissen Sie, und er bedeutet mir die Welt." Sie ging in eines der Nebenzimmer, und während sie dort nach etwas suchte, starrte Hazel Djamal an. „Warum hast du mir nicht gesagt …"

„Lady Nuur ist eine Witwe, die zurückgezogen lebt, Malak. Wann ihre Anwesenheit einem Neuankömmling bekannt wird und wann jemand erfährt, wer sie ist, das ist allein ihre Entscheidung." Er stand auf, trat zu ihr und steckte ihr eine gezuckerte Dattel zwischen die herrlichen Lippen. „Viele Menschen leben seit Jahren hier und haben Nuur noch nie zu Gesicht bekommen. Ihre Anwesenheit ist wie ein Schatten. Ihre Identität ein Geheimnis. Sie mag dich, Malak." Er küsste sie. „Du kannst ihr vertrauen."

*

Djamal stand am Fenster seines Arbeitszimmers, von dem aus er auf den Khalish und an klaren Tagen hinüber zu den Bergen des Festlandes blicken konnte. In der Hand hielt er den Brief mit der Einladung nach Kairo, den heute in den frühen Morgenstunden, während Malak noch tief in seinen Armen geschlafen hatte, ein Bote gebracht hatte. Schon in wenigen Tagen musste er aufbrechen.

Heute war kein klarer Tag. Es machte ihn nicht traurig. In seinem Herzen war eine Blumenwiese erblüht. Er grinste vor sich hin, als er merkte, wie lächerlich das klang. Gleichzeitig fühlte es sich genau so an. Er erinnerte sich daran, wie er ein Kind gewesen war und Nuur ihm Geschichten erzählt hatte von den Blumenwiesen im Süden Englands, über denen ganze Hundertschaften von Hummeln von Blüte zu Blüte summten. Bienen waren ihm ein Begriff, aber Hummeln kannte er nur aus Nuurs Geschichten und von Bildern in den Büchern, die sie in ihren Gemächern hütete wie einen Schatz. Was in seinem Herzen passierte, ließ sich nicht auf das klägliche Gesumm einer Honigbiene reduzieren. Nach allem, was er von Nuur gelernt hatte, waren dort ausgewachsene Hummeln unterwegs.

Nachdem Nuur Malak in einen neuen Kaftan eingekleidet und ihr gleichzeitig augenzwinkernd eines ihrer eigenen englischen Kleider über den Arm gehängt hatte, hatte er sein Mädchen mit nach unten genommen in sein Gemach. Sie hatte für ihn das Kleid angezogen, das an ihr ein wenig zu eng saß, weil Lady Elizabeth Whiteley in ihrer Jugend ein mageres, zerzaustes Geschöpf gewesen war, nicht zu vergleichen mit Malaks Kurven, die ihm bei der bloßen Erinnerung daran das Wasser im Mund zusammenlaufen ließen. Er hatte es ihr ebenso sorgfältig wieder ausgezogen und sie auf dem Schlaflager im innersten, privatesten seiner vielen Gemächer, das nur sehr selten eine Frau zu sehen bekam, bis zur Erschöpfung geliebt. Er musste vorsichtig sein, weil sie wund war, aber sie ließ ebenso wenig von ihm ab wie er von ihr. Es kam ihm vor, als wäre tief in ihr ein Staudamm gebrochen, eine Mauer, die die Gesellschaft, in der sie aufgewachsen war, um sie herum errichtet hatte. Er hatte diese Mauer eingerissen, und jetzt bekam sie nicht genug davon, Neues zu lernen, verstehen zu lernen, wie sie ihn berühren musste, und genießen zu lernen, wenn er sie berührte.

Ihre Neugier und die Begeisterung, mit der sie bei der Sache war, waren herzerfrischend und spornten ihn zu Leistungen an, die er an sich nicht kannte. Drei Tage lang waren sie kaum einmal aus dem Gemach gekommen, hatten darin geschwelgt, zueinander zu finden, einander kennenzulernen. Hatten gelebt von Luft und Liebe. Am liebsten würde er sofort wieder zu ihr gehen.

So schnell es ging, würde er aus Kairo zurückkehren. Drei Tage, vielleicht vier, und er vermisste sie jetzt schon. Sie würde verstehen, dass er sie für ein paar Tage verlassen musste, um das Volk der Tiyaha zu vertreten. Wenn er zurückkam, würde ihr Zusammensein umso süßer schmecken.

Das Wasser des Khalish glitzerte in der Morgensonne. Djamal hätte müde sein müssen, kein Auge hatte er zugetan, erst gegen Morgengrauen war Malak in seinem Arm eingeschlafen, und er hatte über ihr gewacht und sie betrachtet und sich gefühlt, als hätte ihm jemand einen Engel geschickt, um ihm zu zeigen, wie viel mehr in ihm steckte. Als die Zeit zum Aufstehen gekommen war, hatte er sich nur widerwillig von ihr gelöst. Sie war nicht einmal aufgewacht. Er hatte eine Sklavin zu ihr in den Raum geschickt, als es für ihn Zeit war, an die Arbeit zu gehen, damit sie nicht allein war, wenn sie aufwachte, aber auch nicht in Gesellschaft einer seiner Konkubinen sein musste.

Eifersucht war ein Gefühl, das in seinem Leben keinen Platz gehabt hatte. Die Frauen an seiner Seite waren bedingungslos treu, weil sie sonst Gefahr liefen, den Kopf zu verlieren, und auch untereinander waren sie selten eifersüchtig, weil sie alle dieselbe Stellung in seinem Leben bekleideten. So war er erzogen worden, und die Frauen auch. Mit Hazel wurde alles anders. Sie kannte diese Art des Zusammenlebens nicht. Sie würde ihm die Augen auskratzen, vermutete er, wenn er sich zu einer anderen legte, während er behauptete, sie zu wollen. Ihm, und der anderen auch. Nicht, dass er das Bedürfnis nach einer anderen hatte. Hazel gab ihm alles, was er suchte, und so viel mehr. So sehr, wie er sie für sich haben wollte, so sehr wärmte es ihm das Herz, dass auch sie ihn ganz beanspruchte.

Es klopfte. Er wandte sich zur Tür. Jamil, den Kopf tief gesenkt, trat ein, hinter ihm zwei staubbedeckte Reiter, die er als Krieger aus Jamils Clan erkannte. „Großer Neffe", nuschelte der Oheim.

„Richte dich auf, wenn du mit mir reden willst, Jamil, damit ich dich auch verstehe", sagte Djamal. Nichts konnte ihn an diesem wunderschönen Morgen ärgern.

„Diese Reiter sind soeben von der Ostgrenze zurück, Großer Neffe", sagte Jamil, ohne ihm gerade in die Augen zu sehen. „Der Rat hat beschlossen, das Mädchen herzubringen, damit du sie persönlich in Augenschein nehmen kannst."

Er hatte sich geirrt. Sie konnten ihn ärgern. Und sie taten es. „Welches Mädchen?", fragte er, obwohl er es genau wusste.

„Die Lady Ameena, deine Cousine aus Azads Blut, Djamal. Wir haben darüber gesprochen."

„Das ist erst wenige Tage her." Innerlich kochte er. Er hatte ihnen gesagt, dass er darüber nachdenken würde. Er hatte niemandem befohlen, diese Frau hierher zu bringen. „Ihr habt euch sehr beeilt, nicht wahr?"

„Sie ist eine Prinzessin von deinem eigenen Blut, Neffe", beharrte Jamil, der ihn jetzt endlich auch ansehen konnte. Jetzt, wo es heraus war und er seinen Kopf trotzdem noch hatte. „Sie ist das schönste Mädchen von der Ostgrenze, und du brauchst das Wohlwollen der Krieger aus Azads Clan, wenn du nicht willst, dass sie sich gegen dich erheben."

„Gegen mich erheben? Die Krieger von Azads Clan haben keine Waffen mehr. Sie sind Wüstenschakale, denen jemand Krallen und Zähne gezogen hat. Sie sind

Sklaven. Ich hatte dir gesagt, ich werde darüber nachdenken." Das Einzige, an was er denken konnte, war Malak. Ihre khalishblauen Augen, die ihn fassungslos anstarren würden, wenn sie begriff, dass eine neue Prinzessin im Harem einzog. „Du wolltest nicht, dass ich sie in Augenschein nehmen kann, Jamil", knurrte er böse. „Ich kenne die Prinzessin Ameena und alle ihre Vorzüge. Du wolltest, dass ich sie heiraten muss, weil ich sie nicht von hier fortschicken kann, ohne dass sie ihr Gesicht verliert. Das ist es, was du gewollt hast, deshalb hast du dich so beeilt."

„Großer Neffe …"

„Mein Gebieter." Eine Stimme wie ein Vögelchen, das in einer Oase Nektar aus Pfirsichblüten trank. Sie trat anmutig zwischen den beiden Kriegern hindurch und auf ihn zu. Sie reichte ihm nur knapp bis zur Schulter, der Seidenkaftan umschmeichelte eine zarte Gestalt, Füße, die nicht gingen, sondern schwebten. Ein herzförmiges Gesicht, umrahmt von der nachtblauen Kapuze des Kaftans, unter der lockiges dunkelbraunes Haar hervorquoll. Kaffeebraune Augen und volle rote Lippen. Er war sicher, dass sie bei ihrer Haut mit Kalkwasser nachhalf, um die Farbe aufzuhellen. Sie war Perfektion, und er wollte sie nicht. Sie fiel vor ihm auf die Knie. Als sie sicher war, dass er sie lange genug angesehen hatte, senkte sie demütig den Kopf.

„Ich bin nicht dein Gebieter", sagte er und bemühte sich dabei nicht, seinen Unwillen über ihre Anwesenheit zu verbergen. Er trat hinter seinen Schreibtisch. „Jamil. Lass Kifah herbringen. Sie soll Lady Ameena begleiten. Lady Ameena, der Hammam ist gerichtet, du wirst dich von den Strapazen der Reise erholen und den Schmutz abwaschen wollen. Ich werde dich zu mir bringen lassen, wenn ich entschieden habe, was ich mit dir machen werde."

Er war froh, dass Hazel erschöpft und glücklich in seinem Gemach schlief und auch später, wenn sie aufwachte, nicht versucht sein würde, in den Hammam zu gehen und den anderen zu begegnen. Er würde mit ihr in Nuurs Rosengarten baden gehen. Er würde Ameena verstecken und zu Hazel gehen, um bei ihr zu sein. Um mit ihr zu schlafen und alles zu tun, um zu verhindern, dass sie Ameenas Anwesenheit bemerkte. Zumindest so lange, bis er von den Empfängen in Kairo zurückkehrte und ihr in aller Ruhe versichern konnte, dass Ameena und die Rolle, die die Cousine, wenn es nach seinem Rat ging, für ihn spielen sollte, ihm egal waren. Das Letzte, was er vor seiner Abreise wollte, war, dass Hazel, so kurz, nachdem er sie zu seiner Frau gemacht hatte, begriff, dass eine neue Prinzessin im Harem lebte und warum. Sie würde es ihm niemals verzeihen, und er wollte es ihr nicht erklären. Zumindest jetzt noch nicht. Nicht, wenn er wusste, dass Tage vergehen würden, bevor sie sich wieder versöhnen konnten.

*

Noch während die Kinder die letzten Zeilen des Gedichts aufsagten, das sie heute mit ihnen gelernt hatte, sah Hazel Djamal unter den Baldachin treten, um sie abzuholen. So war es dieser Tage immer. Tagsüber gingen sie ihren Verrichtungen nach, ein jeder für sich. Doch sobald nachmittags die Sonne begann sich zu senken, holte er sie ab und es gab nur noch sie beide. Mit jedem Tag begann ihre Vorfreude auf diese ganz besondere Stunde mehr zu wachsen. Sie musste sich zwingen, die Kinder nicht überstürzt zu verabschieden, sie daran zu erinnern, welche Aufgaben sie von ihnen erwartete, bis sie sich am nächsten Vormittag erneut zum Unterricht trafen, und dann auf eine höfliche Verabschiedung zu bestehen, bevor sie sie entließ. Es waren bezaubernde Kinder, klug und lernwillig, aber sie waren wie alle Kinder überall auf der Welt: Der schönste Augenblick des Schultages war sein Ende, wenn das Spielen beginnen konnte. Kaum war der Abschiedsgruß ausgesprochen, stürmten sie aus den Bänken. Dem ein oder anderen strich Djamal im Vorübereilen über die Stirn. Erst als die Rasselbande endlich verschwunden war, faltete sie die Hände hinter ihrem Rücken und schlenderte auf ihn zu. Er rührte sich nicht, stand an den Pfosten des Baldachins gelehnt, die Arme vor der Brust verschränkt, die Beine an den Fußknöcheln übereinandergeschlagen. Hier, in seinem privaten Garten, war er selten mit dem bodenlangen Kaftan oder gar einem seiner reich verzierten Mäntel aus dunkler Wolle bekleidet, in denen er Besucher zu empfangen pflegte. Meistens trug er ein weit geschnittenes, am Kragen offen stehendes Hemd und geraffte Reithosen, in denen er sich wohler fühlte. Ihr Herz wollte übergehen bei diesem Anblick. Sogar seine Waden waren schön. Beim allmächtigen Herrn, sie wusste, dass solche Gedanken sich nicht schickten für eine Lady, aber wenn sie ihn so sah, konnte sie es kaum erwarten, allein mit ihm zu sein und in der Pracht zu schwelgen, die sich unter all der kostbaren Seide befand. Der Geist eines Lächelns zuckte um seinen Mundwinkel, während sie näher kam. Auch er schien sie mit den Augen zu verschlingen. Direkt vor ihm blieb sie stehen.

„Du siehst grimmig aus, mein Scheich. War das Regieren heute so anstrengend?" Noch ein wenig näher trat sie, bis ihre Brüste sich gegen seine nackte Haut pressten. Genau dort, wo sein Hemd weit offen stand. Sie stellte sich auf die Zehenspitzen und küsste ihn auf die Nase. „Wenn du so weitermachst, könnte es sein, dass dieser Gesichtsausdruck bleibt, weißt du?" Sie legte einen Finger auf die Furche, die Sorgen oder Kopfschmerz zwischen seine Augenbrauen gegraben hatte. „Wäre es nicht eine Schande, wenn dein schönes Gesicht fortan immer auf diese Weise verunstaltet ist?"

Er griff nach ihrem Handgelenk und zog ihre Hand von

seinem Gesicht, drehte sie stattdessen auf ihren Rücken, um jede Gegenwehr im Keim zu ersticken und sie noch näher an sich heranziehen zu können. Erst dann, Körper an Körper von den Schenkeln bis zur Brust, senkte er sein Gesicht zu ihrem, küsste sie auf die Lippen. Das waren die Augenblicke, wenn sie die Fügung des Schicksals dankend zur Kenntnis nahm, die dem Scheich Djamal zwar einen wunderbar festen und muskulösen Körper gegeben hatte, aber keinen, der sie um mehr als eine Handbreit überragte. Sie liebte es, ihm in die Augen zu sehen, sie liebte es, dass weder sie sich auf die Zehenspitzen stellen, noch er sich herunterbeugen musste, damit sie einander küssen konnten. Sie waren perfekt füreinander. Er nahm sich Zeit mit dem Kuss, drängte nicht, zog ihn in die Länge. Als er endlich von ihren Lippen abließ, war sie atemlos und ein wenig zittrig. Die Furche zwischen seinen Brauen war geblieben.

„Solche Sorgen?", fragte sie leise und vergrub die Stirn an seiner Brust.

„Ich vermisse dich."

Sie musste lachen. „Ich bin doch da. Du kannst mich gar nicht vermissen."

Er schob sie ein wenig von sich, legte den Arm um ihre Mitte und zog sie weg von der Nähe des Klassenzimmers, weiter in den Schatten des Säulengangs.

„Ich werde morgen nach Kairo aufbrechen, Malak. Der Pascha lädt zu einem Fest anlässlich der Flutung des Timsah-Sees. Wie du weißt, ist damit der erste Etappensieg bei der Erbauung des Kanals erreicht."

In ihrem Hals schwoll ein Knoten, aber sie schluckte ihn weg. Er war ein Mann, der Scheich der Tiyaha, natürlich hatte er auch Dinge außerhalb des Serails zu erledigen. Nicht jede Verpflichtung konnte von Ratsmännern übernommen werden. „Wie lange wirst du weg sein?" Eigentlich wollte sie etwas ganz anderes sagen. Sie wollte, dass er sie mitnahm nach Kairo. Wie gern würde sie ihren

Vater wiedersehen, und sei es durch den Stoff eines ver-
hüllenden Schleiers. Sie hatte die Flutung versäumt, auf
die sie so hingefiebert hatte, weil sie hier war, in Zenima.
Sie wollte dabei sein, wenn die Männer, die das geschafft
hatten, Ehre erfuhren. Aber wäre Djamal schon bereit,
ihr zu vertrauen, dass sie mit ihm zurückkehren würde?
Würde sie denn zurückkommen wollen in die Wüste,
fernab von allem, was ihr vertraut war, nur seinetwegen?
Einem Mann, den sie zu jeder Zeit mit neun anderen
Frauen teilen musste?

„Ich weiß es nicht", gab er zu und hob entschuldigend
die Schultern. In seinem Körper lag eine Anspannung, als
wüchse in seiner Brust ein bösartiges Geschwür, und nur
schiere Willenskraft hielte es davor zurück, zu bersten.
„Die Feierlichkeiten werden über vier Tage gehen, und
der Weg braucht auch seine Zeit, Malak." Er blieb stehen,
ließ sie los und wandte sich ganz zu ihr um, damit er ihr
in die Augen sehen konnte. „Es werden auch Vertreter
der Compagnie anwesend sein, die einen Überblick über
den Verlauf der bisherigen Bauarbeiten geben. Ich werde
kein Wort verstehen und mich schrecklich langweilen,
und mein Herz wird die ganze Zeit in Zenima sein, an
deiner Seite."

Das Schlucken half nicht mehr, um den Knoten in ihrem Hals zu bändigen. Er schwoll an, legte sich schwer
auf ihre Brust. Seine Liebesbeteuerung hatte sie kaum
noch gehört, zu schmerzhaft war das, was er zuvor gesagt
hatte. Vertreter der Compagnie. De Lesseps, der französische Finanzier des Baus, würde da sein, der Mann, der ihr
so lange ein Idol gewesen war mit seiner visionären Ar-
beitsweise und vielleicht, vielleicht war da auch der ein
oder andere Chefingenieur aus England. Papa.

„Lass mich mitkommen." Die Bitte war aus ihrem
Mund, noch bevor sie Zeit gehabt hatte, darüber nachzudenken. „Ich werde mich verschleiern. Ich werde im Hintergrund bleiben." Sie wusste, dass es nicht leicht werden

würde, ihn zu überzeugen. Aber sie musste es versuchen. Zu verlockend war die Aussicht auf intelligente Gespräche, auf einen Austausch mit Erwachsenen, die ihre Sprache sprachen, auf einen Blick in vertraute Gesichter. Zu heftig die Sehnsucht, die in ihr aufriss, als sie sich vorstellte, dass Djamal dem Ingenieur Fairchild begegnen mochte auf diesem Empfang. „Djamal, ich verspreche dir, dass ich nichts mache, was deine Stellung torpediert, aber ich flehe dich an, nimm mich mit."

„Nein." Die Furche zwischen seinen Brauen vertiefte sich, seine Lippen nur mehr ein schmaler Strich. „Dein Platz ist hier. Bei meinen anderen Sklavinnen und Frauen."

Wut explodierte in ihrem Bauch. Der Knoten löste sich auf und zurück blieb nur gleißender Zorn. Sie wollte ihn nicht verlassen, aber er verstand ihre Sehnsucht nicht. Immer nur ging es darum, wie er die Welt sah, nie ging es um sie. Der Schmerz war überwältigend.

„Du kannst mich nicht für immer hier einsperren!" Jetzt schrie sie. So laut, dass sich die Frauen zu ihnen umsahen, die noch im Garten waren. Selbst ein vorübereilender Diener hielt inne, um sie mit schockgeweiteten Augen anzusehen.

Ein Blick aus den zu Eis gefrorenen Augen Djamals reichte, und der Sklave trollte sich. Sie selbst konnte sich nicht mehr im Zaum halten. „Du willst, dass ich die deine bin, Djamal? Ich verrate dir etwas. Ein Herz ist nur etwas wert, wenn es verschenkt wird, nicht gestohlen. Du kannst mich zwingen, hierzubleiben, aber du kannst mich nicht zwingen, einen Mann zu lieben, für den ich nicht mehr wert bin als ein Stück Holz. Ich will kein Eigentum sein, Djamal, ich will eine Geliebte sein. Deine Geliebte, aber du lässt mich nicht. Irgendwo da draußen sind Menschen, die mich lieben. Wie eine der ihren, nicht wie einen Besitz. Und es wird der Tag kommen, an dem sie mich hier finden. Du wirst es nicht verhindern können, ganz gleich, wie viele Umhänge und Masken du über mich stülpst. Und weißt du was?" In ihr flüsterte eine Stimme, dass sie aufhören sollte, dass sie im Begriff war zu lügen, und dass eine Lüge niemals die richtige Wahl war. Aber die Verletzung über das, was er gesagt hatte, schrie viel lauter, und sie konnte nicht auf die leise Stimme ihres Herzens hören, sondern nur auf die Wut, die sie kopflos machte. „Ich werde ihnen mit wehenden Röcken folgen. Denn dort draußen, da gibt es mehr Orte, als dir lieb sein können, an denen ich ein Mensch sein darf und nicht nur dein Spielzeug!"

Sie sah das Zucken in seinem Kiefer, doch sie achtete nicht darauf. Sie hatte gesagt, was zu sagen war. Nein, das stimmte nicht, sie hatte viel mehr gesagt, als sie eigentlich hatte sagen wollen. Doch es war egal. In diesem Moment war es egal, und sie raffte ihren Kaftan, drehte sich um und stürmte davon.

„Malak!" Er rief hinter ihr her, doch sie verschloss ihre Ohren. Niemals mehr wollte sie den Namen hören, den sie aus seinem Mund zu lieben gelernt hatte.

Sie kam nicht weit bei ihrer Flucht. Kaum drei Atemzüge später hatte er sie eingeholt, riss sie am Oberarm zu sich herum. Das bösartige Geschwür in seiner Brust war geplatzt. Sie sah es an dem Mahlen seines Kiefers, an der Wut, die auch durch seine Muskeln zitterte. Aber sie wollte die Augen davor verschließen, dass dies ihre Schuld war. Im Gegensatz zu seiner Körpersprache, die brüllte und zürnte, war seine Stimme leise und ruhig, als er begann zu sprechen. Gefährlich ruhig.

„Ich müsste dir die Zunge abschneiden für deine Respektlosigkeit, Hazel Fairchild." Seine Stimme war nur ein gefährliches Zischen, und plötzlich bekam sie es mit der Angst zu tun. „Der halbe Hof hat dich gehört und gesehen, und dieses Volk hat Gesetze. Ist es das, was du willst? Willst du mich mit aller Macht zwingen, etwas zu tun, was uns beide unglücklich macht? Wenn nicht, dann rate ich dir, dich auf der Stelle zu entschuldigen. Kriech vor mir und küsse meine Füße, und vielleicht hat dein Gebieter die Güte, dich zu verschonen."

Impulskontrolle und Besonnenheit. Nicht nur in seiner Welt, auch in der ihren waren dies zwei Eigenschaften, die einer Dame gut zu Gesicht standen. Hier wie dort war sie nie gut darin gewesen, eine Dame zu sein. Statt auf seine Worte zu hören und auf das, was er ihr zwischen den Zeilen sagte, auf den Ausweg, den er ihr bot, sie beide davor zu bewahren, etwas zu tun, was auf immer zwischen ihnen stehen würde, gewann ihre Wut.

„Nicht mal in deinen Träumen", zischte sie und entriss ihm ihren Arm.

Seine harte, unnachgiebige Hand packte sie im Nacken. Feuer verätzte ihre Haut, Tränen schossen ihr in die Augen. Er schleuderte sie mit einer knappen Drehung seines Handgelenks auf die Knie. Mit genug Schwung, dass sie vornüberkippte und sich mit den Unterarmen auffangen musste, sodass sie im nächsten Moment kauernd vor ihm kniete. Wut, Demütigung und Scham über seine Zurechtweisung fühlten sich schlimmer an als der Schmerz, mit dem ihre Knie auf den Steinboden des Säulengangs krachten. Das Letzte, was sie für eine lange Zeit von ihm sah, war, wie er sich abwandte und fortging.

Kapitel 10

Djamal stand am Fenster und blickte hinaus in die Dunkelheit. Lichtstreifen, unterbrochen von den Schatten der Sprossen, die das Fensterglas teilten, fielen in die Nacht. Über die perfekt geschnittenen englischen Hecken, die den Garten des Paschas zu einem Abbild der Gärten der Herrscher in London und Paris machten, ging der Blick hinunter zum Nil, jetzt nur noch erkennbar durch das gelegentliche Aufflackern und Spiegeln der Lichter eines Fischerbootes.

Es ging auf Mitternacht zu. Hinter ihm tanzten unter gewaltigen Kronleuchtern die Gäste des Paschas. Damen in Roben so ausladend, dass man mit der Menge an Stoff bei ihm zu Hause fünf Frauen hätte einkleiden können, lachten zu laut und zu schrill. Irgendwo zerbrach klirrend ein Weinglas, und ein Diener wurde ausgescholten. Djamal musste sich nicht umwenden, um zu wissen, dass der Diener nur ein Sündenbock für den Fehler eines Gastes war. Er beneidete Jamil und die anderen, die ihn auf dem Ritt begleitet hatten, dass sie nicht verpflichtet waren, dem Fest beizuwohnen. Alle sieben Männer hatten von ihrem Recht, fernzubleiben, Gebrauch gemacht. Djamal hatte nicht darauf bestanden, dass auch nur einer von ihnen mitkam, es war selbst für ihn hart genug, dabei hatte er zumindest ein wenig Übung aus seiner Zeit in Alexandria. Er hoffte, dass Jamil draußen bei den ägyptischen Kanalarbeitern oder zur Not auch bei den levantinischen Huren in Erfahrung bringen konnte, wen man hier für Hazel Fairchilds Entführung verantwortlich machte. Ob sie überhaupt noch nach ihr suchten. Immerhin lag ihre Entführung mittlerweile Wochen zurück, und es konnte kein Lebenszeichen gegeben haben.

Um sich besser unter die anwesenden Herren zu mischen, trug er englische Hosen aus schwarz gefärbter Wolle und auf Hochglanz polierte Lederstiefel. Die Hosen, das weiße Rüschenhemd und auch die knielange Jacke, die er darüber trug, waren im Serail unter Anleitung von Nuur und Harib angefertigt worden. Selbst Djamal, der von Mode keine Ahnung hatte, konnte erkennen, dass der Schnitt nicht dem entsprach, was zurzeit getragen wurde, aber wenigstens war die Jacke aus tiefrotem Seidenbrokat angefertigt und wurde von den Damen der Gesellschaft mit anerkennenden Blicken gewürdigt. Die Tatsache, dass er, statt einen dieser lächerlichen modischen Hüte zwischen den Fingern zu drehen, eine einfache schwarz-weiß karierte Keffiyeh trug, wies ihn als den Anführer eines der Wüstenvölker in Said Paschas Reich aus, und dieser Umstand verzieh sicher die Fehlgriffe in Sachen Kleidung.

Er überlegte, ob es weise gewesen wäre, Hazel bei der Gestaltung seiner Kleider hinzuzuziehen. Die Erinnerung an den Aufzug, mit dem sie bei ihm im Serail aufgetaucht war, brachte ihm ein vages Lächeln im Mundwinkel ein. Er wandte den Kopf, musterte zwei jüngere Damen in unmittelbarer Nähe und fragte sich, ob sie unter den voluminösen Stoffbergen auch solch bezaubernde Unterkleider aus weißer Spitze trugen. Hazel. Malak. Dies hier war ihre Welt. Sie würde sich inmitten dieser Leute mit atemberaubender Sicherheit bewegen, würde Konversation betreiben auf Englisch und auf Französisch, wohingegen er das Gefühl hatte, seine Zunge wäre am Gaumen festgeklebt. Hazel würde tanzen, nach diesen in seinen Ohren seltsam klingenden Rhythmen, die die jungen Frauen neben ihm dazu brachten, auf ihren Fersen zu schaukeln. Würde sie darauf bestehen, es ihm beizubringen? Würde er sich noch mehr zum Laffen machen, als er es ohnehin tat?

Ein Diener hielt ihm ein Tablett vors Gesicht, auf dem gut gefüllte Weingläser standen. Zum zwölften Mal an diesem Abend winkte er ab, froh, daran gewöhnt zu sein, bis zu drei Tage lang gar nichts zu trinken. Nur die wenigsten der anwesenden arabischen Edelleute sprachen dem Wein zu. Vermutlich hätte es aber die Europäer affrontiert, wenn Said Pascha auch Milch anbieten ließe. Djamal wandte sich wieder dem Fenster zu, den Lichtern über dem Nil und seinem eigenen Heimweh.

Den ganzen Tag lang, bis zum Beginn des Festes, war er durch diesen eindrucksvollen Garten gegangen, dessen Rasen gepflegt war und nicht betreten werden durfte. Seinen Garten in Zenima fand er schöner, weil kleine Kinder durch das Gras kugelten. Auch hier blühte Jasmin und verströmte seinen einzigartigen Duft, aber die Rosen, die sich an der Wand des Palastes hinaufrankten, besaßen kein Aroma.

Hazels Welt. Nicht seine. Sie musste Heimweh haben. Und er hielt sie gefangen. Er war ein Egoist. Er wollte sie, und der einzige Weg, sie zu behalten, war, sie wie eine Sklavin zu behandeln. Sie einzusperren. Sie konnte niemals aus Abu Zenima fliehen. Auch sie wusste, dass die Wüste sie töten würde. Das waren die Ketten, mit denen er sie hielt.

„Eure Hoheit, Scheich Djamal ibn-Tariq."

Er wandte sich um, überrascht, von jemandem angesprochen zu werden. Und nicht von irgendjemandem. Er sah hinunter auf die untersetzte, gebeugte Gestalt von Muhammad Said Pascha. Der Wali, den die Fremden einen Vizekönig nannten und der sich selbst gern als Khedive betiteln ließ, war gerade erst vierzig Jahre alt. Dennoch war bereits eine neue Stadt an der Mittelmeerküste nach ihm benannt worden, und er sah aus wie ein alter Mann. Djamal vermutete, dass Said krank war, aber weil der Herrscher, der nur ein Untertan des Sultans war, um seine Stellung fürchtete, bewahrten er und seine Umgebung Stillschweigen über das, was ihm fehlte.

„Monsieur de Lesseps, ich möchte Ihnen gern einen meiner engen Verbündeten vorstellen", erklärte der Wali, an den fassleibigen Franzosen mit dem sandgelben, üppig wuchernden Oberlippenbart gewandt, der neben ihm stand. Der Franzose deutete ein Nicken an und nuschelte etwas in einer Sprache, die vermutlich Arabisch sein sollte. Djamal wehrte sich nicht gegen das Zucken seiner Mundwinkel und bekam endlich seine eigene Zunge vom Gaumen los. Es war befreiend zu erkennen, dass es anderen noch viel schlimmer erging als ihm selbst.

„Arabisch ist keine leichte Sprache, wenn man nicht von Kindesbeinen an damit aufgewachsen ist, Monsieur", sagte er freundlich auf Französisch. „Ich fühle mich geehrt, dem Mann die Hand zu schütteln, der das Wagnis eingeht, unsere Wüste schiffbar zu machen."

Said Pascha tätschelte ihm die Schulter. „Scheich Djamal dürfen Sie nie unterschätzen, Ferdinand", sagte er lachend. „Er mag nicht viel älter sein als einer Ihrer Studenten am Bau, aber er ist der Anführer der Stämme von der Sinai-Halbinsel."

De Lesseps hob die Brauen und nickte anerkennend. „Sie, Monsieur, sind der jüngste Scheich, der mir jemals zu Gesicht gekommen ist."

Djamal fand es befremdlich, sich als Monsieur anreden zu lassen, beschloss aber, nicht darauf einzugehen. Im Handumdrehen war es mit seiner selbst auferlegten Einsamkeit inmitten all dieser Menschen vorbei und er befand sich im Gespräch mit Männern aus Saids Regierung, mit französischen Bankiers und englischen Ingenieuren. Es war nicht einfach, mitzuhalten. Oft verlor er den Anschluss an ein Gespräch und konnte nur hoffen, dass das Lächeln, mit dem er Aufmerksamkeit vorzugaukeln suchte, nicht ausgesprochen debil wirkte.

„… es werden demnächst acht Wochen", hörte er jemanden neben sich sagen. Eine sehr ruhige, gefasste und leise Stimme. Er drehte den Kopf. Einer der Engländer, denen er bereits die Hand geschüttelt hatte, unterhielt sich mit einem grauhaarigen Mann, der von Kopf bis Fuß elegant in Schwarz gekleidet war und einen Hut statt eines Weinglases in den Händen drehte. Neben ihm stand ein Soldat, kamelfarbene eng anliegende Hosen, grüne Jacke mit blinkenden Messingknöpfen. Das dunkelblonde Haar sehr kurz geschnitten, die Augen hellgrün und stechend, Sommersprossen im fast kreisrunden Gesicht.

Der, den Djamal bereits kannte, aber dessen Namen er längst vergessen hatte, bemerkte ihn und streckte die Hand aus. „Das ist Scheich Djamal", stellte er ihn dem anderen vor. „Monsieur de Lesseps sagte, er sei der Anführer der Völker der Sinai. Der Herr spricht ein annehmbares Englisch." Er lächelte entschuldigend. „Verzeihen Sie, Hoheit. Ihr Englisch schlägt mein nichtexistentes Arabisch natürlich um Längen, Sir. Lord Fairchild, Sie sollten die Bekanntschaft des Scheichs machen, vielleicht kann er sich bei seinen Untertanen umhören …"

Den Rest bekam Djamal nicht mit. In seinen Ohren rauschte das Blut. Er konnte fühlen, wie der englische Ingenieur ihm die Hand schüttelte, aber er hörte dessen Worte nicht. Nur langsam kehrte wieder Klarheit in seinem Kopf ein. Zum Glück verhinderte der Bronzeton seiner Haut, dass diese Männer in all ihrer Oberflächlichkeit sehen würden, wie ihm das Blut aus dem Kopf zum Herzen zurückgesackt war.

„… bei einem Überfall entführt worden", beendete der Namenlose seinen Satz. Djamal schluckte und wagte ein unverbindliches Lächeln.

„Wenn ich diese Kerle in die Finger kriege!", knurrte der Soldat und schüttete sich den Inhalt seines Weinglases in die Kehle.

„Zügeln Sie sich, Clarence", ermahnte Fairchild ihn. „Sie leiden unter Hazels Schicksal ebenso wie ich, aber sehen Sie, dass ich mich betrinke? Es hilft niemandem, Drohungen auszusprechen, die ins Leere laufen."

Der Soldat Clarence stellte sein leeres Glas mit Nachdruck auf das Tablett eines Dieners, aber statt sich ein neues zu nehmen, trat er ein wenig näher an Djamal heran, als es schicklich gewesen wäre. „Sie sind Beduine, nicht wahr?"

Er nickte, aber wich nicht. Der Namenlose schnappte nach Luft und zischte etwas, das Djamal nicht verstehen konnte, aber der Inhalt der Worte war klar, denn Clarence trat ein wenig zurück, ohne ihn jedoch aus den Augen zu lassen. „Die Überlebenden sagten einhellig, dass die Schurken aus der Sinai gekommen sind. Beduinische Reiter."

„In der Sinai leben mehr Beduinenvölker, als Sie sich vorstellen können, Sir", sagte Djamal kühl. „Für Sie mag es nur eine leblose Wüste sein. Doch sie ernährt viele Tausend Menschen." Er beschloss, sich an den Vater zu halten, dessen stoische Ruhe seinem eigenen Temperament zuträglicher war. „Es gab einen Überfall beduinischer Reiter auf Ihr Camp, Lord Fairchild?"

Der blasse Mann nickte betrübt. „Es gab einen Toten, ein guter Freund von mir. Und meine Tochter ist seither vermisst. Diese Wilden haben mein Kind entführt. Vermutlich haben sie sie irgendwo im Wüstensand verscharrt, und ich werde sie niemals finden. Scheich Ismail von den Hamadin, denen das Land gehört, auf dem wir bauen, hat berichtet, dass der Clan, der für den Überfall verantwortlich gemacht wird, zerschlagen wurde. Doch von meinem Kind gibt es keine Spur."

„Sie kamen von Osten", mischte sich der Soldat erneut ein. „Aus Ihrem Land, Scheich Djamal. Sie wissen nichts darüber?"

Ehe er sich eine Antwort überlegt hatte, lagen die zittrigen Finger des Alten auf seinem Unterarm. „Sie sind der Häuptling über diese Stämme, nicht wahr?"

„Scheich", berichtigte er. Er wusste nicht einmal, was ein Häuptling sein sollte. Vielleicht würde er Hazel fragen.

„Versprechen Sie mir, dass Sie die Männer Ihres Volkes zum Reden bringen, Scheich? Selbst wenn mein Kind wahrscheinlich längst tot ist, würde ich sie dennoch gern finden und nach Hause bringen, nach England, um sie in dem Land ihrer Jugend zu begraben."

Noch während Fairchild sprach, atmete Djamal tief durch. „Es überrascht mich, Lord Fairchild, dass Sie Ihre Tochter in dieses Land mitgebracht haben, und nicht nur das. Anstatt sie in der Sicherheit von Kairo oder Alexandria leben zu lassen, nehmen Sie sie mit in die Wüste, an einen Ort, an dem sie die einzige Frau ist?"

Der Soldat Clarence runzelte böswillig die Stirn. „Was Lord Fairchild seiner Tochter zutraut oder nicht, geht den Anführer einer Horde Wilder nichts an. Sie übertreten Grenzen, Scheich Djamal."

Der Namenlose schnaufte erneut entsetzt auf. Diese Reaktion half Djamal dabei, sich selbst unter Kontrolle zu halten. Offenbar war der Soldat Clarence eine ignorante Ausnahme, der nicht verstanden hatte und nicht verstehen wollte, was ein Scheich war.

„Meine liebe Hazel hat sich ihr Leben lang nicht einsperren lassen", seufzte Fairchild und griff nun doch nach einem Glas Wein. „Sie fehlt mir sehr. So ein dickköpfiges, kluges Kind, wissen Sie? Wenn sie sich etwas in ihren hübschen Kopf gesetzt hat, hat sie es auch getan. Ein sehr belesenes, gebildetes Wesen, doch die Schulbank zu drücken hat ihr nie gereicht. Sie wollte anfassen, wollte selbst erleben, was man mit all den Zahlen anfangen kann." Noch ein Seufzer und ein großer Schluck Wein. „Im Grunde bin ich froh, dass sie wenigstens dieses Land gesehen hat. Sie hätte es mir nie verziehen, wenn sie in London unter die Räder einer Kutsche gekommen wäre, ohne jemals in Ägypten gewesen zu sein. Es war mein Fehler, Scheich Djamal. Ich war bereits zweimal mit Monsieur de Lesseps hier, um mir den Ort des Kanals, den er im Kopf längst konstruiert hatte, anzusehen, und ich habe meiner kleinen Hazel von der Wüste und den edlen Arabern vorgeschwärmt. Es konnte ja nicht ausbleiben, dass …"

Sie hat sich ihr Leben lang nicht einsperren lassen. Djamal fühlte Übelkeit in sich aufsteigen. Bis zu diesem Moment hatte er nicht gewusst, wie brutal es sich für sie anfühlen musste. Dann blickte er auf den alten Mann, aber vor allem auf den ballgesichtigen Clarence, ihren Verlobten, und der Gedanke, sie hergeben zu müssen, war noch schlimmer als das Bewusstsein darüber, was er ihr antat. Wenn sie zurückkehrte, entehrt, würde ihr Vater ihr vergeben? Würde der Soldat sie überhaupt noch wollen? Wollte er, dass der Soldat sie noch wollte? Im Leben nicht. Niemals würde er ertragen, dass ein anderer sie bekam. Sie gehörte ihm. Er hatte sie gewollt. Er hatte auf sie gewartet und um sie gekämpft. Allein der Gedanke daran, wie ein anderer sie berührte, ließ sein Blut kochen.

Er spürte, wie der Boden unter ihm ins Rutschen geriet, so, als stünde er auf einer Sanddüne, unter der sich ein Wasserlauf gebildet hatte und den Sand wegschwemmte. Er verabschiedete sich von Lord Fairchild mit dem Versprechen, in seine Untertanen zu dringen und auch bei den anderen Beduinenvölkern der Sinai Nachforschungen anzustellen, und sah zu, dass er aus dem Saal verschwand. Er brauchte dringend Luft zum Atmen.

Im perfekt gepflegten Garten des Paschas legte er den Kopf in den Nacken, sog die kalte Nachtluft ein und starrte in den Sternenhimmel. Hinter seinen Augen brannte es, so sehr sehnte er sich nach Malak, deren Hingabe er damit belohnte, ihr das Wertvollste zu nehmen, was sie besaß. Ihre Freiheit.

Noch bevor die Sonne aufging, befand er sich mit seinen Leuten auf dem Rückweg nach Abu Zenima.

*

„Es liegt an der Tinte", sagte Nuur, den Kopf tief über ihre Rosen gebeugt, mehr zu sich selbst.

Hazel hielt die Zweige in die Höhe, damit Djamals Mutter die Stöcke besser binden konnte. „Ich verstehe nicht."

„Das Geheimnis der blauen Farbe. Es ist Tinte. Nichts an den Tariq-Rosen ist außergewöhnlich. Die Tinte, die ich ins Wasser gebe, wenn ich sie gieße, verleiht ihnen ihre außergewöhnliche Farbe. Es ist wie mit so vielen anderen Dingen im Leben. Die Männer sehen nur, was sie sehen wollen. Mit ein wenig weiblicher Raffinesse sind sie so leicht zu blenden wie Kinder."

Nicht das erste Mal hatte Hazel das Gefühl, Lady Nuur sprach über alles Mögliche, nur nicht über die Rosen in ihrem Garten. Sie ließ die Ranken los und ging auf eine der Sitzecken zu, die im Dachgarten zum Verweilen einluden. Nuur folgte ihr. Die Einladung, der Lady Gesellschaft zu leisten, die Hazel durch eine Dienerin überbracht worden war, diente nur als Vorwand. Sie hatte es von Anfang an gewusst. Um Worte verlegen, faltete Hazel ihre Hände im Schoß, wickelte ihre Finger umeinander, bis sie schmerzten.

„Die Traurigkeit in Ihren strahlenden Augen zu sehen, tut mir in der Brust weh, Miss Fairchild. Sie sollten niemals traurig sein, und ich bin sicher, dass mein Sohn alles in seiner Macht Stehende tun wird, dass Sie nicht traurig sein müssen. Ich bin eine alte Frau, und so schnell vermag mich nichts mehr zu schockieren. Meinen Sie nicht, es tut Ihnen wohl, sich auszusprechen?"

Als ihre Antwort einzig darin bestand, kurz die Lider über die seit Tagen brennenden Augen zu pressen, machte Nuur einen weiteren Vorstoß.

„Darf ich davon ausgehen, dass Sie und der Scheich gestritten haben?"

Hazel biss sich auf die Unterlippe. Ein leises Schnauben entfuhr ihr. „Ist das so offensichtlich?"

„Meine Teuerste." Nuur lachte, aber es war ein gutmütiges, mütterliches Lachen, und Hazel fragte sich, ob es so gewesen wäre, wenn sie selbst eine Mutter gehabt hätte, die sie auf das Leben vorbereitet hätte. Stattdessen hatte sie nur einen Vater gehabt, den es bereits in Verlegenheit brachte, mit seiner Tochter über Dinge zu sprechen, die nicht in mathematischen Größen auszudrücken waren. Aber nein, das war ungerecht. William Fairchild liebte seine Tochter über alles. Nur gab es Dinge, die schon im Gespräch zwischen Frauen ein Meer an Stolpersteinen waren.

„Sie sind zurück in Ihr Quartier im Harem gezogen, haben Djamals Gemach verlassen. Sie lachen nicht mehr mit meinen Enkeln, und mein Sohn ist nach Kairo abgereist, als wäre eine Armee kriegerischer Dschinns hinter ihm her. Ich wäre keine Mutter, wenn ich nicht eins und eins zusammenzählen könnte."

„Er sperrt mich ein", brach es aus ihr heraus. „Ich bin nicht mehr als ein Spielzeug für ihn. Er hat mich eine Sklavin genannt. Eine einzige Sache erbitte ich von ihm, und er nennt mich seine Sklavin und reist ab, ohne eine Entschuldigung." Sie hatte wütend sein wollen. Oh Himmel, sie war wütend, schrecklich zornig war sie auf Djamal und es ergab überhaupt keinen Sinn, dass ihr jetzt das Wasser in die Augen stieg und es in ihrem Hals brannte, als hätte sie eine Handvoll Wüstensand geschluckt.

Nuur beugte sich ein wenig nach vorn, griff nach ihren Händen und schloss ihre eigenen darum. Jetzt, wo ihre Finger ihrer Tätigkeit beraubt waren, merkte Hazel, dass sie zitterten. „Sind Sie das denn, Miss Fairchild? Fühlen Sie sich als seine Sklavin, wenn er Sie im Arm hält? Wenn er sich den Kopf zermartert, um Ihnen eine Aufgabe zu geben, die Sie lieben können? Wenn er Ihnen Geschenke macht und Sie aus dem Schlafsaal der Haremsdamen hinaus in seine privaten Räume bringt? Wenn er in Ihre Augen sieht, sehen Sie dann den Blick eines Mannes, der seinen Besitz begutachtet, oder den Blick eines Mannes, der eine Frau liebt? Sie sind nur dann eine Sklavin, wenn Sie sich als eine solche fühlen. Sie sind eine Frau, und Sie haben mehr Macht, als Sie glauben."

„Liebe und Begehren ist nicht dasselbe", presste sie heraus und spürte, wie ihr die Röte ins Gesicht schoss. Niemals dürfte sie über solche Dinge Bescheid wissen, schon gar nicht sie aussprechen.

Doch statt des Schocks, den sie auf Lady Nuurs Miene erwartet hatte, brach die Scheichmutter in ein offenes, jugendliches Kichern aus. „Aber natürlich ist es das. Zumindest, wenn man so jung ist wie Sie beide. Lassen Sie mich Ihnen einen Rat geben, Miss Fairchild, und ich entschuldige mich bereits jetzt, wenn ich Sie damit in Verlegenheit bringe. Denken Sie an das, was ich Ihnen über die Rosen gesagt habe: Männer sehen nur das, was sie sehen wollen. Mein Sohn ist mein Augenstern und meine ganze Liebe, und es bricht mir das Herz, das zugeben zu müssen, aber glauben Sie mir, er ist in dieser Beziehung nicht anders als jeder andere Mann. Nicht alles, was er begehrt, liebt er, aber glauben Sie mir, was er liebt, das begehrt er mit all der Leidenschaft, die sein Vater ihm eingepflanzt hat."

„Ich verstehe nichts von Rosen", murmelte Hazel, verlegen, dieses Gespräch zu führen, gleichzeitig jedoch neugierig. Die Neigung, Dinge verstehen zu wollen, lag ihr im Blut, und mehr noch, hier ging es nicht ums Verstehen. So sehr sie Djamal grollte, er fehlte ihr. Sie vermisste die gemeinsam verbrachten Nächte, die leisen Liebesworte, die er ihr zuflüsterte, wenn er sie nahm und danach, wenn er sie im Arm hielt. Oft sprach er dann in seiner Sprache zu ihr, und sie verstand ihn nicht. Doch ihr Herz erkannte die Worte als das, was sie waren. Dinge, die er nicht auszusprechen wagte, die er aber genauso wenig zurückhalten konnte. In diesen Momenten erkannte sie in ihm den Mann, den sie an jenem ersten Abend im Rosengarten getroffen hatte. Der hart war, doch in dessen Härte ein sanftes Herz schlug, das es verdiente, gehalten und geliebt zu werden.

„Oh, liebe Miss Fairchild. Sie sind eine Frau, Sie wissen, wovon ich rede. Er begehrt die Frauen, die ihm zugeführt wurden, weil sie zu den schönsten Frauen Arabiens und Osmaniens gehören, und kein Mann, der körperlich gesund ist, könnte sich den Reizen dieser Frauen entziehen. Aber er liebt diese Damen nicht. Sie hingegen? Sie begehrt er, weil er sie liebt."

„Sie sagen mir, dass ich diesen arabischen und osmanischen Frauen nicht das Wasser reichen kann?"

„Versuchen Sie nicht, mir Worte in den Mund zu legen, die ich nicht gesagt habe, meine Teure." Trotz der anklagenden Worte klang Nuur kein bisschen beleidigt. „Er hat Sie angesehen, Hazel, und er war verliebt in Sie, noch ehe er Sie kannte. Allein Ihr Anblick hat ihm den Sand unter den Füßen weggeschwemmt. Sie wollen gern glauben, dass er die anderen schöner findet als Sie? Reden Sie sich nichts ein. Denken Sie an die Macht, die Sie haben. Er liegt Ihnen zu Füßen. Sie hatten eine Bitte an den Scheich? Was haben Sie als Kind getan, wenn Sie etwas von Ihrem lieben Herrn Papa wollten? Haben Sie danach verlangt, offen und trotzig, oder sind Sie ihm auf den Schoß gekrochen, haben diese wunderbaren blauen Augen sprechen lassen und Ihrem Vater versichert, dass er der Größte ist? Und wenn Sie beide Methoden erprobt haben, sagen Sie mir, welche die Erfolg versprechendere war."

„Das …"

Lady Nuur wischte ihren Einwand mit einer Handbewegung zur Seite, bevor sie ihn überhaupt aussprechen konnte. „Natürlich ist die Beziehung, die Sie mit meinem Sohn teilen, eine andere als die zu Ihrem Vater. Was ich sagen möchte, sollten Sie einen Wunsch an den Scheich haben, wäre es womöglich ratsam, die Art zu überdenken, mit der Sie ihn an ihn herantragen. Djamal ist ein guter

Mann, Hazel – ich darf doch Hazel sagen? – mit einem großen Herzen und viel Ehre, aber er ist auch der Scheich. Er ist ein Kind der Wüste, erzogen in dem Wissen, dass sein Wort Gesetz ist, seine Wünsche bereits Realität, bevor er sie ausgesprochen hat. Und er hat mich vor Augen und seinen Vater, der mir Rosen in die Wüste gebracht hat und mir damit eine Heimat baute, die meinem Herzen viel näher steht, als es das Land meiner Geburt war. Grollen Sie ihm nicht, wenn er ist, wer er ist."

Scham kroch ihr in die Kehle, sobald die Worte der Lady Nuur in ihren Verstand sickerten. Sie hatte ja recht. Hazel hatte nur an sich gedacht, an das, was sie sich wünschte, hatte die Dinge durch ihre Augen betrachtet und sie gemessen an den Werten, die sie aus England mitgebracht hatte. Djamal kam nicht aus England. Er war der Fürst der Sinai und er hatte alles getan, was seiner Meinung nach in seiner Macht stand, um ihr zu zeigen, wie sehr er sich wünschte, dass sie glücklich war.

„Und was soll ich jetzt tun?", fragte sie schließlich, als sie sich sicher sein konnte, dass ihre Stimme ihr erneut gehorchte.

Die Lady lächelte wissend. „Denken Sie einfach über meine Worte nach. Sie werden dazu noch einige Tage Zeit haben. Und ich weiß einen Ort für Sie, an dem Sie das ganz hervorragend tun können."

„Hier in Zenima?"

„Natürlich." Lady Nuur wandte sich von ihr ab und rief mit einem Klatschen nach ihrer Dienerin. Worte wurden gewechselt, dann ein Nicken der Dienerin und die Frau verschwand erneut aus dem kleinen Paradies, das der Rosengarten darstellte.

Fragend sah Hazel die Scheichmutter an.

„Ich habe Ihnen ein Bad richten lassen. Nein, meine Liebe, verdrehen Sie nicht die Augen. Die Prozedur mag schmerzhaft sein, aber sie reinigt den Körper von innen wie von außen, und glauben Sie mir, Sie werden sich hinterher wunderbar fühlen, wenn Sie zur Abwechslung wissen, dass es etwas ist, das Sie Ihrem Liebsten aus freien Stücken schenken, statt etwas, das Ihnen aufgezwungen wurde."

Ihr Zweifel musste ihr ins Gesicht geschrieben sein, denn wieder lachte Nuur. „Nun husch, gehen Sie. Meine Rosen brauchen mich."

Verwirrt, aber mit einem Herzen, das viel leichter war als vor einer Stunde, folgte Hazel Lady Nuurs Aufforderung. Dann also ein orientalisches Bad. Sie schauderte bei der Erinnerung an die ekelhaft süß riechende Paste, die auf ihrer Haut trocknete und klebte, und wie die Frauen sie ruckartig abrissen. Ich tu das für ihn, dachte sie verbissen. Um ihm eine Freude zu machen. Sie seufzte, als sie der Dienerin nach unten in den Hammam folgte.

Kapitel 11

Der Himmel im Osten hatte sich von dem tiefen, stern-
übersäten Dunkelblau der letzten Nachtstunden zum
Violett und Hellblau des nahenden Morgens verfärbt. Mit
einem schmalen Streifen an heller werdendem Orange
kündigte sich der Sonnenaufgang über den Bergen an, als
Djamal seinen verschwitzten Rappen im Innenhof des
Palastes zum Stehen brachte. Er warf den Zügel einem
verschlafen aus seinem Quartier trottenden Pferdejungen
zu. „Reib ihn ab. Vorher stell mir ein frisches Pferd bereit. Ich werde es gleich brauchen." Er hörte, wie hinter
ihm seine Begleiter in den Hof einritten. Staubbedeckt,
wie er war, durchquerte er den Säulengang zu seinen
Gemächern. Er beschmutzte diese Räume mit seiner
Anwesenheit und seinem Geruch nach Schweiß und
Pferdeäpfeln, aber zu einem Bad war später noch Zeit.

Zwei heruntergedrehte Öllampen brannten über seinem
Bett. In einer Vase beim Fenster stand ein Strauß lang-
stieliger blauer Rosen, deren Duft zusammen mit dem
betäubenden Geruch von Jasmin im Raum hing. Hazel
war hier. Erleichterung ließ ihn lächeln. Und Nuur war
hier gewesen. Die Decke aus golddurchwirktem rotem
Seidenbrokat rührte sich.

„Djamal?"

Er kniete sich auf die Kante des Schlaflagers, wartete
ungeduldig, bis Hazel sich aufgesetzt hatte, nahm dann
ihr Gesicht zwischen seine Hände und küsste sie. So lange, bis sie sich aus der Umklammerung seiner Hände befreite und ein Stück zurückwich.

„Du stinkst, Djamal. Das ist widerlich. Deine Mutter
sagte, vor übermorgen wirst du nicht zurück sein."

„Unter anderen Umständen wäre ich auch vor übermorgen nicht zurück gewesen."

„Welche anderen Umstände? Tust du mir eine Liebe
und nimmst ein Bad?"

„Ich konnte die Vorstellung nicht ertragen, dass du nach unserem Abschied nicht in meinem Bett liegen und auf mich warten würdest."

„Wer sagt denn, dass ich auf dich gewartet habe? Ich hatte gerade einen so wunderbaren Traum. Ein wilder arabischer Scheich voll Edelmut hat mich in seinen Harem geführt und mich in Eselsmilch gebadet, und niemand kam und hat mir Zuckerpaste von der Haut heruntergerissen. Er hat mir jeden meiner Wünsche von den Lippen abgelesen und sich verausgabt dabei, sie mir zu erfüllen."

Er sog tief die Luft ein, den Duft, der sie umgab, und seine Mundwinkel zuckten. „Du warst im Hammam? Für mich?" Sein Herz klopfte zweimal heftig gegen die Rippen. „Verausgabt, hm?" Er lehnte seine Stirn an ihre. „Malak? Ich konnte die ganze Zeit an nichts anderes denken als an dich und an die letzten Worte zwischen uns. Ich bin so schnell zurückgekommen, weil ich gefürchtet habe, dass du mich hasst und zu fliehen versuchst. Du ahnst nicht, wie erleichtert ich bin, dich wieder in den Armen zu halten. Lässt du es mich wiedergutmachen? Komm." Er nahm ihre Handgelenke und versuchte vergeblich, sie auf die Füße zu ziehen. „Komm schon. Ich will dir etwas zeigen. So etwas sieht man nicht alle Tage. Komm."

„Djamal! Ich schlafe noch! Nimm ein Bad und komm dann wieder!"

„Wir baden zusammen. Im Khalish. Jetzt komm." Als sie sich immer noch sträubte, packte er sie kurzerhand um die Taille und hob sie hoch. Erschrocken schrie sie auf, trat mit den Beinen in die Luft, als er sie sich über die Schulter legte. Er fuhr mit der Hand unter den kurzen Kaftan, der nur zum Schlafen anständig genug war – und auch das nur, wenn ihr Gebieter nicht anwesend war, um ihr den lästigen Stoff gleich wieder auszuziehen – und schmiegte sie um ihren samtweichen Schenkel, bevor er sie hinauf zu ihrem Hintern wandern ließ. „Hör auf zu schreien, Malak, du weckst den ganzen Palast auf, und ich will nicht, dass meine Untertanen deine herrlichen Beine so sehen. Ich müsste sie sonst alle blenden. Dieser Anblick ist nur für mich."

„Sagt das das Gesetz?" Einen kurzen Moment hielt sie still.

Er lachte. „Nein. Das sagt meine Eifersucht."

„Dann lass mich runter!" Wieder begann sie zu zappeln. Irgendwie schaffte sie es, mit den Händen seinen Rücken zu erreichen, und schlug darauf ein.

„Wenn du sagst, lass mich runter, mein Gebieter, dann erhöre ich dich vielleicht." Er schwang sie zurück, sodass sie in seinen Armen lag, an ihn geschmiegt, wunderbar weich. „Du hast mir gefehlt, Malak." Er holte sich noch einen Kuss. „Komm, ich will dir etwas zeigen."

„Dann zeig es mir hier." In ihre Augen trat dieselbe Hitze, die ihn durchströmte. Ihre Finger nestelten am Halsausschnitt seiner Tunika. Was für eine unersättliche, kleine Qarinah hatte er erschaffen? Zufrieden schmunzelte er, als ihre Finger seine nackte, schweißfeuchte Haut berührten. Die Qarinah waren elfengleiche Wesen, die den Männern nachstellten, sich zu ihnen legten und deren Küsse einem schwachen Mann die Lebensgeister rauben konnten. Djamal war froh, kein schwacher Mann zu sein. Für einen Mann wie ihn war eine Qarinah eine Herausforderung. Es galt, sie zu erobern, seinem Willen zu unterwerfen und zur perfekten Geliebten zu machen. Genau das beabsichtigte er, mit Hazel zu tun.

„Eben sagtest du noch, dass ich stinke."

„Das tust du auch, aber wenn du mich so ansiehst, dann vergesse ich es gleich wieder."

Er ließ ihre Füße zu Boden gleiten, griff nach dem Umhang, der über das Fußende des Schlaflagers drapiert war, und legte die Seide um ihre Schultern. Seine Finger streiften ihre Haare und eine Wärme durchflutete ihn, wie er sie noch nie erlebt hatte. „Meine Malak", flüsterte er.

Der Pferdejunge hatte einen kräftigen Falben in den Innenhof gebracht, aufgezäumt und gesattelt. Jamil lungerte noch herum, von den anderen Mitreisenden war schon nichts mehr zu sehen. Als sie von Kairo aufgebrochen waren, hatten sie es bis fast nach Suwais geschafft, ehe die Tageshitze zu brutal wurde für die Pferde und sie ein paar Stunden Pause machen mussten. Kamele wären ausdauernder gewesen, allerdings auch erheblich langsamer. Bei Sonnenuntergang hatten sie sich wieder in die Sättel geschwungen und waren die Nacht hindurchgetrabt. Für Djamals Geschmack hatten sie zu oft Pause gemacht. Sein ganzer Körper sehnte sich nach dieser Frau, die Angst, dass sie fort sein könnte und er sie verdurstet aus dem Wüstensand klauben musste, trieb ihn unermüdlich zu ihr zurück. Er stieg in den Sattel der Falbstute und zog Hazel hinter sich.

„Wo reiten wir hin?", fragte sie, ein Fünkchen Unternehmungslust flackerte in ihrer Stimme auf.

„Überraschung."

„Deine Kinder warten nachher auf mich."

„Die haben Harib, außerdem kommen wir ja wieder." Wir kommen wieder. Sie würde bei ihm bleiben. Sie gehörte ihm. Niemand durfte sie ihm wegnehmen, denn sonst würde er eingehen, wie die blaue Tariq-Rose ohne die Pflege von Nuur. Er würde dafür sorgen, dass sein Zuhause auch ihres wurde. Sie würden zusammen alt werden. Er und sie. Zusammen glücklich sein. Er würde sie mit Geschenken und Liebe überhäufen, bis sie sich nach nichts mehr sehnte, außer nach ihm.

Er lenkte das Pferd auf die Küstenstraße entlang des Khalish nach Norden. Im Straßenstaub konnte er noch die Hufabdrücke sehen, die er und seine Begleiter auf dem Heimweg hinterlassen hatten. Der Streifen Gold am östlichen Himmel hatte sich verbreitert, dort war es heller geworden, doch auf der anderen Seite des Khalish, über den Gipfeln der Berge, herrschte noch Schwärze, durchbrochen nur von silbrig funkelnden Sternen. Sie kamen noch nicht zu spät. Er trieb die Stute zu einem leichten Galopp, froh, dass Hazel keine Probleme zu haben schien, sich an ihm festzuhalten und auf dem Pferd zu bleiben.

„Wo hast du reiten gelernt?", fragte er über die Schulter hinweg.

„Mein Vater hat es mich gelehrt, als ich noch ein kleines Mädchen war."

Sie klang unbeschwert, als stünde sein Besuch in Kairo nicht mehr zwischen ihnen. Was genau hatte Nuur ihr gesagt?

„Er sagte, dass kein Fairchild-Mädchen sich darauf verlassen solle, dass immer eine Kutsche zur Verfügung steht. Allerdings bin ich zu Hause in London in einem anderen Sattel geritten."

„Beide Beine auf derselben Seite?"

Sie lachte. „Genau."

„Für solch einen Unsinn haben wir hier nichts übrig. Hier soll ein Mädchen lernen, die Beine zu spreizen, wenn es irgendwohin will." Er griff nach ihrem Schenkel und drückte sacht zu.

Sie schmiegte sich an seinen Rücken. „Mein Vater sagt, in gar nicht ferner Zukunft werden wir keine Pferde mehr brauchen", fügte sie hinzu.

„Du meinst, die ganze Welt wird auf Kamelen reiten? Kamele mögen die Kälte im Norden nicht."

„Nein, er sagt, die Menschheit steht nicht still, ständig werden neue Dinge erfunden. Hast du die Baggerschiffe auf dem Kanal gesehen, Djamal?"

„Ich war nicht am Kanal, ich war in Kairo", erinnerte er sie. Er dachte an den Mann, dem er im Palast des Sultans begegnet war, diesen stillen, grauhaarigen Menschen, in dessen Augen das Feuer erloschen war, das darin geglüht haben musste, wenn er von den Dingen sprach, die er der

Menschheit zutraute. Er hatte das getan, Djamal ibn-Tariq. Statt die Frau Azad wegzunehmen und nach Hause zu bringen, zu einem Vater, der unter der Trauer um sein verlorenes Kind zusammenbrach, hatte er sich von ihren seeblauen Augen verzaubern lassen und sie aus purem Egoismus für sich behalten. Lange hatte er sich eingeredet, dass er nur Zeit brauchte, um abzuwägen, was er mit ihr tun sollte, um die richtige Entscheidung zu treffen. Jetzt wusste er es besser. Der einzige Grund, warum er abgewartet hatte, war, dass ihre Gesellschaft ihn verzauberte. Vom ersten Augenblick an hatte er sich gefragt, wie ihre Augen aussähen, wenn der Sturm in ihnen verglomm und ihr Ausdruck weich wurde. Er hatte zu lange gewartet, und jetzt war es zu spät. Unberührt von seinen quälenden Gedanken sprach Hazel weiter.

„Die ganze Zeit über werden neue Dinge erfunden. Mein Vater glaubt daran, dass wir eines Tages keine Pferde mehr brauchen, weil uns Maschinen durch die Straßen der Städte tragen, die wir uns heute noch gar nicht vorstellen können. Es gibt sie schon, aber sie sind groß und schwer und unhandlich. Eines Tages …" Sie hob ihren Arm über seine Schulter und bewegte ihre Finger vor seinem Gesicht. „Eines Tages, sagt er, wird es Maschinen geben, die selbst meine kleinen Hände steuern können."

Er fand, dass es Dinge gab, für die ihre kleinen Hände besser geeignet waren, aber er sprach es nicht aus. Als er das Pferd um einen Knick in der Straße lenkte, tauchte vor ihnen eine kleine Oase auf, die sich am Ufer eines scheinbar ausgetrockneten Wadis bis hinunter an die Küste des Khalish zog. Wacholderbüsche, dahinter Pfirsichbäumchen, die Früchte reif und duftend. Ein Wüstenfuchs spitzte aus seinem Bau und verschwand wieder. Djamal ließ Hazel in den Staub hinuntergleiten, stieg vom Pferd, band der Stute die Vorderbeine zusammen und ließ sie am Grün nagen.

Hazel schob ihre Hand in seine. „Was ist das hier?"

In ihren Augen funkelte die aufgehende Sonne. Er zog sie ans Wasser hinunter. Rückwärts ging er, sah sie an, sah in ihren Augen, wie ihr Blick auf die Bergkette auf der anderen Seite des Khalish fiel. Meistens verhinderten Dunst, Nebel oder Sandstürme die Aussicht auf die Berge des Itbay und der Sharqiyyah. Mit einem Boot und zehn Ruderern erreichte man bei gutem Wetter das gegenüberliegende Ufer in einem halben Tag. Das hatte man ihm zumindest erzählt. Djamal war kein Seefahrer, er war ein Reiter und Viehzüchter.

Es war einer dieser seltenen Tage, die damit begannen, dass die Sonne, die hinter den Sinai-Bergen aufging, ihre Strahlen gegen die Itbay-Berge am anderen Ufer des Khalish warf und sie zuerst in Bronze, dann in Gold und schließlich in gleißendem Weiß erstrahlten, ehe der Dunst vom Wasser aufstieg und den Anblick verschlang. Die Spiegelung der bronzefarbenen Berge konnte er in Malaks weit aufgerissenen Augen sehen. Er küsste ihre Lippen, so süß und zart. Er nahm ihr den Umhang von den Schultern, ohne dass sie sich wehrte, wie gefangen von dem Anblick, der sich ihr bot. Dann riss er sich seine Kleider herunter, die weiten Reithosen, die verdreckte Tunika, und setzte sich auf einen Felsblock. Hinter ihm rauschten kleine Wellen auf den Strand. Er zog Malak auf seine Schenkel und drang in sie ein. Bronze und Gold in ihren Augen, die Farben des Khalish. Er klammerte sich an sie, sie klammerte sich an ihn. Er führte sie, hielt sie fest, half ihr, den Rhythmus zu finden, half ihr, ihre Freude an einer neuen Form des Liebesspiels zu entdecken.

„Du bist ein Romantiker", murmelte sie verzückt, während sie ihn ritt.

Er lachte leise. „Nein, Malak, ich bin nur hoffnungslos in dich verliebt." Er wusste, dass er ihr das nicht sagen sollte, aber er konnte nicht anders. Sie rutschten von dem Felsblock, rollten über Sand und Muschelschalen ins flache Wasser. Sie lachten, sie spielten, und schließlich lagen sie ganz ruhig, Malak auf ihm, ihre Finger erforschten sein Gesicht, als hätte sie ihn nie zuvor gesehen. Die Berge versanken im Dunst. Der Zauber des Morgens war vorbei. Ihre Hände spielten in seinen Haaren.

„Warum?", fragte sie. „Warum hast du mir das gezeigt?"

„Hat es dir nicht gefallen?"

„Ich habe noch nie etwas so Schönes gesehen", gestand sie.

Er hätte sie damit locken können, indem er sie anlog, indem er ihr erzählte, dass jeder zweite Morgen in Abu Zenima mit einem solchen Anblick begann. Stattdessen entschied er sich, ihr die Wahrheit zu sagen.

„Du vermisst deinen Vater."

Sie senkte den Kopf auf seine Brust. Er strich über ihre Schultern.

„Meine Mutter starb, als ich elf Jahre alt war. Geschwister hatte ich keine. Mein Vater war meine ganze Welt. Er lehrte mich die Liebe zu Zahlen, die so kalt und herzlos aussehen, aber sie halten die ganze Welt zusammen."

„Ich habe ihn getroffen", sagte er, den Mund in ihren Haaren. „Er vermisst dich auch."

Sie löste sich von ihm, starrte ihn an, erschüttert, geschockt. „Hast du ihm von mir erzählt?"

Er schüttelte den Kopf. „Ich konnte nicht. Er wird dich wiederhaben wollen, und …"

„Hast du ihm gesagt, dass ich noch lebe? Wenigstens das?"

„Nein, Malak, das habe ich nicht." Er wollte, dass dieser Mann glaubte, seine Tochter wäre tot. Er wollte, dass niemals jemand in die Sinai kam, um Hazel Fairchild zu suchen, die verschwunden und nie wieder aufgetaucht war. Er wollte …

„Er stirbt vor Sorge!", schrie sie ihn an und schlug nach ihm, als er nach ihr greifen wollte. „Djamal! Wie konntest du! Ich bin sein einziges Kind! Er hat niemanden mehr außer mir! Wie kannst du ihm begegnen, ihm die Hand schütteln und ihm nicht die Wahrheit sagen? Wer bist du, Djamal? Was für ein Teufel wohnt in dieser Brust?" Noch einmal schlug sie nach ihm, traf ihn hart, mit Worten wie mit Fäusten.

Eine Weile suchte er nach einer Antwort. Sie verdiente die Wahrheit, aber er glaubte nicht, dass sie verstehen würde.

„Bring mich zu ihm!", verlangte sie.

„Nein, das kann ich nicht, und das weißt du. Denn sonst hätte ich es längst getan."

„Du lügst. Du bist ein Teufel, Djamal, du hast dir in den Kopf gesetzt, dass du mich willst, dass niemand mich haben soll, nur du! Glaub nicht, dass es hilft, wenn du meinen Körper an einem Strand wie diesem zu deinem Eigentum machst!" Ihre Stimme schwoll an, zu einem hässlichen, viel zu lauten Schreien, und er ließ sie. Besser, sie schrie ihren Kummer hier heraus als daheim in Zenima. „Ich gehöre dir nicht, Scheich Djamal! Ich werde dir niemals gehören! Egal, wie viele Sonnenaufgänge du an diese Küste zauberst! Ich gehöre dir nicht!"

„Hazel!" Er griff nach ihren Handgelenken, ehe sie erneut auf ihn einschlagen konnte. „Hazel, magst du meine Kinder?"

Die Spannung wich aus ihren Armen. „Was?"

„Magst du meine Kinder? Willst du, dass sie leben?"

„Was haben deine Kinder damit zu tun?"

Er stellte fest, dass ihre Augen sturmgrau wurden, wenn sie verwirrt war. „Ich habe einen Fehler gemacht, Malak, und zwing mich nicht, das zu wiederholen, denn ein Mann wie ich macht keine Fehler. Zumindest hat er nie gelernt, es zuzugeben. Andere sind dafür da, was ich falsch mache, geradezurücken. Aber für diesen Fehler werden meine Kinder bezahlen müssen, wenn ich dich zu deinem Vater zurückbringe."

„Ich verstehe nicht …" Sturmgrau, weit und schockiert.

Er hätte sie gern in die Arme genommen, sie getröstet, ihr gesagt, dass alles gut werden würde. Aber das hing davon ab, dass sie verstand, um was es ging. „Ich habe dich Azad abgenommen, Hazel. Weil ich dich gesehen habe in deinem seltsamen Unterkleid, mit der Furcht in deinem Gesicht über das, was ein Mann wie Azad mit dir machen könnte, und deiner Entschlossenheit, diesem Schicksal zu entkommen. Aber wie denn, mitten in der Wüste? Ich habe dich gesehen und konnte den Gedanken nicht ertragen, was er mit dir tun würde. Also habe ich dich eingefordert. Ich hätte dich nicht behalten dürfen, aber ich bin ein Egoist, ich wollte dich haben, und ich dachte, zumindest hättest du es in meinem Harem besser als bei ihm. Spätestens, als ich wusste, wer du bist, hätte ich dich zurückbringen müssen, aber … Du hast recht, Hazel, hier drin wohnt ein Teufel." Er nahm ihre Hand und legte sie auf seine Brust. „Ich habe auch deinen Clarence gesehen, Hazel. Der Gedanke, dass du in seinem Bett liegen wirst, macht mich rasend. Wen willst du, Hazel Fairchild? Ihn oder mich?"

„Das ist nicht fair", murmelte sie.

„Ist es fair für mich?" Er nahm ihr Gesicht zwischen seine Hände und sah ihr in die Augen. „Malak. Es ist zu lange her. Ich habe zu lange gewartet. Was soll ich tun? Soll ich zu deinem Vater gehen, ihm sagen, übrigens, Sir, Ihre Tochter lebt seit ihrer Entführung bei mir. Es wird ihr an nichts fehlen, bitte geben Sie mir die Hand Ihrer Tochter, ich möchte sie gern heiraten. Oh, und ehe ich es vergesse, sie wird meine vierte Ehefrau sein, und wenn sie nicht innerhalb von zwei Jahren einen Erben zur Welt bringt, wird mein Stab an Beratern sie aus dem Harem verstoßen und sie als Sklavin zu einem anderen Clan schicken. Was, glaubst du, wird dein Vater sagen?"

„Das ist nicht wahr, oder? Wenn ich unfruchtbar bin, verstößt du mich nicht."

„Ich würde es nicht zulassen, aber so weit wird es nie kommen, wenn ich dich zurückbringe. Ich habe ihn kennengelernt, er hat von dir gesprochen Weißt du eigentlich, wie eng mir das die Brust macht, zu wissen, wie sehr ihr beide leidet? Er sagte, nichts war dir in deinem Leben so wichtig wie deine Freiheit, und ich sperre dich in einen goldenen Käfig. Aber ich habe keine Wahl mehr, Hazel, weil ich zu lange gewartet habe. Wenn er oder irgendwer erfährt, dass du hier bist, werden sie Zenima mit einer Armee stürmen, an deren Spitze der Soldat Clarence steht. Sie werden vom Wasser und über Land kommen und die Mauern, die mein Vater für meine Mutter errichtete, zu Staub zermalmen. Zenima ist ein Wohnpalast, keine Festung, die Tiyaha regeln ihre Stammesprobleme ohne Kriege, und für den Pascha oder den Sultan waren wir nie wichtig genug, um uns zu bekämpfen. Es wäre eine Sache von wenigen Minuten, Zenima zu zerquetschen, das unbewacht einsam an der Küste steht, bewohnt von Frauen und Kindern. Sie würden den Stamm der Tiyaha zerschlagen, unser Volk in alle Winde zerstreuen, und diejenigen unter meinen Kindern, die den Angriff der Armee überleben, würden als Sklaven irgendwo leben müssen und vielleicht, wenn irgendwo noch ein Clan übrig ist, würden die Männer dort alles daran setzen, um die Brut des Mannes, der ihren Stamm verriet, auszulöschen."

Sie zitterte in seinen Armen, unfähig, sich an ihn zu lehnen, unfähig, Trost zu suchen. Weil sie verstand, wie sehr er sie zu einem Spielzeug der Politik gemacht hatte, als er sich entschied, sie besitzen zu wollen, in jeder Hinsicht. Er hatte zu sehr begehrt, und das Schicksal seines Volkes, seiner Familie, lag in ihrer Hand. Nur wenn sie blieb, wenn sie ihren Vater in dem Glauben ließ, dass es seine Tochter nicht mehr gab, würde seine Welt bestehen bleiben.

„Hast du das mit Absicht getan, Djamal? Hast du mich

zur Erzieherin deiner Kinder gemacht, weil dir klar wurde, dass ich dann niemals zulassen kann, dass jemand ihnen etwas tut?"

„Nein." Er schob seine Hand in ihr Haar. „Ich hab dich zu ihrer Lehrerin gemacht, weil ich gesehen habe, wie sehr du eine Aufgabe gebraucht hast. Und die Kinder haben einen Menschen gebraucht, dem sie vertrauen und zu dem sie aufsehen können. Ich bereue diesen Schritt nicht, aber nicht der Politik wegen, sondern wegen der leuchtenden Augen meiner Kinder."

Sie schluckte schwer. „Es ist nicht gerecht, weißt du das? Mir, der Fremden, der Ungläubigen, der Frau, die im ganzen Serail gehasst wird, die ganze Verantwortung zu geben für das, was weiter passiert."

„Nein, es ist nicht gerecht." Er nahm ihre zarte Hand in seine große, kräftige. „Aber du bist nicht allein, Malak. Du hast mich. Ich werde dir den Sonnenaufgang zeigen. Ich verspreche dir, dass … Malak, ich schwöre, wenn der Moment kommt, in dem sich etwas ändert, in dem an meinen Entscheidungen nicht mehr das Wohl von Tausenden hängt, dann bringe ich dich zurück."

„Dann bin ich alt und grau."

Er schüttelte den Kopf. „Said Pascha ist ein kranker Mann. Jeder neue Mann an der Spitze dieses Landes bringt neue Politik. Was glaubst du, warum ich einen Mann wie Harib brauche? Lesen und schreiben können die Kinder auch von Haifa lernen. Aber ich brauche jemanden wie Harib, der die Politik in Kairo versteht, denn ich weiß darüber nur so viel wie er. In wenigen Jahren schon kann das, was ich hier habe, vorbei sein." Er wich ihrem fragenden Blick nicht aus. „Ich liebe dich, Malak. Ich will, dass du bei mir bleibst. Aber ich verstehe, dass dir fehlt, was du gehabt hast. Ich bin nicht gewohnt, um etwas zu bitten. Aber ich bitte dich, versuch, mich zu verstehen. Ich kann dich nicht zurückbringen. Nicht jetzt. Es würde ein Blutbad geben."

*

Der späte Nachmittag brachte das Ende eines langen Tages. Auf weichen Kissen und Teppichen aus Kamelhaar saß der Harem versammelt zu Tisch. Während es tagsüber meist zu heiß war, um etwas anderes als ein wenig Joghurt und frisches Obst zu sich zu nehmen, regte sich mit der untergehenden Sonne der Hunger, und der Hof fand sich zum Abendessen. Immer wieder faszinierte es Hazel, wie früh die Sonne hinter den Bergen in der Wüste verschwand und die Gluthitze des Tages innerhalb kürzester Zeit von der Frische der Nacht abgelöst wurde. Die Jahreszeiten flossen ineinander. In London hatte Schnee gelegen, als sie mit ihrem Vater nach Ägypten aufgebrochen war, doch sie hatte bereits Monate in Alexandria verbracht, ehe der Ingenieur Fairchild sie mit auf die Baustellen nahm. Monate, erinnerte sie sich, in denen sie den Soldaten Whitby kennenlernte, ihn als Gast im Haushalt ihres Vaters bewirtete und er ihr dann den Hof zu machen begann. Sie war ihm nie in besonderer Weise zugetan gewesen. Aber sie zählte bereits zwanzig Jahre und wusste, dass sie die Geduld ihres Vaters nicht ewig herausfordern konnte. Irgendwann einmal musste sie heiraten, und eine Ehe mit Clarence versprach zumindest ein aufregendes Leben, wenn sie ihn begleitete, während er für das Militär in die faszinierendsten Länder abkommandiert wurde. Es war schwer zu sagen, aber sie vermutete, dass zum Zeitpunkt ihrer Entführung in London wahrscheinlich gerade die ersten Knospen an den Bäumen zu sprießen begonnen hatten und nach dem kalten Winter den Frühling ankündigten. Inzwischen waren die Knospen aufgeplatzt, und vermutlich regnete es Blütenblätter von Kastanien und Zierkirschen im Hyde Park. Seltsam, sie sehnte sich kaum danach.

Sie hätte mit Djamal in seinen Gemächern speisen können, aber wie nahezu alle anderen bevorzugten auch sie die frische Luft im Garten. Den Duft von Jasmin, von Magnolien und frisch bewässertem Gras. Das Lachen der Kinder, die es nicht lange auf den Kissen hielt, das leise Murmeln der Frauen, die ihr Handarbeitszeug zur Seite legten, um sich zu erfrischen. Sie saßen etwas abseits der anderen, nah genug, um Teil des Mahls zu sein, weit genug weg, um ihre Privatsphäre zu genießen.

Djamal fütterte sie mit gezuckerten Datteln und Tabouleh. Mittlerweile hatte sie gelernt, den gekochten Weizen mit der rechten Hand zu klebrigen Bällchen zu formen, die sie in würzige Soßen tunkte, zusammen mit Gemüse aß, oder mit einem Schluck gesäuerter und mit Minze gewürzter Milch hinunterspülte. Aus seiner Hand schmeckten die exotischen Speisen noch mal so gut und sie hatte das Gefühl, auch er schwelgte in dem Wissen, derjenige zu sein, der ihren Hunger stillte.

Ihre Augen drohten zuzufallen, als sie schließlich satt waren. Der Tag war heiß gewesen. Noch heißer als die Tage in der Wüste im Allgemeinen, und dabei rechnete sie, dass es mindestens Oktober sein musste. Hier gab es einfach keine Jahreszeit, in der dem Körper Erholung geboten wurde. Nicht die leiseste Brise vom Khalish hatte die Luft abgekühlt. Jeder Atemzug war ein Kraftakt gewesen und entsprechend lernunwillig die kleinen Prinzen und Prinzessinnen. Auch den anderen Frauen schien es nicht besser zu gehen. Früher als sonst lösten sie die Tafel auf, sammelten ihre Handarbeiten zusammen, machten sich bereit, sich in den Harem zurückzuziehen. Sie mieden Hazel. Blicke trafen sie, wo immer sie hinging. Einige hatten angefangen, Amulette zu tragen, aus blauen Schmucksteinen, auf die ein Auge gemalt war. Talismane gegen den bösen Blick. Doch heute wollte sie darüber nicht nachdenken. Sie wollte sich mit Djamal zwischen die Laken ihres gemeinsamen Bettes legen und die Hitze des Tages durch eine andere Art Hitze vergessen machen. Gerade wollte sie ihn bitten, sich zurückzuziehen, da zerschnitt ein Schrei die träge Stille im Garten.

Augenblicklich war Hazel wach. Sie setzte sich auf, suchte nach der Quelle des Schmerzenslautes. Es war Atiya, die nicht weit von ihnen mit gekrümmtem Leib stand. Schon war Djamal auf den Beinen, eilte zu der Konkubine, die sein Kind im Leib trug. Nicht mehr lange, schoss es Hazel durch den Kopf, als sie das Blut an Atiyas Knöcheln hinablaufen sah, ein ungnädiger, ungerechter Gedanke. Kaum zwei Atemzüge dauerte es, schon stand die junge Frau in einer tiefroten Pfütze. Bis in ihre Ecke konnte Hazel den metallischen Geruch wahrnehmen, ein Geruch, der sie an den Tag des Gerichts und der Urteilsvollstreckung erinnerte und ihr Übelkeit in den Hals trieb. Die junge Frau wimmerte, starrte in Schock an ihrem Leib hinab, schlang die Arme um ihren noch flachen Bauch, als wollte sie das Leben festhalten, das ihr seit der Verkündung ihrer Schwangerschaft eine Sonderstellung unter den Frauen des Scheichs gewährt hatte. Sie brach zusammen, in der Lache ihres eigenen Blutes, das traurige Blumen auf den Stoff ihres honiggelben Gewandes malte.

Noch im Laufen schrie Djamal den Namen des Heilers, dann war er an Atiyas Seite auf den Knien. Auch Hazel kam auf die Füße.

„Wie kann ich helfen?" Sie wusste nicht, ob Djamal sie überhaupt hörte. Mit den Augen suchte sie nach Harib. Der Freund würde ihr sagen können, was zu tun sei. Sie fand ihn gerade aus dem Inneren des Palastes eilend, den Heiler an seiner Seite. Hazel raffte ihren Kaftan, wollte zu ihnen rennen. Sie kam nicht weit. Keine zehn Schritte, und sie lief in eine menschliche Wand. Diejenigen unter den Frauen, die nicht Atiya beistanden, hatten sich vor ihr aufgebaut, verstellten ihr nicht nur den Weg, sondern auch die Sicht auf die Schwangere. Unter ihnen war eine Fremde, ein neues Gesicht, das Hazel nicht kannte. Aber diese Neue war hier nicht die Fremde. Hazel war es. Sie zischten Worte, machten das Zeichen gegen den bösen Blick. Hazel musste nicht verstehen, was sie sagten, sie begriff auch so, und plötzlich bekam sie es mit der Angst zu tun. Wo war Djamal, jetzt, wo sie ihn brauchte? Sie wusste es ja. Er war bei Atiya. Die ihn noch viel mehr brauchte, denn im Gegensatz zu ihr hatte sie etwas Kostbares unter dem Herzen. Schritt für Schritt wich Hazel vor dem geballten Hass zurück, der ihr entgegenschlug. Die Beine taub vor Angst, ihr Herz ein flügellahmer Vogel, der in einem Aufbäumen von letztem Überlebenswillen wild mit den Flügeln schlug.

„Nein", flehte sie. „Ich will euch doch nichts. Ich habe euch doch nichts getan." Mit dem Rücken stieß sie an die Palastmauer, der Sandstein unnatürlich kalt. Die Finger zu Klauen gekrümmt, hieben sie auf sie ein, zerrten ihr das Kopftuch vom Haar. Die Gesichter der Frauen verschwammen vor Hazels Augen, wurden zu der Fratze eines einzigen riesigen, böswilligen Wesens. Die Unbekannte, fiel ihr auf, schien die Anführerin zu sein. Mit auffordernden Gesten trieb sie die anderen an, wann immer es aussah, als hätten sie genug davon, Hazel zu schlagen und zu kratzen. Hazel schlug die Hände vors Gesicht, krümmte sich zusammen, wollte sich klein machen, um weniger Angriffsfläche zu bieten. Doch sie ließen sie nicht, hielten sie fest, pressten sie gegen die Wand. Sie rissen an ihren Haaren, gruben ihr die Fingernägel in die Wangen. Niemand kam, um ihr zu helfen. Nur mit Mühe gelang es ihr, die Arme zu heben, ihr Gesicht zu schützen. Brennende Tränen liefen ihr über die Wangen. Sie konnte doch nichts dafür. Immer wieder kreiste der Gedanke in ihrem Kopf, schrie sie an und die Frauen, die es ja doch nicht interessierte. Ich kann doch nichts dafür! Ich wollte doch gar nicht hier sein. Wenn mein Leben noch mein Leben wäre, dann wäre ich nicht hier.

Plötzlich, so schnell, wie es begonnen hatte, war es vorbei. Sie ließen ihre Hände fallen, senkten die Köpfe. Aus dem Monster wurden wieder Frauen, und jetzt erkannte sie ihre Gesichter. Es waren Nicaule, Seteney, die sonst so ruhige Yasemin, die neue Frau, deren Namen sie nicht kannte, und die Verstümmelte, Kifah. Keine Schuld stand in ihren Mienen geschrieben, das sah sie auch durch ihre Finger hindurch, nur Gehorsam, als sie die Blicke senkten und jede in eine andere Richtung davonschlurfte. In Richtung der Kinder, erkannte Hazel, weil jede von ihnen begriff, welch ein Geschenk ein lebendiges Kind war. Nur die Neue hatte kein Kind, zu dem sie laufen konnte. Sie ging rückwärts, ließ Hazel nicht aus den Augen, und kniete sich schließlich neben dem Heiler zu Atiya.

Mit der Gewissheit, dass die Gefahr vorbei war, kam das Zittern. Es fing in ihren Armen an, fraß sich in ihre Brust, in ihren Hals, in ihren ganzen Körper. Immer noch wagte sie nicht, die Hände von ihrem Gesicht zu nehmen. Plötzlich waren da starke Arme, die sie hielten. An Djamals Fingern klebte das Blut einer anderen.

„Malak." Er hob sie hoch. Sie vergrub ihr Gesicht an seinem Hals, atmete den vertrauten Geruch nach Sand und Wüste und Djamal. Ihre Kopfhaut schmerzte, wo die Frauen ihr büschelweise die Haare ausgerissen hatten, die Tränen auf ihren Wangen mischten sich mit ihrem Blut, wo einige Kratzer besonders tief waren. Sie konnte nicht aufhören zu zittern. „Ich pass auf dich auf", murmelte er in ihre Haare. „Ich pass immer auf dich auf."

Kapitel 12

Vorsichtig strich er mit seinen Fingern durch Hazels Haare, um die Knoten zu entwirren, ehe er den Kamm zur Hand nahm. Er liebte ihr Haar, das glänzte wie gesponnenes Gold. Kein Wunder, dass die anderen es besonders auf ihre Haarpracht abgesehen hatten. Auf ihre Haare und ihr Gesicht, ihr wundervolles, süßes, rundes Gesicht mit den großen blauen Augen und den feinen goldenen Brauen. Sie saß auf dem Schlaflager, in eine Decke aus Kamelhaaren gehüllt, und zischte leise, wenn er mit dem Kamm hängen blieb. Ihre Finger krallten sich in die Decke, um sich festzuhalten. Es war nicht kühl im Raum, dazu war es zu früh am Abend, aber er verstand, warum sie fror. Jeder Knoten, den er aus ihren Haaren herausstreichelte, machte ihn wütender auf die Frauen, die ihr das angetan hatten.

Er ließ die Hand mit dem Kamm sinken und sah ihr in die Augen. „Ich will, dass du jetzt loslässt, Malak, und weinst", sagte er. Nicht streng, aber sehr bestimmt.

„Ich will nicht weinen", erwiderte sie und zog gleichzeitig die Nase hoch.

Obwohl ihm eher danach zumute war, irgendwas zu zerschlagen, um dem Zorn in seinem Bauch Luft zu verschaffen, musste er lächeln. Für Malak war ein Befehl etwas, das man zunächst einmal abwehren musste.

„Ich weiß. Aber damit kommst du heute nicht durch. Du hast Angst in dir und Schock und Erschrecken. All das muss raus. Ich will heute Nacht nicht neben dir liegen, während du von Albträumen geplagt wirst." Er lehnte sich vor und streifte mit den Lippen ihre klamme Stirn. Seine Daumen streichelten über die Kratzer in ihren Wangen, wo Blut trocknete, aber hoffentlich keine Narben bleiben würden. „Wein all die Tränen, die du in dir hast. Weißt du, Malak, Jungs dürfen nicht weinen, weder die kleinen noch die großen. Hast du eine Ahnung, wie sehr wir euch Mädchen beneiden, dass ihr es dürft? Ihr müsst unsere Tränen mit vergießen. Das ist eine große Verantwortung."

Sie nahm eine Hand aus der Decke und legte sie auf seine Brust, dort, wo sein Hemd weit aufklaffte. Er betrachtete ihre helle Hand auf seiner dunklen Haut und schloss kurz die Augen, als ihm für einen Augenblick die Luft wegblieb. An das Gefühl ihrer Haut auf seiner würde er sich wahrscheinlich nie gewöhnen.

„Weinen ist, Schwäche zu zeigen", sagte sie.

„Und was ist falsch daran? Du bist eine Frau. Ich will dich beschützen und für dich da sein. Aber was nützt das, wenn du so stark bist, dass du mich nicht brauchst? Ich will, dass du mir zeigst, dass du mich brauchst."

Sie verschluckte sich an einem Schluchzen und sackte gegen ihn. Er schloss beide Arme um sie.

„Das Baby ist tot, ja?", fragte sie.

Er fühlte ihre Tränen warm auf seiner Schulter. „Ja. Das Baby ist tot. So etwas passiert. Atiya hat schon einmal ein Kind verloren. Sie ist sehr zart gebaut und … Niemand hat Schuld daran. Ich trauere um das Kind, das meins war, und Atiya trauert und der ganze Harem mit ihr. Wir sind eine Familie. Aber das Leben geht weiter."

„Sie beschuldigen mich." Hazel schniefte hörbar und machte sich von ihm los. „Du hast es gesehen. Deine Familie …"

Er hasste den Ton, in dem sie es sagte. Eifersucht und Anklage und etwas anderes, das er nicht einordnen konnte. Etwas ganz und gar Englisches, durchfuhr es ihn. Die Frauen des Harems konnten eifersüchtig sein, wenn er eine von ihnen zu lange oder zu intensiv bevorzugte. Haifa hatte Nicaule das Leben einst sehr schwer gemacht. Doch niemals zeigten sie das, was er jetzt in Hazels Augen las. Den Wunsch, ihn nur für sich allein zu haben. Ihn ärgerte der Klang ihrer Stimme, wenn sie so war, aber gleichzeitig fühlte ihr Besitzanspruch ihm gegenüber sich viel zu gut an.

„All diese Frauen. Sie geben mir die Schuld. Sie sagen, ich hätte das Baby verhext."

„Das können sie gar nicht sagen, denn Hexen gibt es in unserem Glauben nicht, und sie wüssten nicht einmal, was eine Hexe tut." Er strich ihr das Haar aus dem Gesicht und betrachtete eingehend die Kratzer unter ihren Augen. Wenn auch nur einer davon eine Narbe hinterließ … er kämpfte den Gedanken nieder an das, was er dann tun würde. „Sie beruhigen sich auch wieder."

„Diese neue Frau", sagte sie und sah fordernd zu ihm auf. „Ich habe eine Neue unter ihnen gesehen. Die war vorher nicht da. Wie heißt sie?"

Er presste die Lider zusammen. Es war eine Frage der Zeit gewesen, bis sie Ameena bemerken würde. Viel zu lange schon duldete er Ameenas Anwesenheit in Abu Zenima. Er hätte sie sofort wegschicken müssen. Sie war wie ein Stachel, der sich unter seine Haut bohrte und dort das Fleisch verfaulen ließ, weil er selbst ihn nicht herauszog und Malak ihn gar nicht erst sah. Der Name allein schäumte in seinem Blut. Ameena. „Sie heißt Ameena. Sie wird wieder verschwinden. Sie hat einen schlechten Einfluss."

„Warum ist sie hier?"

Er kniff die Augen zusammen. „Malak …"

„Sag es mir! Ist sie eine neue Konkubine für dich? Hast du davon noch nicht genug? Warum ist sie hier?"

„Sie ist Azads Tochter. Sie sollte einen Hauptmann des Sultans heiraten."

„Sollte?"

„Weil Azad keinen Einfluss mehr hat, ist die Verlobung annulliert. Deshalb ist sie hier."

„Deshalb? Damit eine neue Ehe für sie …" Hazels Stimme versiegte, als sie begriff. Ihre Augen verengten sich. „Ich verstehe." Ihre Stimme wurde kalt. Kälter als eine sternenklare Wüstennacht. Kälter als das Wasser des

Khalish im Dezember.

„Azads Clan ist zerschlagen, Hazel", sagte er vorsichtig. „Es ist nicht unüblich, dass der Scheich in einem solchen Fall eine Tochter des Clanführers in seinen Harem aufnimmt, damit die Blutlinie nicht ausstirbt, sondern weiter im Stamm der Tiyaha lebt."

„Das ist dein Plan?"

„Das ist die Tradition, aber es ist nicht mein Plan und war nie meine Idee." Seine Handflächen juckten. Er wollte dieses Gespräch nicht. Er hatte sich zu lange darum gedrückt, das Thema Ameena zur Sprache zu bringen, und mit jedem Tag, der verging, wurde es schwieriger, es doch zu tun. „Ich habe sie als Sklavin zu einem anderen Clan gebracht. Meine Ratsmänner haben sie herbringen lassen. Ich weiß, dass ich sie sofort wieder hätte wegschicken müssen, aber so bin ich nicht. Sie wäre doppelt gedemütigt, wenn auf ihren Schultern sowohl eine geplatzte Verlobung als auch die Zurückweisung durch den Scheich ihres Stammes lastet. Ich kann so etwas nicht tun, Malak." Er fand es fast zu viel verlangt, dass er sich vor ihr verteidigen musste. Teilten alle Ehemänner europäischer Frauen dieses Schicksal? Hatte seine Mutter seinen Vater mit diesem Blick gestraft? Oder war das nur Hazel?

„Warum ist sie hier?", fragte sie noch einmal, kühl und jedes einzelne Wort betonend.

Er stand auf und sah auf sie hinunter. In der Tür tauchte eine Dienerin von Nuur auf und fragte, ob er etwas brauchte. Er schickte die alte Frau weg und drehte sich wieder zu Hazel um. „Weil ein Scheich nach unserem Glauben bis zu vier Frauen haben darf. Und weil mein Rat findet, eine andere sollte diese vierte sein, ehe ich den Fehler mache, dich zu heiraten. Weil sie Angst vor dir haben, Hazel Fairchild. Weil sie fürchten, dass du von mir verlangen wirst, all meine Kinder für unrechtmäßig zu erklären. Weil sie fürchten, dass du das Ende der Tiyaha sein wirst.“

Sie starrte ihn an. Die Augen kalt, das Gesicht so hart, wie er es an ihr nie zuvor gesehen hatte. Der Anblick brachte seine Haut zum Prickeln. Er wollte sie beschützen, für sie sorgen und für sie da sein. Stattdessen verletzte er sie tiefer, als er es für möglich gehalten hatte.

„Und du, Djamal? Was ist es, das du denkst? Glaubst du es auch? Dass an mir alles zerbrechen wird?“

„Ja. Mit dir wird der Stamm zerbrechen“, sagte er, von ihr abgewandt. „Ohne dich wird mein Herz zerbrechen. Kannst du mir sagen, was wichtiger ist? Ich trage eine ungeheure Verantwortung für viele Tausend Menschen, und noch nie habe ich sie weniger gern getragen als jetzt.“ Erschöpft fuhr er sich durch die Haare. Dieses Gespräch kostete ihn mehr Kraft als so manche Schlacht, die er geschlagen hatte. „Ich bringe Ameena weg. Jetzt sofort. Ich bringe sie an die Grenze zum Reich des Sultans, zum östlichsten Wadi, den ein Tiyaha-Clan bevölkert. Ich werde nicht zulassen, dass sie alles zerstört, was ich mühsam versuche aufrechtzuerhalten. Ich bleibe nicht länger weg als unbedingt notwendig.“ Er blickte noch einmal zurück und fand, dass sie verloren aussah, wie sie auf seinen seidenen Kissen hockte, vom Licht einer Öllampe beschienen, den Kopf gesenkt. Verloren und im Stich gelassen. Von ihm, dem einzigen Menschen, den sie in Abu Zenima hatte. Den sie in seiner Welt hatte. Er hätte Nuurs Dienerin nicht einfach so brüsk wegschicken dürfen. „Geh zu Nuur, wenn du nicht allein sein willst“, sagte er. „Ich will nicht, dass du allein bist, Malak. Wenn ich wieder da bin ...“

Sie erhob sich, langsam und sehr grazil. Wann hatte sie gelernt, so elegant aufzustehen wie Kifah oder Nicaule? Ganz gerade sah sie ihm in die Augen, wenn auch Welten zwischen ihnen zu liegen schienen. „Nimm dir so viel Zeit, wie du brauchst, mein Gebieter“, sagte sie und bemühte sich nicht einmal, den Sarkasmus zu unterdrücken.

„Ich werde ganz sicher auch ohne dich zurechtkommen."

Eine Antwort lag ihm auf der Zunge, die nicht weniger schnippisch klingen würde als ihre Worte, aber er entschied sich, diese herunterzuschlucken und einfach zu gehen. Der Keil zwischen ihnen ging tief genug. Es war nicht notwendig, noch einmal mit dem Hammer draufzuschlagen. Er würde sich einfach bemühen, schnell zu sein, und vielleicht schaffte Nuur es ja, sie zu beruhigen.

*

Ein leiser Lufthauch brachte die Bettvorhänge zum Erzittern. Dort, im Niemandsland zwischen Wachen und Traum, war das Erste, was Hazel dachte: Er ist zurückgekommen. Nur weil der Gedanke, im Harem schlafen zu müssen, noch unerträglicher war, war sie in seinem Gemach geblieben. Jetzt, in der Stille der Nacht, war sie froh über ihre Entscheidung. Sie hasste es, dass sie sich einmal mehr im Streit getrennt hatten. Sie hasste die bösen Worte, die gefallen waren, und noch mehr hasste sie das Wissen, dass diese Worte sie für wer weiß wie lange begleiten würden, bis sie einander wieder in die Arme schließen und den Zwist hinweglieben konnten. Ein Lächeln streifte ihre Lippen. Er war noch einmal gekommen. Diesmal würde kein Streit die Distanz zwischen ihnen während seiner Abwesenheit zu einem unüberwindbar scheinenden Graben machen. Noch während sie überlegte, was sie ihm sagen, wie sie wiedergutmachen konnte, dass sie erneut reagiert hatte, bevor sie auch nur versucht hatte, ihn zu verstehen, mischte sich ein anderes Gefühl in die Erleichterung. Etwas Nagendes, Bitteres. Etwas Ungutes. Irgendwas war anders als sonst.

Die Schritte, die sich dem Bett näherten, waren schwer und ungleichmäßig, nicht das energische, aber gleichzeitig elegante Schreiten, an das sie sich bei Djamal gewöhnt hatte. Sich den Schlaf aus den Augen reibend, setzte sie sich auf. Noch bevor sie im Zwielicht der einzigen Öllampe im Zimmer etwas erkennen konnte, tauchte sie in vollkommene Dunkelheit. Schartiger, rauer Stoff rieb über ihre Wangen, riss die dünne Kruste, die sich über den Kratzern gebildet hatte, auf und ließ wieder Nässe über ihre Wangen sickern. Der Stoff, irgendein Sackleinen, war zu grob, um etwas von der Nässe aufzusaugen. Sie versuchte zu schreien, aber eine Hand presste sich auf ihren Mund.

Ein Zischen. Arabische Worte, eine unverhohlene Warnung. Was der Streifen Kälte zu bedeuten hatte, der sich an ihren Hals presste, wusste sie sofort. Ihr Körper versteifte sich in einer Welle unsäglicher Angst. Der kurze Dolch erstickte den Wunsch, um Hilfe zu schreien, im Keim. Das war nicht Djamal. Hinweg die Hoffnung auf eine Versöhnung. Dies würde keine Trennung auf Zeit sein, die sie mit dem Wissen überstehen musste, dass die letzten Worte, die sie einander gesagt hatten, bitter gewesen waren. Was ihr jetzt bevorstand, war eine Trennung für die Ewigkeit.

Sie ließ es geschehen. Zu viel Kraft hatte sie der Tag bis hierher gekostet. Ihr Kampfgeist erlosch in dem Augenblick, als ihr der Dolch an die Kehle gepresst wurde. Wer auch immer ihre Peiniger waren, sie zogen sie aus dem Bett. Einer hievte sie sich über die Schulter. Was brächte es schon, jetzt zu schreien, auch wenn die Klinge fort war? Niemand war da, der ihr zu Hilfe kommen würde. Djamal war weggeritten, hatte sie zurückgelassen mit einem Hof voll Missgunst. Nicht einmal einen Tag hatte es gedauert, dass sie die Gelegenheit nutzten, um den gottlosen Eindringling, als den sie sie sahen, zu entfernen. Nicht lange, und sie verlor die Orientierung. Sie mussten den Palast verlassen haben, denn ein nachtkalter Windhauch streifte ihre nackten Waden. Dann war da der Geruch nach Kamel und Pferd.

Bäuchlings legten sie sie auf etwas, das nur ein Sattel

sein konnte, das Leder knirschte unter ihrem Körper. Sie fesselten ihr die Beine und Arme um den Rumpf des Tieres. Es musste ein Kamel sein. Nicht nur des Geruchs wegen, auch an dem Winkel, in dem sich ihre Glieder um das Tier schmiegten, erkannte sie es. Die letzten Zweifel nahm das Schaukeln, mit dem sich ihr Reittier erhob, ein Gefühl, wie auf einem Ruderboot die Themse herunterzuschippern.

Tränen liefen unter dem Sack, den man ihr über das Gesicht gezogen hatte, über ihre Wangen. Ein letzter Blick, dachte sie. Ein letzter Blick wäre schön gewesen. Wochen, gar Monate, hatte sie sich gewünscht, den Serail zu verlassen, aus dem Gefängnis auszubrechen, dem goldenen Käfig, der diese Oase aus duftenden Blüten und exotischer Behaglichkeit für sie gewesen war. Nun weinte sie um den Verlust. Es war nicht nur ein Gefängnis. Auch ein bezauberndes Liebesnest, das sie mit einem Mann teilte, der so anziehend und unwiderstehlich war, wie er irritierend und stur sein konnte. Noch einmal hätte sie gern die sandsteinfarbenen Wände gesehen, die Säulen am Eingang zum prunkvollen Innenhof, über und über verziert mit glatt polierten Mosaiksteinchen. Sie hätte gern den Türmchen Lebewohl gesagt und den Rosen der Lady Nuur. Den Kindern, Djamals wundervollen Kindern. Warum nur, fragte sie sich, erkannte der Mensch oft erst, was ihm teuer war, wenn er es verlor?

Sie dachte an die Reflexion des Sonnenaufgangs über dem Khalish, an den Geschmack von Safran und Pfeffer und die Küsse eines Scheichs, wenn sein Mund nach dem Pfirsich schmeckte, den er gerade mit ihr geteilt hatte. Ich schreib dir mein Lebewohl ins Herz, Djamal, dachte sie. Wenn ich Sand bin und Asche, wirst du mich finden. Denn auch wenn sie mich töten, bleibt ein Teil von mir in dem Land, das du liebst.

Sie wurde ganz ruhig. In ein fremdes Land hatte sie reisen wollen, neue Kulturen sehen und Zeuge werden, wenn auf der Sinai Geschichte geschrieben wurde, indem die Wissenschaft eine Wüste besiegte und zwei Meere miteinander verband. Auf der Suche nach Abenteuer war sie nach Ägypten gekommen, und auch wenn ihr Abenteuer hier endete, wusste sie, dass etwas von ihr blieb. Denn irgendwo dort draußen gab es einen Menschen, der sie für einen Teil des Weges begleitet hatte. Er war das Feuer und die Hitze des Tages, sie war die Nacht. Kalt und rau und unwirtlich. Doch für eine kurze Weile war es ihnen gelungen, zwei Welten zu einer zu machen. Sie hatten die Nacht und den Tag ineinanderfließen lassen, als die Sonne hinter den Bergen aufging und den Khalish zum Glühen brachte. Sie hatten gestritten und geliebt und hatten gemeinsam etwas geschaffen, was nicht Tag war und nicht Nacht. Was nicht kalt war und nicht feurig. Was das Leben war, in all seiner Pracht.

*

Azad zügelte das Kamel und wartete, bis die anderen zu ihm aufschlossen. Die Nacht ging ihrem Ende zu. Wind war aufgekommen, und der aufstiebende Sand verschleierte die Sicht auf die Lichter der Siedlung Suwais. Azad fletschte grimmig die Zähne. Von hier war er aufgebrochen, vor noch gar nicht so langer Zeit, um mit seinen Reitern die Ingenieure zu erschrecken. Wie oft hatte er sich seither gewünscht, es nicht getan zu haben? Was interessierten ihn die Ungläubigen? Seinetwegen sollten sie doch ihre Wasserstraße durch die Wüste ziehen. Azad war belesen genug, um zu wissen, dass andere vor ihnen es getan hatten. Auch deren Anstrengungen waren über die Generationen wieder im Sand verlaufen. Keine solche Wasserstraße hatte länger als ein paar Menschenleben lang die Wüste durchfurcht, denn die Wüste war stärker. Aber Menschen waren stur und lernten nicht.

Azad umklammerte mit seiner verbliebenen linken

Hand den Stumpf der rechten, der zu jucken begann. Einmal am Tag hatte Djamals Heiler saubere Lappen um den Arm gewickelt, der abrupt am Handgelenk endete, nachdem er eine Salbe aus Fett und übel riechenden Kräutern darauf verschmiert hatte. Nun, das war vorbei, Azad würde ganz sicher nicht nach Abu Zenima zurückkehren. Höchstens, um Rache zu üben. Doch dazu musste er Einfluss sammeln. Er blickte sich zu seinen Begleitern um. Mit zwölf Männern, von denen acht noch älter waren als er selbst, konnte er nichts reißen, das wusste auch er. Er brauchte Krieger und Soldaten. Djamal sollte leiden. Wirklich leiden.

Mit einem zufriedenen Grinsen bedachte er das Bündel, das vor Rashid über dem Rücken des Kamels hing. Sie hatte aufgehört zu zappeln, fügte sich in das Unvermeidliche. Wahrscheinlich erwartete sie zu sterben. Wenn sie wüsste, wohin er mit ihr unterwegs war, würde sie in Jubelgesänge ausbrechen. Oder auch nicht. Nicht nur ihn hatten Rashid und Jamil am Beginn dieser ereignisreichen Nacht, die sich nun dem Ende zuneigte, aus seiner unterirdischen Zelle geholt. Auch Abdul war bei ihnen, den Djamal ins Loch geworfen hatte. Jamil berichtete davon, wie verliebt der kleine Narr war, der geglaubt hatte, ein Scheich zu sein. Vermutlich war die kleine Hexe in dem Bündel ebenso verliebt in ihn. Ameena hatte gute Arbeit geleistet. Ihr war es gelungen, die lächerliche Vernarrtheit von Djamal und der Engländerin auszunutzen und die Frauen aufzuhetzen. Ihre Anschuldigungen waren auf fruchtbaren Boden gefallen und hatten die wunderbarsten Blüten getrieben. Wie nützlich es sich erwiesen hatte, dass Ameena bereits Erfahrung damit gesammelt hatte, wie man eine unliebsame Frucht im Leib wieder loswurde! Damals schon hatte er sie dafür bewundert, wie sie dem Scheich offen ins Gesicht spuckte, indem sie sich von einem anderen schwängern ließ, während Djamal bereits eine politisch kluge Ehe für sie ausgehandelt hatte. Erst heute begriff er, wie weitsichtig die Tochter tatsächlich gewesen war. Niemand würde sie verdächtigen, dazu war der Hass auf die Fremde, den Ameena geschürt und befeuert hatte, viel zu groß.

Djamal hatte sich Menschen zu Feinden gemacht, auf deren Freundschaft er angewiesen war. Seine Frauen, aber allen voran den Pascha, dessen Wohlwollen er mehr brauchte als das seiner anderen Verbündeten zusammengenommen. Nun, Großer Neffe, dachte Azad und spuckte aus, Fehler rächen sich irgendwann, und heute war der Tag gekommen. Djamal würde leiden. Weil sie ihm etwas genommen hatten, das ihm wirklich wichtig war.

Ihm die Kinder wegzunehmen wäre die andere Möglichkeit gewesen. Doch wo sollten sie hin mit einer Horde von Säuglingen und Halbwüchsigen? Was sollten sie mit ihnen anfangen? Töten kam nicht infrage, in den Kindern floss das gleiche Blut wie in den Männern, die sich ihrem Scheich in den Weg stellten. Also blieb nur die Engländerin, die diesen Scheich geblendet hatte.

Vermutlich glaubte Jamil, aber mehr noch der alte Rashid, dass es genügte, die Ungläubige zu ihren eigenen Leuten zurückzuschaffen. Dass Djamal dann wieder zur Besinnung käme. Mit einem schadenfrohen Grinsen auf den Lippen setzte Azad sein Reittier wieder in Trab. Er wusste es besser. Wie oft hatte er sich gewünscht, in der Zeit in Djamals Kerker, dass er das verfluchte gelbhaarige Mädchen dort gelassen hätte, wo er sie gefunden hatte? Dass er, wenn er sich schon zu dem Angriff auf das Lager hatte verpflichten lassen, wenigstens der Versuchung ihrer wasserblauen Augen nicht erlegen wäre? Heute wusste er es besser. So vieles wusste er nun besser, und sie mitgenommen zu haben, hatte ihm genau die Lösung in die Hände gespielt für das Problem, das er seit Tariqs Tod bekämpfte. Die Lösung des Problems Djamal.

Die Lichter von Suwais kamen näher und verblassten zugleich. Hinter ihnen färbte sich der Himmel in einem kränklichen Gelb, ein Sonnenaufgang hinter einem Sandsturm. Der Geruch von Tee und auf Stein backenden Brotfladen stieg Azad in die Nase, und beim Duft von frischem Wasser beschleunigte sein Kamel den Schritt. Sie würden ein paar Stunden vor den Toren des Dorfes ausruhen, sich von den Hamadin bewirten lassen und um die Mittagsstunde herum weiterreiten.

Er war froh, dass Jamil nicht Pferde, sondern die genügsameren, strapazierfähigeren Kamele besorgt hatte. Mit ihnen konnte man auch in der Mittagshitze reisen, ohne sie auszulaugen. Was für ein Jammer, dass die Engländerin darunter so sehr leiden würde, dass sie bei ihrer Ankunft am Ziel halb tot sein musste. Perfekt. Genau so brauchte er sie. Mitgenommen und vollkommen erschöpft von den Strapazen ihrer Gefangenschaft. Nicht einmal die uralte Weisheit seines Volkes, dass ein Kamel tausendmal wertvoller war als ein Pferd, hatte Djamal verstanden. Statt der Kamele züchtete er in seinem Spielzeugpalast in der Wüste lieber Pferde, für die er gleich mehrere der viel zu teuren Brunnen in den Boden hatte graben lassen. Er züchtete nutzlose Pferde, wie seine Mutter, ein weiblicher Dschinn, wie er im Buche stand, nutzlose Rosen züchtete. Azad erinnerte sich mit Ekel an den Geruch, der zusammen mit dem Gestank von Pferdemist zu ihm herunter in den Kerker geweht war, wenn der Wind von Nordosten kam. Der Geruch der Rosen war wie der Geruch der Fremden, die das Wasser durch die Wüste fließen sehen wollten.

Was hätte die Gelbhaarige wohl gezüchtet, wenn er ihr und ihrem Scheich nicht zuvorgekommen wäre? Gelbhaarige Beduinenkinder? Es schüttelte ihn. Beinahe wünschte er sich, nicht in Suwais haltmachen zu müssen, sondern durchzureiten, den ganzen Tag lang, bis nach Kairo an den Hof von Said Pascha, um Djamal jede Möglichkeit zu nehmen, sie noch einzuholen. Das schaffte der kleine Narr vermutlich ohnehin nicht, aber Azad konnte nicht verdrängen, dass der Neffe, so unerfahren er war, am Ende des Tages immer einen Schritt schneller gewesen war und seine Putschversuche vereitelt hatte. Oft genug zu früh, um sie als Putschversuche zu erkennen, sonst hätte Azad seine Hand viel früher verloren. Nein, er konnte nicht weiterreiten. Er hatte nur zwölf Getreue, und er musste auf jeden dieser Männer achten, auch wenn sie so alt waren wie Rashid.

Djamal hatte ohnehin verloren. Er wusste es nur noch nicht. Danke, Ameena, dachte Azad, und bei der Erinnerung daran, dass er ohne die Umsicht seiner Tochter nicht hier wäre, auf dem Rücken eines Kamels, während der Wind seine Keffiyeh bauschte und ihm Sand in die Augen trieb, lachte er auf wie ein junger Mann.

*

Kurz vor Einbruch der Dunkelheit rissen die Torwächter einen der doppelt mannshohen Torflügel zum Palast für Djamal auf, sodass er sein schweißnasses Pferd nicht einmal zum Stehen bringen musste. Er war, entgegen jeder Vernunft, die zweite Tageshälfte fast ohne Pause durchgeritten. Seine Begleiter hatten ihm ihre Wasserrationen mitgegeben und sich selbst zurückgehalten. Sie würden langsamer folgen, auf die Kühle der Nacht warten. Er war dankbar für diese Männer, die nicht versuchten ihn mit vernünftigen Ratschlägen zurückzuhalten, sondern verstanden, dass er es eilig hatte. Jetzt, als er in den ungewöhnlich stillen Hof einritt, hätte er sie gern bei sich gehabt. Etwas war falsch hier. Er hatte es schon im Näherkommen bemerkt.

Die Torwächter verneigten sich tiefer als sonst und mieden seinen Blick, ebenso wie der Pferdejunge, der nach dem Zügel des Rappen griff. Djamal ließ sich vom Pferderücken gleiten. Seine Sandalen versanken halb in Sand und Staub. Er erkannte Fußspuren, niemand hatte sich die Mühe gemacht, sie wegzufegen. Das waren nicht die Spuren, die ein normaler Alltag hinterließ. Es waren zu viele. Hinweise, dass etwas – oder jemand? – gegen seinen Willen durch den Hof gezerrt worden war. Die Spuren führten durch das Tor nach draußen, wo der Wind sie dann verweht hatte.

Das Schlagen einer Tür ließ ihn herumfahren. Instinktiv griff er zum Heft seiner Waffe. Es war die Tür zu den Pferdeställen, wo die Luken zu den unterirdischen Kerkerzellen in den Boden eingelassen waren. Er trat näher, das Abendlicht fiel nur in einem schmalen Streifen durch die Tür in den Stall hinein. An der gegenüberliegenden Wand lag eine lederne Decke über einer reglosen Gestalt.

Er fuhr herum, und die beiden Torwachen fielen auf die Knie, die Gesichter in den Dreck gedrückt. Der Junge mit dem Pferd war bereits verschwunden. Ansonsten zeigte sich niemand. Ungewöhnlich. Beängstigend. Es war zu früh am Abend für diese geisterhafte Stille.

„Was ist passiert?", bellte er.

Einer der Wächter hob den Kopf. Djamal wich einen Schritt zurück, erkannte Blutspuren auf der Tunika des Mannes. Im Sand hinter dem leise schwingenden Torflügel lag ein blutgetränktes Tuch. Der Mann versuchte etwas zu sagen, aber es kam kaum ein Lallen heraus.

Jemand hatte ihm die Zunge gespalten. Der zweite Torwächter hob nicht einmal den Kopf. Im Halbdunkel des Säulengangs erkannte Djamal einen Schatten, der dort herumkroch. Es war sein Heiler, auf dem Weg zu dem Verletzten, um ihn zu versorgen. Warum stand der Mann überhaupt am Tor, warum war er nicht ersetzt worden durch einen Wachmann, der im Vollbesitz seiner Kräfte war? Schockiert wandte Djamal sich zurück zum Stall, zog den Dolch aus seinem Gürtel und betrat den Raum. Die Wächter hielten ihn nicht zurück. Entweder bestand keine unmittelbare Gefahr, oder er würde innerhalb der nächsten drei Atemzüge ohnehin tot sein. Er zog die Lederdecke weg, packte die leblose Gestalt an der Schulter und drehte sie herum. Einer der Reiter, die er zurückgelassen hatte, um auf Frauen und Kinder achtzugeben. Das Blut aus seiner durchtrennten Kehle war auf dem Lehmboden zu braunen Krusten erstarrt. Nicht einmal beerdigt hatte man den Toten. Warum? Um ihm das volle Ausmaß des Schreckens vorzuführen, für den er verantwortlich war? Eine eiserne Faust griff nach seinen Eingeweiden. Er ließ seinen Blick weiter in die Dunkelheit des Stalles gleiten, nahm jedes Detail überdeutlich wahr, sein Blick geschärft durch Unglauben und Schock.

Außer den Pferden, die er selbst auf dem Ritt nach Osten bei sich gehabt hatte, fehlte keines der Tiere im Stall. Sie alle waren unruhig, und als sie seiner gewahr wurden, erklangen Hufschläge gegen Ziegelmauern und hölzerne Verschläge. Die Tiere brauchten dringend Wasser. Kümmerte sich niemand mehr um sie? Die Tiyaha befanden sich nicht im Kriegszustand, er hatte nur eine geringe Anzahl von Soldaten in Abu Zenima, nicht mehr als fünfzig, von denen er zwanzig mit nach Osten genommen hatte. Etwa dreißig waren hiergeblieben. Zu wenig? Wo waren sie alle? Die Faust in seinen Eingeweiden packte fester zu, drehte und wand sich.

Es war kein Krieg! Es hatte keine Veranlassung gegeben, seine Armee von den einzelnen Clans zusammenzurufen, ehe er Zenima verließ. Wenn die Pferde noch hier waren – waren dann auch diejenigen noch hier, die dem Wachmann die Zunge gespalten, die den Reiter getötet hatten? Zu ruhig. Der Palast schien zu Stein erstarrt. Djamal umklammerte seinen Dolch, zwang seinen Puls, sich zu beruhigen und drang tiefer ins Innere der Ställe vor.

Es wunderte ihn nicht, dass er die Luken zu den Zellen geöffnet fand. Die unterirdischen Kerker waren leer. Sowohl Azad als auch Abdul waren befreit worden. Von wem? Wer sollte Zenima überfallen? Azads Clan? Sie waren in alle Winde verstreut.

Kälte kroch ihm das Rückgrat hinauf. Malak. Nuur. Die Kinder. Er stürmte an den Pferden vorbei zurück nach draußen, rannte quer über den Hof, stieß den Pferdejungen aus dem Weg. In der Tür zum Haupthaus rannte er in eine Gestalt, die zierlich war und ihm bis an die Schulter reichte. Dunkle Locken, schweißfeucht und zerzaust.

Yasif.

Er klammerte sich an die Schultern des Jungen, beugte sich hinunter, um Yasif ins Gesicht zu sehen. „Was ist passiert?" Einen grausigen Augenblick lang fürchtete er, dass aus dem Mundwinkel seines Ältesten ein Blutfaden rinnen würde, wenn dieser zu sprechen versuchte.

„Mutter ist nichts geschehen", sagte Yasif, und er wirkte viel gefasster, als er hätte wirken dürfen. „Die Frauen im Harem sind unversehrt, Vater. Azad hat …"

„Was hat Azad getan, Yasif? Wer hat Azad befreit?"

„Rashid", stieß der Junge hervor. „Rashid und Jamil und … Es war doch richtig, Vater!" Yasif kämpfte mit Tränen, aber nicht in Erinnerung an das, was hier passiert war, sondern aus Angst vor der Reaktion seines Vaters. Der Moment, in dem Djamal das klar wurde, fühlte sich an wie tausend Nadelstiche überall an seinem Körper. „Sie gehört hier nicht her", jammerte sein Sohn. „Sie ist hier … sie sollte nicht hier sein. Sie sollte niemals hierherkommen. Sie hat alles zerstört, und sie hat Atiyas Kind getötet. Es war meine Pflicht als Thronerbe der Tiyaha! Ich musste dem Rat helfen. Es war meine Pflicht." Der letzte Satz fast nur noch ein Wimmern.

Djamals Hand zuckte, um dem Jungen eine Maulschelle zu verpassen, die ihn an die Wand geschleudert hätte. Aber er riss sich zusammen. Er liebte dieses Kind. Yasif hatte aus einem verschrobenen Ehrgefühl heraus gehandelt, weil nicht einmal er seinem Vater noch zutraute, im Sinne des Volkes zu handeln. Er presste kurz die Lippen aufeinander und schluckte die bittere Erkenntnis.

„Sie haben Miss Fairchild mitgenommen?"

„Sie bringen sie dorthin …" Dies war der Augenblick, in dem Yasif begriff, dass etwas nicht richtig war. In dem der Junge verstand, dass es für sein Begreifen zu spät war. Er schniefte, die Stimme erstickt. „Aber sie gehört doch dorthin, Vater. Sie gehört zu den Menschen auf der anderen Seite. Sie gehört nicht zu uns. Sie ist eine Fremde. Sie …"

„Yasif", sagte er, die Stimme trotz seiner Ungeduld und Angst um Hazel ruhig, beinahe beschwörend, weil er begriff, dass er viel zu lange damit gewartet hatte, die Dinge zu sagen, die er sagen musste. „Wenn dich jemand an einen Ort bringen würde, an dem du nicht sein willst, und du gezwungen bist, dort zu leben. Wenn du versuchen würdest, das Beste daraus zu machen, würdest du dich nicht danach sehnen, einen Freund zu haben? Neue Freunde zu finden? Anerkennung zu erfahren, damit die Einsamkeit erträglicher wird, weil du dir nicht länger nutzlos und fehl am Platz vorkommst? Würdest du dir nicht wünschen, dass dich nicht jeder als den Fremden betrachtet und darauf hofft, dass du dorthin zurückgehst, woher du gekommen bist?"

Die Lippen des Kindes zitterten, bebten. Er hielt Djamals Blick stand, sagte aber nichts mehr.

„Wer ist noch dabei?", fragte Djamal. Er spürte eine Bewegung hinter sich, fuhr herum. Es war der Pferdejunge, der sich an ihm vorbei in die Küche stehlen wollte. Djamal packte ihn im Nacken. „Sattel mir die Falbstute. Lass den Rappen, wo er ist. Leg einen Ersatzsattel und Proviant auf meinen Braunen. Bring beide in den Hof."

„Jetzt?", krächzte der Halbwüchsige.

„Jetzt!", schrie Djamal ihn an. Seinem Sohn gegenüber hatte er all die Wut, all die Verzweiflung noch verdrängen können. Gegenüber dem Sklavenjungen brach sie sich endgültig Bahn.

„Der Junge kann nichts dafür." Es war Nuur. Sie

sprach Englisch, wie sie es immer tat, wenn sie ihn rügte und nicht wollte, dass die Bediensteten es verstanden. Sie nickte dem Pferdejungen zu, wand Yasifs Schultern aus Djamals Griff und schickte das Kind zu seiner Mutter. „Sie haben Hazel im Schlaf überrascht. Sie war nicht im Harem, sondern in deinem Gemach, es war ein Leichtes, die Wachen zu überwältigen. Ich habe es nicht kommen sehen. Ich habe nicht gewusst, dass selbst Rashid schon zu ihnen gehört."

„Und Yasif. Er war es, der ihnen die Türen geöffnet hat." Djamal lehnte sich an den Türrahmen und sah seine Mutter an. „Gibt es überhaupt noch einen Menschen, der auf meiner Seite ist?", fragte er müde.

Sie wich seinem Blick nicht aus. „Ikrimah haben sie in deinem Arbeitszimmer erschlagen. Was hast du vor?"

„Ich hole sie zurück", sagte er.

„Wahrscheinlich sind sie schon in Kairo. Sie haben Kamele genommen und reiten durch."

„Ich werde in Suwais die Pferde wechseln. Mit Pferden und ohne Begleiter bin ich schneller als sie mit Kamelen."

„Sie sind bereits seit einem Tag unterwegs, Djamal. Du kannst sie nicht einholen. Sie werden schon fast ihr Ziel erreicht haben. Du weißt, was dich in Kairo erwartet, wenn Azad Hazel schon an den Pascha übergeben hat."

„Es war Azad, der Hazel aus dem Lager mitgenommen hat, nicht ich. Ich habe sie geschützt! Sie wird es dem Pascha sagen. Sie …" Er wusste, dass er sich an Strohhalme klammerte. Er hatte es versäumt, Hazel zurück nach Kairo zu bringen. In den Augen des Paschas hatte er sie gefangen gehalten, es war gleichgültig, was Hazel vorbrachte. Und nach dem, wie sie sich voneinander getrennt hatten, bevor er Ameena fortschaffte, konnte er nicht einmal sicher sein, dass sie für ihn Partei ergreifen würde.

„Du riskierst alles, Djamal", sagte Nuur sanft. „Du wirst alles verlieren, wenn du ihnen nachreitest. Azad wird gewinnen. Ich werde deine Entscheidung akzeptieren, ganz gleich, wie sie ausfällt, aber sei bitte vorsichtig."

Sie sprach es nicht aus, aber er las es in ihren Augen. Eingekerkert zu werden war für einen Mann vom Blut der Beduinen das schlimmste Schicksal. Rastlosigkeit war seine Natur. Er würde sich wünschen, dass sie ihn getötet hätten, wenn er erst in Ketten lag.

„Ich kann nicht nichts tun", murmelte er und wandte sich ab. Ohne Nuur anzusehen, fügte er hinzu: „Ohne sie kann ich nicht mehr leben, Mutter." Ohne die Berührung ihrer Hände, ohne den fordernden Blick aus ihren hellen Augen. Ohne ihre Küsse und ohne das Gefühl, in sie einzutauchen und Frieden zu finden. Wenn ihn die vergangenen Tage eines gelehrt hatten, dann dies. „Nimm die verbliebenen Reiter, sattelt die Pferde, Mutter. Bring die Frauen und Kinder in Sicherheit, nach Süden. Die Soldaten werden kommen, aber ich kann nicht hier sitzen und auf sie warten. Ich kann es nicht. Ich muss zu Malak. Wir haben uns im Streit getrennt."

Er wollte sie wiederhaben. Selbst wenn es nur für einen Augenblick wäre, einen einzigen Moment, in dem er in ihren Augen Vergebung lesen konnte, dafür, dass er sie eingesperrt hatte, dann war es das wert. Er war bereit, alles zu riskieren.

Kapitel 13

Sie hatten ihr den Sack vom Kopf genommen und ihre Fesseln gelöst. Es machte keinen Unterschied. Sie war zu zerschlagen, um ernsthaft an Flucht denken zu können. Die Haut an ihren Handgelenken war aufgescheuert und wund. An einigen Stellen gar nässend und bereits mit Eiter überzogen. Saubere Kleidung hatten sie ihr nicht gegönnt, aber zumindest ein Krug mit frischem Wasser stand auf dem Boden. Behelfsmäßig wusch sich Hazel die Wunden aus, reinigte ihr Gesicht. Wo hatten Azad und die anderen Entführer sie hingebracht? Mittlerweile war sie sicher, dass es Azad gewesen war, der sie aus Djamals Gemach gezerrt und weggebracht hatte. Obwohl die Übeltäter peinlich darauf bedacht gewesen waren, sie nichts sehen zu lassen, waren ihr ihre anderen Sinne geblieben, und in dem fremden Zischen, das die arabische Sprache auch nach den vielen Wochen noch immer für sie war, hatte sie den einen Namen ausgemacht. Azad. Immer wieder Azad.

Sie begann, in ihrem Gefängnis umherzugehen. Vier Schritte in die eine Richtung, vier in die andere. War sie in einem der Beduinen-Dörfer gelandet? Das hier zumindest war kein gewöhnliches Zimmer. Es war ein Zelt. Übermannshoch und mit zahlreichen Kissen und Decken ausgelegt, aber dennoch ein Zelt. Dass sie gefangen war, daran hatte sie keinen Zweifel. Durch die tiefrote Stoffplane sah sie die Umrisse von zwei Wachen, die links und rechts des Ausgangs postiert waren. Auch Geräusche drangen zu ihr durch. Pferdewiehern, das Blöken von Kamelen. Sogar Kinderlachen, und ab und zu meinte sie, das Knattern von Kutschenrädern über steinige, staubige Straßen wahrzunehmen. Sicherlich spielten ihre Sinne ihr diesbezüglich einen Streich. Vielleicht waren auch die Gerüche, die zu ihr drangen, Kamelmist und der Dunst von Gesottenem in großen Kupferkesseln, nicht wirklich da, und sie bildete sich etwas ein.

Wie sie selbst gingen ihre Gedanken im Kreis. Was konnte sie tun, um Djamal zu erreichen? Wie ihn warnen, wenn keine Menschenseele hier ihre Sprache verstand? Neben der Waschschüssel sah sie einen Kamm auf dem Boden liegen. Kurz erwog sie, sich daranzumachen, die Knoten aus ihren Haaren zu kämmen, entschied sich aber dagegen. Was für einen Sinn sollte es haben, sich hübsch zu machen für diese Leute, die ihr nur Böses wollten?

Stimmen direkt vor dem Zelt ließen sie in ihrem Auf und Ab innehalten. Die Wachen vor dem Eingang rührten sich, nahmen Haltung an. Instinktiv wich sie zurück, bis ihr Rücken gegen die Zeltwand stieß. Was würde geschehen? Die ganzen zwei Tage der Reise hatte sie damit gerechnet, dass sie Hand an sie legen würden. Hatte man ihr deshalb Waschzeug bereitgelegt, um sich frisch zu machen für ihre Peiniger? Ein Band legte sich um ihre Kehle. Das durfte nicht geschehen. Das würde nicht geschehen. Eher würde sie Azad und seine Männer provozieren, damit sie ihr den Hals durchschnitten. Ihr Körper gehörte Djamal. Niemand anderem als dem Scheich ihres Herzens. Er hatte ihr die Wahl gelassen, und sie hatte sich ihm geschenkt mit allem, was sie hatte. Mit allem, was sie war. Sie würde sich nicht zwingen lassen, den Männern etwas zu geben, das ihm gehörte. Nur ihm.

Mit einem Rascheln wurde die Plane vor dem Eingang zurückgeschlagen. Sie schloss die Augen, ballte die Hand zur Faust, bereit, sich mit ihrem Leben zu verteidigen. Jetzt bereute sie, den Kamm nicht vom Boden genommen zu haben. Er wäre eine Waffe gewesen. Eine klägliche Waffe, aber immerhin eine Waffe.

„Hazel." Ein Wort wie ein Schlag ins Gesicht. Ihre Lider schossen in die Höhe, ihr Gehirn nicht bereit zu verarbeiten, was sie sah. Ihr Vater stand, einen Schritt vom Eingang entfernt, im Zelt. Die Schultern nach vorn gesunken, die Haut seines Gesichts unter der Sonnenbräune aschgrau.

„Hazel." Ihr Name ein Gebet auf seinen bebenden Lippen. „Hazel."

„Daddy?" Ihre Stimme wollte ihr nicht gehorchen. Sie wollte zu ihm rennen, ihm die Arme um den Hals schlingen, in einer Geste, die ganz und gar nicht damenhaft war und mit Sicherheit nicht der Tochter eines Abgeordneten würdig, aber sie war wie erstarrt. Das Zittern begann hinter ihrer Brust, stieg in ihren Hals, sprengte das Band, das ihr zuvor noch das Atmen schwer gemacht hatte, und öffnete den Weg für ein Schluchzen aus tiefster Kehle.

Ihr Vater breitete seine Arme aus, machte einen Schritt auf sie zu. Noch immer fühlte sie die sonnenheiße Zeltwand in ihrem Rücken. Noch ein Schritt. Ganz entfernt nahm sie wahr, dass noch weitere Personen ins Zelt kamen. Ein alter Mann mit einem imposanten Bart, der durchzogen war von Silberfäden, in orientalischer Kleidung. Und Clarence, flankiert von zwei weiteren Soldaten.

Sie sah nur ihren Vater. Und mit einem Mal war es ganz leicht. Die Starre löste sich, sie stürmte auf ihn zu, stolperte über eine der Teppichkanten und fiel ihm direkt in die Arme. Er fing sie auf. So einfach, so natürlich. Solange sie sich erinnern konnte, hatte er sie niemals so berührt. Ungezwungen, so nah und dabei so richtig. In seinem Körper, der dünner geworden war, als sie ihn in Erinnerung hatte, erfühlte sie dasselbe Zittern, das auch sie beutelte. Er hielt sie. Sie drückte ihn, schluchzte immer wieder seinen Namen.

Es hatte Nächte gegeben, in denen sie gedacht hatte, sich damit abgefunden zu haben, ihn niemals wiederzusehen. Nur in den Stunden in Djamals Armen hatte ihr das Wissen, ihn verloren zu haben, nicht die Luft abgeschnürt. Dann gelang es ihr, sich einzureden, dass Daddy darüber hinwegkommen würde, dass sie nicht früher oder später daran zerbrechen würde, zu wissen, dass der

Mann, in dessen Armen sie mehr Verzücken gefunden hatte als an irgendeinem anderen Ort der Welt, sie fernhielt von ihrem Vater.

Daddy hob eine zittrige Hand, strich ihr damit eine verfilzte Haarsträhne aus dem Gesicht.

„Was haben sie dir nur angetan? Mein kleines Mädchen. Jetzt wird alles gut. Alles wird wieder gut."

Sie wehrte sich nicht gegen seine Zärtlichkeiten. Wehrte sich nicht, als er sie ein wenig von sich schob. Da waren so viele Worte in ihrer Brust. Erklärungen, dass die Einzigen, die ihr etwas angetan hatten, Azad und seine Komplizen gewesen waren. Dass Djamal ihr geholfen, sie gerettet und behandelt hatte wie eine Königin. Aber die Worte steckten fest, begraben unter einem Berg von Wiedersehensfreude und Verwirrung.

„Wo … wo bin ich?" Eine banale Frage, so unwichtig angesichts all dessen, was es Wichtiges zu sagen gegeben hätte.

„In Kairo, mein Kind. Jetzt wird alles wieder gut. Ich bring dich nach Hause. Sieh, dieser Mann hier ist einer der Minister der Regierung von Said Pascha. Er ist gekommen, geschickt von dem Wali, um sich in seinem Namen für all das Schlimme zu entschuldigen, was geschehen ist. Dass er nicht seinen Einfluss geltend gemacht hat, um deinen Aufenthaltsort aus diesen Menschen herauszupressen, die so tun, als wären sie Verbündete des Paschas." Er trat einen Schritt zur Seite und deutete auf den Alten, der ihr schon zuvor aufgefallen war.

Wie im Traum funktionierte sie, ohne etwas dazu zu tun. In einer Bewegung, die sie in den Wochen im Serail den anderen Frauen abgeschaut hatte, fiel sie vor dem Minister auf die Knie, senkte den Kopf, um ihm die Füße zu küssen. Ein erschrockenes Zischen von Clarence und ihrem Vater ließ sie mitten in der Bewegung innehalten. Eine Ahnung streifte sie, dass es mit ihr zu tun hatte, mit dem, was sie tat, oder vielmehr, was sie nicht tat. Zitternd lenkte sie ihre Bewegungen um, richtete sich wieder auf, um zu knicksen, wie sie es als Kind gelernt hatte. Damit die Geste elegant hätte wirken können, fehlten ihr unzählige Bahnen Stoff, die sie hätte raffen und halten können. Ihr Knicks wirkte unbeholfen und fremd.

„Exzellenz", sagte sie mit gesenktem Kopf.

„Miss Fairchild." Der Minister griff sie am Oberarm und hob sie auf. „Die Worte fehlen mir, um mein Bedauern auszudrücken für das, was Ihnen widerfahren ist. Aber seien Sie versichert, dass der Khedive die Männer, die die Verantwortung für Ihr Schicksal tragen, zur Rechenschaft ziehen wird." Er sprach Englisch mit einem starken französischen Akzent, wie all die hochgestellten Politiker in Kairo, die sie in ihren Monaten in diesem Land kennengelernt hatte.

„Azad …", setzte sie an, doch der alte Mann unterbrach sie mit einer knappen Geste.

„Wir wissen, was geschehen ist. Machen Sie sich keine Sorgen. Ich habe Ihrem Vater eine Kutsche zur Verfügung gestellt. Der Fahrer wartet darauf, Sie in ein angenehmeres Quartier zu bringen. Sie werden sehen, nach einem Bad und ein paar Stunden Ruhe sieht die Welt schon anders aus. Ich muss Sie nur bitten, mir zu bestätigen, Miss Fairchild, dass Sie in der Tat am Hof von Scheich Djamal ibn-Tariq gelebt haben, wie Azad ibn-Mohammed behauptet. Ist das die Wahrheit?"

„Ja, natürlich. Ich war bei Scheich Djamal, aber …" Sie wusste, dass sie etwas sagen musste, dass sie verhindern musste, dass Djamals Onkel seine Version der Geschehnisse zum Besten gab, dass er die Gelegenheit bekam, Djamal zu diffamieren und so unbegreifliches Unrecht heraufzubeschwören. War Azad bereits im Palast des Walis? War Said Pascha deshalb nicht selbst gekommen? War vielleicht alles schon zu spät? Die Angst um Djamal, um die Kinder, um Abu Zenima und die Rosen in der Wüste schnürte ihr die Luft ab. Es war ihr Vater, der sie unterbrach.

„Hazel. Komm, mein Kind. Du hast dem Herrn Minister bestätigt, was er wissen musste. Alles andere kannst du vergessen. Es wird alles gut. Ich will nicht, dass du dich aufregst." Der Tadel in Vaters Stimme war sanft. Als rede er mit einem Kind, das über einem besonders aufregenden Spiel die Manieren vergessen hatte, die man es lehrte.

Alles in ihr schrie danach, sich gegen den Griff ihres Vaters zu wehren. Sie musste für sich einstehen und für Djamal. Aber ihre Kraft war aufgebraucht. Als wäre sie eine Puppe ohne eigenen Willen, ließ sie sich einen Mantel um die Schultern legen und davonführen. Morgen, dachte sie. Später. Sie war unendlich müde. Der Wali würde sie empfangen. Sie würde eine Gelegenheit bekommen, mehr zu sagen. Said Pascha war ein besonnener Mann. Er würde nichts tun, ehe er aus ihrem Mund erfuhr, was geschehen war. Ihr Vater zog sie vorbei an den Wachen mit den schmierigen Blicken und vorbei an Clarence, dem Mann, von dem sie einst gedacht hatte, dass sie ihn heiraten würde. Er bereiste ihren nur spärlich bedeckten Körper nicht mit Blicken. In seinen Augen sah sie kein Begehren. In seinen Augen sah sie Zorn.

*

Eine der ersten Lektionen, die sein Vater ihn als Kind gelehrt hatte, war die gewesen, sich nie hinreißen zu lassen. Immer nachzudenken. Schritte abzuwägen, nicht nur, ehe er sie ergriff, sondern schon, ehe er sie in Worte fasste. Kein Scheich regierte allein, er hatte eine Gruppe alter, erfahrener Männer um sich, die ihren Anteil an den Handlungen des Scheichs haben wollten, ohne jedoch Verantwortung zu tragen, wenn etwas schiefging. Es war wichtig, sich seiner Sache absolut sicher zu sein, und dazu war es notwendig, einen kühlen Kopf zu bewahren und niemals mit dem Herzen eine Entscheidung zu fällen.

Sein Vater hatte mit dem Kopf entschieden, als er sich weigerte, Konkubinen zu nehmen oder sich mit Frauen zu verheiraten, die er nicht kannte, nur um Clans oder andere Völker zu befrieden und an sich zu binden. Er wollte sich von niemandem abhängig machen. Von Mohammed, Djamals Großvater, hatte Tariq ein starkes, in sich gefestigtes Reich der Tiyaha übernommen, einstige wilde Krieger, Nomaden, die die Wüste erzittern ließen, wenn sie auf Beutezug gingen. Ein Volk, mit dem niemand sich anlegte, nicht einmal der Khedive in Kairo. Doch Tariq hatte mit dem Herzen entschieden, als er Nuur zur Frau nahm. Manche hatten ihn belächelt, als er Abu Zenima zu erbauen begann, als er, statt Kamele zu züchten und auf Beutezügen bis über den Nil vorzudringen, anfing, sich mit Pferden zu beschäftigen und für Nuur einen Garten aus englischen Rosen anzulegen. Andere hatten nicht gelächelt, sondern ihn im Stillen verflucht. Aber er war ein starker Mann gewesen, den niemand offen angegriffen hätte. Sieben jüngere Brüder hatte Tariq gehabt, Männer, denen das Blut zu sieden begann, wenn sie zu lange still saßen, doch sie hatten seine Autorität nie infrage gestellt.

Djamal war nicht weniger stark als Tariq. Er hatte den Kopf und das Blut seines Vaters. Doch er war ein Kind gewesen, als Tariq starb. Ein Kind, das fortan sein Leben damit verbrachte, sich zu wehren. Einer gegen sieben, mindestens sieben, die von sich glaubten, mehr Anspruch auf die Würde des Scheichs der Tiyaha zu haben als er. Selbst als er erwachsen geworden war, war er viel zu beschäftigt damit, sich zu wehren, um wirkliche Autorität zu entwickeln. Männer wie Azad hatten zu jedem Zeitpunkt infrage gestellt, wer und was Djamal war. Er hatte sich den Traditionen seines Volkes unterworfen, mit denen sein Vater so offen gebrochen hatte, weil er sich nicht zusätzlich angreifbar machen wollte. Er hatte für Nachkommen gesorgt, die Clanführer besänftigt, und wenn es nötig war, hatte er mit eiserner Hand regiert.

Die Hufe des Braunen wirbelten Sand und Staub auf. Aus dem Wüstensand erhoben sich im Morgenlicht die goldenen Kuppeln und Türme von Kairo. Hin und wieder blinkte das träge fließende Wasser des großen gelben Flusses, wenn ein Sonnenstrahl hineinfiel. Djamal zügelte das Pferd. Die vollkommen erschöpfte Stute hatte er nach seiner letzten Rast zurückgelassen, und auch der Braune war schweißbedeckt, sodass Djamal froh war, dass er die Stadt erreicht hatte. Er selbst hatte sich kaum eine Pause gegönnt. Sein Körper schrie nach Ruhe und Erholung, doch sein Blut brannte, und in seinem Kopf, zu schmerzhaft, um es zu ignorieren, wuchs die Furcht, dass er zu spät käme.

Es sprach gegen seine Natur, sich auf die Knie zu werfen. Er war der Scheich, das Oberhaupt der Tiyaha. Er war für diese Rolle geboren und ausgebildet worden, sie lag ihm im Blut. Kein Scheich der Tiyaha fiel auf die Knie, auch vor dem ägyptischen Vizekönig nicht. Dennoch würde er es tun. Heute und hier würde er es tun.

Für eine Frau.

Hätte er es auf sich beruhen lassen sollen? Hätte er in Abu Zenima bleiben sollen, bei seiner Familie, die unter dem Schutz weniger Soldaten in die Wüste zog? Hätte er Malak aufgeben sollen?

Nein, denn das Schicksal von Abu Zenima war besiegelt. Es war Azad, der mit seinem falschen Zeugnis Zenima zerstören würde. Azad, der Hazel in seiner Gewalt hatte. Azad, der endlich seine Stunde gekommen sah. Was machte es, dass dem neuen Scheich der Tiyaha eine Hand fehlte? Noch dazu die rechte? Er würde tausend Hände haben, zehntausend, die danach drängten, ihm zu dienen, dem Mann, der die Tiyaha wieder dorthin bringen würde, wo sie unter Mohammed gewesen waren. Azad hatte den Beweis, dass Djamal Fremde zu Sklaven machte, etwas, das auch einem Beduinenscheich verboten war. Gerade einem Beduinenscheich, denn unter Mohammed hatten die Tiyaha Sklavenhandel getrieben und waren daran reich geworden. Eine Rückkehr zu diesen Gewohnheiten musste unter allen Umständen verhindert werden. Deshalb konnte Said Pascha in Djamal keinen Freund mehr sehen.

Djamal würde auf den Knien liegen und um Gnade für seine Familie flehen, die Azad zerstörte. Er würde um Gnade für Nuurs Rosen flehen. Und um das Herz von Malak, von dem er hoffen wollte, dass es ihm gehörte, nicht dem fernen, kalten England.

Es war sein Herz, das entschied, nicht sein Kopf. Sein Kopf hätte in Abu Zenima bleiben müssen, bei den Frauen und Kindern, das Schwert in der Hand, um für sie zu sterben, wenn er musste. Sein Kopf wäre für seine Kinder gestorben, für seine Oase in der Wüste, dort an den Ufern des Khalish. Doch sein Herz wollte nicht sterben. Sein Herz wollte Malak. Sie noch einmal sehen, sie um Verzeihung bitten dafür, dass er seine Pflichten über sie gestellt hatte. Sie noch einmal in den Armen halten und ihr dafür danken, dass sie Licht in sein Leben gebracht hatte. Noren, dachte er. Sie ist nicht Malak. Malak ist ein zu kleines Wort für einen Menschen wie Hazel. Wenn uns eine Zukunft vergönnt gewesen wäre, Malak, wenn du bei mir in meiner Wüste hättest bleiben können, dann wärst du Noren gewesen. Das weiße Licht Gottes.

Der Braune schnaubte tief aus dem Bauch heraus und biss auf dem Eisen in seinem Maul herum, als Djamal ihn durch die enger und geschäftiger werdenden Straßen der Stadt trieb. Trotz der frühen Stunde waren unzählige Menschen unterwegs, weil sich ganz in der Nähe ein Souk befand. Der schwere Geruch von Gewürzen, frisch gebackenem Brot und Lammeintopf hing wie eine Glocke über diesem Teil der Stadt, doch Djamal konnte jetzt nicht an Essen denken, allein der Geruch machte ihn schwindlig. Sein Wasservorrat war aufgebraucht. Ein Halbwüchsiger hielt ihm einen Tiegel mit Wasser entgegen, doch undefinierbare schwarze Flocken schwammen auf der Oberfläche, und Djamal winkte ab und trieb das Pferd weiter. Die Straßen lichteten sich wieder, er konnte freier atmen. Vor ihm tauchte die Mauer auf, die den Teil der Stadt eingrenzte, wo die herrschaftlichen Paläste und die Wohnhäuser der Europäer standen. Das Pferd machte einen Satz, als er ihm die Hacken in die Seiten hieb, um ihn zu schnellerem Trab anzutreiben.

Jemand griff so plötzlich und unnachgiebig in den Zügel, dass das Pferd den Kopf warf und kurz auf die Hinterbeine ging. Doch die Hand ließ nicht los.

„Auf dich haben wir gewartet."

Er hatte diese Stimme schon einmal gehört. Eine Stimme, die englisch sprach. Der Mann drehte sich um, und Djamal erkannte ihn sofort.

Der Soldat Clarence Whitby. Hazels Verlobter.

Djamal krallte seine Finger in den Zügel. „Wo ist sie?", fragte er. Es lag nicht nur an seinem Durst und am Staub in seiner Kehle, dass seine Stimme rau war.

„Du sprichst nicht zufällig von der Frau, von der du behauptet hast, sie nicht zu kennen?" Whitby fletschte die Zähne zu einem grausamen Lächeln. „Weißt du, ich will sie sowieso nicht wiederhaben. Wenn einer von euch Heiden seine Finger auf ihr hatte, was soll ich dann noch mit ihr? Ich habe ein Gesicht zu wahren. Aber ihr Vater sieht das ein wenig anders, deshalb wirst du sie nicht wiedersehen. In diesem Moment werden bereits Vorkehrungen für ihre Heimreise nach London getroffen."

„Ich will zu ihr. Ich will sie sehen."

„Was lässt dich glauben, dass sie dich sehen will? Warum sollte sie ihrem Peiniger noch einmal in die Augen blicken wollen?" Whitby spuckte zur Seite aus.

Djamal wurde schwindlig vor Durst. Nein, vermutlich wollte sie ihn nicht wiedersehen. Er hatte sie im Stich gelassen, sich statt um sie, um Ameena gekümmert, hatte den Weg freigeräumt für Azad und seine Leute, um Hazel, die zu beschützen Djamal geschworen hatte, zu entführen.

„Steig ab, Scheich, damit wir von Angesicht zu Angesicht reden können."

Djamal zog die Zügel straff und berührte mit der Hand die Kruppe des Pferdes. Der Braune machte einen erschreckten Satz, doch Whitby hatte es offenbar kommen sehen, und sein Griff ließ nicht nach. Der grobe Soldat war ein Pferdemensch, musste Djamal eingestehen, der das Tier mit wenigen Worten ganz leicht wieder unter Kontrolle brachte.

„Es gibt jemanden, Scheich, der dich gern sehen möchte. Nein, nicht Hazel Fairchild, die ehemalige Verlobte von Captain Clarence Whitby Esq. Für Hazel Fairchild bist du ein toter Mann. Du hast ihre gesamte Zukunft ruiniert, sie wird ihr Leben als Gouvernante frönen müssen, für die großen Empfänge und Bälle Londons ist sie nicht mehr salonfähig. Das hat sie dir zu verdanken. Da ist jemand anders, und ich habe versprochen, dass ich dich für ihn aufhebe. Er ist leider verhindert im Moment, er wartet im Palast von Said auf die Audienz, um seine Zukunft als Oberhaupt der Tiyaha zu verhandeln. Aber er wird sich Zeit für dich nehmen, ehe er in die Wüste zurückkehrt. Du kennst ihn, Junge, nicht wahr? Man vergisst ihn nicht so schnell, ihm fehlt eine Hand, du weißt nicht zufällig etwas darüber?"

„Ich verlange, mit Said Pascha zu sprechen." Er bekam das Pferd nicht aus dem Griff des Mannes, und der Braune wurde immer unruhiger, verdrehte die Augen und tänzelte auf der Hinterhand.

„Du bist nicht in der Position, etwas zu verlangen. Noch nicht einmal, etwas zu wollen. Ich sag dir, was ich will, Kleiner. Ich will, dass du dafür bezahlst, dass ich die Tochter eines Mannes nicht mehr heiraten kann, der mir

Türen und Tore zum Londoner Unterhaus aufgerissen hätte. Deinetwegen werde ich jetzt den Rest meiner Tage Soldat bleiben. Eine räudige Aussicht. Da kann ich besser gleich in diesem versandeten Land bleiben, denn in London werden Leute wie ich derzeit nicht gebraucht. Außerdem denke ich, dass über kurz oder lang der Pascha ohnehin ein Wörtchen oder zwei mit dir wird reden wollen, und da wäre es doch jammerschade, wenn wir dich ihm nicht vorführen könnten, nicht wahr?"

Mit einem herzzerreißenden Heulen brach das Pferd unter ihm in die Knie. Erst danach registrierte Djamals Kopf den einzelnen Schuss, der gefallen war. Er rollte sich im letzten Moment ab, ehe er mit einem Bein unter dem Leib des Tieres begraben wurde, aber er kam nicht mehr auf die Füße. Ein Gewirr aus ledernen Soldatenstiefeln und nackten Füßen in Sandalen entstand, dann Tritte. Das Pferd wälzte sich sterbend, röchelnd. Noch mehr Schüsse. Er trat Füße weg, doch es kamen immer mehr nach. Irgendwie schaffte er es, auf die Beine zu kommen, nur um plötzlich in die Mündung eines Gewehrs zu blicken, das Clarence Whitby auf ihn gerichtet hielt.

„Komm einfach mit", sagte Whitby mit einer Ruhe, die unheimlich war. „Es nützt doch nichts. Schau dich um, Junge, das sind meine Leute und die von Azad, was willst du ausrichten? Du bist nicht mal bewaffnet. Schlechte Vorbereitung, Djamal ibn-Tariq, der einmal Scheich in der Wüste Sinai gewesen ist. Es ist nicht mein Stil, einem wehrlosen Mann eine Kugel zwischen die Augen zu jagen. Ich habe gewisse Grenzen." Wieder spuckte er aus, dieses Mal direkt vor Djamals Füße. „Außerdem fände ich es bedauernswert für Hazel Fairchild, wenn du so einfach davonkämst. Das ist keine Bezahlung für das, was du ihr angetan hast."

„Ich habe ihr nie etwas getan. Ich habe sie Azad abgenommen, der ..."

Whitby lachte. „Du bist ein Ehrenmann, ja? Du hast sie

vor Schlimmerem bewahrt? Warum sagt sie es dann nicht selbst? Du hättest sehen sollen, wie sie ihrem Daddy um den Hals gefallen ist, ein Bündel aus Tränen und Erleichterung, endlich von dir fort zu sein."

Djamal schloss die Augen. Der Schock war zu groß. Sein Herz verbrannte zu einem kümmerlichen Haufen Asche. Jemand band ihm die Handgelenke vor seinem Körper zusammen. Mit einem Lachen ergriff Clarence Whitby den Strick und begann zu ziehen.

„Ich hab mich immer gefragt, wie das ist, einen Scheich an der Leine zu haben. Said Pascha versucht nun schon seit Jahren zu erreichen, dass ihr Beduinen ihm wie kleine Hündchen folgt. Ich werde ihm sagen, dass es weit weniger glorreich ist, als er es sich vorstellt. Ihr seid nicht anders als eure Ziegen und Kamele."

Djamal zwang sich, nicht an Hazels Gesicht zu denken. An ihre Hände auf seiner Haut. Er dachte an Abu Zenima. An seine Familie. An Nuurs Rosen und an seine Kinder. Hatte Said seine Armee schon geschickt? Hatte Nuur es geschafft, die Frauen und Kinder wegzubringen? Wie lange würde es dauern, bis die Armee die Mauern von Zenima zu Staub zermalmt hatte und den Spuren der Kinder folgte, um … was würden sie mit ihnen tun? Er wollte es sich nicht vorstellen. Seine Finger umkrallten den Strick, an dem Whitby zerrte. Er sah Blut im Sand. Das Blut des toten Pferdes verwandelte sich in seinem Kopf zum Blut seiner Kinder. Nein, Said würde sie nicht töten lassen. Said Pascha war ein zivilisierter Herrscher. Er würde keine wehrlosen Kinder töten lassen, nur weil deren Vater ein schwacher Mann war. Der schwächste Scheich in der tausend Jahre langen Geschichte der Tiyaha. Ein Mann, der sich hatte blenden lassen vom weißen Licht Gottes.

Kapitel 14

Vom Hafen her klang das Rufen der Gepäckträger bis in ihre Kajüte. Pferdewiehern, Kutschenrattern, das gelegentliche verschlafene Grunzen eines Kamels. Zwischendurch der Gesang des Muezzins, der einmal mehr zum Gebet rief, und über allem hing der Dunst der Stadt wie eine Glocke aus Sand, Hitze und den Ausdünstungen von vielen Tausend Menschen. Sie sehnte sich zurück in die Wüste. Nach Abu Zenima, wo die Hitze kathartisch war und durchdrungen von dem Duft nach Rosen und Jasmin. Die ersten zwei Tage hatte Hazel noch versucht, zu erklären, dass sie eine Audienz bei Said Pascha erwirken musste. Doch ihr Vater hatte sie weggeschlossen und in Watte gepackt. Sie ferngehalten von den neugierigen Blicken und dem hämischen Tuscheln, das ihr überallhin folgte, wo sie auftauchte. Nicht einmal mit ihm hatte sie reden können, er hatte darauf bestanden, dass sie Ruhe brauchte, und war auf Zehenspitzen an ihrer Zimmertür vorbeigeschlichen. Ein Tag verging, ein zweiter, ohne Nachricht von Djamal. Hatte er sie aufgegeben?

In Windeseile hatte William Fairchild ihre Passage zurück nach London arrangiert. Heute ging es mit dem Flussdampfer nilabwärts nach Alexandria. Dort legte am kommenden Samstag zum ersten Mal überhaupt die Royal Standard ab, das erste Dampfschiff der White Star Line und damit der ganze Stolz der Flotte. Für viele Menschen würde es eine Ehre, eine Freude und ein Abenteuer sein, an Bord dieses funkelnd neuen Schiffes nach Marseille zu reisen. Hazel hingegen erfüllte der Gedanke mit Widerwillen, nach der Überfahrt, der Zugreise quer durch Frankreich und der Fährüberfahrt in heimische Gefilde, ihren Fuß wieder auf Londoner Straßen setzen zu sollen. Fein säuberlich war ihre Garderobe in Truhen und Schränken verstaut. Tee- und Tageskleider, Reisekleider und sogar die eine oder andere Ballrobe. Ihr Korsett kniff und drückte dieser Tage, erlaubte ihr kaum einen freien Atemzug, sodass auch jetzt das Sitzen und Warten eine Qual war. Sie hatte abgenommen, aber ihr Körper war an die unnatürliche Haltung, in die das Korsett ihn zwang, nicht mehr gewöhnt.

Beim Allmächtigen, sie war das Warten satt. Das Warten auf eine Gelegenheit, um ihren Vater davon zu überzeugen, dass nicht Djamal der Übeltäter in dieser Geschichte war, sondern Azad. Das Warten auf eine Audienz beim Pascha. Am schlimmsten jedoch war das Warten auf Djamal. Noch bis zu dem Augenblick, als sie die Gangway betrat, hatte sie gehofft und gewartet, dass er kommen würde. Sie war eine Frau. Niemand hörte auf sie, doch bis zuletzt hatte sie darum gebetet, dass er kommen und erklären würde, wofür ihr die Stimme fehlte. Denn Djamal hörte sie. Hörte ihre Stimme. Wollte wissen, was sie zu sagen hatte. Auch wenn er oft genug danach ihre Meinung widerlegte, weil sie keine Ahnung von dem hatte, was sein Leben bedeutete. Aber er tat es sanft und mit Nachdruck und auf eine Weise, dass sie es verstand. Wenn auch nicht immer sofort. Sie sehnte sich nach ihm.

Die Hoffnung war dahin. Schon spürte sie das leise Schwanken unter ihren Füßen, obwohl sie noch nicht auf dem Meer, sondern nur auf dem breiten, trägen Fluss lagen. Weniger als eine Stunde würde vergehen bis zum Lösen der Leinen, damit sie zurückkehren konnte in ein Leben, das ihr nicht mehr wie das ihre erschien. Zu viel von ihr war zurückgeblieben in Abu Zenima.

„Wollen Sie es sich nicht noch einmal überlegen, Whitby?"

Obwohl er die Stimme gesenkt hatte, drangen die Worte ihres Vaters klar und deutlich ins Innere des Schiffs. Die Läden vor ihrem Kajütenfenster waren geschlossen. Nicht zum ersten Mal fragte sie sich, ob die Männer nicht daran dachten, dass dies den Schall beileibe nicht daran hinderte, die Unterhaltung zu ihr zu tragen, oder ob es sie einfach nicht interessierte.

Clarence gab ein gequältes Brummen von sich. „Mein verehrter Mr. Fairchild, Sie wissen, dass mir die Hände in dieser Sache gebunden sind. Können Sie mir garantieren, dass Ihre Tochter noch unberührt ist, nach all dem, was geschehen ist?"

„Ich habe sie zu einer anständigen, jungen Dame erziehen lassen. Nur die besten Gouvernanten haben sich um ihre Ausbildung bemüht. Ich verstehe Ihre Bedenken, den", ihr Vater stockte, suchte nach Worten, um etwas auszusprechen, für das es in ihren Kreisen keine Worte gab, „Charakter meiner Tochter betreffend. Jedoch müssen Sie sehen, dass dieser Makel, so er ihr denn tatsächlich anhaftet, nur durch Gewalt zustande gekommen sein kann."

„Gewalt hin oder her", redete sich Whitby in Rage. „Ich hatte gehofft, durch die Verbindung mit Ihrer Familie Zugang zu höheren Gesellschaftskreisen zu finden. Etwas, das mir eine Ehe mit Miss Fairchild dieser Tage eher erschweren wird. Dann auch noch die Unsicherheit, ob ein gemeinsames Kind wirklich …"

Er sprach es nicht aus. Zumindest das wagte Clarence nicht. Unter normalen Umständen hätte allerdings schon eine derartige Andeutung für ihren Vater gereicht, um Clarence in seine Schranken zu weisen. Nichts dergleichen geschah. Stattdessen verabschiedeten sich die Männer voneinander wie Gentlemen. Floskeln wurden ausgetauscht, eine angenehme Reise gewünscht und die Einladung, einmal einen Besuch abzustatten, sollte Captain Whitby dereinst in London weilen.

Hazel schäumte das Blut in den Adern. Zu gern wäre sie aus der Kajüte gestürmt, hätte gebrüllt und getobt, dass es nicht rechtens sei, über sie zu sprechen, als wäre sie eine Ware. Eine Vase aus kostbarem chinesischem Porzellan, die nun einen Sprung hatte, der sich zwar kitten, aber nie gänzlich reparieren lassen würde. Sie tat es nicht. Nicht, weil sie selbst an ihrem Charakter zweifelte, wie es ihr Vater ausgedrückt hatte, sondern weil das Gespräch der Herren einen anderen Gedanken in ihren Kopf gepflanzt hatte.

Ihre Hände legten sich flach auf ihren Leib. Sie hatte abgenommen, aber das Korsett kniff? War es nicht die Haltung? Durch all die Lagen Stoff konnte sie ihre eigene Körperwärme nicht spüren. Es war möglich. So oft waren sie beieinandergelegen, Djamal und sie. Hatten die Welt vergessen, die sie trennte, und waren eins geworden. Nicht Angst war es, die ihre Augen mit einem Mal brennen ließ, sondern Hoffnung. Djamal hatte sich für seine Familie entschieden. Für die Rolle, in die er hineingeboren war, für seine drei Ehefrauen und sechs Konkubinen. Für seine Kinder. Die Mädchen mit den bezaubernden Augen und die Jungen mit den dunklen, wild wuselnden Locken ihres Vaters, in deren Blut derselbe Kampfgeist floss wie in Djamals. Doch noch war nicht alles verloren. Vielleicht war nicht nur etwas von ihr in der Wüste zurückgeblieben. Vielleicht hatte auch er sich mit Leben in ihrem Leib verewigt.

Die Tür zu ihrer Kajüte knirschte, und sie zuckte zusammen. Ihr Vater stand im Türrahmen. So unauffällig wie möglich tupfte sie sich die Augen trocken.

„Wir legen ab, Liebes. Dinner wird erst in Alexandria serviert. Vielleicht möchtest du dich ein wenig hinlegen und ausruhen. Mit Sicherheit war der Tag sehr anstrengend für dich." Nichts als ehrliche Sorge und Zuneigung sprach aus seiner Stimme, und doch konnte sie ihm nicht in die Augen sehen. Nicht nach dem, was sie zuvor belauscht hatte.

„Es ist wahr", sagte sie und drehte sich zurück in Richtung des Fensters.

„Ich verstehe nicht, Liebes." Zögerliche Schritte auf dem Schiffsparkett verrieten, dass er sich ihr näherte.

Hazel versteifte sich.

„Clarence hat gut daran getan, die Verlobung zu lösen. Wenn meine Unberührtheit seine wichtigste Sorge in diesem Belang war, war es richtig, eine Ehe mit mir nicht weiter in Betracht zu ziehen, denn ich wäre nicht als Jungfrau ins Brautbett gekommen."

Sie drehte ihrem Vater immer noch den Rücken zu. Sie wollte nicht sehen, was die Offenbarung in ihm auslöste. Wie die Scham über seine zuchtlose Tochter ihn packte und beutelte.

„Hazel." Sie konnte es fühlen. Hörte es an der Art, wie er die Luft einzog, bevor er ihren Namen aussprach.

„Es war kein Zwang, Vater. Ich bin freiwillig als Frau zu ihm gekommen. Scheich Djamal hat mich zu nichts gezwungen, und doch ist es wahr."

„Du weißt …", begann er vorsichtig. Die Fähigkeit ihres Vaters, wohl zu überlegen, bevor er urteilte, hatte ihr seit jeher Respekt abgenötigt. Er besaß die Gabe, selbst in einer Situation wie dieser sein Temperament zu beherrschen, und das erinnerte sie daran, warum er ihrem Herzen so nah stand. „… dass die Dinge in der Wüste anders liegen als bei uns. Ich sehe, dass du von dem überzeugt bist, was du sagst. Du unterliegst einer Täuschung, mein Augenstern. Diese Menschen, sie haben Mittel und Wege, die anständigen Christenmenschen die Sicht vernebeln und uns verwirren. Weißt du, dass sie ein Kraut rauchen, das manchen die Illusion gibt, fliegen zu können? Du bist getäuscht worden, mein Kind. Zu Hause wirst du wieder sehen, was richtig ist."

In all der Zeit in Zenima hatte sie Djamal niemals rauchen sehen. „Es ist möglich, dass ich ein Kind von ihm unter dem Herzen trage." Der Schiffsbauch unter ihren Füßen begann sich zu bewegen, Leinen platschten ins Wasser, wurden von den Matrosen eingezogen.

„Auch dafür gibt es in London Lösungen. Mach dir keine Sorgen, Liebes. Die Illusion ist vorbei. Alles wird wieder gut."

Motoren jaulten auf, dann das gleichmäßige Klackern, mit dem das Schaufelrad den Dampfer in die Strömung trieb. Ihr Vater hatte recht. Es war vorbei, und Djamal war nicht gekommen. Sie war auf dem Rückweg in ihre eigene Welt.

*

Die meiste Zeit lag Djamal mit offenen Augen im Staub, mit Kopf und Schultern gegen die feuchtwarme Lehmwand gelehnt. Er mochte nicht einschlafen, weil er den Gedanken nicht ertragen konnte, dann nie mehr aufzuwachen und nie zu erfahren, was aus Hazel und seiner Familie geworden war. Auch das war nur zum Teil der Grund dafür, dass er die Augen offen hielt. Wenn er die Lider schloss, brachen Gestank und Geräusche zehnmal heftiger auf ihn herein. Der Gestank von ungewaschenen Menschenkörpern, das Klirren von Ketten, das Geräusch, mit dem Knüppel Knochen brachen, und das unvermeidliche Gebrüll, das darauf folgte. Er lag nicht irgendwo in einem abgeschiedenen Verlies, wo Hauptmann Whitby mit ihm machen konnte, was er wollte. Er lag in einem der Gefängnisse der Stadt, und dennoch machte der Hauptmann mit ihm, was er wollte. Clarence Whitby hatte offenbar Narrenfreiheit in Kairo.

Tief drinnen nahm Djamal es dem Mann nicht einmal übel, wenn er drei Tage lang vergessen ließ, ihm zu essen zu bringen oder den Abtritteimer zu leeren oder wenn das Wasser, das in einem Bottich in der Ecke stand, brackig und ungenießbar wurde. Auch nicht, wenn der Hauptmann die Nerven verlor und auf seinen persönlichen Gefangenen einprügelte. Wenn er ihm Dinge an den Kopf warf, Worte, die für Djamal teilweise nicht einmal verständlich waren, weil der Hauptmann wie im Delirium schien, Schaum vor den Lippen, Augen, die im Wahnsinn glitzerten. Nach diesen Anfällen war Djamal jedes Mal froh, überhaupt noch am Leben zu sein. Seine Hände waren ihm vor dem Körper zusammengebunden, steckten nicht in eisernen Handschellen, mit denen er sich wenigstens hätte wehren können, indem er sie dem Angreifer ins Gesicht schlug, sondern in ledernen Riemen. In den ersten Tagen hatte er sich zur Wehr gesetzt, so gut er es vermochte, doch die Knöchel an seinen Handgelenken waren aufgeschürft, vereitert und taten weh, sodass er nicht mehr richtig damit zuschlagen konnte. Wenn er es doch tat, brachte das Whitby nur noch mehr in Rage. Zudem hatten sie ihm mittlerweile auch die Fußgelenke so gefesselt, dass er nur noch ganz kleine Schritte machen konnte. Es waren genau siebzehn, von der einen Ecke der Zelle in die andere, diagonal gegenüber. Wenn er sich lang ausstreckte, konnte er mit den Füßen den Abtritteimer berühren.

Er lehnte die Stirn gegen die Wand, die nicht kühl war, aber der feuchte Lehm gab wenigstens die Illusion von Erfrischung. Er konnte es Whitby nicht verdenken. Er selbst hätte ebenfalls auf hässliche und brutale Weise Rache genommen, wenn ihm jemand seine Malak genommen hätte. Männer sind wie Tiere, dachte er müde.

„Wo ist sie?", fragte er, seine Stimme erkannte er kaum noch wieder.

Whitby saß auf dem Deckel des Wasserbottichs. Er war in aufgeräumter Stimmung und stocherte in der Schüssel herum, die er mitgebracht hatte. Der Duft von Hammeleintopf und frisch gebackenem Brot mischte sich mit den ekligen Gerüchen des Kerkers. Whitby verzog das Gesicht, ließ es sich aber dennoch nicht nehmen, hier, im Beisein von Djamals knurrendem Magen, sein Abendessen zu verspeisen.

„Warum sollte ich dir das sagen?", wollte er mit vollem Mund wissen.

„Weil ich gefragt habe", erwiderte Djamal, hob die gefesselten Hände und kratzte sich mit dem Daumennagel über die Stirn. Ratten gab es hier unten keine, aber widerliche Insekten, die in den Wunden und Kratzern, die er Whitby verdankte, herumwühlten.

„Sie will nichts von dir wissen, Scheich", sagte der Hauptmann, spuckte in seinen Napf und entleerte den Rest mitsamt dem Brot in dem Abtritteimer. Bis dorthin musste er das empörte Knurren von Djamals Magen gehört haben, denn als er sich umwandte, grinste er hämisch. „Hunger?"

„Nein."

„Du bist ein schlechter Lügner, Scheich."

„Niemand hat mir jemals beigebracht, ein guter Lügner zu sein. Woher weiß ich, dass sie nichts von mir wissen will? Vielleicht steht sie draußen, aber du hast Befehl gegeben, sie nicht durchzulassen?" Mit dem Gestank hatte sich die Hoffnung in seinem Kerker breitgemacht. Darauf, dass er sich in Malak nicht getäuscht hatte, dass es sie noch irgendwo gab, dort draußen, für ihn. So sehr er die Hoffnung hasste und seine Schwäche, sie nicht zertreten zu können, noch unerträglicher war der Gedanke, dass er tatsächlich keinen Platz mehr in ihrem Herzen hatte. Er musste es wissen. Vielleicht war es das Einzige, für was er überleben wollte. Dass sie es ihm selbst sagen konnte. Ihn aus seiner Ungewissheit erlösen konnte. Er wollte aus ihrem Mund hören, dass sie ihn liebte. Oder eben nicht. Eines von beidem. Es nicht zu wissen, fraß ihn von innen her auf.

„Glaub mir, Scheichlein, sie steht nicht draußen. Du hast sie gefangen gehalten und entehrt. Sie ist eine englische Lady, und deinetwegen wird sie nun niemals einen Mann finden. Was sollte sie dir noch zu sagen haben?"

Djamal ließ den Hinterkopf gegen die Wand sacken. Sie hat einen Mann gefunden, dachte er. Mich. Sie weiß das. Sie musste es wissen.

Whitby wischte sich die Hände an seinen Hosenbeinen

sauber und hockte sich dicht vor seinen Gefangenen. „Ich sag dir, wo sie ist, Scheich. Sie ist auf dem Weg nach Hause. Nach London. Sie ist eine kluge Frau, und auch wenn sie nicht heiraten kann und ihr Ruf ruiniert ist, wird sie doch eine Anstellung irgendwo finden und vielleicht, wenn die Zeit vergeht und das Gerede über sie aufhört, wird sie ihren Traum erfüllen und Lehrerin werden. Das war ihr Wunsch, hast du das gewusst? Seit sie klein war, wollte sie Lehrerin werden."

Djamal schloss die Augen. Er kämpfte nicht gegen das Lächeln an, das sich in seinen Mundwinkeln breitmachte. Den Tritt von Whitby, der ihn auf die Seite warf, sodass er sich aus dem Staub hochrappeln musste, spürte er kaum. Das Lächeln saß fest, dieser kleine Augenblick der Euphorie, dass er sie durchschaut hatte, noch ehe er sie wirklich kannte.

„Was gibt es da so blöde zu grinsen?", fragte Whitby und trat erneut zu. „Ich müsste dich erschlagen, weißt du. Lehrerin, so ein Quatsch. Lady Hazel Whitby sollte sie sein, die Gemahlin des Unterhausabgeordneten Clarence Whitby, Hauptmann außer Dienst und am Anfang einer großartigen politischen Karriere. Du hast ihr Leben zerstört, und meines auch. Grinst du deshalb so debil vor dich hin? Ich werde dir das Grinsen aus dem Gesicht schlagen. Ich werde dein Leben zerschlagen."

Djamal blinzelte sich den Staub aus den Augen, bevor die Faust des Captains geräuschvoll gegen seinen Kiefer krachte. Nur einmal. Djamal mahlte mit den Zähnen, sich versichernd, dass nichts ausgerenkt war und alle Zähne noch dort, wo sie hingehörten. „Warum bringst du mich nicht einfach um und hast es hinter dir?", fragte er, obwohl sich alles in ihm gegen diese Worte sträubte. Er hatte einmal geglaubt, dass er für das Wohl seines Volkes jederzeit den Kopf auf den Block legen würde. Was für ein Narr er gewesen war. Dreißig Jahre würde er hier unten aushalten, wenn es bedeutete, am Ende seiner Tage noch einmal den Kopf in Hazels Schoß legen zu können. „Aber das traust du dich nicht, du englischer Feigling." Innerlich zitterte er bei den Worten, weil er wusste, wie leicht die Fassung des Mannes zerriss. „Denn irgendwann wird Said Pascha nach mir fragen. Er wird seinen alten Verbündeten Djamal ibn-Tariq al-Zenima sehen wollen, um zu erfahren, was genau passiert ist. Dann musst du einen lebenden Scheich vorweisen können, Clarence Whitby, und wenn du das nicht kannst, dann steckst du bis zu deinem mageren englischen Arsch in Schwierigkeiten, nicht wahr? Weil es zu viele Zeugen gibt, die gesehen haben, wie du mich von der Straße gefegt und mein Pferd erschossen hast. Zu viele Zeugen, Clarence Whitby, das war nicht klug von dir. Und eins kann ich dir sagen, meine Landsleute haben eine lange Erinnerung."

Whitby spuckte zur Seite aus. „Said Pascha ist krank, Scheichlein. Vermutlich lebt er nicht mehr lange. Sein Neffe Ismail weiß nicht einmal, dass es einen Ort namens Zenima gibt. Oder gab. Richtig, gab." Mit einem grausamen Lächeln beugte er sich zu Djamal herunter. „So viel kann ich dir sagen, mein Freund. Dein Abu Zenima gibt es nicht mehr. Es ist dem Erdboden gleichgemacht worden. Dein alter Freund Said Pascha hat seine Armee übers Wasser geschickt. Dort, wo dein Palast stand, ist jetzt nur noch Staub. Ich habe gehört, es gab dort einen wundervollen Rosengarten. Sie sagen, die Wüste ist voller Rosenblätter. Eine hübsche Vorstellung, findest du nicht? Rosenblätter im Wüstensand."

Hitze schoss in Djamals Adern, breitete sich in Windeseile in seinem ganzen Körper aus, blendete ihn, rauschte in seinen Ohren. Mit einer Kraft und Behändigkeit, von der er nicht gewusst hatte, dass er sie nach all den Tagen in diesem Loch noch besaß, kam er auf die Füße. So schnell, dass Whitby nur verzögert zurücktaumeln konnte. Djamal folgte ihm, trotz der gebundenen Fußgelenke, und warf ihn mit der Schulter gegen die Wand. „Meine

Familie!", zischte er, weil er wegen seiner wunden Kehle nicht mehr brüllen konnte. „Sag mir sofort, was mit meiner Familie geschehen ist, du räudiger Schakal!"

Whitbys Verblüffung dauerte nur einen Moment, dann hatte der Hauptmann sich wieder im Griff. Er lachte, laut und heftig. „Wunder Punkt, Scheichlein?", fragte er. Ein Mann, der offenbar nichts auf der Welt zu verlieren hatte.

Djamal hingegen sah dreizehn Augenpaare auf sich gerichtet, dreizehn winzige, so vertraute, so liebe Gesichter, die er seit ihrem ersten Atemzug gekannt, die er in den Armen gehalten hatte, die zu ihm schauten, ihn anflehten, ihnen zu sagen, was sie machen sollten. Die Vorstellung, dass diese Augen erloschen waren, die Stimmen versiegt, das Lachen verstummt, rollte über ihn hinweg mit der Macht eines Sandsturms, der an den Mauern von Zenima zerrte und den Khalish zu meterhohen Wellen aufpeitschte. Mit der Gewalt eines Erdbebens, das den Berg Sinai erzittern ließ und im ganzen Land Schrecken verbreitete. Der Schmerz war so gewaltig, dass er nicht einmal merkte, wie Whitby die Kontrolle verlor und auf ihn einzuschlagen begann. Er wäre auch ohne die Fäuste und Tritte des Hauptmanns in die Knie gegangen. Die Hitze in seinen Adern verlosch zu eisiger Kälte, so schnell, wie sie gekommen war.

*

„Miss Fairchild, meinen Sie nicht auch, dass aufgrund der Tatsache, dass ein Leben ohne Tee am Nachmittag kaum lebenswert erscheint, der Fortbestand des Empires im Sinne eines jeden zivilisierten Menschen sein sollte?" Hauchfeines Porzellan stieß aneinander, Silberlöffel rührten angewärmte Milch in nach Bergamotte duftenden Tee. Hazel war der Meinung, dass es den Teebauern in Indien herzlich egal sein dürfte, ob Mistress Honoria Butterfield ihren Tee zu einem für sie annehmbaren Preis beim Kolonialwarenhändler beziehen konnte, solange sie ihre Kinder satt bekamen, und sie wagte zu bezweifeln, dass die Politik der Queen immer zu den vollen Kindermägen beitrug, etwas, das man durchaus als unzivilisiert bezeichnen durfte. Aber sie sagte es nicht. Zu oft hatte sie sich in den letzten Wochen die Zunge verbrannt und in die Nesseln gesetzt, weil sie zu schnell und unbedacht ihre Gedanken aussprach. Ihr Vater litt zunehmend unter der Tatsache, dass die Einladungen zum Tee, oder zu anderen gesellschaftlichen Zusammenkünften, immer seltener bei ihnen eingingen. Mehr ihm zuliebe war sie dann auch heute aufgebrochen. Jetzt, nach kaum zwei Stunden, juckte es ihr unter der Haut, so sehr sehnte sie sich nach Flucht. Sie nahm einen Schluck Tee und entband sich so von einer Antwort. Djamal hatte zugehört, wenn die Gedanken aus ihr heraussprudelten. Er hatte sie nie dafür verurteilt. Er hatte ihr Dinge erklärt.

„Meine liebe Mistress Butterfield", fiel Mistress Rosetta Chattoway in die zunehmend einseitige Unterhaltung ein. „Sie werden sich noch mit ganz anderen Trübsalen abfinden müssen als mit zu teurem Tee, bedenkt man die Baumwollknappheit, die uns dieser schreckliche Krieg in Übersee beschert. Stellen Sie sich vor, bei Hunton Burke in der Tillyblend Lane sagte man mir anderntags, dass ich ganze vier Wochen auf mein neues Teekleid warten soll. Kann man sich so etwas vorstellen? Vier Wochen? Es läge daran, dass die Mühlen und Webereien im Norden Lieferengpässe für ordentliche Stoffe haben, aufgrund der fehlenden Rohstoffe." Sie seufzte, als läge die Last des gesamten Empires auf ihren Schultern, rührte ihren Tee um und verdrehte die Augen. „Ich werde Charles bitten, ein Seidenkleid in Auftrag zu geben. Seide aus Indien wird geliefert. Ich wünschte, Premier Palmerston würde mit der Neutralität im Westen brechen und sich offen zu den Konföderierten bekennen. Dann nähme dieser schreckliche Krieg endlich ein Ende, und wir im fernen

London könnten aufhören, unter den vollkommen absurden Folgen zu leiden."

„Ich habe gehört, dass die Baumwolle auch aus Ägypten eingeführt werden kann", mischte sich die Dritte im Bunde, Dorothy Askew, in das Gespräch ein. „Die Konföderierten zu unterstützen, finde ich falsch. Immerhin halten sie Sklaven. Nur Wilde und Barbaren halten Sklaven. Dann warte ich lieber ein paar Tage länger auf ein neues Kleid aus ägyptischer Baumwolle, als diese Menschenhändler zu unterstützen."

Honoria, die Gastgeberin, eine Matrone um die vierzig, deren Leibesumfang einem Heringsfass glich, schnappte hörbar nach Luft. „Oh Dorothy, wie taktlos von Ihnen. Ausgerechnet vor unserer lieben Miss Fairchild von Sklaverei zu sprechen." Immer noch kopfschüttelnd klappte Honoria ihren Fächer auf und begann sich hektisch Luft zuzufächeln. „Auch die Wilden in Ägypten halten Sklaven, und wie wir nun alle wissen, machen sie nicht vor Menschen mit dieser Unsitte halt, die nicht dafür geboren sind, sich unterzuordnen."

Hazel schloss kurz die Augen. Wut begann mit solcher Heftigkeit in ihrem Bauch zu brodeln, dass nicht einmal das viel zu eng geschnürte Korsett sie zurückhalten konnte. Langsam, sehr bedacht, stellte sie ihre Teetasse zurück auf die Untertasse. „Und was sind das für Menschen, Mistress Butterfield, die Ihrer Meinung nach zur Gefangenschaft und Unterordnung geboren sind? Ich fürchte, ich verstehe Sie nicht richtig."

Für die Dauer eines Herzschlags gefror die Szenerie um sie herum zu Eis. Vor ihrem inneren Auge sah sie Abu Zenima, roch gezuckerte Datteln und vergorene Ziegenmilch und den Duft von nachtblühenden Rosen. Djamal, dachte sie, warum kann es für uns keinen Platz geben, an dem wir beide glücklich sein können? Einen Ort ohne Angst vor allem Fremden, einen Ort, an dem ein Mensch nur das ist, was er ist, und nicht das, was andere in ihm sehen. London, das wusste sie mittlerweile gut genug, war ebenso weit von diesem Ort entfernt, wie der Schlafsaal der Haremsdamen in Abu Zenima. Drei Augenpaare richteten sich auf sie, holten sie zurück an die Teetafel in Wimbledon und weg von dem Ort, der für sie das Paradies bedeutete. Niemand hatte damit gerechnet, dass ausgerechnet sie, die Aussätzige, deren Martyrium in Ägypten dazu beigetragen hatte, dass sie auf immer und ewig gesellschaftlich ruiniert war, eine solche Frage stellte.

„Nun", erwiderte Honoria, ebenso langsam und ein wenig nachsichtig, als spräche sie mit einem kleinen Kind. Die Sprache ihres Blicks, den sie herausfordernd mit dem von Hazel verhakte, war allzu deutlich. Arme Miss Fairchild, sagte er, sie haben dir wohl nicht nur die Ehre genommen in der Wüste, sondern auch deinen Verstand. „Frauen, die sich verkaufen lassen. Männer, die statt vernünftiger Argumente barbarische Riten sprechen lassen. Solche Menschen brauchen die Führung einer superioren Klasse, und wahrscheinlich wäre es im Sinne aller, dies Menschen mit mehr Verstand und höherwertiger Kultur zu überlassen, um die fatalen Lebensumstände der armen Menschen dort zu verbessern."

Es war so absurd. Ihr Wunsch war absurd. Niemals könnte es einen Ort geben, an dem sie beide nicht fremd wären. Genau wie sie im Serail die Hexe mit dem bösen Blick gewesen war, so wäre Djamal bei ihr immer nur der Barbar. Sie schluckte, bevor sie antwortete, wählte jedes Wort mit Bedacht. Nicht, weil sie zu hoffen wagte, dass ihr Traum eines Tages in Erfüllung gehen würde, sondern, weil er es wert war, geträumt zu werden.

„Ich habe Rosen in der Wüste blühen sehen." Ob die blaue Tariq noch blühte? Sie klammerte sich an die Erinnerung, beschwor die Bilder herauf. Djamal auf seinem Pferd, die Frauen, tief verschleiert, geziert mit Seide und Edelsteinen. Die Kinder. Am meisten sehnte sie sich nach den Kindern. Nach ihrem Lachen, nach der Wissbegier in ihren Augen. Wenn die Bilder kamen, dann wollte ihre Brust bersten vor Heimweh. In Situationen wie diesen zweifelte sie selbst daran, noch ganz bei Verstand zu sein, denn solange sie bei Djamal gewesen war, hatte sie das Heimweh nach London geplagt. Doch hier war es grau und kalt, und die Missgunst der Frauen um sie herum schnitt nicht weniger boshaft ins Fleisch als im Harem.

„Ich habe Kinder kennengelernt, die im zarten Alter von drei Jahren Schach spielen konnten und deren Lachen so offen war, dass einem jeden Menschen das Herz aufgehen musste. Ich habe Herren getroffen, die fünf Sprachen fließend sprachen und die ihre Gesetze ebenso achteten, wie Mr. Palmerston, unser verehrter Premier, die unseren. Ich habe Mädchen gesehen, die so jung waren, dass sie in England noch nicht einmal auf einem Ball getanzt hätten, dort aber bereits ihren Pflichten als Mutter mit mehr Geduld und Strenge nachgingen, als so manch teuer bezahlte Gouvernante." Erinnerungen machten ihr die Kehle eng, aber sie ließ sich nicht entmutigen. Tapfer hielt sie dem Blick von Honoria stand, legte Herausforderung in ihre Stimme und alles an Ehrlichkeit, was sie finden konnte. „Was ich nicht erlebt habe, waren Menschen, die weniger an ihrem Heim hingen als wir. Keiner der Frauen, Männer und Kinder, die ich kennenlernen durfte, hat auf einen Retter gewartet, denn sie hatten einander und waren glücklich mit ihren Leben, so wie es war."

Genauso gut hätte sie Pferdeäpfel in ein besticktes Taschentuch einwickeln und als Gastgeschenk überreichen können, so groß war der Schock auf den Mienen der anderen Damen, der ihren Worten folgte. In das entsetzte Schweigen mischte sich das Rascheln von schwerem Stoff über einer Turnüre, als der Butler die Tür des Salons öffnete und Miss Butterfield ankündigte, die soeben von ihrer Spazierfahrt zurückgekommen war. Annie Rose war ein paar Jahre jünger als Hazel und feierte dieser Tage ihr

Debüt in der Stadt. Die darauf folgenden Spazierfahrten und Einladungen diverser Gentlemen waren die logische Folge und hielten die junge Dame auf Trab. Wie es schien, war die Verlockung, Hazel nach ihrem Abenteuer einmal von Angesicht zu Angesicht gegenüberzutreten, groß genug gewesen, um die heutige Vergnügungsfahrt frühzeitig abzubrechen. In einer Wolke aus künstlichem Rosenduft wehte Annie Rose ins Zimmer, vollkommen ahnungslos ob des Skandals, der sich soeben im Salon abspielte.

„Mutter, wie schön, dich noch anzutreffen. Es ist eine solche Hitze auf den Straßen, da tut ihr gut daran, hier im Inneren des Hauses zu bleiben." Annie Rose lehnte sich zu ihrer Mutter hinunter, um sie zur Begrüßung zu küssen. Noch bevor sie die anderen Damen begrüßt hatte, musterte sie Hazel mit unverhohlener Neugier im Blick.

Rosetta Chattoway nutzte die Gelegenheit, um sich ein wenig vorzubeugen. Ihr Flüstern war so laut, dass es jeder im Salon hören musste. „Sie klingt ja fast, als hätte sie sich Freunde unter den Wilden gemacht. Kein Wunder, dass Captain Whitby … Oh, Miss Butterfield, wie schön, Sie zu sehen!", unterbrach sie sich selbst und ergriff die dargebotene Hand. „Wie man hört, ist ganz London entzückt von Ihrem Erscheinen auf dem gesellschaftlichen Parkett. Darf man fragen, welcher Gentleman Sie heute ausgeführt hat?"

Eine zarte Röte ließ Annie Roses Wangen erblühen, während sie sich elegant auf einen der noch freien Stühle niedersinken ließ. „Mr. William Huntington hat mich in seiner Kutsche in den Hydepark mitgenommen. Es war herrlich. Es gab Verkaufsstände mit glasierten Veilchen und anderem Zuckerwerk." Die Röte auf ihren Wangen intensivierte sich, und als sie weitersprach, wandte sie sich direkt an Hazel. Offenbar hoffte sie, bei der einzigen anderen anwesenden Dame in ihrem Alter am ehesten Verständnis für ihre Vergnügungsfahrt zu finden. „Miss

Hazel, Sie müssen mich einmal dorthin begleiten. Mein Mr. Huntington hat mir angeboten, das nächste Mal eine Freundin mitzunehmen und …"

„Du solltest dich jetzt umziehen gehen, Liebes", unterbrach Mistress Butterfield ihre Tochter. Die Schärfe in ihrem Ton eindeutig eine Warnung. „In deinem Kutschenkleid bist du hier nicht in der richtigen Gesellschaft."

Annie Rose zuckte unter der verbalen Attacke ihrer Mutter zusammen, als hätte der Hieb ihr gegolten. Fraglos war dem nicht so. Mistress Butterfield liebte ihre jüngste Tochter, und es war die Pflicht einer jeden Mutter, ihr Kind vor schlechtem Einfluss zu schützen. Nichts anderes hatte die Gastgeberin getan. Pflichtbewusst senkte Annie Rose den Blick und verabschiedete sich höflich bei den anwesenden Damen.

Arme Annie, dachte Hazel, du wolltest doch nur freundlich sein.

Kapitel 15

Seit Tagen hatte Djamal nichts gegessen. Er hätte nicht gekonnt, selbst wenn er gewollt hätte. Aber ohne wenigstens sauberes Wasser zu haben, weigerte sich sein Magen, das zu trocken gebackene Brot zu verarbeiten. Er hockte zusammengerollt in der einzigen sauberen Ecke, die ihm in seiner Zelle geblieben war. Er legte sich nicht mehr hin, sein Bauch erging sich in unerträglichen Krämpfen, wenn er sich ausstreckte. Er hatte das Zeitgefühl in der Finsternis verloren, das Öllämpchen bei der fest verschlossenen Tür hatte schon vor geraumer Zeit geflackert und war in einer Wolke aus übel riechendem Qualm verloschen. Weil Hauptmann Whitby nicht mehr kam, gab es auch keine Veranlassung, die Lampe nachzufüllen und wieder zu entzünden.

Die Hoffnung, dass sie ihn ganz vergessen hatten und er hier unten, in Gesellschaft fleischfressender Insekten und ungenießbaren Brotes, verrecken würde, verbot er sich. Er würde nirgendwohin gehen, ehe er nicht wusste, was da draußen geschehen war. Um nicht einzuschlafen, stellte er sich London vor, Nuurs Stadt, in der Dreck und Rauch regierten und durch die ein fast schwarzer Fluss seine Bahn zog. Er war nur einmal dort gewesen, hatte die Stadt besucht, als er ein paar Monate in Paris zur Schule gegangen war. Die schwere Krankheit seines Vaters hatte seine Studien unterbrochen. Aus dem einen Jahr in London war ein Tag geworden, und er war darüber nicht unglücklich gewesen. Ein Meer an Häuserschluchten, die hoch über ihm aufragten, hoch und finster und schwarz vom immerwährenden Rauch. Menschen, die nicht sprachen, sondern brüllten. Greinende Kinder und zeternde Mütter, und hin und wieder dazwischen ein wohlgekleideter, sauberer Herr in Begleitung einer wohlgekleideten, sauberen Dame, die mit hocherhobenen Köpfen und gerümpften Nasen durch das Chaos wandelten und alles, was um sie herum geschah, ignorierten. Djamal hatte geglaubt zu verstehen, warum Nuur von London nie als ihrer Heimat gesprochen hatte, warum sie zu einer Lady der Wüste geworden war. Hatten ihre Leute noch an sie gedacht? Er, ein Zwölfjähriger, gesegnet mit den Aufmerksamkeiten zahlloser Onkel und Tanten und ihrer Familien in der Wüste, war in London von niemandem empfangen worden, der zu seiner Mutter gehörte. Hatten die sie vergessen? Wie konnte jemand Lady Elizabeth Whiteley vergessen, die Frau, die das Licht brachte?

Der Riegel außen an der schweren Holztür bewegte sich, wurde scharrend zurückgezogen. Ein schmaler Lichtstrahl verbreiterte sich rasch. Djamal drückte sich tiefer in seine Ecke, aber es war nicht Whitby, der kam. Es war der Aussätzige. Wann war der zum letzten Mal hier gewesen? Wie immer tief mit schwarzem Tuch verschleiert, klang der schlurfende Schritt heute anders als sonst. Der Mann, der draußen Wache schob, zog die Tür wieder zu, bevor der Verhüllte die Lampe ersetzte und entzündete. Flackerndes Licht, mehr dunkel als hell, erfüllte den winzigen Raum.

Nein, das war nicht derselbe Mann, der sonst kam, um Essen, manchmal sogar frisches Wasser, zu bringen und den Abtritteimer zu entleeren. War der alte Aussätzige tot, und sie hatten ihn ersetzt? Oder hatte Whitby entschieden, dass er keine weitere Lust hatte, sich mit seinem Scheichlein zu vergnügen, und ließ Djamal beseitigen? Seine Muskeln spannten sich an. Er würde nicht wehrlos gehen. Ganz gleich, wie schwach und zerschlagen er sich fühlte, er würde nicht …

Die verhüllte Gestalt griff unter den weiten Umhang. Djamal kämpfte sich auf die Füße. Seine Gelenke brannten, Schmerz zog ihm in den Hinterkopf und machte ihn kurzzeitig blind. Eine Klinge, die im Schein des Lämpchens aufblitzte, würde er dennoch erkennen und sich wehren.

Nichts blitzte. Der Verhüllte zog einen Lederschlauch unter seinem Umhang hervor, trat sehr vorsichtig näher und drückte Djamal das Leder schließlich in die Hand. Der Schlauch war so prall gefüllt, dass ein paar Tropfen überliefen. Der Duft von vergorener Ziegenmilch machte Djamal schwindlig, sodass er gegen die Wand in seinem Rücken taumelte. Um nichts in der Welt hätte er den Schlauch wieder losgelassen.

„War nicht einfach, das durchzubringen", sagte Nuur, sie sprach Englisch, es klang wie Musik in seinen Ohren.

Sie hob den Kopf und schob sich die Kapuze in den Nacken. Sie hatte dasselbe sandfarbene Haar wie Malak. Er konnte sich daran erinnern, wie er als Kind mit ihren Locken gespielt hatte, damals, als es ihm noch erlaubt war, sie unverhüllt zu sehen. Ihre weiche, weiße Hand strich über seine Wange, und ihre hellblauen Augen sahen ihn an.

„Du siehst schlecht aus, Junge. Trink das, damit du zu Kräften kommst."

„Was machst du hier?", krächzte er.

„Ich sag es dir, wenn du was getrunken hast. Alles austrinken. Aber in kleinen Schlucken, damit es unten bleibt."

Schmerzhaft kühl brannte sich die Milch einen Weg durch seine wunde Kehle. Aus dem Augenwinkel sah er, wie Nuur den Inhalt eines in weiches Leder eingeschlagenen Päckchens auf dem Boden ausbreitete. Duftendes Brot, Streifen von Lammfleisch, ein Stück Käse. Sein vernachlässigter Magen rebellierte, doch die Milch brachte ihn sofort zur Ruhe, und er trank gierig weiter.

„Eine Verbrüderung mit deinem sogenannten Pfleger", sagte Nuur und lachte leise. „Der Mann muss für achtzehn Kinder sorgen, hat er dir das erzählt? Aber weil er aussätzig ist, gibt niemand ihm Arbeit. Captain Whitby gibt ihm Essen und Wasser für seine Familie, unter der

Auflage, dass er dir davon was abgibt."

Das erklärte, warum so wenig bei ihm ankam. „Ich will nicht, dass du den Abtritteimer leerst", sagte er leise.

Sie streichelte seine Wange, sein Haar. „Djamal, ich hab dir den Hintern geputzt, als du ein hilfloses Baby warst. Sei jetzt still und lass mich das hier machen. Der dort draußen darf nicht misstrauisch werden. Iss."

Er konnte nichts essen. Er sog den Duft der Speisen in sich auf, aber außer einem Streifen von dem Fleisch brachte er nichts herunter. Nuur verhüllte ihren Kopf wieder, griff nach dem Eimer, schlurfte zur Tür. Der Wächter ließ sie raus. Djamal hörte sie husten wie einen alten, kranken Mann und musste beinahe lächeln, weil sie ihre Rolle so gut spielte. Nuur, die das Licht gebracht hatte. Zu seinem Vater in die Wüste. Zu ihm in die Kerkerzelle. Nuur, die keine Angst kannte. Sie kam mit dem leeren Eimer wieder und schob ihn zurück an seine Stelle. Ehe sie den Bottich mit verdorbenem Wasser ergriff, fragte Djamal: „Was ist mit Zenima?"

„Es ist verlassen. Hat Whitby dir das nicht gesagt?"

„Er sagte, es ist zu Staub gemacht worden. Er sagte, deine Rosen sind …"

„Zenimas Mauern stehen noch, Djamal", sagte sie sanft. „Der Gedanke, dass sich niemand um die Rosen kümmert, tut weh, sie lassen uns nicht dorthin zurückkehren. Aber ich werde es überleben. Neue Rosen züchten, vielleicht. Das Leben ist einfach so. Geburt, Leben, Vergehen. Aber Zenima wird auch in zweihundert Jahren noch stehen, und die Menschen werden sich fragen, wer einst dort lebte. Aber niemand wird einen Beduinenfürsten vermuten, denn Beduinen werden nicht sesshaft." Sie lächelte und zwinkerte ihm zu.

„Du sagst … uns." Seine Stimme ein Krächzen. Hoffnung, ganz tief drinnen. Er wollte nicht fragen. Wollte die Hoffnung nicht zerstören.

„Iss, Djamal. Du musst etwas essen, damit du Kraft bekommst, um weiter durchzuhalten. Ich lasse nicht zu, dass du hier unten verreckst, hast du verstanden?"

Er griff nach dem Brot. Es war weich und mehlig, so, wie er es mochte. „Mutter", flüsterte er. „Die Kinder. Sag es mir."

Sie ließ sich auf die Fersen sinken. „Sie kamen im Morgengrauen. Wir waren auf halbem Weg nach Al-Thur, hatten Redis schon hinter uns gelassen. Vielleicht ist Zenima deshalb verschont geblieben, weil wir dort nicht mehr waren. Aber der Weg war zu beschwerlich, und Atiya ging es schlecht. Wir kamen kaum voran, mussten immer wieder anhalten, und die Kinder waren … sie haben gejammert, sodass ich froh war, dass niemand deiner Onkel dabei gewesen ist. Ich glaube, Azad und Abdul hätten die Kinder persönlich erschlagen, weil diese Enkel von Tariq eine Schande für ein Beduinenvolk sind, da sie nicht mal von Zenima nach Al-Thur reiten konnten, ohne zu jammern."

„Wo hast du sie begraben?", fragte Djamal, den Hinterkopf an die Lehmwand gepresst, die Augen brannten. Er würde ihr Grab finden. Und wenn es das Letzte war, was er tat. Er würde am Grab seiner Kinder stehen und sich erlauben zu weinen. Alles hatte er verloren, da konnte er auch seinen Stolz neben seine Kinder betten und um sie weinen, wie es kein Mann durfte.

„Atiya? Sie … die Soldaten haben versprochen, dass sie sie nach Redis bringen und dort auf dem Bilaad begraben. Sie hat es nicht geschafft, Djamal, sie war zu schwach. Kifah hat mir gesagt, dass Ameena ihre Nähe gesucht hat, solange sie im Serail war. Ich denke, wir müssen mit Ameena sprechen, wenn wir wirklich wissen wollen, was an jenem Tag geschehen ist."

Djamal konnte sich nichts Unwichtigeres vorstellen, als mit Ameena zu sprechen. „Die Kinder, Mama", sagte er. „Wo hast du die Kinder begraben?"

Japsend zog sie die Luft ein. „Oh, mein lieber, lieber

Djamal!" In ihrer Stimme klang Schmerz. Sie schlug die Hände vor den Mund, warf sich vor ihm auf die Knie, nahm ihn in die Arme, wie sie es seit seinen Kindertagen nicht mehr getan hatte. Sie wiegte ihn, zog seinen Kopf an ihre Schulter. „Deine Kinder sind nicht tot, Djamal, und außer Atiya auch keine der Frauen. Ist es das, was sie dir gesagt haben, um dich zu brechen? Es stimmt nicht. Sie sind in Alexandria. Niemand wollte deiner Familie etwas tun, Djamal! Es geht ihnen gut, die Kinder spielen im Garten bei Marys Haus, sie können von dort das Meer sehen und die Schiffe, die in Alexandria ankommen und ablegen. Fayyad und Kerim haben beschlossen, Seefahrer zu werden, und Dunyana sagt, sie wird sich als Mann verkleiden und mitfahren. Es geht ihnen allen gut, Djamal. Mein armer, tapferer Sohn, es geht ihnen gut." Sie wiegte ihn, und seine Augen schwammen, sein ganzer Körper zuckte unter Krämpfen und unterdrückten Schluchzern. „Der Pascha hat seine Soldaten geschickt, um dich zu holen, Djamal. Wegen Hazel. Als die Soldaten uns unterwegs einholten und begriffen, dass du nicht bei uns warst, haben sie uns einfach auf ein Schiff gesetzt und nach Suez bringen lassen. In Suez ist dann …" Sie senkte den Blick, biss sich auf die Unterlippe. „Yasif. Sie haben ihn von uns getrennt. Wo er ist, weiß ich nicht, aber es ging ihm gut, Djamal, und ich glaube nicht, dass sie ihm etwas tun. Harib ist bei ihm. Ich warte auf Nachricht von Harib. Wir sind nach Kairo gebracht worden, aber weil der Pascha krank in seinem Bett liegt und niemanden empfangen kann, wussten sie nicht wohin mit uns. Da hat Mary uns die Türen geöffnet in ihrem riesigen Haus in Alexandria. Deine Töchter jedenfalls haben entschieden, dass sie nicht nach Zenima zurückkehren wollen. Dunyana sieht entzückend aus in Röcken mit Volants und Spitze, auch wenn sie selbst das anders sieht."

Said Pascha war krank. Das zumindest hatte Whitby nicht erlogen. Den Kindern ging es gut. Die Erleichterung, die durch Djamals Adern spülte, wurde nur mild gedämpft von der Ungewissheit über Yasif. Nuur hatte recht, sie würden ihm nichts tun, dazu war der älteste Sohn des Tiyaha-Scheichs zu wichtig. „Wie geht es dem Pascha?", fragte er.

„Sie sagen, er ist auf dem Weg der Besserung. Ich werde Kairo jedenfalls nicht verlassen, ehe man mich zu ihm lässt. Ich glaube, er weiß gar nicht, dass du hier bist, Djamal."

„Woher hast du es gewusst?"

Sie lächelte. „Ich mag Nuur sein, mein Junge, für dich und die Tiyaha, aber hier in Kairo kann ich noch immer die englische Lady sein, die ich mal war, wenn es notwendig wird. Ich glaube nicht, dass Clarence Whitby auch nur den Hauch einer Ahnung hat, wer es war, die ihm ein Glas Wein nach dem anderen einflößte. Er redet zu viel, dieser ehemalige Verlobte von Hazel Fairchild."

„Was weißt du von Hazel?"

„Sie und ihr Vater sind abgereist. Niemand redet mehr von ihnen. Es ist, als hätte es sie nie gegeben. Das ist seltsam. Um mit Ferdinand de Lesseps zu reden, reicht mein Französisch leider nicht aus, dazu bräuchte ich dich. Ich bin sicher, dass er mehr weiß, schließlich war Fairchild sein Vertrauter. Das ist der Grund, warum du das jetzt essen und wieder zu Kräften kommen musst. Irgendwo dort draußen wartet deine Malak auf dich, und ich brauche dich, um herauszufinden, wo. Ich bringe dir noch frisches Wasser, dann muss ich gehen. Ich bin schon viel zu lange hier. Es wird teuer, deinen Wächter davon zu überzeugen, dass ich nicht die Kapuze abnehmen soll."

*

Ins British Museum zu gehen, um sich die ägyptische Sammlung anzusehen, war eine Schnapsidee gewesen. Was Hazel dort erhofft hatte, wusste sie nicht einmal mehr. Ein Stückchen Wüste vielleicht, die Erinnerung an die Düfte, die sie dort umgeben hatten. Salz und Moschus und unendliche Weite. Was sie bekam, waren alte Steine. Faszinierende Bilder einer untergegangenen Kultur, das schon, aber nicht das Leben, nach dem sie sich so sehnte. Alles dort in den Hallen war tot gewesen. Das Ägypten in ihrem Herzen barst vor Leben, war laut und voller Gerüche und Farben. Vor der Statue einer jungen Frau mit rostrotem Schleier und großen goldenen Kreolen in den Ohren wäre sie um ein Haar in Tränen ausgebrochen, so sehr erinnerte sie die Büste an Atiya. War sie es, mit der Djamal nun das Bett teilte? Hatten sie Trost aneinander gefunden über den Verlust des gemeinsamen Kindes und setzten nun alles daran, neues Leben in die Welt zu setzen? Ihre eigene Hoffnung auf eine lebendige Erinnerung an Djamal war gestorben. Noch bevor sie London erreicht hatten, hatte ihr Monatsfluss eingesetzt und die Reise noch beschwerlicher gemacht, als sie ohnehin schon war.

Sie raffte ihre Röcke und machte sich auf den Heimweg. Auf dem weitläufigen Platz, den das imposante Gebäude im klassischen Stil mit seinen zahlreichen sandsteinfarbenen Säulen und dem spitzen Dach an drei Seiten nahezu gänzlich umschloss, wimmelte es vor Kutschen und Mietdroschken. Auf der unweit entfernt vorbeiführenden Straße rempelten Fuhrwerke vorbei, in den Ecken saßen dreckige Bettelkinder und reckten ihre Hände empor. Hazel war zu Fuß gekommen, doch nun grauste ihr vor dem Rückweg. Alles war eng hier, grau in grau, dreckig und laut. Durch die Kakofonie fremder Stimmen meinte sie, den vertrauten Klang arabischer Worte zu hören. Eine Faust griff nach ihrem Herzen, quetschte es zusammen. Sie schloss für einen Moment die Augen. Ich verliere den Verstand, dachte sie. Sie haben alle recht, ich habe meinen Verstand in der Wüste verloren. Als sie die Lider wieder hob, glaubte sie, einer Sinnestäuschung zu erliegen. Direkt vor sich erblickte sie Djamals Augen. Nicht von der Farbe kostbarer Aquamarine und auch nicht auf einer Höhe, dass sie zu ihnen aufsehen musste. Aber genau wie bei Djamal war das Augenpaar, in das sie jetzt sah, gekränzt von langen schwarzen Wimpern und hatte die Form süßer Mandeln. Sehnsucht trieb ihr ein Wimmern in die Kehle, das sie nur mit Mühe herunterschlucken konnte. Nie war ihr aufgefallen, wie ähnlich Yasif seinem Vater sah.

„Lady Fairchild?" Auch in der Stimme des Jungen klang Erstaunen. „Lady Fairchild, sind Sie das?" Sein Englisch war deutlich besser als noch vor wenigen Wochen. Erst jetzt bemerkte sie den Mann neben Yasif. In ordentlich gebügelten Hosen aus dunkelgrauer Wolle, mit gestärktem Hemd und einer Weste darüber. Es war Harib, ihr treuer Freund. Das Wimmern ließ sich nicht mehr zurückhalten. Sie schwankte unter dem Sturm der Emotionen, der durch ihren Körper brandete.

„Ich bin es." Halb lachend, halb weinend zupfte sie an ihren Röcken, die sich in weiten Volants bauschten und viel zu viel Platz einnahmen. „Auch wenn ich mich selbst manchmal kaum noch erkenne." Sie schaffte es keinen Augenblick länger, ihre Gefühle im Zaum zu halten, machte einen weiteren Schritt auf den Jungen zu und zog ihn in ihre Arme. Vergessen der Kummer, den er ihr oft gemacht hatte, die Widerworte und Vorurteile. Alles, was jetzt zählte, war, dass er ein Teil von Djamal war. Djamal, den sie eigentlich an sich reißen und herzen wollte, bis sie nicht mehr wusste, wo sie aufhörte und er anfing. „Oh, lieber, lieber Yasif, was machst du hier in London? Ich kann gar nicht glauben, dass du es wirklich bist." Auf Armeslänge drückte sie ihn von sich, erkannte den verlegenen Ausdruck in seiner Miene, ließ sich davon aber nicht beirren.

„Wir kommen aus dem M… Mu… Ma…"

„Museum", berichtigte Harib geduldig und beendete die

rührselige Szene für Yasif, indem er sich knapp vor Hazel verbeugte. „Miss Fairchild. Was für eine Freude, Sie hier zu treffen."

„Was führt den Prinzen und Sie nach London?", wiederholte Hazel die Frage, die ihr am zweitschwersten auf dem Herzen lag. Die wichtigste Frage, deren Antwort sie am meisten interessierte, wagte sie nicht zu stellen.

„Dasselbe können wir Sie fragen." Yasif hatte sich offenbar von seiner Überraschung erholt und zu seinem gewohnt barschen Ton ihr gegenüber zurückgefunden. „Reicht es nicht, dass Sie Vater bezirzt und in die Falle gelockt haben? Mussten Sie ihn auch noch verlassen? Eine ehrbare Frau verlässt ihren Mann nicht in Zeiten der Not."

„Ich verstehe nicht." Gar nichts verstand sie mehr. Die Worte aus Yasifs Mund flirrten um sie herum, wirbelten und kreisten, und sie schaffte es nicht, ihnen einen Sinn abzuringen. „Der Scheich", setzte sie erneut an. „Der Scheich …"

„Bin ich", unterbrach sie Yasif erneut, ein bisschen von oben herab, was bei dem mageren Zehnjährigen beinahe zum Lachen reizte. Hazel verkniff es sich.

„Said Pascha hat es entschieden. Ein Mann, der sein Volk wegen einer Frau verrät, ist es nicht wert, den Titel zu tragen, und der Pascha hat …"

„Yasif, ruhig jetzt." Obwohl Harib seinen Schützling auf Arabisch unterbrach, verstand sie den Sinn der Worte. Lange genug hatte sie in Gesellschaft des Gelehrten verbracht, und nicht selten hatte Harib genau diese Worte zu Yasif sagen müssen, daheim in Djamals privatem Garten, dieser Oase der Fröhlichkeit.

„Miss Fairchild, bitte entschuldigen Sie den jungen Herrn", wandte er sich nun wieder in Englisch an sie. „Die Ereignisse der letzten Wochen haben ihn schwer mitgenommen. Die Sorge um seinen Vater …"

„Was ist mit dem Scheich?" Stärker denn je drängte die

wichtigste Frage an die Oberfläche, die Frage, die sie seit über einem Monat begleitete, seit sie in Alexandria an Bord der Royal Standard gestiegen war. Nicht einmal ein Damm mit den Ausmaßen der Chinesischen Mauer hätte sie noch aufhalten können.

„Er ist …" Offenbar fiel es Harib nicht leicht, zu der Erklärung anzusetzen, die sie so dringend brauchte. Er stockte, holte einmal tief Luft, dann sprach er weiter. „Er ist nach Kairo aufgebrochen, kaum dass er aus dem östlichen Wadi zurückgekehrt war und von Ihrer Entführung erfuhr, Miss Fairchild. Wir haben", er senkte den Blick, „bitte verzeihen Sie mir, aber wir haben versucht, auf ihn einzuwirken, Ihnen nicht zu folgen. Zu groß war die Gefahr, in die er sich mit dieser Reise begab. Aber wir konnten ihn nicht aufhalten. Er war wie von Sinnen vor Angst um Sie. Er ist weggeritten. Wir haben ihn nie mehr gesehen."

„Stattdessen haben wir Reiter gesehen." Jetzt war es wieder Yasif, der sprach. Die Arroganz von zuvor zerbröckelt unter der Sorge. Nie war er ihr jünger erschienen als in diesem Augenblick. „Lady Nuur hat uns weggebracht, aber wir sind nicht weit gekommen. Sie haben mich getrennt von den Geschwistern und Frauen. Nur Harib durfte ich behalten und sie haben gesagt, dass ich nun der Scheich der Tiyaha sei und deshalb selbst lernen müsste, wie die Welt auf mein Land blickt." In einer fahrigen Bewegung deutete er auf das Museum hinter ihnen. „Ist das wirklich das Bild, das sie hier von uns haben, Miss Fairchild? Tote Exponate in einer Ausstellung? Wilde, die im Wüstensand schlafen und tierischen Götzen dienen? Wenn es so ist", seine Stimme begann zu zittern, „will ich nicht lernen, was es hier zu lernen gibt. Dann haben diese Leute keine Ahnung von uns."

Was sollte sie ihm sagen? Sie hatte keinen Trost für den Jungen, denn er sprach nur aus, was sie selbst gedacht hatte. Harib schien es ähnlich zu gehen, denn er mied weiterhin ihren Blick, trat unruhig von einem Bein aufs andere.

„Ich habe auf deinen Vater gewartet", sagte sie schließlich, denn zumindest das sollte er wissen. „Jeden Tag in Kairo habe ich gebetet, dass er kommen und erklären würde, was wirklich geschehen ist. Ich habe es selbst versucht." Sie musste gegen den Knoten anschlucken, der mit einem Mal ihre Kehle versperrte. „Ich habe versucht, mit Said Pascha zu reden, oder zumindest mit Monsieur de Lesseps, aber man hat mich nicht zu Wort kommen lassen. Niemand wollte mich anhören, noch nicht einmal mein eigener Vater, und so blieb mir nur zu hoffen, dass der Scheich kommen würde, um für mich zu sprechen. So, wie er es immer getan hat."

„Auch Scheich Djamal wird keine Gelegenheit dazu bekommen haben." Harib war es, der als Erstes seine Fassung wiederfand. „Die englischen Truppen im Namen von Said Pascha sind gekommen, um ihn wegen Hochverrats zu verhaften. Doch sie haben ihn nicht länger in der Sinai gefunden. Das bedeutet, dass er in Kairo sein muss, gefangen und unfähig, für sich selbst zu sprechen. Diesmal, so scheint es, liebe Miss Fairchild, ist es der Scheich, der Ihre Stimme braucht."

Ein Sonnenstrahl brach durch den wolkenverhangenen Himmel, malte eine Straße aus purem Licht auf die Pflastersteine vor ihren Füßen. Er wird sie bekommen. Ganz von allein ballten sich ihre Hände zu Fäusten. Noch nie in ihrem Leben war ihr etwas so klar erschienen, wie das, was sie nun zu tun hatte. Djamal brauchte sie. Und wenn Welten sie trennten, Ozeane und die Gesetze von tausend Ländern. Sie würde zu ihm gehen. Nur in Unterkleid und Drawers war sie zu ihm gekommen, sie würde es noch einmal tun. Sie würde barfuß durch die Wüste gehen oder auf Knien vor Said Pascha um sein Leben bitten, denn in diesem Moment begriff sie, was es bedeutete, dass ihr Herz immerzu seinen Namen sang. Hazel Fairchild liebte

Djamal ibn-Tariq. Sie liebte ihn mit ihrem ganzen Herzen.

*

Nach Nuurs Besuch hatte Djamal angefangen, Striche in den festgebackenen Lehm der Wand hinter sich zu kratzen. Ein Strich am Morgen, wenn durch die Ritzen des hoch gelegenen vernagelten Fensters Licht zu sickern begann, und einer am Abend, wenn das Licht versiegte. Ein Querstrich, als die Lampe bei der Tür ausbrannte und wieder nicht ersetzt wurde. Er wusste jetzt, dass es zwei Tage dauerte, bis Whitby kam und ihn darüber in Kenntnis setzte, dass er wusste, wer bei ihm gewesen war. Djamal dankte Nuur im Stillen für Milch, Fleisch und Käse, denn er lieferte dem verbitterten Engländer eine ordentliche Schlacht, aus der dieser mit beinahe genauso vielen Blessuren hervorging wie er selbst. Trotz der zusammengebundenen Hände gelangen ihm ein paar gut platzierte Treffer, die Whitby zurücktaumeln und danach noch wütender angreifen ließen, aber Djamal spürte neue Kräfte durch seine Adern rinnen, gepaart mit dem Unwillen, sich alles gefallen zu lassen. Er bedauerte lediglich, dass er seine Beine nicht gebrauchen konnte. Whitby war langsam und überrascht, wahrscheinlich hatte er zu viel Wein getrunken. Nachdem es Djamal gelang, ihm den linken Ellenbogen mit voller Wucht in die Nieren zu rammen, trollte der Hauptmann sich.

An seinen Strichen und Linien konnte Djamal ablesen, dass es danach drei Tage dauerte, ehe der Aussätzige mit dem widerlich trockenen Brot ihn besuchte. Er fühlte sich etwas wacklig, weil er lange nichts getrunken hatte, aber die Reste des Essens von Nuur lagen wohlverwahrt in einem versteckten Loch in der Lehmwand hinter dem muffigen Strohsack, der ihm als Lager diente, und hielten ihn bei Kräften. Er stürzte sich auf das Wasser, das der

Aussätzige ihm brachte und das schmeckte, als hätte es schon vier Tage in der Sonne gestanden. Es war egal. Die brackige Brühe aus dem alten Bottich war längst verdunstet, und wenn er nicht eingehen wollte, musste er Flüssigkeit bekommen.

„Was willst du hier?" Er spitzte die Ohren, als er im Gang vor der Zelle die Stimme des Hauptmannes vernahm. Es war keine Seltenheit, dass Whitby die Männer, die hier unten aufpassten, anbrüllte, wenn etwas nicht zu seiner Zufriedenheit geschah. Djamal sah auf seine Linien. Der Aussätzige war erst am vergangenen Tag hier gewesen. Vermutlich war es Whitby nicht recht, dass er schon wieder kam. Falls jemand antwortete, dann so leise, dass Djamal es nicht hörte. Er bezweifelte, dass der Aussätzige überhaupt eine Zunge hatte.

„Wie kommst du darauf? Was soll der Unsinn? Scher dich nach Hause, was machst du überhaupt in Kairo? Ägypten ist für dich gestorben!"

Djamal spürte, wie sein Herz schneller zu schlagen begann. Er konnte nichts gegen die Hoffnung tun, die ihn ansprang wie ein zahmer Hund und ihm mit rauer Zunge das Gesicht ableckte. Es war eine Frauenstimme, die antwortete, und nicht irgendeine. Er konnte keine Worte verstehen, aber er hörte die Stimme. In seinen Ohren begann der Puls zu rauschen. Entweder war er von dem schlechten Wasser schon krank geworden und durfte seinen Sinnen nicht mehr trauen, oder das war … Malak. Ein Name wie ein Geschenk. Seine Malak.

„Und was versprichst du dir davon? Verdammt, der Kerl wird für das bluten, was er dir angetan hat, und zwar bald, du solltest gar nicht hier sein, sondern versuchen, deinen Ruf …"

Die Frau hob die Stimme ein wenig, und jetzt war Djamal sicher. Auch wenn er noch immer kein Wort verstand, aber es war ihre Stimme. Sie war hier. Warum war sie hier? Mit der Hoffnung kam nagende Ungewissheit.

Selbstzweifel, wie er sie niemals an sich erlebt hatte. Whitby hatte gesagt, sie sei nach London heimgekehrt. Nuur hatte das bestätigt. Sie hatte ihn nicht gesucht. Warum war sie wieder hier? Warum war sie vorher nicht gekommen, ehe sie abgereist war? Was hatten sie ihr gesagt, was glaubte sie? Was wollte sie von ihm?

Und was würde er tun, wenn sie nur hier war, um ihm zu sagen, dass sie zur Besinnung gekommen war? Dass sie von ihm nie mehr etwas hören oder sehen wollte? Aber wenn es das war, was sie empfand, warum blieb sie dann nicht einfach weg?

Fragen, die in seinen Kopf wirbelten wie die Sandkörner in einem Wüstensturm. Er lehnte den Kopf an die Wand und wartete, zwang sich zur Ruhe. Hörte Whitby, wie immer angetrunken, der irgendwas Unverständliches brummte, dann die Stimme hob, und Djamal wusste, dass der Hauptmann wollte, dass sein Gefangener die Worte hörte.

„Er lebt sowieso nicht mehr lange, das kleine Scheichlein, weil Said Pascha keine Geduld hat mit Männern, die seine Gesetze missachten."

Dann bewegte sich der Riegel.

Seine Augen brannten. Er wusste hinterher nicht mehr, was er erwartet hatte. Die Gestalt, die sich durch die Tür schob, war von Kopf bis Fuß in einen Umhang aus dunkler Wolle gewickelt. Blau, erkannte er im Licht der weit offenen Tür, ehe die Öffnung von der breiten Erscheinung des Hauptmanns verdunkelt wurde und dann das Türblatt zufiel. Die Gestalt im blauen Umhang drehte sich zu Whitby um, und Malaks Stimme zu hören war wie ein Tritt in die Kniekehlen: Hätte er nicht ohnehin in seiner Ecke gekauert, dann wäre er zusammengebrochen.

„Geh, Clarence", sagte sie. „Ich muss allein mit ihm sein."

„Es kommt nicht infrage, dass ich dich mit ihm allein lasse. Er mag gefesselt sein, aber das hat ihn nicht davon abgehalten, mir einen ordentlichen Schlag zu verpassen."

Djamal räusperte sich. „Schwächling", knurrte er. „Mindestens sechs, ehe du eingesehen hast, dass du gegen mich nicht mal ankommst, wenn du mir Hände und Füße zusammenbindest, du feiger Schakal."

Whitby stieß sich vom Türrahmen ab, um sich auf seinen Gefangenen zu stürzen. Ungläubig verfolgte Djamal, wie Hazel ihrem ehemaligen Verlobten in den Arm fiel und sich gegen ihn stemmte.

„Ich habe gesagt, du sollst mich allein mit ihm lassen, Clarence."

„Ich traue dem Kerl nicht, und du stehst unter meinem Schutz!", brüllte der Hauptmann, der offenbar genug getrunken hatte, um sich nicht einmal aus dem Griff einer Frau winden zu können.

„Warum sollte ich unter deinem Schutz stehen? Du hast die Verlobung aufgelöst, wegen meines Mangels an Charakter." Sie spie das letzte Wort aus wie ein Stück fauligen Apfels. „Jetzt verschwinde hier! Es dauert nicht lange."

Die gefletschten Zähne des Soldaten blitzten im Dunkel der Zelle, doch endlich gab er nach und ließ sich von Hazel zur Tür drängen.

„Mach dir keine Hoffnung, Scheich!", brüllte er Djamal über Hazels Schulter hinweg zu. „Den nächsten Sonnenaufgang erlebst du nicht mehr! Und wenn du Miss Fairchild ein Haar krümmst, dann ist schon dein nächster Atemzug dein letzter, das schwöre ich. Danach nehme ich mir deine Brut vor! Glaub nicht, dass ich nicht weiß, wo sie sind."

„Raus!" Hazel riss die Tür auf und schob ihn mit genug Schwung nach draußen, dass er an die gegenüberliegende Wand des Ganges krachte. Durch den Türspalt konnte Djamal den konsternierten Ausdruck auf dem Gesicht des Wachmannes sehen und verkniff sich ein hämisches Grinsen. Dann schloss Hazel die Tür und kam zu ihm.

„Beeindruckend", murmelte er und sah halb zu ihr auf.

„Du siehst schauderhaft aus", erwiderte sie und kniete sich vor ihn.

„Hat meine Mutter dich nicht gewarnt?" Er zischte, als sie mit den Fingerspitzen einen Riss an seiner Stirn zusammendrückte. „Nicht, Malak, es verheilt doch schon." Er griff nach ihrem Arm und zog ihre Hand von seinem Gesicht. „Er hat gesagt, dass du nach London abgereist bist." Er wagte es nicht, in ihre Augen zu sehen, weil er fürchtete, dass er das Brennen in seiner Brust nicht würde ertragen können.

Sie aber schaffte es nicht, die Hände von ihm zu lassen. Behutsam fuhren ihre Finger Schrammen, Kratzer und Blutergüsse nach.

„War das alles Clarence? Und zu essen lässt er dir auch nichts bringen? Weiß der Pascha davon, wie er dich hier behandelt? Es ist nicht recht, was er tut, Djamal, so geht man nicht einmal mit dem letzten Abschaum um. Du bist nur noch Haut und Knochen."

„Ich bin ja auch der letzte Abschaum. Aber er hat ebenfalls eingesteckt, glaub mir."

Sie schnaubte leise und zog gleichzeitig die Nase hoch. Nuur konnte das auch, fiel ihm auf, Missfallen und Erschüttern in einem einzigen Laut auszudrücken. Er wollte sie gern trösten, ihr sagen, dass es schlimmer aussah, als es sich anfühlte, aber er schaffte es nicht mal, sie richtig anzusehen. Er griff nach ihrer Hand. „Malak? London?"

„Ich war doch da."

Jetzt schniefte sie deutlich, und als er endlich den Mut fand, den Blick zu ihrem Gesicht zu heben, sah er die Tränen, die aus ihren Augen liefen und unter dem über das halbe Gesicht gezogenen Schleier versickerten. Er hob die andere Hand, schaffte es irgendwie, sich von den Fersen auf die Knie zu setzen, und unterdrückte den Schmerz. Seine letzte Begegnung mit Whitby hatte seinem linken Knie nicht gutgetan, irgendwas war verdreht. Er nahm den Schleier zwischen zwei Finger und zog den

Stoff von ihrem Gesicht. Wie sehr er sie vermisst hatte! Den Anblick ihrer milchweißen Haut, die Locken, die sich vorwitzig unter dem Stoff hervorkringelten. Ihre Augen von der Farbe des Khalish, die langen Wimpern, die beim Blinzeln seine Haut streichelten, wenn sie ganz nah an seinem Körper lag.

„Ich hatte geglaubt, dass du mich nicht mehr willst", flüsterte sie. „Als ich in Kairo bei meinem Vater war und auf dich gewartet habe. Ich habe nichts von dir gehört."

„Whitby hat sichergestellt, dass ..."

„Ich weiß." Sie fasste nach seinen Handgelenken. „Ich habe Harib getroffen, und Yasif."

Sein Herz setzte einen Schlag lang aus beim Klang des Namens seines Ältesten, einen zweiten, dann preschte es gegen seine Rippen wie ein durchgehendes Pferd. „Du hast Yasif getroffen? Wo? Nuur sagte, dass sie ihn in Suez von den anderen getrennt haben, und sie wusste nicht, wo sie ihn hingebracht haben."

„Du weißt es nicht? Der Pascha hat ... Harib sagte, dass der Pascha Yasif nach London auf die Schule geschickt hat, damit er der neue Scheich der Tiyaha wird. Er muss dafür lernen. Die Welt kennenlernen. Ich glaube nicht ..." Sie zog wenig damenhaft die Nase hoch. Er wischte mit seinen Handrücken die Tränen von ihren Wangen. „Ich glaube nicht, dass er in London irgendwas lernen kann, das wichtig wäre. Ich war dort, Djamal, es war so widerlich ... Ich kann das nicht mehr ... Yasif sagte, dass du Azad gleich verfolgt hast, als du bemerktest, dass er mich entführt hat. Und dann ... nichts mehr. Sie wussten nicht, wo du warst. Sie mussten Zenima verlassen ..."

„Nuur war hier", sagte er. „Sie ist mit meiner Familie in Alexandria, nur von Yasif wusste sie nichts." Er kämpfte gegen den Drang, sie in die Arme zu nehmen, sie an sich zu ziehen. Seine Kleidung war zerrissen, und er stank erbärmlich. Der Umhang, den sie trug, roch nach Kamel, aber darunter lag, ganz schwach, der Duft ihres Körpers, der ihn schwindlig zu machen drohte. Er wusste, wenn er sie in den Arm nahm, hier und jetzt, dann würde er mit ihr schlafen wollen, ganz gleich, wo sie waren, ganz gleich, wie zerschlagen er war. „Malak", flüsterte er. „Warum bist du gekommen? Warum hast du Whitby so in die Schranken gewiesen, wie es keine Lady darf? Warum bist du hier?"

„Weil ich keine Lady mehr bin." Sie sah ihn an. Ihre Augen schwammen. Sie war das schönste Wesen, das er jemals gesehen hatte. „Ich liebe dich, Djamal. Deshalb bin ich gekommen. Weil ich keinen Tag länger als nötig mehr warten konnte, dir das zu sagen. Ich liebe dich!"

Es fühlte sich an, als würde die Faust eines Dschinns in seinen Brustkorb eindringen und sein Herz zusammenquetschen, bis kein Blut mehr hindurchfloss, damit er es ihm danach aus der Brust reißen konnte, um es in Malaks Hände zu legen. Sie hatte es ihm noch nie gesagt. In Zenima, im Schatten von Nuurs Rosen, wenn sie ihm ihren Körper geschenkt hatte, hatte er es sich manchmal gewünscht. Aber noch nie hatte sie die Worte gesprochen.

„Ich wusste nicht, ob … in Zenima, Djamal, du musst mich verstehen. Ich hätte nicht gehen können, es gab keine Möglichkeit zur Flucht. Ich war gern bei dir, in deinen Armen, aber was, wenn das nur war, weil du es mir leichter machen wolltest? Was, wenn es nicht echt war? Was, wenn ich die Möglichkeit hätte, zu gehen wohin ich wollte, würde ich trotzdem bei dir bleiben wollen? Ich war in London und habe die ganze Zeit nur an dich und an Zenima gedacht. Es war alles immer noch so nah. Verstehst du das? Ich wollte es wiederhaben. Ich wollte dich wiederhaben. Aber du hattest dich nie gemeldet, und ich war sicher, dass du mich nicht wolltest … bis ich Harib traf und erfuhr, was geschehen war. Ich musste zurückkommen, um dich zu sehen. Um zu wissen, ob ich zu dir wollen würde, auch dann, wenn ich es nicht musste."

Seine Fingerkuppen lagen auf ihren Handrücken. Sein Herz war dort, wo es hingehörte. In seiner Brust und zugleich in Malaks weichen, weißen Händen. Er dachte daran, wie sie Whitby angebrüllt, wie sie ihn aus der Zelle hinausgedrückt hatte, und er musste lächeln. „Und?", fragte er. „Was glaubst du? Weißt du jetzt, was du wissen wolltest?"

„Ich weiß jetzt, dass ich um die halbe Welt reisen würde, um bei dir zu sein. Dass ich Clarence Whitby die Augen ausgekratzt hätte, wenn er sich mir noch einen Wimpernschlag länger in den Weg gestellt hätte. Weil es nur einen Ort gibt, der wirklich ein Zuhause für mich sein kann, und das ist bei dir."

Kapitel 16

Für einen kurzen Moment zuckte Djamal zurück, als sie ihre Lippen auf seine presste, doch dann ergab er sich. Sie schob ihre Zunge zwischen seine Lippen, schmeckte seinen Hunger, seinen Schmerz und die Vernachlässigung, die er im Gefängnis erfahren hatte, und küsste es alles weg. Bis sie vergaßen, wo sie waren, wollte sie ihn küssen, bis der Kerker um ihn herum verschwand, die Spuren von Leid auf seiner Haut und die Scham, die sie in seinen Augen lesen konnte. Sie klammerte sich an seine Schultern, zog ihn näher an sich. Ob Clarence im nächsten Augenblick in die Zelle kam, ob es sich gehörte, in der Liebe zu schwelgen, wenn ihr Bett nur ein dreckiger Lehmboden sein konnte, ob es noch so viel mehr zu besprechen gab, bevor ihre kurze, kostbare Zeit abgelaufen war, verlor an Bedeutung. Einzig das, was sie hatten, war in diesem Moment wichtig. Einzig die Worte zählten noch, die ihr so lange das Herz verstopft hatten und die sie nun endlich ausgesprochen hatte.

Viel zu schnell unterbrach er den Kuss, indem er sie von sich schob. Ein Stöhnen kroch aus seiner Kehle. Sie ahnte, dass das nichts mit seinem zerschundenen Körper zu tun hatte.

„Nicht. Malak, tu das nicht."

„Was?" Mit den Fingern tastete sie nach seinem Gesicht, fuhr die Linien seines Mundes nach. Im Schwung seiner Lippen lag ein Meer sinnlicher Versprechen, selbst jetzt, wo sie trocken waren und eingerissen. An der Oberlippe, wo ein Hieb von Clarence ihn ganz besonders hart getroffen haben musste, verfärbte sich ein Hämatom von Violett zu scheußlichem Gelb. Er pflückte ihre Hand von seinem Gesicht, küsste die Knöchel eines jeden Fingers, dann presste er ihre Handfläche auf seinen Schritt. Unter dem dreckigen Kaftan fühlte sie seine Härte.

„Mach es mir nicht schwerer, als es ist, Malak. Das hier

ist nicht der richtige Ort. Und nicht die richtige Zeit."

„Ich werde zum Pascha gehen. Mein Vater hat mir ein Schreiben für Monsieur de Lesseps mitgegeben, damit er mir hilft, eine Audienz zu erwirken. Ferdinand de Lesseps hat gute Verbindungen zum Pascha. Der Wali muss mich vorlassen und ich werde alles sagen. Djamal", sie klammerte sich an seine Hand, als könnte sie so ihre Worte wahr machen. Allein dadurch, dass sie seine Finger festhielt. „Ich wollte für dich sprechen. Schon zuvor. Aber man hat mich gar nicht angehört. Sie behandeln mich wie eine Aussätzige." Sie schüttelte den Kopf. „Noch schlimmer, sie behandeln mich wie das Exponat in einem Museum. Auch in London. Die Ladys und Gentlemen, sie sind gekommen, um mich zu begaffen und sich an mir zu ergötzen, aber mit ihren Töchtern im selben Raum durfte ich nicht sein. Wenn ich versucht habe, für mich zu sprechen, für dich, dann haben sie mich angesehen, als hätte ich den Verstand verloren, und jeden Einwand beiseite gewischt. Ich glaube, nur aus diesem Grund hat Papa mich zurückfahren lassen nach Ägypten. Weil er weiß, dass ich in England keine Chance mehr habe."

„Es tut mir leid, Malak. Ich wollte dich beschützen. Wenn es nach mir gegangen wäre …", er holte Luft, nutzte die kurze Pause, die daraus entstand, um eine Strähne ihres Haares zu greifen, damit zu spielen und ihren Duft zu inhalieren. „Wenn es nach mir gegangen wäre, wäre ich mit dir für immer in dem Pavillon in Nuurs Garten geblieben. Aber es gibt Dinge, die auch ein Scheich nicht erwirken kann." Mehr Haare nahm er zwischen seine Finger, roch an ihnen, streichelte sich damit selbst über die Wange. Ihre Haare hatte er immer besonders geliebt. Stundenlang hatte er sich damit beschäftigen können, sie zu streicheln, an ihnen zu riechen, sie ihr zu kämmen.

Vor der Tür hörte sie ein Scharren. Djamal ließ von ihr ab, schob sie noch ein Stück weiter von sich.

„Du musst gehen."

Ihre Zeit war beinahe abgelaufen, Panik drohte sie zu überrumpeln. Sie konnte nicht gehen. Noch nicht. Nicht, bevor sie sicher sein konnte, dass es nicht ein Abschied für immer war, dass sie etwas behalten konnte von ihm für die nächste Zeit der Trennung oder, wenn das schon nicht möglich war, dass er etwas von ihr zurückbehielte, das ihm Kraft gab für all das, was noch kommen würde. Zwischen dem Rasen ihres Herzens und dem Trennungsschmerz, der fast schon greifbar war, blieb ihr nur ein Gedanke. Über ihrer Schläfe wickelte sie eine Haarsträhne um ihren Finger, biss die Zähne zusammen und riss sie sich aus. Es ziepte und brannte auf der Kopfhaut, aber sie schluckte die Tränen herunter, band stattdessen das Haarbüschel zu einem festen Knoten zusammen und drückte es ihm in die Hand.

„Hier. Bis wir uns wiedersehen." Noch einmal beugte sie sich ganz nah zu ihm, bis ihr Atem seinen Hals streichelte, bis sie sehen konnte, wie ein Schauder über seine Haut rann und endlich ein wenig Farbe in sein viel zu blasses Gesicht zurückfloss. „Denk an mich, Geliebter." Ein letzter, flüchtiger Kuss auf seine Wange, dann stand sie auf, ehe er etwas erwidern konnte. Sich zu ihm umzudrehen, wäre ein Fehler. Sie ging zur Tür und klopfte, um rausgelassen zu werden. Würde sie sich noch einmal zu ihm umdrehen, brächte sie es nicht mehr über sich zu gehen, bevor sie an Armen und Beinen aus dieser Zelle gezerrt würde.

Entgegen ihren Erwartungen öffnete ihr nicht Clarence, sondern eine über und über in dunkle Lumpen gehüllte Gestalt mit schlurfendem Gang. Ein Greis, vermutete sie, und der Gestank, der von ihm ausging, ließ darauf schließen, dass er ein Aussätziger war. Lepra war hier, in dem heißen Klima dieser aus allen Nähten berstenden Stadt, die Kairo war, noch immer ein schlimmes Problem. Der Mann murmelte etwas auf Arabisch, eine Aufforderung, ihm zu folgen, vermutete sie, also schlüpfte sie aus der Tür. Doch statt ihr vorauszugehen, schob er den Riegel vor die Tür zu Djamals Verlies und verschwand wortlos in den Tiefen des Gefängnisses. Verwirrt drehte sie sich zu ihm um. Wieder war die einzige Antwort, die sie erhielt, ein Nuscheln in seinen Bart und eine vage Geste, allein ihren Weg zu suchen.

Der Weg war nicht schwer zu finden. Sie erinnerte sich an den Gang aus unverputztem Lehm, der nach Nässe und Fäulnis stank. Im Vergleich zu den Dünsten, die in Djamals Zelle die Luft verstopften, war das Atmen hier dennoch die reinste Wohltat. Von irgendwoher wehte ein Hauch frischer Luft durch den Gang und machte es erträglicher. Als sich der Flur gabelte, war sie nicht mehr sicher, ob sie sich nach rechts oder links wenden sollte. Ihr war es, als flösse die frische Luft von rechts her in den unterirdischen Kerkergang, doch von links hörte sie das Wispern von Stimmen. Sie erinnerte sich, auf ihrem Weg zu Djamal an einem Wachzimmer vorbeigekommen zu sein, also war vielleicht das der richtige Weg. Dunkelheit und auch das, was sie gesehen hatte, das Leid, das Djamal ihretwegen ertragen musste, machten ihr die Orientierung schwer. Zögerlich nahm sie die linke Abzweigung. Das Tuscheln wurde lauter. Sie stockte. Es war Clarence, der sich mit einem anderen Mann unterhielt, einem Mann, dessen kratzige Stimme sie Nacht für Nacht bis in ihre Albträume verfolgt hatte. Azad. Sie hatte ihn bisher nur auf Arabisch reden gehört, und doch hatte sie keinen Zweifel. Der Mann, der sich mit Clarence unterhielt, war kein anderer als der Onkel von Djamal und sein größter Widersacher. Ihr Herz trommelte mit einer Gewalt gegen ihre Brust, dass es mit Sicherheit blaue Flecken auf den Innenseiten ihrer Rippen hinterlassen würde, so angespannt war sie. Clarence und Azad. Das konnte kein Zufall sein. Der Mann, der das Ingenieurs-Camp hätte schützen sollen, und der, der es überfallen und sie nun bereits zweimal entführt hatte, in trauter Zweisamkeit. So eng es ging, drückte sie sich an die Wand in ihrem Rücken. Kaum wagte sie zu atmen, aus Angst, entdeckt zu werden.

„Jetzt!" Das war das raue, kaum verständliche Englisch Azads. „Er schuldet mir mindestens eine Hand."

„Morgen", zischte Clarence. „Wenn diese Hure, die einmal meine Verlobte war, nicht mehr hier herumschnüffelt. Du musst jetzt gehen, ibn-Mohammed. Wenn sie dich hier sieht, ist alles vergebens."

Ein widerliches Geräusch verriet ihr, dass einer der beiden Männer ausspuckte, Azad, nahm sie an, denn er war es auch, der jetzt wieder das Wort ergriff. „Verfluchtes Weibsbild. Hätte sie doch gleich nehmen sollen, bevor das Scheichlein seine Finger an sie bekam. Die hat nur Ärger gemacht."

„Du hättest sie verdammt noch mal da lassen sollen, wo sie war. Sie war nicht Teil der Abmachung. Aber vergiss es, passiert ist passiert. Trotzdem. Sie weiß nichts, und so muss es auch bleiben. Wenn einer herausfindet, dass du für den Überfall auf das Camp Geld genommen hast, sind wir beide geliefert. Also halt den Kopf unten. Nur noch bis morgen, wenn sie weg ist. Dann sollst du deine Rache haben. Glaub mir, ich habe selbst lang genug darauf gewartet, dem sogenannten Fürsten das zu geben, was er verdient."

Beide Männer lachten. Hazel wurde schwindlig. Für die Dauer eines Herzschlags gönnte sie sich, die Augen zu schließen. Nicht ohnmächtig werden. Du darfst nicht ohnmächtig werden. Die Schnüre ihres Korsetts gruben sich tief und viel zu fest in ihr Fleisch, machten das Atmen gegen den Schwindel noch mühsamer. O allgütiger Herr im Himmel, konnte das wirklich wahr sein, was sie gerade gehört hatte? Sie schob ihre Hand in die Rocktasche, ertastete das ordentlich gefaltete und versiegelte Stück Papier, das sie bei Monsieur de Lesseps empfahl.

Der Brief gab ihr die Sicherheit zurück, die sie brauchte, um handeln zu können. Ohnehin hatte sie vorgehabt, eine Audienz bei Said Pascha zu erwirken, oder, wenn schon nicht das, dann Ferdinand de Lesseps darum zu bitten, in ihrer Sache vorzusprechen. Nach dem, was sie belauscht hatte, wurde das Vorhaben zu einer Lebensnotwendigkeit. Sie straffte die Schultern, nahm einen weiteren leisen Atemzug und trat den Rückweg an. Den Rücken voran, den Gang im Auge behaltend, in dem Azad und Clarence noch immer standen und sich unterhielten. Die Nacht im Serail sollte das letzte Mal gewesen sein, dass Azad sie unvorbereitet getroffen hatte.

*

Er musste eingeschlafen sein. Mit der Erinnerung an Malaks Hände auf seinem zerschundenen Körper hatte ihn die Erschöpfung, gegen die er sich so lange gewehrt hatte, endlich eingeholt. Dieses Gelöbnis an sich selbst, dass er diese Welt nicht verlassen würde, ehe er wusste, was da draußen geschehen war. Ehe er wusste, dass Malak etwas für ihn empfand. Jetzt wusste er es. Es schien, als wollte sein Körper einfordern, was er gelobt hatte. Lockend waren die bösen Stimmen in seinem Kopf: Du weißt, dass es ihnen gut geht, Djamal ibn-Tariq. Du weißt, dass deine Malak dich liebt. Du kannst gehen, du hast erfahren, was du wissen wolltest, du kannst gehen. Immer wieder die kleine, böse Stimme im Hinterkopf. Lass dich einfach treiben.

Dann Gepolter an der Tür, Stimmen, die auf Arabisch fluchten, ein Krachen. Sofort war er hellwach. Wie lange war er bewusstlos gewesen? Er rappelte sich hoch, was nicht einfach war mit den gebundenen Füßen, taumelte rücklings gegen die Wand und kämpfte darum, den Kopf klar zu bekommen. Draußen fiel ein Schuss, dann riss jemand die Tür auf. Den Schatten, der den Türrahmen fast vollkommen ausfüllte, erkannte er, ohne das Gesicht zu sehen.

Azad. Mit einem Gewehr in der einen Hand, die ihm geblieben war.

„Lass das, du hirnloser Trottel!", brüllte Clarence Whitby hinter dem Beduinen. „Du kannst ihn nicht einfach umbringen, Mann, wenn das ginge, meinst du, ich hätte es nicht längst getan?" Er versuchte, den Lauf des Gewehrs zu fassen, doch Azad schüttelte ihn ab wie ein lästiges Insekt.

„Sicher kann ich", sagte er auf Arabisch und spuckte zu Djamal hin aus. „Was schert mich der Pascha? Der nicht mich, seinen treu ergebenen Diener, zum Scheich ernennt, wie es sich gehört. Ich hab ihm die Geisel wiedergebracht, die ich aus dem Haushalt des treulosen Djamal befreit habe. Unter Einsatz meines Lebens, wie der Verlust meiner Hand beweisen dürfte. Und was macht er? Ernennt die Brut des Verräters. Ernennt das nächste Kind. Um die Tiyaha zu schwächen. Es ist ganz klar! Was schert mich ein Pascha, der mein Volk ruiniert sehen will?"

Wieder hechtete Clarence nach dem Gewehr, griff daneben, torkelte gegen den Türrahmen und ächzte, als seine Schulter auf Holz krachte. „Sprich so, dass ich dich verstehen kann, Mann!", fluchte er.

Azad schnaubte und legte das Gewehr an. Legte den Lauf über den rechten Arm, an dem die Hand fehlte, hatte den Zeigefinger der Linken am Abzug. „Hast du dich von der Sklavin gebührlich verabschiedet, Neffe? Eine zweite Chance kriegst du nicht. Ich habe die Schnauze voll davon, immer nur zweite Wahl zu sein, und immer ist es deine Schuld."

Djamal stieß sich von der Wand ab. Vier lange Schritte trennten ihn von seinem Onkel. Schritte, die er nicht machen konnte wegen seiner Fußfesseln. Er ließ sich vornüber in den Dreck fallen, und der Schuss, der sich löste, ging über ihn hinweg. Es gab ein seltsam dumpfes Geräusch, als die Kugel sich in die Lehmwand fraß. Er landete so, dass sich seine gefesselten Hände schmerzhaft in seinen leeren Magen bohrten. Er stöhnte auf, rollte sich zur Seite und auf den Rücken, wartete darauf, dass Azad sich auf ihn stürzte. Der Onkel heulte, drehte das Gewehr um, ergriff den Lauf und holte aus. Djamal fing den Hieb mit den Fußsohlen ab, den zweiten, weniger heftig geführten Schlag parierte er, indem er den Gewehrkolben zwischen seinen Knien fing und es irgendwie schaffte, sich festzuklammern. Als Whitby von der anderen Seite Azads Schultern packte und daran zerrte, ließ der Onkel das Gewehr fahren, und es polterte zu Boden.

„Gemeinsam", ächzte Azad in schwer gebrochenem Englisch, an Whitby gewandt. „Erledigen gemeinsam."

„Er weiß doch nichts, Mann! Er hat keine Ahnung, aber wenn wir dem Pascha eine Leiche aus dem Kerker heraus präsentieren, stecken wir beide in der Scheiße!"

Djamal trat mit beiden Füßen gegen Azads Knie. Aufheulend brach sein Onkel zusammen, fing sich am Boden, warf sich über ihn. Djamal drehte sich zur Seite, holte mit den gebundenen Händen aus und erwischte Azad an der Schläfe. Irgendwo in dem Gemenge hörte er Whitby, der nicht zu wissen schien, ob er Azad helfen oder das Leben des wertvollen Gefangenen schützen sollte. Dann das Knacken eines Gewehrs, das entsichert wurde. Erst danach nahm Djamal das Scharren von Füßen wahr, die weder zu Azad noch zu Clarence Whitby gehörten.

„Lass von dem Gefangenen ab und die Hände hoch!" Der schneidende Befehl im Dialekt der Berber von der Nordküste schien zunächst von Azad abzuprallen, der weiter auf Djamal einprügelte. Djamal hörte Handschellen klappern, ehe endlich Erleichterung eintrat. Jemand riss Azad von ihm herunter und schleuderte den Onkel mit Wucht gegen die Wand. Aufstöhnend ging Azad zu

Boden, irgendwo knackten ein Paar Handschellen ins Schloss, doch Ruhe kehrte nicht ein. Er hob den Kopf. Viel zu viele Männer drängten in die winzige Zelle, nahmen die Luft zum Atmen. Der Soldat aus der Leibgarde des Paschas, der Azads Handgelenke in Schellen zu legen versuchte, stieß einen verärgerten Laut aus, weil sich eine einzelne Hand nicht fesseln ließ. Er ließ sich Riemen zuwerfen und band Azad die Ellenbogen hinter dem Rücken zusammen. Der Berber, der offenbar das Kommando hatte, rümpfte die Nase, als er sich in der Zelle umsah. Der Wasserbottich war umgekippt, im Raum stank es nach dem brackigen Wasser. Der Abtritteimer war gnädigerweise leer, auch dieses Gefäß rollte über den Lehmboden. Der Berber packte Djamal bei den Riemen um seine Handgelenke und zog ihn auf die Füße.

„Djamal ibn-Tariq?"

Er nickte und erging sich in einem Hustenanfall.

„Du giltst als verschollen, Djamal", sagte der Berber, in seiner Stimme lag keine Wertung, es war nur eine Feststellung. „Der Pascha hat deinen Sohn zu deinem Nachfolger erklärt, weil er davon ausgehen musste, dass irgendwer dich im Nil ersäuft hat."

So manches Mal hab ich mir das gewünscht, dachte Djamal, aber er sagte es nicht. Mit Mühe unterdrückte er den Husten. Azad war klug genug, sich nicht gegen die Riemen zu wehren, und hielt den Mund, ebenso wie Clarence Whitby, dessen Hände in eisernen Schellen steckten.

Der Berber räusperte sich. „Said Pascha verlangt, dass Djamal ibn-Tariq ihm unverzüglich vorgeführt wird. In Fesseln", fügte der Mann bedeutungsschwer hinzu. „Um sicherzustellen, dass der ehemalige Scheich der Tiyaha nicht nach dem Leben seines Landesherrn trachtet. Ebenso erwartet Said Pascha eine Erklärung seitens des Hauptmannes in Diensten der Compagnie, die den Kanal durch die Wüste baut." Etwas ratlos blickte er Azad an.

Vermutlich wusste er nicht mal, wer der Mann war. Djamal spürte, wie ihm Blut von der Stirn in die Augen lief. Er wollte niemanden sehen. Doch widersetzen war keine Option. Sie würden ihn, so wie er war, vor den Pascha zerren.

*

Said Pascha hatte sich verändert, seit Djamal ihn zum letzten Mal gesehen hatte. Ausgezehrt sah er aus, krank, kahle Stellen im einst üppigen Bart. Mit einem bauschenden Kaftan und überbordendem Kopfschmuck versuchten seine Diener, den Verfall weniger offensichtlich zu machen. Neben ihm stand der fassleibige, gelbbärtige Europäer, in dem Djamal den Franzosen de Lesseps wiedererkannte, den Mann, dem die Wüste eines Tages den Kanal verdanken würde. Djamal hatte gehofft, Hazel zu sehen. Sich an ihrem Anblick festklammern zu können. Natürlich war die Hoffnung sinnlos. Das hier war Männersache. Hazel war nicht nur eine Frau, sie war Europäerin. Sie hatte im Audienzzimmer des Walis nichts zu suchen.

Lange betrachtete der Pascha ihn. Hin und wieder glitt sein Blick zu Whitby, der neben ihm stand, gekrümmt, obwohl er kaum Schmerzen leiden dürfte. Djamal weigerte sich, auf die Signale seines Körpers zu hören und einzuknicken. Nicht hier, nicht an diesem Ort. Er war, wer er war, und kein englischer Soldat würde aus ihm einen Schwächling machen.

„Wie lange bist du in der Zelle gewesen, ibn-Tariq?", fragte Said schließlich, es klang angestrengt und ein bisschen hohl.

Er zuckte mit den Schultern. „Ich kann dir keine Zahlen sagen, mein Khedive." Absichtlich benutzte er den Titel, den Said nie vom Sultan verliehen bekommen hatte. Den Titel, der eine Stufe höher war als der, den Said offiziell trug. „Ich folgte meinem Oheim, Azad ibn-

Mohammed, nach Kairo, als ich erfuhr, dass er etwas gestohlen hatte, das mir gehört. An den Toren der Stadt geriet ich dem fremden Soldaten in die Hände. Danach habe ich die Sonne nicht mehr gesehen. Ich weiß nicht, wie viele Tage es waren."

Said runzelte die Stirn. „Etwas, das dir gehört? Azad ibn-Mohammed brachte eine verschollene Engländerin zurück, die, wie wir erfuhren, in den Mauern von Abu Zenima als Sklavin gehalten wurde."

„Als Gast in meinem Serail", berichtigte Djamal mit erhobenem Kopf. „Sie war nie eine Sklavin. Sie war bereit, sich mit mir zu vermählen. Da ich bereits drei Gemahlinnen besitze und meine Ratsmänner eine vierte aus dem zerschlagenen Clan meines Oheims Azad wählen wollten, gerieten sie offenbar in Panik, dass ich die Lady Ameena verschmähen und stattdessen die Europäerin wählen würde."

„Euer Oheim, dem eine Hand fehlt?"

„Er hat mir Treue gelobt und sein Gelöbnis missachtet. Er hat einen Überfall ausgeführt entgegen meines ausdrücklichen Befehls. Ich habe vom Recht eines Scheichs der Tiyaha Gebrauch gemacht und dafür gesorgt, dass in den Reihen meines Volkes der Respekt besteht, den ich brauche, um mein Volk zu führen."

„Offenbar besteht dieser Respekt nicht."

„Ich habe die Reaktion meines Rates unterschätzt, mein Khedive."

Said kratzte sich unter seinem Kopfschmuck im Nacken. „Du hast fünf Wochen in meinem Kerker gesessen, ohne dass ich davon erfuhr." Der Blick aus trüben schwarzen Augen glitt für einen Moment zu Clarence Whitby, ehe er sich wieder auf Djamal richtete. „Ich kann dich nicht um Vergebung bitten für etwas, von dem ich nicht wusste. Clarence Whitby wird aus Ägypten ausgewiesen, er hat mich schändlich hintergangen. Was die Frau betrifft …"

„Sie war nie eine Sklavin", unterbrach Djamal ihn. Er wusste, dass es unklug war, den Pascha zu unterbrechen, nur um etwas zu wiederholen, das er schon einmal gesagt hatte. Aber die Furcht, dass er für immer von ihr getrennt werden würde, war übermächtig.

Saids Mundwinkel zuckte. „Sie ist deinetwegen aus England zurückgekehrt, ibn-Tariq. Eine Sklavin würde das vermutlich nicht tun. Mein Freund de Lesseps hier hat in glühenden Worten für sie gesprochen. Nur deshalb stehst du vor mir, ansonsten hätte ich dich nach deinem Auftauchen vor eines meiner Gerichte gestellt und dieses mit dir verfahren lassen, wie die Gesetze es sagen. Dass die Engländerin nicht deine Sklavin war, ändert alles. Damit hat dein Oheim, ibn-Mohammed, nicht eine Geisel gerettet, sondern ein Mitglied deines Harems gegen ihren Willen entführt." Wieder kratzte der Pascha sich im Nacken, schien nachzudenken, der Kopf auf seinem Hals schwankte ein wenig, und ein Diener reichte ihm einen Becher zur Stärkung. Ein wenig der Ziegenmilch rann aus dem Mundwinkel des kranken Herrschers und bewies, wie schlecht es Said wirklich ging. Dass er hier war, dass er in dieser Sache selbst richten wollte, war ein Freundschaftsdienst, den Djamal ihm niemals vergessen würde.

„Ich stelle dir, ibn-Tariq, eines der Gemächer in meinem Privathaus zur Verfügung. Dort kannst du dich erfrischen, stärken, eine ruhige Nacht verbringen. Morgen in der Frühe werden wir uns in diesem Raum wiedersehen, in Anwesenheit meiner obersten Richter und deines Oheims ibn-Mohammed, und wir werden feststellen, was genau passiert ist und warum." Er wandte sich an Whitby und wechselte ins Französische. „Auch Sie, Monsieur, werde ich morgen wieder hier erwarten. Sie werden die Gelegenheit bekommen, sich ausführlich zu erklären. Bemühen Sie sich nicht, ich weiß, dass die Tochter von Sir William Fairchild Ihre Verlobte gewesen ist, die Sie als entehrt betrachten mussten nach ihrer Zeit in Abu Zenima. Darüber werden wir nicht verhandeln."

„Sondern?", entfuhr es dem blass gewordenen Soldaten.

Said Pascha runzelte die Stirn ob der respektlosen
Rückfrage des Mannes. Er nickte seinen Leibdienern zu,
die sofort herbeieilten, um den Herrscher zu stützen, als
er das Audienzzimmer verließ.

*

Hazel hörte Schritte auf dem Gang vor der Tür. Wie jedes Mal in den vergangenen Stunden, wenn dies der Fall
war, machte ihr Herz einen Satz. Sie hatte gleich mehrere
Leibdiener und Pagen bestechen müssen, um zu erfahren,
welches der Gästezimmer für den ehemaligen Gefangenen aus dem Volk der Tiyaha vorgesehen war. Schließlich
war es ihr gelungen. Bakschisch öffnete in Ägypten nahezu alle Türen und, wenn man es wollte, verschloss es sie
auch für eine Weile. Auf diese Weise konnte sie sicher
sein, Djamal zumindest einige Stunden für sich zu haben,
bevor die Welt dort draußen mit all ihren Gefahren wieder auf ihn wartete.

Die Schritte kamen vor ihrer Tür zum Halten. Aus dem
an das Gästezimmer angeschlossenen Bad strömten die
Düfte nach Zedernholz, Piniennadeln und Mandelmilch,
Ölen und Essenzen, die sie in die löwenfüßige Wanne
zum warmen Wasser gegeben hatte. Auf dem Bett drückte sie sich tiefer in die Schatten, die die Bettvorhänge hinter dem großen Gestell aus Ebenholz an die Wand malten. Die Tür wurde geöffnet. Nur einen Spalt, gerade so
weit, dass ein Mann hindurchpasste. Sie hörte Djamals
Stimme, wie er etwas zu den Männern sagte, die ihn hierher gebracht haben mussten. Er trat ins Zimmer, wartete,
bis die Tür wieder geschlossen war, erst dann wandte er
sich um und betrachtete das Innere des herrschaftlichen
Raums. Es war ein Gemach, das eines Scheichs würdig

war. Ausstaffiert mit kostbaren Seidentapeten nach chinesischem Vorbild, der Holzboden belegt mit zahlreichen Teppichen. Es war eine Liebesgeschichte zwischen orientalischem Farbenreichtum und europäischem Glanz. Der Raum war der Beweis dafür, dass Said Pascha die Worte, die er von ihr, Hazel Fairchild, gehört hatte, nicht in den Wind schrieb. Natürlich konnte er ihr nicht öffentlich Glauben schenken, denn sie war eine Frau und eine Europäerin. Er musste das, was sie gesagt hatte, aus dem Mund der Beschuldigten bestätigt wissen. Aber er hatte Djamal das beste Gästequartier in seinem privaten Haus geben lassen. Mit keiner anderen Geste hätte Said Pascha besser beweisen können, dass er von Djamals Unschuld überzeugt war.

Der Mann, der nun in der Mitte des Zimmers stand und sich endlich erlaubte, die Schultern nach vorn sinken zu lassen, wirkte wie ein Schandfleck in dem eleganten Raum. Seine Haare fielen ihm strähnig und verfilzt ins Gesicht, der Kaftan, der einmal glänzend und von einem tiefen Blau gewesen sein musste, hing dreckig und zerschlissen an ihm herab. Die bloßen Stellen seiner Haut, die sie durch die Risse erkennen konnte, waren von Dreck und altem Blut dunkel verkrustet. Erst hier, im Licht, das durch die nur halb geschlossenen Vorhänge an den Fenstern fiel, erkannte sie, was das Dunkel im Kerker verhüllt hatte. Wacklig, als würde der Boden unter ihm schwanken, machte er einen weiteren Schritt auf das Bett zu. Noch immer hatte er sie in ihrem Versteck nicht bemerkt. Erst jetzt nahm Hazel wahr, dass er sein linkes Bein beim Laufen nicht belastete. Jedes Mal, wenn sein Körpergewicht das Bein traf, pressten sich seine Lippen zusammen, bis sie nur noch ein dünner Strich waren. Ein hauchfeiner Schweißfilm bedeckte seine Stirn, dennoch gab er nicht das leiseste Ächzen von sich. Bis in ihre Ecke sah sie seinen Schmerz, doch nicht einmal jetzt, wenn er sich allein im Zimmer glaubte, gönnte er es sich, Schwäche zu zeigen. Ohne das offensichtlich verletzte Knie abzuwinkeln, setzte er sich auf den Bettrand. Erst dann durchlief ihn ein kurzes Schaudern.

Ihr Moment war gekommen. Aus dem Dunkel des Verstecks schob sie sich nach vorn. Er musste das Durchbiegen der Matratze unter ihrem Gewicht gespürt haben, denn er zuckte zusammen. Instinktiv griff er nach seinem Gürtel, an dem er für gewöhnlich den reich verzierten Dolch trug, doch natürlich war der nicht mehr da. Bevor er zu ihr herumfahren konnte, legte sie die Arme von hinten um seine Schultern und brachte ihren Mund ganz nah an sein Ohr.

„Nicht erschrecken", raunte sie ihm zu, während sie ihre Finger sacht unter den Saum seines Halsausschnitts gleiten ließ. „Mach die Augen zu." Einen kurzen Augenblick gab sie ihm Zeit zu gehorchen, dann fuhr sie fort. „Was riechst du?"

Unter seinem Atem dehnte sich sein Brustkorb. Das Zittern seiner Haut verstärkte sich. „Malak." Ihr Name, und doch viel mehr. Eine Bitte, ein Flehen, vielleicht sogar ein Befehl. „Du sollst mich nicht …"

„Pssst", unterbrach sie ihn. „Nicht reden. Fühlen. Ich habe dir ein Bad gerichtet. Lass mich für dich sorgen, Djamal. Lass mich dich waschen und deine Wunden küssen. Morgen sehen wir weiter."

Es fiel ihm schwer, ihr zu gehorchen. Er war kein Mann, der sich den Mund verbieten ließ. Trotzdem kam er ihrer Bitte nach, als sie vom Bett aufstand und ihn an den Händen zog, um ihm zu bedeuten, ihr zu folgen. Sie umfasste sein Handgelenk, führte ihn ins Bad. Sie hatte das Wasser direkt aus dem Kessel in die Wanne laufen lassen, so heiß, dass es immer noch dampfte. Schweigend half sie ihm aus den Überresten seiner Kleidung, stützte ihn, während er in das Bad stieg und unter der duftenden Wärme erschauderte, die seine unzähligen Wunden umschloss.

„Leg dich hin", wies sie ihn an. Sie griff nach einem Schwamm auf der Ablage, tränkte ihn mit Wasser aus der Wanne und kniete sich an seine Seite. So sanft es ging, wusch sie ihm erst die Haare, dann die Schrammen auf seiner Brust. Das Wasser verfärbte sich vom Schmutz, den sie von seinem Körper wusch. Sein schöner, schöner Körper. Er war schauderhaft abgemagert in den Wochen im Gefängnis. Nur noch Haut und Knochen. Deutlich zeichneten sich seine Hüftknochen ab, auf seinen Rippen hätte sie Klavier spielen können. Sein linkes Knie war grotesk geschwollen, dunkelviolett verfärbt. Wie lange hatte Clarence ihn da unten liegen lassen mit diesem verdrehten Knie, das ohne Schiene unendlich schmerzen musste? Unter dem Dreck auf seiner Haut kamen Hämatome in allen Farben zum Vorschein. Manche älter, mit schwarzen Rändern und gelben Flecken in der Mitte, manche neuer, dort, wo sie eher rot als schwarz waren. Ihre Kehle wurde eng, hinter ihren Augen brannte es. Er hatte es ihretwegen getan. All diese Qualen, die er wortlos ertrug, hatte er auf sich genommen und erfahren von einem Mann, den sie einst als sanft eingeschätzt hätte. Der um ein Haar ihr Ehemann geworden wäre, weil die anderen feinen Herrschaften der Meinung waren, dass er ein Ehrenmann sei, im Gegensatz zu den Wilden aus der Wüste.

Diesmal hielt sie die Tränen nicht zurück. Frei ließ sie sie über ihre Wangen laufen. Einst, in Zenima, hatte er ihr gesagt, sie müsse seine Tränen für ihn mitweinen, weil es einem Mann nicht erlaubt war, Schwäche zu zeigen. Jetzt weinte sie für ihn, um ihn, und jede Träne schien ihr kostbar, wie die teuerste Perle. Der Schwamm entglitt ihren Fingern, zitternd schlang sie ihm die Arme um die Schultern, barg ihr Gesicht an seinem Hals.

„Es tut mir leid", schluchzte sie. So heftig musste sie weinen, dass ihre Worte kaum verständlich waren. „So leid. Was er dir angetan hat. Es ist nicht recht. Es ist …

ich hätte dich nie verlassen dürfen. Jetzt werde ich bei dir bleiben. Und wenn die Welt untergeht. Niemand wird mich mehr von dir trennen. Du bist mein Mann. Nur du."

Durch den Schleier ihrer Tränen sah sie, wie er die Hand aus dem Wasser hob. Nur langsam öffnete sich seine Faust, und er strich mit der flachen Hand ihre vom Wasserdampf nassen Strähnen aus dem Gesicht.

„Meine Malak", flüsterte er wieder. „Es war nicht deine Schuld. Ich habe dich verlassen. Wäre ich in Zenima geblieben, bei dir, dann hätte er dich niemals in seine Gewalt bringen können. Ich habe dir gelobt, dich zu beschützen, und habe es nicht getan. Vergib mir."

„Als du in Kairo warst … ich hätte nicht zulassen dürfen, dass sie mich fortbringen. Ich hätte dich suchen müssen. Nicht eine Sekunde lang hätte ich glauben dürfen, dass du mich nicht mehr willst, als du nicht kamst, um mich zu holen."

„Malak. Nicht. Es ist vorbei."

Seine Stimme klang rau, ausdruckslos. Langsam hob sie den Kopf. Noch immer waren seine Lippen blutleer und viel zu dünn. Eine tiefe Furche teilte seine Stirn zwischen den Brauen, sein Blick wirkte leer, wie sie ihn noch nie gesehen hatte. Aus seinem Augenwinkel sickerte eine einzelne Träne.

Als das Wasser kalt wurde, half sie ihm aus der Wanne. Sie stützte ihn auf dem Weg zurück ins Bett. Auch sie entledigte sich ihrer Kleider, dann schlüpfte sie zu ihm unter die Laken. Eine lange Weile lagen sie so da, Gesicht an Gesicht, Leib an Leib, ohne etwas zu tun, außer den Anblick des anderen zu trinken. Seine Augen, so hell in seinem bronzefarbenen Gesicht, umrahmt von Wimpern, schwarz und lang und seidig. Sie war es, die schließlich die Hand hob, um ihn auch mit ihren Fingern erneut kennenzulernen. Erst sein Gesicht, dann seinen Körper. Jede Sehne fuhr sie nach, in jedem Tal ließ sie ihre Finger verweilen. Sie setzte sich auf ihn, vorsichtig und langsam, um ihm nicht wehzutun. Er schloss die Augen und ließ den Kopf in den Nacken fallen. Ein tiefes Stöhnen kroch aus seiner Kehle, ließ seinen Körper zwischen ihren Schenkeln erbeben. Es war ganz einfach, ihn in sich aufzunehmen. So natürlich. Wie blinzeln oder atmen. Sie liebte ihn langsam und sacht, griff nach seinen Händen, legte sie auf ihre Brüste. Mit immer noch geschlossenen Augen tat er es ihr gleich, lernte sie kennen, wie es ein blinder Stummer tun würde, ohne ein Wort zu sagen, nur mit den Fingern. Und dem Herzen.

Er zog sie an seine Schulter, nachdem er sich in ihr verströmt hatte. Seine Gesten, sein Zögern, seine Unsicherheit sagten mehr als tausend Worte. Schläfrigkeit umhüllte sie bereits wie ein schwerer, samtiger Umhang, als er das Schweigen schließlich brach.

„Den Scheich, den du geliebt hast, gibt es nicht mehr."

Schlagartig war sie wieder wach. „Wie …"

„Pssst", machte er, verschloss ihre Lippen mit seinem Finger. „Lass mich ausreden. Morgen früh muss ich vor Said Pascha treten. Ich habe sein Vertrauen missbraucht, als ich dich nicht zurückgebracht habe. Du selbst hast mir erzählt, dass er die Führung des Stammes meinem Sohn übergeben hat. Einem Kind, das zerbrechen wird, weil es das Einzige ist, was ein Kind tun kann, wenn es plötzlich für dreißigtausend Menschen Verantwortung tragen muss."

Wissend, dass sie ihn einfach weiterreden lassen sollte, konnte sie doch nicht anders, als noch ein wenig näher an ihn heranzurutschen, mit ihrer Hand nach seiner zu tasten, um ihm zu zeigen, dass sie verstand. Es waren keine leeren Floskeln, die er herunterbetete. Was er sagte, sagte er aus eigener Erfahrung. Er selbst war erst dreizehn gewesen, als Tariq gestorben und die Führung der Tiyaha in Djamals Hände gefallen war. Er erwiderte den Druck ihrer Finger, dann nahm er einen tiefen Atemzug und fuhr fort.

„Ich kann das nicht geschehen lassen. Wenn Said Pascha mich zu einem Untertan meines Sohnes macht, werde ich tun, was Azad immer wollte. Ich werde zum Sultan reiten und ihm meine Treue schwören. Und selbst wenn nicht, wenn Said Pascha mir glaubt und nicht Azad, wenn er meinem Sohn diese Last erspart, kann ich doch nicht meine Rolle wieder erfüllen wie zuvor. Wenn die letzten Wochen eines gezeigt haben, dann, dass die Welt sich zu schnell dreht, um weiter in dem Leben zu verweilen, wie die Tiyaha es kannten. Bald wird ein künstlicher Fluss durch die Wüste fließen. Felder werden entstehen, wo die Meinen bisher ihre Zelte aufgeschlagen haben. Waren, die man nur aus Alexandria oder Kairo kannte, werden an Orte gelangen, die bisher nur Sand gesehen haben. Begehrlichkeiten werden geweckt und Städte entstehen, von denen wir heute noch nicht einmal träumen können. Dort, allein in der Wüste, fern von jedem Vertrauten, bin ich verletzlich, angreifbar und zu weit weg von allem, was um uns herum geschieht. Wenn ich mein Volk weiter schützen will, brauche ich Verbündete, die mich stützen. Was auch immer geschieht, morgen werde ich nicht mehr Scheich Djamal ibn-Tariq ibn-Mohammad al-Zenima al-Sinai sein, der autonome Herrscher über ein ganzes Volk, sondern der Vasall eines der Männer, die mehr wissen als ich und über bessere Beziehungen verfügen."

„Denkst du, ich bin so wenig wert, dass es einen Unterschied für mich macht, was du bist?" Sie rückte ein wenig von ihm ab, stützte sich auf den Ellenbogen, um ihm direkt ins Gesicht sehen zu können. Hätte sie nicht die Sorge in seiner Miene gelesen, sie wäre wütend geworden, dass er ihr zutraute, ihn nach seinem Rang zu beurteilen, oder seiner politischen Macht.

„Die Frage ist nicht, wie viel du wert bist", sagte er und seine Stimme klang rau und kratzig dabei, als hätte er Sand geschluckt. „Sondern ob ich deine Liebe verdiene."

„Ich liebe dich." Es war die einzige Antwort, die sie hatte, das Einzige, was ihr einfiel, um seine Sorge zu zerstreuen. Dann, ganz leise, fügte sie hinzu: „Nicht, weil du bist, was du bist, sondern, wer du bist."

Ein Ruck ging durch ihn und endlich war es wieder er, der sich einen Kuss von ihr holte. Er griff nach ihrem Gesicht, zog es an seines, suchte mit den Lippen ihren Mund und gemeinsam zeigten sie sich eine ganze Nacht lang, dass sich nichts geändert hatte, dass sie immer noch dieselben waren. Ein Mann und eine Frau, die ineinander Trost fanden, Vergessen und alles Gute, was es gab auf dieser Welt.

Kapitel 17

Am nächsten Morgen wirkte Djamal ausgeruht und kräftiger, als sie es nach nur einer Nacht erwartet hätte. Irgendwann war er eingeschlafen. Ihr war der Schlaf ferngeblieben. Zu kostbar war der Anblick seines entspannten Gesichts. Zweimal hatte sich im Traum seine Miene verhärtet, hatten sich seine Hände zu Fäusten geballt und waren Laute aus seiner Kehle gekommen, die an das Knurren eines Wolfes erinnerten. Dann hatte sie sich enger an ihn gedrückt, ihn gestreichelt und ihm Koseworte ins Ohr geflüstert, bis er sich wieder beruhigte. Doch obwohl sie die Nacht kein Auge zugetan hatte, war sie nicht müde, sondern eine kalte Unruhe lag am Morgen in ihrem Inneren, die sie nicht abschütteln konnte. Sie versteckte sich im Bad, als es an der Tür klopfte und ein Diener kam, um Djamal frische Kleidung zu bringen. Sie nutzte die Zeit, um sich anzuziehen. Ihre Hände waren fahrig und ungeschickt dabei. Das Korsett saß schief, presste ihre Brüste zu flach an ihren Brustkorb, statt sie verführerisch anzuheben, und die vielen Lagen Stoff, die ihr Kleid waren, schienen ihr zu schwer und unbequem.

Djamal hob eine Augenbraue bei ihrem Anblick. Auch er hatte sich mittlerweile angekleidet. Der rostrote Kaftan wirkte zu weit und sehr schlicht im Vergleich zu den Gewändern, in denen sie ihn kannte. Unsicher trat sie auf ihn zu.

„Das ist sehr viel Stoff für so ein kleines Persönchen", sagte er und legte seine Hände um ihre geschnürte Taille. Wenn er die Finger spreizte, konnte er ihre Mitte fast komplett umfassen. „So zart. Ein Mann muss befürchten, dich zu zerbrechen, wenn er dich anfasst."

Sie rang sich ein Lächeln ab. „So leicht zerbreche ich nicht."

„Nein." Er schüttelte den Kopf. „Ich weiß. Du bist stark und unzerbrechlich, und deshalb musst du mir etwas versprechen." Er legte seine Stirn an ihre, atmete tief ein, als wollte er ihren Duft inhalieren, sie ganz tief in sich aufnehmen. „Ich muss jetzt gehen, Malak."

„Ich warte auf dich." Sie sprach das Versprechen aus, bevor er sie darum bitten konnte, doch er schüttelte den Kopf.

„Warte nicht zu lange. Das ist es, was du mir versprechen musst. Wenn ich nicht wiederkehre, dann warte nicht auf mich, sondern gehe dorthin zurück, wo du hingehörst."

„Ich gehöre an deine Seite."

Als hätte sie kein Wort gesagt, wischte er ihr Gelöbnis beiseite. „Wenn du nicht zurück nach London willst, dann gehe nach Alexandria. Frag nach dem Haus von Mary Whiteley, das ist Nuurs Schwester. Meine Mutter ist dort und die Kinder. Sie werden sich um dich kümmern."

„Ohne dich gehe ich keinen Schritt." Der altbekannte Trotz regte sich deutlich hörbar in ihrer Stimme. Auch er musste ihn bemerkt haben, denn ein freudloses Lachen streichelte seine Lippen.

„Ich auch nicht, Malak. Wohin auch immer mich Said Pascha heute schickt, und sei es auf den Richtplatz, damit ich meinen Kopf auf den Block lege für meine Untreue, in meinem Herzen bist du bei mir."

„Sag das nicht. Du warst ihm nie untreu, Djamal, du darfst so etwas nicht …"

In einer Geste, die so vertraut war, dass es schmerzte, verschloss er ihr mit dem Zeigefinger die Lippen.

„Pssst, mein Engel. Meine Malak. Sag jetzt nichts mehr. Mach die Augen zu."

So sanft sprach er und mit so viel Wärme in der Stimme, dass sie nicht anders konnte, als zu gehorchen. Kurz, ganz kurz, nur für die Zeit, die es brauchte, damit ein Traum geboren wurde, streiften seine Lippen die ihren. Sie wollte den Mund öffnen, ihn einlassen, für einen Kuss voll Zuversicht, aber da fühlte sie schon einen leisen

Luftzug an ihren Wangen. Dann war da das Knarzen der Tür. Sie wusste, er war gegangen.

*

Die Tür zum Audienzzimmer wurde von zwei schwer bewaffneten Berbern bewacht. Wann genau hatten die Berber, zu denen Harib gehörte, ihr Leben als Nomaden aufgegeben und sich bei Ägyptens Herrscher als Soldaten angedient? Und wann waren sie in seiner Gunst so aufgestiegen, dass sie nicht einfache Soldaten bleiben mussten, sondern zu Befehlshabern und Leibwächtern wurden, die ohne Sträuben dienten und denen Said ohne Zögern vertraute? Einer von beiden hielt Djamal mit ausgestreckter Hand auf Distanz, während der andere ins Innere des Raumes verschwand, wohl um herauszufinden, ob seine Anwesenheit gestattet war. Er sah an sich hinab. Selbst für einen Beduinen-Scheich, die wenige Abzeichen trugen, um ihren Status zu zeigen, wirkte er ärmlich in dem schlackernden Kaftan und den einfachen Sandalen. Ganz abgesehen von den Spuren der vergangenen Wochen, die sich deutlich in seinem Gesicht zeigen mussten.

Er wartete geduldig, während der Wachmann ihn misstrauisch musterte. Endlich kehrte der andere zurück und winkte ihn durch. Die Geste wirkte grob und respektlos, obgleich Djamal sicher war, dass der Mann wusste, wen er vor sich hatte. Die Berber von der Mittelmeerküste und die Beduinen der Sinai-Halbinsel waren sich nie besonders grün gewesen. Vermutlich wusste jeder Berber, der etwas auf sich hielt, dass Djamal ibn-Tariq dem Gelehrten Harib, der keinen Vaternamen mehr tragen durfte, Asyl gewährt hatte. Einem Mann, der überall sonst den Kopf verloren hätte, weil er eine Frau liebte, die vergeben war, und ihren Gemahl getötet hatte, als der die Frau für ihre Untreue beinahe zu Tode züchtigte. Das machte diese beiden Wachmänner nicht zu seinen Freunden. Es war in Ordnung, fand er, als er zwischen ihnen durch die Tür ging und seine Nase den Geruch von Möbelpolitur und Seife auffing, den er zum ersten Mal in einem ähnlichen Raum in London erfahren hatte und der ihm seither Übelkeit in die Kehle trieb. Er musste kein Freund dieser Männer sein.

Azad stand im vorderen Teil des riesigen Raumes, die Hand auf seinem Rücken um den Stumpf gelegt. Er war nicht gefesselt, aber zwei von Saids Leibwächtern bewachten ihn. Er gönnte seinem Neffen nur einen kurzen Blick, ehe er wieder mit leeren Augen auf das Wappen des Paschas hinaufschaute, das über dessen prunkvollem Arbeitsplatz an der Wand hing.

Djamal wartete darauf, dass sich auch an seine Seite Gardisten stellen würden, aber niemand kam. Sein Herz klopfte heftig. Es war keine Verhandlung gegen ihn. Er war hier als Zeuge. Statt eines Bewachers war es der französische Unternehmer, de Lesseps, der sich an seine Seite bewegte, ein wenig zu nah, fand Djamal, aber er rührte sich nicht. Die beiden obersten Richter, die Said Pascha selbst ernannt hatte und denen der Herrscher blind vertraute, saßen rechts und links von Saids Lehnstuhl am Schreibtisch.

„Mit ein wenig Glück kommt Fairchild wieder", murmelte de Lesseps ihm zu, leise genug, dass niemand sonst es hörte. „Wenn er es tut, habe ich das Ihnen zu verdanken, Scheich, nicht wahr?"

Djamal blinzelte, unfähig, seine Verwirrung für sich zu behalten. Er wusste keine Antwort. De Lesseps seufzte ein wenig theatralisch.

„Die junge Frau jedenfalls wird sich nicht mal mit Waffengewalt erneut aus diesem Land verjagen lassen. Das hat sie mir persönlich gesagt. Außer ihr hat Fairchild keine Familie mehr. Vermutlich wird er in den sauren Apfel beißen und sie Ihnen überlassen, wenn das bedeutet, dass er sie nicht verliert. Dann wird er hierher zurückkehren.

Ich befürchte, ohne ihn würde mein schöner Kanal im Wüstensand versickern, lange bevor das Wasser Suez erreicht."

„An Ihrem Kanal arbeiten hunderttausend Männer", gab Djamal ebenso leise zurück. „Das sind so viele, wie einst an den Pyramiden meiner Vorfahren gebaut haben. Diese stehen heute noch. Ihr Kanal kann nicht versickern."

„Kann er sehr gut, wenn ein Mann wie Fairchild nicht daran arbeitet. Haben Sie eine Ahnung, wie selten gute Ingenieure sind, die auch noch zu hundert Prozent von einer Sache überzeugt sind? Die Briten hassen mich und meinen Kanal, und ohne Fairchilds unermüdliche Lobby-Arbeit im fernen England wäre es nie auch nur zum ersten Spatenstich gekommen. Sie wettern und zetern bis heute, und ohne die Beziehungen der Briten nach Istanbul hätte auch der Sultan längst sein Einverständnis gegeben. Die Politiker da drüben sind stur wie die Esel von Kairo. Nur einer ist noch sturer. Fairchild."

Djamal hatte auf einmal hundert Fragen. Wozu brauchten die Franzosen die Briten, mit denen sie spinnefeind waren? Die Briten eroberten Stück für Stück die ganze Welt und machten sie sich untertan. Wie konnte es sein, dass de Lesseps so erpicht war auf deren Gutwillen für den Kanal? Aber er konnte diese Fragen nicht stellen, denn der Pascha trat ein. Keine pompöse Ankündigung, keine Diener, die Luft vor ihm her wedelten. In einer einfachen Uniform, das Haar von einer simplen Kappe bedeckt, trat der Pascha hinter seinen Schreibtisch. Er ging langsam, als hätte er Schmerzen, und seine Wangen wirkten eingefallen.

„Und ihn", murmelte de Lesseps, an niemanden im Bestimmten gewandt. „Was wird aus meinem Kanal ohne Said Pascha?" Ein unterdrücktes Seufzen folgte, aber ehe der Blick des Paschas auf ihn fiel, war der Franzose klug genug, wieder zu schweigen.

Der Letzte, der den Raum betrat, war Clarence Whitby. Der Engländer trug den Kopf hoch erhoben, die Uniform saß tadellos. Entweder glaubte er nicht, dass irgendjemand ihm wirklich gefährlich werden konnte, oder es war ihm inzwischen egal. Als er de Lesseps neben Djamal gewahr wurde, zuckten seine Mundwinkel nervös, und er wandte den Blick ab.

Said ließ sich auf seinen Stuhl sinken. Alle anderen blieben stehen.

„Azad." Die Stimme des Paschas ging schleppend und schwer. „Du hast deinen Scheich in einer Kerkerzelle angegriffen, in der dieser zu Unrecht festgehalten wurde."

„Zu Unrecht?" Das Erstaunen, mit dem Azad beide Brauen hob, hätte manch einer ihm vielleicht sogar abgenommen. Ein schneller Blick versicherte Djamal, dass in diesem Raum niemand war, der Azad noch irgendetwas glaubte.

„Großer Khedive, Scheich Djamal hat eine Untertanin der Großen englischen Königin in seinem Harem festgehalten und unaussprechliche Dinge von ihr gefordert, die keiner englischen Dame würdig sind. Er hat sie entehrt. Ich habe nach meinem Gewissen gehandelt, als ich sie befreite und zu ihrem Vater zurückbrachte. Dafür soll ich nun beschuldigt werden, Gesetze gebrochen zu haben?"

„Du, Azad, wirst beschuldigt, deinen Scheich angegriffen zu haben. Du kannst das gern abstreiten, ich habe zahlreiche Zeugen."

„Ich streite es nicht ab, Großer Khedive, ich habe dem Scheich lediglich eine Lektion erteilen wollen."

„Lektion in was? Er befand sich bereits seit Wochen dort, ohne mein Wissen. Dein Angriff auf ihn ist in meinen Augen eindeutig mit der Absicht geschehen, ihn zu töten."

„Djamal ist mein Scheich, Großer Khedive, und der Sohn meines Bruders. Ihn zu töten ..."

„Dein Scheich, der deinen Clan zerschlagen hat, dein

Neffe, der dich eine Hand kostete. Aus welchem Grund, Azad?"

Azad presste die Lippen zu einem schmalen Strich.

„Es ist kein Geheimnis, dass du mit deinen Brüdern die Ernennung von Scheich Djamal immer angefeindet hast, weil ihr euch selbst für geeigneter hieltet, die Nachfolge des großen Tariq anzutreten. Ihr habt bewusst alle Regeln eures Volkes, für das ich immer größten Respekt hegte, missachtet, um Scheich Djamals Herrschaft zu untergraben. Du hast das Ingenieurscamp angegriffen, ein Mann kam ums Leben, der Gast in unserem Land war, eine junge Frau wurde entführt, die als Tochter eines Gastes unter meinem Schutz stand und steht. Scheich Djamal hat im Einklang mit den uralten Regeln eures Volkes gehandelt. Du hast es als Einladung aufgefasst, ihm den Todesstreich zu versetzen. Hast du Miss Hazel Fairchild absichtlich entführt? Zweimal?"

Aus dem Augenwinkel sah Djamal, wie Whitby, der dem auf Arabisch geführten Gespräch nicht folgen konnte, den Kopf hob, als der Name seiner ehemaligen Verlobten fiel.

„Miss Fairchild ist das Opfer", warf Whitby ein. Kein kluger Schachzug. Der Pascha drehte den Kopf zu ihm.

„In der Tat", sagte er in gebrochenem Englisch. Djamal wusste, dass der Pascha lieber französisch redete, das er nach vielen Jahren in Paris und Marseille fließend beherrschte. „Miss Fairchild ist das Opfer. Aber war sie ein zufälliges Opfer? Wo waren Sie, Hauptmann Whitby, als das Camp angegriffen wurde?"

„Ich war …" Whitby begann zu stottern und schien nachdenken zu müssen. „Die Wasservorräte gingen zur Neige. Eine der Aufgaben der Wachmannschaft war, die Vorräte bei Bedarf aufzufüllen, da die Versorgungstrupps nicht bis zu diesem weit vorgezogenen Posten geschickt wurden."

„Und sollten alle Soldaten der Wachmannschaft Wasser

tragen?" Beinahe sarkastisch hob der Pascha eine Braue. „Das erscheint mir reichlich übertrieben, zumal der weit vorgezogene Posten auch besonders Gefahr lief, möglichen Überfällen zum Opfer zu fallen, nicht wahr? So selten solche Überfälle auch vorkommen, ganz ausschließen kann man sie nie. Hauptmann Whitby, ich war nie Soldat, das gebe ich zu. Meine Stärken liegen auf anderen Gebieten, für Verteidigungsfragen verlasse ich mich auf meine militärischen Berater. Doch selbst ich hätte die Herren und die Dame auf diesem Wüstenposten nicht ohne Wachsoldat zurückgelassen."

Djamals Muskeln spannten sich an. Whitby hatte das Camp verlassen. Hatte die Männer und Hazel offen preisgegeben. Er schaute zu Azad, in dessen Mundwinkel ein Grinsen lag. Azad hatte das gewusst. Es war alles geplant gewesen.

„Ich ... die Soldaten ... wir ..." Whitby stammelte hilflos. Djamal sah zum Podest mit dem Schreibtisch des Paschas. Blickte zu den beiden Richtern, die dem Gesagten mit stoischem Gleichmut zu folgen schienen. Er wollte schreien, dass auf der Hand lag, was passiert war. Aber das musste er nicht. Said Pascha mochte ein kranker, vielleicht sogar ein sterbender Mann sein, der ohne starke Medikamente gar nicht an seinem Schreibtisch würde sitzen können. Aber er hatte nichts von seinem Scharfsinn eingebüßt. Er hatte so gut verstanden wie Djamal.

„Haben Sie, Hauptmann Whitby, Azad ibn-Mohammed zu diesem Überfall animiert?", fragte Said, die Stimme ruhig und gefasst, als wäre es lediglich eine Möglichkeit unter vielen und er wollte nach dem Ausschlussprinzip arbeiten. Er wiederholte die Frage auf Arabisch, obgleich ihm klar sein musste, dass Azads Englisch ausreichte, um zu folgen.

Whitby schluckte und sah zu Boden. „Das mit Hazel ...", stammelte er. „Hazel sollte nicht ... Das war nicht der Plan ..."

Azad warf ihm einen scharfen Blick zu. Said beugte sich vor.

„Was, Hauptmann Whitby, war der Plan?"

Jetzt war es de Lesseps, den der bleich gewordene Engländer ansah. „Der Kanalbau." Es war nicht viel mehr als ein Flüstern übrig. „Es ging um den verfluchten Kanal. Er sollte gestoppt werden. Die Bauarbeiten sollten als zu gefährlich gelten. Drei der besten Ingenieure Englands arbeiten an Ihrem Projekt, Monsieur, das britische Parlament will sie wiederhaben, wollte, dass sie einsehen, wegen der Überfallgefahr, dass es zu gefährlich …" Er schien in der Mitte einzuknicken, japste nach Luft. Dann fiel sein Blick auf Azad, er hob eine Hand, wies anklagend auf den Beduinen. „Aber er hat Hazel entführt. Alles lief aus dem Ruder. Und er …" Jetzt schrie er, und es war Djamal, gegen den er sich richtete. „Er hat Hazel zu einer arabischen Hure gemacht!"

Zwei Wachmänner packten ihn bei den Armen, ehe er sich auf Djamal stürzen konnte. Said Pascha hingegen schien die Ruhe selbst.

„Sie geben also zu, Hauptmann Whitby, dass der Überfall auf den vorgezogenen Posten Ihre Idee war. Sie haben Ihre Verlobte und Ihren zukünftigen Schwiegervater mit voller Absicht einer solchen Gefahr ausgesetzt, obwohl sie nicht einschätzen konnten, wie gefährlich Männer wie Azad ibn-Mohammed sein konnten. Sie haben gewusst, wer für den Überfall verantwortlich war, in wessen Gewalt sich Miss Fairchild befinden musste, doch Sie haben dieses Wissen nicht geteilt, vermutlich aus Angst, dass Ihre Beteiligung an den Vorbereitungen damit auffliegen würde. Durch diese Handlung haben Sie verhindert, dass Miss Fairchild in einem angemessenen Zeitrahmen gefunden werden konnte. Sie haben wissentlich in Kauf genommen, dass Miss Fairchild diese Entführung vermutlich nicht überleben wird. Sie haben keinen Finger gerührt, um Ihrer Verlobten zu helfen." Saids Blick ging zu Djamal. „Scheich Djamal. Ihre Erinnerungen, bitte."

Djamal schluckte, überrascht, dass er so plötzlich zum Reden aufgefordert wurde. Selbst wenn er es für nötig gehalten hätte, dem Pascha eine Geschichte aufzutischen, er hätte nicht die Zeit dazu gehabt, eine zu ersinnen. Er berichtete von Azads Auftauchen in Zenima, davon, wie sein Blick auf Hazel Fairchild gefallen war, und von seiner Absicht, sie vor einem Weiterritt mit Azads Männern bis an die Ostgrenze zu bewahren, der, wenn nicht mit ihrem Tod, dann mit einem Leben als Azads Sklavin in einem Beduinenzelt geendet hätte.

Azad schnaubte. „Der Wohltäter Djamal. Für dich selbst wolltest du sie haben!" Er spuckte zur Seite aus.

„Meine Absicht war, sie zu passender Gelegenheit zurückzubringen", sagte Djamal.

„Aber die Gelegenheit ergab sich nicht?"

„Ich wäre in Verdacht gekommen. Ich hätte alles verlieren können, Khedive, das weißt du so gut wie ich. Die Zerschlagung von Azads Clan war eine Vorbereitungsmaßnahme. Ich wollte dir zeigen, dass ich mich von Azads Taten distanziere. Ich hätte Hazel … ich hätte Miss Fairchild nach Kairo gebracht, sobald ich sicher sein konnte, dass du mir keine Verwicklung in ihre Entführung mehr anhängst, weil ich die Konsequenzen aus Azads Untreue gründlich gezogen hatte."

Said Pascha nickte langsam. „Das althergebrachte Vorgehen der Tiyaha", sagte er. „Warum hast du es nicht getan?"

Djamal senkte den Kopf. „Zu viel Zeit war vergangen, Khedive, und die Dinge lagen anders." Er schaute zu Whitby. „Ich lüge dich nicht an, Khedive, ich wollte diese Frau behalten. Ich wollte sie nicht mehr hergeben. Erst recht nicht, als …" Er wandte den Blick nicht von Whitby. „Erst recht nicht, als ich ihren Verlobten kennengelernt hatte."

„Du hast sie einem anderen geraubt", stellte der Pascha

sachlich fest.

„Auch das ist althergebrachtes Vorgehen der Tiyaha", murmelte Djamal, und er brachte den Pascha damit sogar zum Lachen.

„In der Tat. Allerdings nicht in England."

„Auch in England", wagte Djamal zu sagen. „Und auch dort geschieht es oft gegen den Willen der Frau. Doch Hazel Fairchild ist nicht gegen ihren Willen bei mir geblieben." Immer noch sprach er englisch, und es trug ihm einen giftigen Blick von Clarence Whitby ein. Der Pascha erstickte eine mögliche Auseinandersetzung der beiden Männer um die entehrte Frau im Keim. Er erhob sich, hielt sich unauffällig mit einer Hand an der Schreibtischkante fest und fasste Azad ins Auge.

„Dein Scheich hat nach den Traditionen und Regeln seines Volkes gehandelt, als er deinen Clan zerschlug und dich bestrafte und festsetzte, weil du mehrfach gegen seine Befehle verstoßen hast. Du hast während der gesamten Regierungszeit deines Scheichs versucht, seine Herrschaft zu untergraben und ihm nach dem Leben getrachtet. Was umso verwerflicher ist, als dass es sich um deinen eigenen Brudersohn handelt. Ich werde zu einem anderen Zeitpunkt ein geeignetes Strafmaß für dich festlegen und mich hierzu lange und ausgiebig mit meinen Rechtsberatern auseinandersetzen."

Azad zuckte mit keiner Miene. Djamal hatte das auch nicht erwartet. Er hatte Azad erlebt, wie er die Hinrichtung eines jungen Mannes aus seinem Clan stoisch hinnahm, und er hatte ihn erlebt, wie er sich auf das Abschlagen seiner Hand einrichtete.

„Hauptmann Clarence Whitby", wandte der Pascha sich an den Engländer. „Kehren Sie nach Hause zurück. Sie sind hiermit meines Landes verwiesen. Dies ist eine milde Strafe, gemessen an Ihrem Vergehen, dessen bin ich mir bewusst, aber ich bin nicht daran interessiert, Öl in das Feuer meiner Beziehungen zum Reich von Königin Victoria zu gießen. Diese Beziehungen sollten gestreichelt, nicht geprügelt werden. Sie wurden vom britischen Parlament hergeschickt. Das britische Parlament mag daher auch weiterhin über Sie verfügen." Er gab den Wachen einen Wink, und noch während sie Whitby abführten, wandte sich der Pascha an Djamal.

„Scheich Djamal", sagte er mild. „Vergib mir meinen Fehler, nicht nach dir gesucht und dich so dem Martyrium in Whitbys Händen ausgesetzt zu haben. Was auch immer für Fehler du begangen hast, die Schuld ist getilgt. Ich wünsche, dass die guten Beziehungen zwischen den Tiyaha und Kairo so bleiben, wie sie waren. Ich möchte dir einen Vorschlag machen. Kehre nicht zurück nach Abu Zenima. Bleib in meiner Umgebung, arbeite mit mir zusammen in meinem Ministerium daran, dass die Völker der Sinai und die Regierung in Kairo einander näherkommen. Bleibe der Scheich deines Volkes, der Mann, der die Verantwortung trägt, aber trage diese Verantwortung in meinem Stab von Beratern und Beamten. Ernenne deinen ältesten Sohn, der ein aufgeweckter, kluger Bursche ist, wie du es warst, zu deinem Vertreter. Lass ihn in London studieren oder in Paris, und bis er ein geeignetes Alter erreicht, um deine Aufgaben in Abu Zenima zu übernehmen, werden wir fähige Männer auf die Sinai schicken, um das umzusetzen, was du und ich gemeinsam erarbeiten. Später wird Yasif ibn-Djamal das tun, und wir beide werden wissen, dass wir ihm vertrauen können. Ich wollte nur das Beste für den künftigen Scheich, als ich ihn nach London bringen ließ."

„Das ist mir bewusst, Khedive", sagte Djamal und neigte den Kopf. In seinem Rücken ging die Tür knarrend auf. Er wollte sich nicht umdrehen, wollte diesen Mann nicht noch einmal ansehen müssen, aber dann hörte er, wie Whitby die Fassung verlor.

„Was zur Hölle machst du hier? Du bist eine Frau! Du hast hier ebenso wenig zu suchen wie in einem Camp für

Ingenieure. Hast du nicht schon genug zerstört mit deinem unsittlichen Verhalten?"

Dann Malaks Stimme, leiser, sehr deutlich und gefasst. „Nein, Clarence. Wie es aussieht, warst du es, der alles kaputt gemacht hat."

Djamal wandte sich um, mit einem Blick auf den Pascha, der fast unmerklich nickte, und ging zur Tür. Gerade noch sah er, wie es Whitby gelang, sich aus dem Griff des Wachmannes zu winden. So nah trat er an Hazel heran, dass er ihr die Worte mehr ins Gesicht spuckte, als dass er sie sagte.

„Du bist eine räudige Hure, Miss Fairchild. Ich bin heilfroh, dass unsere Verlobung sich zerschlagen hat. Mir vorzustellen, mit einer wie dir, die es mit dreckigen Wüstenhunden treibt, im Bett zu liegen, macht mich krank. Du bist eine Hure."

Mit dem letzten Wort war Djamal neben ihm. Er wartete, bis Whitby sich aufrichtete und ihn bemerkte, bis sich die grünen Augen weiteten, dann schlug er zu. Niemand hielt ihn auf. Seine noch immer etwas steifen Handgelenke schrien im Schmerz, als seine Faust Whitby unterhalb des Kieferknochens traf, und dann noch einmal, weil der erste Schlag nicht hart genug war, um den Hauptmann zu Boden zu schicken. Schmerz, aber auch Genugtuung. Er verzichtete darauf, ein drittes Mal auszuholen, weil Whitby benommen am Boden liegen blieb. Er beugte sich zu dem Engländer hinunter, griff ihn ums Kinn und zwang ihn, ihm ins Gesicht zu sehen.

„Das, Whitby, ist für die Respektlosigkeit gegenüber meiner Frau. Das nächste Mal, wenn du dich ihr gegenüber respektlos zeigst, wirst du es nicht überleben." Es drängte ihn nicht, Rache zu nehmen für die Zeit in der Kerkerzelle. Er bezweifelte, dass Whitby in ein ihm freundlich gesinntes England zurückkehrte, und das war in seinen Augen Strafe genug.

Kapitel 18

Djamal war so vertieft in die Unterlagen über Landvergaben und Schenkungen an die Beduinenfürsten zwischen der Stadt Suez und dem neu gegründeten Port Said, dass er das Klopfen nicht hörte. Noch war die Gegend eine Wüste, doch nördlich von Timsah, wo ebenfalls eine neue Stadt zu entstehen begann und wo das Wasser aus dem Mittelmeer jetzt mit jedem Tag in breiterem Strom durch den neuen Kanal in den einstmals ausgetrockneten See strömte, hielt das Leben Einzug. Die sandigen Böden wurden grün. Noch war die Gegend voll mit Bauarbeitern und Hilfskräften, aber irgendwann würden diese verschwunden sein, und dann galt es, die Besitzverhältnisse dieser neu erschaffenen Oasen geklärt zu haben, ehe ein Krieg zwischen den einzelnen Clans ausbrach. Die Gebiete südlich der Bitterseen verblieben im Besitz von Scheich Ismail und seinen Hamadin, doch alles, was nördlich davon lag, musste neu vergeben werden.

Er unterzeichnete eine Schenkung über einen großen Flecken einstigen Wüstenlandes südlich von Port Said, die an einen entfernten Verwandten des Khediven, an Ali Bey, gehen sollte, der die berühmte Pferdezucht von Said Paschas Vorgänger dort weiterführen wollte. Es waren keine Tiyaha, die dort lebten, aber der Sekretär des Paschas schickte einfach alles, was mit Beduinen zu tun hatte, an Djamal weiter. Manchmal bekam er an einem einzigen Tag solche Berge von Papier geschickt, dass der Postmeister von Alexandria einen eigenen Mann mit einem Handkarren am Bahnhof bereithielt, wenn der Morgenzug aus Kairo eintraf, der nur dazu abgestellt war, all diese Papiere in die Villa von Mary Whiteley zu schaffen. Der Pascha entlohnte ihn fürstlich für seine Dienste in der Regierung. Nicht, dass er darauf angewiesen war. Über tausend Jahre Handel mit den edelsten Reittieren hatte seinem Volk schon immer eine gut gefüllte Kasse beschert. Doch auf diese Weise konnte er sicher sein, dass sich dies auch nicht ändern würde, jetzt, wo er dem alten Lebensstil endgültig den Rücken gekehrt hatte.

Erst beim zweiten Klopfen hob er den Kopf. Zu energisch, zu laut. Er runzelte die Stirn und realisierte, dass er das erste Klopfen wohl nicht gehört hatte. Er schob die Schreibfeder in den dafür vorgesehenen Behälter und stand auf, ehe er den Besucher hereinbat.

In letzter Zeit kamen neben der Post auch fast täglich Beamte aus Kairo, die Dinge zu besprechen hatten. Djamal erinnerte sich an sein verhältnismäßig ruhiges Leben in Zenima, wo er zwar Recht zu sprechen und Urteile zu vollstrecken hatte, aber tagelang in seinem privaten Garten liegen und die Füße hochlegen konnte, weil die einzelnen Clans sich selbst verwalteten. Was an Anweisungen von Kairo nach Zenima kam, war beschlossene Sache, und er gab es nur weiter, über Boten und manchmal persönlich. Damit war es vorbei. Said Pascha hielt Wort. Er band ihn fest in das Machtgefüge ein, und das bedeutete, dass er nicht mehr mit Beschlüssen konfrontiert wurde, sondern begriff, wie viel Zeit und Arbeit einem solchen Beschluss voranging. So spannend und interessant dieser Prozess sein mochte, manchmal vermisste er die Zeit, als er in der Sonne gelegen und seine Kinder beobachtet hatte. Hier hielt er die Fenster geschlossen, damit das Johlen und Singen der Kinder nur von fern an sein Ohr drang und ihn nicht in seiner Konzentration störte.

Der Besucher war kein Beamter aus Kairo, wie Djamal befürchtet hatte. Said Paschas Gesundheit hatte sich in den vergangenen Monaten weiter verschlechtert. Gerüchten zufolge lag er im Sterben. Etwas tief in Djamal wünschte sich, hinzufahren und ihn aufzusuchen, aber er war nicht eingeladen worden, wohl, weil niemand wollte, dass den Gerüchten Wahrheitsgehalt nachgewiesen werden konnte. Saids Neffe Ismail, derzeit noch mit einer zwanzigtausend Mann starken Armee im Sudan unterwegs, saß in den Startlöchern. Niemand wollte ihn in Kairo haben, ehe es nicht zwingend notwendig war. Ismail und Said konnten einander nicht ausstehen, etwas, das zwischen Onkeln und Neffen mitunter vorkam, wie Djamal nur zu gut wusste. Niemand kannte Ismails Ziele als Vizekönig, aber alle bezweifelten, dass er Saids größtenteils friedliche innenpolitische Ambitionen fortsetzen würde.

Vielleicht war all das, in was Djamal dieser Tage seine Energie investierte, schon bald vergessen und nur noch für den Papierkorb gut.

Der Besucher war Kifah. Sie trug einen bodenlangen, schmal geschnittenen Kaftan aus bunt bedruckter chinesischer Seide, hatte das hüftlange Haar in unzählige dünne Zöpfe geflochten und trug den Kopfschmuck der Gemahlin eines Fürsten. Djamal wusste sofort, weshalb sie hier war. Er bat sie in den Raum und schloss die Tür. Sie wartete neben seinem Schreibtisch, ein sehnsuchtsvolles Funkeln in den Augen, das sowohl dem fernen Geschrei der Kinder als auch dem Mann vor ihr gelten konnte. Er lehnte sich mit der Hüfte gegen den schweren Tisch, beugte sich ein wenig vor und fing ihren Blick. „Kifah?"

„Du weißt, weshalb ich hier bin, mein Gebieter", sagte sie und warf die Zöpfchen über die Schulter zurück, sodass die eingeflochtenen Perlen klapperten.

„Ich bin nicht mehr dein Gebieter, Kifah", sagte er, um Ruhe in seiner Stimme bemüht. „Ich bin dein Beschützer und Versorger, aber du bist frei zu gehen, wohin du willst. Das habe ich dir mehr als einmal klargemacht."

Sie runzelte die Stirn. „Was du mir klargemacht hast, Gebieter, ist, dass ich in deinem Haushalt nicht länger erwünscht bin. Das ist ein sehr bitteres Ende für jemanden wie mich. Ich war deine Favoritin, deine Geliebte. Ich habe dir zwei stramme, gesunde Söhne geschenkt. Du kannst mich nicht einfach aus deinem Leben verschwinden lassen, damit ich irgendwo in der Einsamkeit alt werde. Das dürfte dir inzwischen klar geworden sein." Ihrem barschen Ton zum Trotz sah er, wie Wasser sich in ihren Augen sammelte, und es tat ihm in der Brust weh, dass sein Glück sie unglücklich machte.

Ja, dachte er, es war ihm klar, dass es ihm nicht gelingen würde, für alle ein schmerzfreies Ende herbeizuführen. Er erinnerte sich daran, wie gern er sie um sich gehabt hatte. Leidenschaftlich, kompromisslos, manchmal von einer brutalen Zärtlichkeit, die er sehr mochte und gelegentlich vermisste, weil Malak … er schüttelte den Kopf und zwang sich, Malak aus seinen Gedanken herauszuhalten. Das mit Malak war etwas anderes. Kifah hatte er begehrt. Auch Hazel begehrte er, aber da war so viel mehr. Doch hier ging es nicht um Malak, sondern um Kifah. Die Letzte aus der Gruppe seiner Ehefrauen und Konkubinen, die noch in diesem Haus lebte, die keine Träume hatte, die er ihr erfüllen konnte, weil ihr einziger Traum gewesen war, bei ihm zu sein. Es kostete ihn Mühe, sich dem zu stellen, weil er wusste, dass er ihr Unrecht tat. Lieber wälzte er vierundzwanzig Stunden am Tag Papiere aus dem Ministerium in Kairo, als dass er sich mit der Frau auseinandersetzte, die er nicht geliebt hatte, die aber nicht aufhören konnte, ihn zu lieben.

Bis Kifah neue Ziele fand, waren sie aneinander gebunden. Aber Kifah suchte nicht nach neuen Zielen. Sie wollte an seiner Seite sein.

„Werde ich nach Europa abgeschoben, wie Danyizet und Seteney?", fragte sie leise, als sein Schweigen zu lange dauerte. „Oder in die Nubische Wüste geschickt wie Nicaule?"

In seinen Mundwinkeln zuckte ein Lächeln. „Danyizet und Seteney habe ich nicht abgeschoben, Kifah, sie haben sich gewünscht, auf eine Töchterschule in London gehen zu dürfen, um Dinge zu lernen, die ihnen hier in unserem Land niemand zu wissen zugestehen will. Haifa ist mit ihnen nach London gegangen, um sich zur Krankenschwester ausbilden zu lassen." Und er hoffte inständig, dass in London die Begegnung zwischen Haifa und Yasif zustande kam, um deren Einfädelung er die Offiziellen gebeten hatte, die die Frauen begleiteten. Haifa litt darunter, nicht zu wissen, wie es ihrem ältesten Sohn in der Fremde erging. Das war der Grund, weshalb seine erste Frau wirklich nach London gewollt hatte. Die Scheidungspapiere sowohl zwischen ihm und Haifa als auch zwischen ihm und Seteney und ihm und Nicaule hatte der Pascha noch mit eigener Hand unterzeichnet, ehe er zu schwach dafür wurde und alle Unterschriften von seinem Sekretär tätigen lassen musste. Von Kifah würde es keine Scheidungspapiere geben. Kifah war nicht mit ihm verheiratet. Er könnte sie vor die Tür setzen. Dass er es nicht tun würde, wussten sie beide. Yasemin und Khatuna, zwei sehr ruhige und anspruchslose junge Frauen, die in seinem Harem kaum mehr als Dienstbotinnen gewesen waren, würden bei Mary Whiteley bleiben, wenn Djamal und Hazel irgendwann ihren eigenen Hausstand gründeten. Die energische Engländerin, Nuurs ältere Schwester, hatte Gefallen an den beiden Frauen und ihrer Gesellschaft gefunden. Naala würde als Dienerin bei Nuur bleiben. „Nicaule hatte, ehe sie nach Zenima kam, einen Geliebten in ihrer Heimat, der all die Jahre ergeben auf ihre Heimkehr gehofft, gewartet und dafür gebetet hat. Sie ist nach Hause zurückgekehrt, du weißt das."

„Ich habe kein Zuhause, in das ich zurückkehren kann", sagte sie bitter. „Du selbst hast mein Zuhause zerschlagen." Kifah hatte zu Azads Clan gehört, den es nicht mehr gab. Ihre Angehörigen waren versklavt. Dass sie keine Sklavin sein wollte, konnte er ihr nicht vorwerfen.

Er nahm ihre Hand in seine, die verkrüppelte Hand, an der zwei Finger fehlten. Ein Unfall, als sie ein kleines Mädchen gewesen war. Ein wildes Mädchen, das die temperamentvollen Pferde, die Azad erbeutet und in die

Wüste mitgenommen hatte, den behäbigen Kamelen, auf denen Frauen und Kinder zu reiten pflegten, vorzog. Sie war als Vierjährige vom Pferd gefallen und die beiden Finger wurden unter einem Huftritt zerquetscht. Niemand hatte darauf gehofft, Kifah jemals einem Mann zuführen zu können, weil Männer nur die Verstümmelung sahen, aber nicht das lebenslustige Mädchen, das darunter litt. Djamal hatte nicht zweimal überlegt, und er hätte sie auch zur Frau genommen, wenn sie ihm als solche zugeführt worden wäre. Doch sie hatten sie ihm nur als Konkubine ins Bett gelegt, weil sogar Azad der Meinung gewesen war, es würde eine bodenlose Frechheit sein, ihm das beschädigte Gut als Gemahlin anzubieten.

„Said Pascha liegt im Sterben", sagte er langsam.

„Was hat das zu tun mit ..."

„Hör mich an, Kifah", unterbrach er sie und sah ihr in die Augen. „Wenn der Khedive stirbt, werde ich mit Hazel nach Kairo reisen, um bei den Begräbnisfeierlichkeiten anwesend zu sein. Und bei der Inthronisierung seines Nachfolgers. Das kann morgen sein, Kifah, oder in einem halben Jahr, niemand weiß es genau, selbst ich erhalte nur spärlich Nachrichten. Ich möchte, dass du mit uns kommst."

Entrüstung malte hässliche dunkle Linien in ihr fein gemeißeltes Gesicht. „Ich werde euch nicht als die Zofe deiner englischen Gemahlin begleiten!" Sie spuckte es beinahe aus.

Er hielt sich im Zaum und lächelte sie an. „Nein, Kifah. Begleite uns als Freundin meiner englischen Gemahlin. Komm mit uns zu den Empfängen im Ministerium. Vielleicht findest du dort etwas, wofür dein Herz entbrennen kann. Ich möchte, dass du jemanden kennenlernst."

In der Verachtung, zu der ihre Entrüstung wurde, versickerte der feuchte Glanz in ihren Augen komplett. „Du kannst mich nicht verkuppeln."

„Das habe ich nicht vor. Ich möchte dich jemandem

vorstellen. Ganz ohne Ziel, aber ich glaube, dass ihr einander kennenlernen solltet. Er ist ein junger Beamter der Regierung mit einer tadellosen militärischen Ausbildung, und er hat ein Interessengebiet, das du mit ihm teilst."

Sie stand kurz davor, die Augen zu verdrehen. Gerade so schaffte sie es, sich diese Blöße nicht zu geben. Die Zeiten, als er ihr für solch eine Regung körperlichen Schaden hätte zufügen müssen, waren vorbei, und er war froh darüber, doch das Bewusstsein, dass Respektlosigkeit mit Schärfe geahndet wurde, saß tief in ihr. Er erhob sich, berührte mit den Fingerspitzen ihr Gesicht und wandte sich ab. Er war sicher, das Richtige zu tun. In all der Zeit in Zenima hatte er Kifah, das Mädchen, das mit dem Wind reitet, von seinen Pferden fernhalten müssen, weil es sich für eine Konkubine des Herrschers nicht schickte, sich um Pferde zu kümmern oder gar auf ihnen zu reiten. Sie war nicht länger die Konkubine des Herrschers. Wahrscheinlich würde sie ihn für den Rest ihres Lebens lieben, nicht weil er sie trotz der verstümmelten Hand genommen hatte, sondern weil die Begegnung, die er für sie plante, ihrem Leben wieder eine Richtung geben würde. Ali Bey war nur wenig älter als er selbst und hatte fast seine ganze Kindheit in Frankreich verbracht. Er arbeitete im Ministerium und züchtete Araberpferde, die in England und Frankreich heiß begehrt waren. Dass der Mann trotz seiner achtundzwanzig Jahre noch immer nicht verheiratet war und seine gründliche europäische Erziehung vermutlich bedeutete, dass er nur eine Frau nehmen würde, war von Vorteil, doch so weit dachte Djamal noch nicht. Er wollte einfach nur, dass die beiden einander kennenlernten.

Er führte Kifahs Hand an seine Lippen und küsste den Handrücken. „Einverstanden, Mädchen, das mit dem Wind reitet? Begleitest du uns?"

Ein Funkeln trat in ihre Augen, als er sie so nannte. Als sie verstand, dass er nicht vergessen hatte, wer sie einmal gewesen war. Ein Funke Hoffnung. Dann nickte sie, und ein verstohlenes Lächeln nistete sich in ihren Mundwinkeln ein.

*

Am 18. Januar 1863 starb Said Pascha. Hazel hätte in den Tagen, die auf die Todesnachricht folgten, gern mehr für den Geliebten getan. Vielleicht war es eine Ironie, wie sehr Djamal um den Vizekönig trauerte, der später dafür bekannt werden sollte, mit seiner Politik die Macht der Scheichs in Ägypten maßgeblich verringert zu haben. Streng genommen war das auch bei den Tiyaha der Fall. Allerdings war Said Pascha für Djamal in erster Linie ein Freund gewesen, ein Mentor, der ihm in seiner schwärzesten Stunde beigestanden und ihm sein Vertrauen geschenkt hatte. Erst in zweiter Linie war er für Djamal sein Herrscher. Für Mitgefühl blieb kaum Zeit. Innerhalb weniger Tage musste der Haushalt reisefertig sein, mussten Kleider gepackt und verstaut, Arrangements getroffen und umgesetzt werden. Entgegen den gewöhnlichen arabischen Begräbnisriten wurde Said Pascha nicht direkt innerhalb der ersten vierundzwanzig Stunden nach seinem Ende begraben, sondern für einige Zeit in Kairo aufgebahrt, damit sich seine Vertrauten von überall auf der Welt gebührend von ihm verabschieden konnten. In Windeseile war das Gerücht bis nach Alexandria gedrungen, dass sogar Ferdinand de Lesseps eigens von Paris, wo er derzeit weilte, anreiste, um dem Pascha, der seinem Traum von Kanal Nahrung gegeben hatte, die letzte Ehre zu erweisen. Tante Mary blieb in Alexandria, doch Lady Nuur würde sie und Djamal begleiten. Genauso wie Kifah, der gesamte Ältestenrat von Djamal, vier jüngere Krieger, die während der offiziellen Feierlichkeiten als Djamals Leibwache fungieren sollten, und vier Dienerinnen.

Zusammen mit Yasemin und Khatuna stand Hazel seit vier Stunden in der Wäschekammer und bügelte Massen von Stoff, damit sie nicht in die Verlegenheit geriet, an zwei Tagen mit demselben Kleid vor die anderen geladenen Gäste treten zu müssen. Djamal war es ein Dorn im Auge, dass sie selbst bei den Vorbereitungen Hand anlegte. Das sei einer Lady nicht würdig, schon gar nicht in ihrem Zustand, wurde er nicht müde, ihr vorzuwerfen. Aber er hatte den Kampf aufgegeben, als sie ihn freundlich, wenngleich bestimmt, daran erinnert hatte, dass ein Streit ihr in ihrem Zustand noch wesentlich weniger guttun würde. Keinesfalls würde sie kampflos akzeptieren, zu sinnlosem Nichtstun verdammt zu sein.

Gedämpft durch die geschlossenen Türen hörte sie den Türklopfer. Besuch, ausgerechnet jetzt. Hatten Djamals Mitstreiter im Ministerium nichts Besseres zu tun in diesen Tagen, als ihm auf die Nerven zu gehen? Für einen kurzen Augenblick legte sie das Plätteisen zur Seite, lehnte sich mit dem Rücken an die Wand und wischte sich Schweiß von der Stirn. Auch wenn sie sich eher die Zunge abgebissen hätte, als es vor Djamal zuzugeben, aber die Hitze und das lange Stehen machten ihr zu schaffen. Dazu die Strapazen der Reisevorbereitung, ihr Rücken fühlte sich an, als wollte er im nächsten Augenblick in der Mitte durchbrechen. Sie zuckte zusammen, als die Tür zur Wäschekammer geöffnet wurde. Erwischt. Zum Teufel! Wenn das Djamal war, gäbe es Ärger. Unfähig, ein leises Stöhnen zu unterdrücken, öffnete sie die Augen und stellte zu ihrer Erleichterung fest, dass es nicht Djamal war, sondern George, der englische Butler von Lady Mary.

„Miss Fairchild", sagte er, während er sich gleichzeitig auf seine einzigartige Weise verbeugte, so voller Stolz. „Ein Besucher ist angekommen und wünscht, Sie zu sehen. Ich habe nach dem Scheich geschickt, aber er möchte nicht gestört werden. Sind Sie bereit ..."

„Ich komme schon", unterbrach sie den treuen Bediensteten. Wahrscheinlich brach sie wieder einmal dreitausendundvierundzwanzig ungeschriebene Wüstengesetze, indem sie einen Gast selbst empfing, aber damit würde sie sich auseinandersetzen, wenn es so weit war. Eins nach dem anderen. „Führen Sie den Gast in den gelben Salon. Bieten Sie ihm Erfrischungen an und lassen Sie zur Sicherheit eines der Gästezimmer richten. Wenn ich weiß, wer es ist, sage ich dem Scheich Bescheid. Mich wird er nicht abweisen."

Sie wartete, bis George die Tür hinter sich geschlossen hatte, und gönnte sich einen letzten Moment der Schwäche. Aus dem Regal mit der sauberen Wäsche nahm sie einen Schleier, den sie mit zwei Klammern lose über ihre Frisur steckte. Khatuna ging ihr zur Hand dabei. Es war eine eigenwillige Kombination, einen orientalischen Haarschleier mit goldenen Fransen und kleinen, eingearbeiteten Schmucksteinen zu einem englischen Teekleid zu tragen, aber Djamal hasste es, wenn fremde Männer ihre Haare sahen. Er hatte genug Kummer in den vergangenen Tagen, als dass sie ihm diesen einen Wunsch nicht erfüllen würde. Außerdem würde der Besucher so nicht sehen, wie zerzaust und erhitzt sie war. Die arabische Tradition der Verschleierung hatte manche Vorteile, die erst auf den zweiten Blick zu erkennen waren. Als der Schleier festgesteckt war, fühlte sie sich bereit.

Sie wies die beiden Mädchen an, sich weiter um das Gepäck zu kümmern, öffnete die Tür der Wäschekammer und machte sich auf den Weg in den gelben Salon. Der hieß so, weil die Wände mit sonnengelben Seidentapeten bezogen waren, die bei der Erbauung des Stadtpalastes von Lady Marys verstorbenem Ehemann eigens aus China importiert worden waren.

Dass es sich um mehr als einen Besucher handeln musste, erkannte sie, als sie das Scharren von Stuhlbeinen über Parkett und das Rascheln von Stoff vernahm. Sie mussten ihre sich nähernden Schritte gehört haben und erhoben sich, um sie zu begrüßen. Hazel straffte die Schultern, überprüfte ein letztes Mal den Sitz ihres Kleides – kein leichtes Unterfangen angesichts ihrer momentanen Körperfülle – und den des Schleiers, dann trat sie ein.

Keine zwei Schritte schaffte sie es in den Salon, bevor sie erstarrte. Freudentränen schossen in ihre Augen.

„Daddy." Selbst durch ihren Tränenschleier konnte sie den Schock erkennen, der für einen Herzschlag seine Gesichtszüge vereiste. Sie ließ sich davon nicht verunsichern, rannte auf ihn zu, warf ihm die Arme um den Hals und drückte sich an ihn. „Warum hast du dich nicht angekündigt? Seit wann bist du in Ägypten? Was machst du hier?" Die Fragen sprudelten aus ihr heraus wie Wasser aus einer Quelle. William Fairchild löste mit sanfter Gewalt ihre Arme von seinem Hals und drückte sie einen halben Schritt zurück. Der Schock auf seiner Miene war geschmolzen, hatte milder Freude Platz gemacht. Mit halb amüsiertem Gesicht schüttelte er den Kopf.

„Hazel, meine kleine Hazel. Du machst es einem Vater wahrlich nicht leicht, an dem Glauben festzuhalten, in seiner Rolle nicht versagt zu haben." Sein Blick klebte an ihrem runden Bauch. „Du hättest mir in deinen Briefen schreiben können, was mich bei einem Besuch erwartet. Wann ist es so weit?"

Sie merkte, wie ihr das Blut in die Wangen schoss. Natürlich hatte ihr Vater recht, und sie hätte ihn früher davon in Kenntnis setzen müssen, dass sie guter Hoffnung war. In Wahrheit hatte sie sich nicht getraut. Zu viel Kummer hatten Djamal und sie ihm im letzten Jahr während ihrer Entführung bereitet. Sie hatte es schlicht nicht übers Herz gebracht, ihm zu gestehen, dass die Spuren ihres nach europäischen Maßstäben unsittlichen Lebenswandels nicht mehr zu übersehen waren. „Im Frühling", sagte sie schwach. „April, meint der Doktor, doch Kifah sagt, wie ich aussehe, wird das Kind eher schon im März kommen."

„Kifah?", erkundigte sich ihr Vater, und sie biss sich auf die Zunge. Oh zum Teufel, das wurde immer schlimmer. Wie sollte sie die Frage beantworten, ohne diesen Besuch noch weiter zu einem Spießrutenlauf zu machen? Wie oft hatte sie sich gewünscht, ihren Vater wiederzusehen, noch einmal mit ihm gemeinsam über Berechnungen zu grübeln oder die Lösung für ein heikles Problem zu erarbeiten, und jetzt sprang sie von einem Fettnapf zum nächsten.

„Die Mutter von Kerim und Dhakir, zwei von Djamals Söhnen", erklärte sie.

„Eine Gemahlin des Scheichs?"

Sie musste ihm zugutehalten, dass er wirklich versuchte, seine Stimme neutral zu belassen, dennoch konnte sie nur mühsam unterdrückten Ärger darin hören.

In ihren Wangen pulsierte das Blut. Sie presste die Lippen zusammen und sah auf den Boden, hoffend, dort die passende Antwort zu finden.

Aus der Ecke des Salons, von hinter ihrem Vater, kam die Antwort, die zu geben sie nicht in der Lage war. „Eine seiner Konkubinen. Die Favoritin meines Vaters."

Für zwei Schläge setzte ihr Herz aus, um danach mit dreifacher Wucht gegen ihren Brustkorb zu trommeln. Ihr Blick flog in Richtung der Stimme. In einer Geste gänzlich untypischer Unsicherheit fuhr ihr Vater sich durch die Haare und trat einen Schritt zur Seite.

„Nun", machte er und schüttelte erneut den Kopf. „Ich habe euch jemanden mitgebracht."

Hinter ihm stand Yasif. Im letzten halben Jahr um mindestens einen Kopf gewachsen, angezogen wie ein perfekter, kleiner englischer Gentleman, und neben ihm Harib.

„Als die Einladungen zu den Empfängen anlässlich des Todes von Said Pascha und der Inthronisierung Ismails

England erreichten, waren die Schiffspassagen von Marseille nach Alexandria im Nu ausgebucht. Auf dem Schiff hatte ich das Vergnügen, jene jungen Herren kennenzulernen, und wir haben zu unserem großen gegenseitigen Erstaunen festgestellt, dass wir in Alexandria dasselbe Ziel vor unserer Weiterreise nach Kairo haben."

Nun war es an ihr, den Kopf zu schütteln. „Yasif", sagte sie. „Yasif. Dein Vater wird außer sich vor Freude sein, dich zu sehen. Er hat sich solche Sorgen um dich gemacht. Er trauert sehr um Said Pascha. Dich wiederzusehen wird sein Herz erleichtern. Dich schickt der Himmel, Junge. Wartet, ich gehe ihn holen."

Obgleich sie plötzlich in Eile war, nahm sie sich noch einmal kurz Zeit, Harib zuzunicken. Später, sagte sein Blick. Später werden wir Zeit haben, uns über alles zu unterhalten.

Sie war bereits auf den Flur getreten, da holte ihr Vater sie ein. „Hazel", hielt er sie auf. Sie stockte und drehte sich zu ihm um.

„Ja?"

„Bist du glücklich?" Seine Stimme ernst, besorgt, aber die Wut darin war verschwunden.

Wieder brannte es hinter ihren Augen. Diesmal waren es keine Tränen des Glücks, sondern Tränen des Mitleids. Sie sah den Gewissenskonflikt, den ihr Vater mit sich ausfocht. Bei Gott dem Allmächtigen, eben dieser Kampf hatte sie selbst oft genug wach gehalten, wenn sie mit ansah, wie viel Eifer und Liebe Djamal in die Bemühungen steckte, für jede der ihm anvertrauten Frauen eine Lösung zu finden. Offenbar deutete ihr Vater ihre Tränen richtig.

„Ich will nicht werten, Kind. Er ist ein Fremder für mich. Seine Lebensweise ist mir fern. Ist es das, was du bist? Seine Konkubine? Eine von vielen?"

„Ich bin seine Frau." All die Überzeugung, die sie in ihrem Herzen fühlte, legte sie in ihre Worte. Dennoch zitterte ihre Stimme. „Auch wenn wir nicht vor einen Altar oder einen Richter getreten sind, bin ich seine Frau und er ist mein Mann. Er ist ein guter Mann und der Vater meines ungeborenen Kindes. Ja, ich bin glücklich." Ganz von allein legten sich ihre Hände auf ihren Bauch.

Der Geist eines Lächelns streifte die Lippen ihres Vaters. Ganz nah trat er an sie heran, hob ihr den Schleier vom Gesicht und strich ihr sanft über die Wange. Instinktiv lehnte sie sich in seine Berührung, so vertraut war sie.

„Dann geh ihn jetzt holen. Ich denke, es ist an der Zeit, dass ich den Mann, der der Vater meines ersten Enkelkindes wird, noch einmal neu kennenlerne."

*

Djamal sah hinauf zur Wanduhr, die über der Tür seines Arbeitszimmers hing. Es war ja nicht sein Arbeitszimmer. Es hatte Mary Whiteleys verstorbenem Mann gehört. Diese Frau, die ihr unendlich großes Herz hinter einer Kruste aus Brummigkeit und gespielter Distanziertheit verbarg. Er hatte Mary Whiteley vorher nicht gekannt, aber wenn er ihr irgendwo auf einem Empfang in Kairo begegnet wäre, ohne zu wissen, wer sie war, er hätte in ihr sofort Nuurs Schwester erkannt. Sie sahen sich kein bisschen ähnlich. Sogar im Charakter schienen sie sich auf den ersten Blick vollkommen zu unterscheiden, aber dieser Eindruck verwischte, sobald man Mary kennenlernte. Sie war wie Nuur. Sie versuchte lediglich, es zu verbergen.

Mary Whiteley hatte ihnen ihr Haus geöffnet. Sie alle fühlten sich hier wohl. Dennoch freute er sich darauf, wenn die Villa, die ein französischer Architekt für Djamal ibn-Tariq und seine Familie an den Stadtrand baute, demnächst fertig wurde. Sie würde größer sein als dieses Haus. Der Garten wäre nur ein Rasen, es gäbe keine wertvollen, gehegten und gepflegten Blumen und Hecken, die unter den Ballspielen und den Wettrennen der Kinder leiden müssten. Sie hätten ungehinderten Blick auf das Mittelmeer, auf den Hafen und die Schiffe. Das Haus würde ihnen gehören, sie hätten ein Heim inmitten einer Stadt, die aus allen Nähten platzte und Menschen aus aller Herren Länder anzog. Wo jeder anders war und deshalb jeder gleich. Nicht länger würde er sich wie ein geduldeter Gast fühlen müssen, auch wenn Mary Whiteley ihm nie das Gefühl gab, genau das zu sein.

Gelegentlich vermisste er Abu Zenima und fragte sich, ob jemand es wieder aufbauen und dort einziehen würde, oder ob es unbewohnt bleiben würde, bis Yasif heimkehrte. Aber nur manchmal. Die Menschen, die ihm wichtig waren, hatte er bei sich. Seine eigene Pferdezucht hatte er an Ali Bey verkauft. Er war im Begriff, ein sesshafter Städter zu werden, und er fühlte sich gut dabei. An den Tagen, wenn ihn der Ministerrat in Kairo nicht in Korrespondenz ersäufte, suchte er nach dem Mittagessen zusammen mit Hazel Schulen auf, die für die Jungen infrage kamen. In einem der Frauenklöster im Franzosenviertel wurden auch Mädchen unterrichtet, aber Dunyana bestand darauf, zusammen mit den Jungen lernen zu wollen.

„Deine Tochter ist unserer Zeit ein bisschen voraus", hatte Hazel gesagt und ihn auf die Lippen geküsst.

Der Zeiger der Uhr sprang weiter. Die Sachen waren gepackt. In wenigen Stunden würden sie in den Zug nach Kairo steigen. Er erinnerte sich nur zu gut an seine erste Reise mit dem Zug und das Gefühl von Übelkeit, das ihn die ganze Zeit nicht verlassen hatte. Inzwischen hatte er sich daran gewöhnt.

Er steckte die Schreibfeder in den dafür vorgesehenen Behälter und drückte das Löschblatt auf den Brief, den er gerade fertig geschrieben hatte. Am Bahnhof gab es ein Postamt. Er könnte den Brief auch mit nach Kairo nehmen. Das Leben als Städter war anders. Seltsam, oft beengt, und dann wieder wunderbar einfach.

Es klopfte. Ohne dass er etwas sagte, wurde die Klinke

nach unten gedrückt. Das bedeutete, dass er nicht aufzuschauen brauchte, um zu wissen, dass es Hazel war. Nicht einmal die Kinder würden eintreten, ohne dass er sie aufforderte.

Er lehnte sich in seinem Stuhl zurück und betrachtete sie. „Du siehst zauberhaft aus, Malak", sagte er. Er mochte sie in den englischen Kleidern, die zu tragen sie sich hier wieder angewöhnt hatte. Sie verzichtete auf Korsettschnürungen, seit ihr Bauch sich ohnehin nicht mehr verbergen ließ, und vor Stolz wollte ihm fast das Herz platzen. Ihm zuliebe trug sie einen Schleier, sobald sie sich aus den tiefsten Tiefen des Hauses auch nur annähernd in Bereiche bewegte, wo sie eventuell von Männern gesehen werden konnte. Eifersucht war ihm fremd gewesen, ehe er sie kennengelernt hatte. Jetzt war dieses Gefühl, sie nur für sich haben zu wollen, zu seinem ständigen Begleiter geworden. Es war nichts, für das er sich hasste. Es fühlte sich gut an, zu wissen, dass sie ihm gehörte.

Sie lehnte sich mit der Hüfte gegen seinen Schreibtisch und beugte sich zu ihm herunter. Ihr Kuss war von derselben süßen, weichen Schärfe wie beim ersten Mal, ihre Augen verträumt, wenn sie ihn ansah.

„Du auch, mein Scheich." Sie zwinkerte. „Ist das die Uniform, in der du reisen willst?"

Er sah an sich hinunter. „Stimmt etwas nicht damit?"

„Ich frage nur. Weil du keine Zeit mehr haben wirst, um dich umzuziehen."

„Wovon redest du? Wir haben noch Stunden, bevor der Zug fährt."

„Im Salon warten Gäste, die sich darauf freuen, dich zu sehen. Zumindest mit einigen von ihnen wirst du dir vieles zu erzählen haben." Nur im Glitzern ihrer Augen konnte er erkennen, wie aufgeregt sie war. Ihre Haltung, ihre entspannten Gesichtszüge wirkten, als berichte sie ihm davon, dass der Postbote dagewesen war und nichts gebracht hatte. Doch ihre Augen funkelten wie die von Dunyana, wenn sie sich mit aller Macht zusammenreißen musste, um eine Überraschung nicht voreilig zu verderben.

„Gäste?", fragte er. „Heute? Ausgerechnet?"

„Weit gereist", erwiderte sie mit hochgezogenen Augenbrauen. „So was lässt sich schwer planen."

„Unangekündigt?"

„Liebster, hätte ich davon gewusst, ich hätte es keine fünf Minuten für mich behalten können." Sie lachte und richtete sich auf. „Und deshalb musst du jetzt gleich mitkommen, denn sonst kann ich nicht mehr an mich halten und spucke es in hohem Bogen aus, um nicht daran zu ersticken. Das will ich nicht." Sie griff nach seiner Hand und zog ihn aus seinem Stuhl auf die Füße. „Ist der Brief wichtig?"

„Sehr."

„Dann lass ihn liegen. Unsere Gäste sind wichtiger." Sie zog ihn nah an sich heran. Er liebte es, wenn der Leib, in dem sein Kind heranwuchs, sich sacht gegen seinen Bauch drückte. So, als würden sie das Kind zwischen ihren Körpern einschließen, damit ihm nichts geschah. „Dann vergisst du vielleicht auch endlich deine Trauer um den Pascha", sagte sie und strich ihm ein paar Locken aus der Stirn.

Das glaubte er nicht, aber er lächelte sie an. „Dann gehen wir."

Wie ein übermütiges junges Mädchen lief sie voran, ihn am Handgelenk hinter sich herziehend, die Treppe hinunter und quer durch das weitläufige, mit schwarzen und weißen Fliesen ausgelegte Foyer, von dessen Decke ein gewaltiger Kronleuchter baumelte. Dessen unzählige Glastropfen pflegten immer dann gefährlich zu klingeln, wenn eines der Kinder eine Tür zu heftig zuschlug. Die Flügeltüren zum Salon standen offen. Noch ehe er den Raum betrat, blieb er wie angewurzelt stehen. „Harib", stieß er hervor.

Der Gelehrte drehte sich um und lächelte. „Ich bin froh, dich gesund zu sehen, Scheich Djamal", sagte er höflich, ehe er einen leichten Schritt zur Seite machte und den Jungen, der hinter ihm stand, nach vorn schob.

Djamal fiel auf die Knie. „Yasif." Tränen brannten in seinen Augen. Ein Scheich weinte nicht, auch dann nicht, wenn es um seine eigenen Kinder ging. In den Monaten, seit er in Alexandria für den Pascha arbeitete, hatten sie einander Briefe geschrieben, er und Yasif. Aber den Jungen zu sehen, der deutlich gewachsen und sehr schlank geworden war, war etwas ganz anderes. Yasif fiel ihm in die Arme, und er grub seine Finger durch den Haarschopf seines Jungen, die Locken, die einmal lang gewesen waren wie seine, jetzt militärisch kurz geschnitten. Er presste das Kind an sich und würde vermutlich nicht wieder loslassen, wenn jemand ihm sagte, dass Yasif morgen nach London zurückkehren sollte.

Du hast mir gefehlt, wollte er sagen. Ich liebe dich, Yasif, du bist etwas ganz Besonderes. Er sagte es nicht, denn Yasif war in einem Alter, wo es ihn beschämen würde, wenn sein Vater solche Dinge laut vor anderen Leuten aussprach. Er ließ es den Jungen spüren, mit der Kraft seiner Hände, mit dem Schlag seines Herzens, und er wusste, dass Yasif ihn verstand.

„Ich soll dich von Mutter grüßen", sagte Yasif in sehr sauberem, gefeiltem Englisch, sodass an Djamals Mundwinkeln ein Lächeln zupfte. „Es geht ihr sehr gut und sie lernt viel. Sie sagt, sie wird noch einige Jahre lernen und dann nach Ägypten zurückkehren, um für die Armee als Krankenschwester zu arbeiten. In England bilden sie jetzt auch weibliche Ärzte aus, hast du das gewusst, Vater?"

„Nein, das habe ich nicht gewusst." Er schämte sich dafür, dass seine Stimme klang wie die eines strangulierten Katers, und räusperte sich. Kaum wagte er, dem Jungen ins Gesicht zu sehen, dann tat er es doch, fuhr mit den

Fingern in das Haar hinter den Schläfen seines Kindes und stellte die Frage, vor deren Antwort er sich fürchtete. „Was ist mit dir, Yasif? Wie lange wirst du in England bleiben?"

„Ich werde ab dem Sommer in Kairo auf die Militärakademie gehen", sagte Yasif und klang, als erstaunte es ihn, dass sein Vater das nicht wusste. „Ich gehe nicht mehr nach England zurück. Ich habe Schnee gesehen und Weihnachten gefeiert. Jetzt ist es an der Zeit, wieder in Ägypten zu Hause zu sein."

Er musste sich zusammenreißen, um das Kind nicht mit all seiner Kraft an sich zu pressen. Kairo. Yasif würde in Kairo zur Schule gehen. Er würde in der Schule lernen und wohnen und essen und schlafen, aber es war nur ein Katzensprung. Er konnte sein Kind sehen, wann immer er wollte. Er hatte ihn wieder bei sich, wie die anderen. Er vergrub sein Gesicht an der Schulter des Jungen und hoffte, dass die elegante Jacke aus schwarzer Wolle, in der Yasif aussah wie ein kleiner Gentleman, die Tränen aufsaugte, die trotz aller Gegenwehr aus seinen Augen liefen.

Hazel räusperte sich. Sie war an ihm vorbei in den Raum getreten. Als er den Kopf hob, sah er sie neben einem alten Mann stehen. Nicht irgendeinem. Er erkannte den Ingenieur, Sir William Hugh Fairchild, und mit Scham erinnerte er sich an die Lüge, die er dem Mann in Kairo erzählt hatte. Noch mehr Scham empfand er, als er Hazels hohen Leib betrachtete. Wie tief mochte er in der Gunst von William Fairchild gesunken sein, als der begriff, dass er von Djamal nicht nur belogen worden war, sondern dass Djamal auch dessen Tochter ein Kind gemacht hatte, ohne dass sie vor den Augen seines Gottes verheiratet waren?

Er wusste, was er tun musste. Hazel hatte es ihm gesagt, an dem Tag, als sie ihm ihren Körper das erste Mal geschenkt hatte. Wenn du willst, dass ich deine Frau werde, dann hast du etwas vergessen, hatte sie gesagt.

Fairchilds Augen, die dieselbe Farbe hatten wie Hazels, zeigten keinen Groll. Vielleicht ein bisschen Enttäuschung. Aber keine Wut. Dennoch fühlte Djamal die Nervosität durch seine Glieder zittern, als er auf die Füße kam und auf den Mann zutrat, der ihm bereitwillig die Hand hinstreckte.

„Ich denke, Scheich Djamal, es ist an der Zeit, dass wir noch einmal von vorn anfangen. Ich beabsichtige, im Land zu bleiben. Ich werde meine Expertise weiterhin Monsieur de Lesseps zur Verfügung stellen, und ich hoffe, gelegentlich meine Tochter zu sehen. Mein Name ist William Hugh Fairchild, und ich weiß, dass Sie, Scheich Djamal, meine Tochter vor einem sehr hässlichen Schicksal bewahrt haben."

Sein Atem stockte. Er ergriff die kühle, faltige Hand mit beiden Händen und sah dem Mann in die Augen. Mit einem kurzen Blick vergewisserte er sich, dass sein Aufzug vernünftig genug war für diesen Augenblick. Eine Kopfbedeckung wäre sicher gut gewesen, aber dazu war es zu spät, und auch Fairchild hatte seinen Zylinder abgenommen und neben sich auf der Kommode abgelegt.

„Mr. Fairchild, Sir", sagte er und fand, dass sein Englisch, auf das er eigentlich sehr stolz war, plötzlich rissig und abgehackt klang. „Bitte erlauben Sie mir die Ehre, Sie um die Hand Ihrer Tochter Hazel zu bitten. Ich werde für sie da sein, in guten wie in schlechten Zeiten, ich werde sie beschützen und für sie sorgen, es wird ihr an nichts fehlen, Sir. Ich gebe Ihnen mein Wort."

Aus dem Augenwinkel musterte Fairchild seine Tochter. Über Hazels blasse Wangen liefen Tränen. Sie strahlte Djamal an, eine Hand auf ihrem Bauch, die andere auf der Schulter ihres Vaters. Fairchild räusperte sich und sah Djamal mit gespielter Strenge an.

„Mein lieber Sohn, ich finde, es wurde auch reichlich Zeit, dass du mich um diese Hand bittest, nicht wahr?" Er entzog Djamal seine Hand und deutete zwinkernd auf

Hazels gerundeten Leib, bevor er die Finger seiner Tochter von seiner Schulter pflückte und sie zwischen Djamals Hände legte. „Pass mir gut auf sie auf, hörst du? Lass sie sich nicht auf irgendwelchen Baustellen herumtreiben. Das ist kein Ort für eine Frau."

Djamal umklammerte ihre Hände, sah ihr tief in die Augen, zog ihre Finger an seine Lippen, dann beugte er sich zu ihr und küsste die Tränen von ihren Wangen. Alles war so, wie es sein sollte.

Die Autorinnen

Hinter dem Pseudonym Kim Henry steckt das Autoren-Duo Corinna Vexborg und Nicole Wellemin. 2011 haben sich die Autorinnen in einem Online-Forum für Schriftsteller kennengelernt. Corinna ist gelernte Restaurantfachfrau und lebt mit ihrem Mann und vier Katzen auf der Insel Fünen in Dänemark. Nicole lebt mit ihrer Familie in einem Reihenhausidyll östlich von München und arbeitet als Produktmanagerin bei einem DVD-Label.

Corinna über Nicole: Begeisterungsfähig, fantasievoll und voller Energie – wenn ich einen Tritt in den Hintern brauche, um über eine Schreibblockade hinwegzukommen, poliert Nicole schon ihre Stiefel!

Nicole über Corinna: Mit ihrem Blick fürs Detail, den unermüdlichen Fragen nach Motivation und Logik, und vor allem ihrem Händchen, unseren Figuren auch aus den ärgsten Sackgassen herauszuhelfen, sorgt Corinna dafür, dass mir in all meiner Euphorie für unsere Geschichten nicht auf halbem Weg die Puste ausgeht.

Webseite: www.kim-henry.com

Nachwort und Danksagung

„Die Rose von Suez" ist ein historischer Liebesroman und damit in erster Linie Fiktion. Nichts desto trotz haben wir uns bemüht, einige historisch verbürgte Tatsachen, so genau es die Handlung zuließ, wiederzugeben.

Ein Kanal durch den Isthmus von Suez war aufgrund der Topografie mit vielen Marschseen und Salzsenken quasi von der Natur vorgegeben. Bereits im Alten Ägypten gab es erste Bemühungen, das Rote Meer mit dem Mittelmeer zu verbinden. Über die Jahrhunderte blieb die Idee lebendig, doch jeder dieser frühen Versuche versandete früher oder später wortwörtlich in der Wüste.

Erst dem Franzosen Ferdinand de Lesseps, einem Diplomaten und Weltenbummler, sollte das Vorhaben gelingen. Als junger Mann arbeitete er als Konsul in Kairo und Alexandria. In dieser Zeit freundete er sich mit dem zehnjährigen Muhammad Said Pascha an, einem unehelichen Sohn von Muhammad Ali, dem Begründer einer Dynastie, die bis 1953 Ägypten regierte. Die Freundschaft zwischen de Lesseps und Said Pascha hielt bis zu Saids Tod.

Am 30. November 1954 erhielt de Lesseps von Said, der mittlerweile Vizekönig von Ägypten geworden war, die Konzession für den Bau des Suezkanals durch die von ihm gegründete Compagnie universelle du canal martimime de Suez sowie die Zusicherung finanzieller Unterstützung.

Doch nicht alle politischen Fraktionen waren Befürworter des Unternehmens. Vor allem aus Großbritannien und der Türkei wurden Planung und Bau des Kanals aus wirtschaftlichen und politischen Gründen erbittert bekämpft. Dennoch kamen auch aus den Reihen der britischen Ingenieure einige nach Ägypten, um an der Verwirklichung des Jahrhundertprojektes mitzuwirken. Auch die einheimischen ägyptischen Volksstämme standen dem

Kanal nicht alle wohlwollend gegenüber. Immer wieder gab es während der Erbauung Überfälle auf die Baustellen, zogen die Scheichs die von ihnen zur Verfügung gestellten Arbeitskräfte ab oder wurde die Versorgung mit Trinkwasser unterbrochen. Ein Grund hierfür war die Politik Saids, der den Einfluss der Scheichs immer weiter einschränkte und sie geradezu zwang, wieder zu nomadischen Überfällen überzugehen.

Muhammad Said Pascha war ein Frankophile, in Paris erzogen und ausgebildet, der durch weitreichende Reformen die ägyptische Wirtschaft für europäische Investoren öffnete. Sein früher Tod mit gerade mal 40 bzw. 41 Jahren (sein Geburtsdatum ist umstritten), war Folge einer Krankheit, die bis heute nicht näher bekannt ist. Sein Nachfolger Ismail Pascha, ein Neffe Saids, zu dem ihm zu Lebzeiten kein gutes Verhältnis nachgesagt wurde, führte seine Politik in den Folgejahren weiter.

Hazel Fairchild und Djamal ibn-Tariq sind fiktive Gestalten. Der Beduinenstamm der Tiyaha existiert jedoch heute noch, vorwiegend in den östlichen Gebieten der Sinai Halbinsel und in Israel. Frei erfunden sind der Palast von Abu Zenima (die gleichnamige Stadt im Westen der Sinai-Halbinsel ist relativ modern und eigentlich nur ein Umschlaghafen für dort gefördertes Erdöl) sowie die Lebensweise der Tiyaha, wie wir sie für die Zeit unserer Geschichte dargestellt haben. Historisch verbürgt ist einzig das Verbot des Sklavenhandels für die Stämme der Sinai, einer der Konflikte, die für Djamal aus Malaks Anwesenheit in Zenima entstehen.

Für uns war es ein aufregendes Abenteuer, mit Djamal und seiner Malak in eine Welt wie aus Tausendundeiner Nacht einzutauchen. Damit daraus ein Buch wurde, brauchte es ein ganzes Team.

Als Erstes danken wir unserer Verlagsleiterin Martina Campbell, deren Zuspruch und Ermutigung erst dazu beigetragen haben, dass wir uns an einen historischen

Stoff wagten.

Wir danken unseren Testleserinnen Anja, Astrid, Dani, Melanie und Mimi, die unser Manuskript vor Abgabe in rasender Geschwindigkeit und dennoch genau genug gelesen haben, um uns auf mögliche Verbesserungen hinzuweisen.

Nie vergessen möchten wir unsere Familien. Danke für euren Zuspruch – und vor allem für eure Nerven. Wir wissen, es ist nicht leicht, Tisch und Bett permanent mit fiktiven Personen teilen zu müssen.